PETITS CRIMES
ET
GROS DIAMANTS

Publié pour la première fois aux États-Unis par Thomas & Mercer
sous le titre *The Deadly Mystery of the Missing Diamonds*.
Cette édition est rendue possible par accord de licence
avec Amazon Publishing www.apub.com
Couverture : © Thomas & Mercer
ISBN : 978-2-8246-2128-9
Code Hachette : 78 0081 7

Collection dirigée par Christian English & Frédéric Thibaud
Catalogues et manuscrits : city-editions.com

Dépôt légal : Novembre 2022

PETITS CRIMES ET GROS DIAMANTS

T.E. KINSEY

Traduit de l'anglais
par Ariane Maksioutine

City
Roman

France
16 juillet 1917

Ma très chère Flo,

J'ignore quand, ou même si tu recevras cette lettre – le courrier met un temps infini à traverser la Manche en ce moment. Je vais tout de même l'écrire et espérer qu'elle te parvienne.

Merci pour ton dernier courrier. J'ai adoré l'histoire de Gertie Farley-Stroud et son nouveau chien. Cela ne risque-t-il pas de pousser à la confusion s'ils appellent le chien Gertie, également ? Peut-être n'aurait-elle pas dû laisser sa petite-fille lui trouver un nom. Quoi qu'il en soit, j'adorerais les revoir quand je pourrai obtenir une permission – autant la maîtresse que le chien. C'est ma troisième Anglaise préférée. Cela fait si longtemps que je suis parmi vous que je me sens moi-même comme une Anglaise, parfois.

J'ai beau avoir tendance à me plaindre, la vie au front n'est pas si terrible, en vérité. Je ne peux bien sûr pas en dire autant de ce que nous voyons, mais disons que parmi tous ces « désagréments » (je me demande si cela passera la censure, tu me tiendras au courant), il y a toujours des moments de joie et d'espoir, aussi courts et brefs soient-ils. Les garçons peuvent être si drôles, si charmants, même dans les heures les plus sombres. Je me demande si c'est caractéristique des Anglais. Vous semblez accepter l'adversité avec une résignation conquérante. Sauf que tu n'es pas anglaise, n'est-ce pas ? Mais tu n'es qu'à moitié galloise, non ? (J'attends avec impatience ta réponse cinglante.)

Mes camarades infirmières sont toutes adorables. Enfin, pour la plupart. Je ne peux pas me permettre de nommer qui que ce soit dans une lettre qui pourrait être interceptée par les Boches (ils seraient capables de saper notre moral en se servant de notre mécontentement, ou d'une autre ânerie de ce genre), mais je te jure que si elle ose une fois de plus utiliser ma brosse à cheveux sans me demander la permission, je lui montrerai de quoi « l'Amerloque » est capable ! Je sais où le séné est stocké, et tu peux être sûre que personne n'a envie de passer plus de temps que nécessaire dans ces latrines…

As-tu eu des nouvelles d'Ivor ? (Je n'arrive toujours pas à l'appeler Skins – ça ne lui va vraiment pas.) Ou même de Barty ? C'est tellement frustrant. Je ne me suis jointe au corps médical que pour me rapprocher de lui – pour m'assurer de sa sécurité, peut-être ? J'ignore quel plan je m'étais échafaudé, mais il me paraissait totalement sensé, quand j'ai quitté le Maryland. Je savais que je ne pouvais rien faire, à cinq mille kilomètres de distance, alors il fallait que je me rapproche. Mais tout semble vouloir m'empêcher de l'atteindre. Je demande à être transférée plus près chaque fois que je découvre où se trouve son régiment, mais le temps que j'arrive, ils sont déjà partis ailleurs, ou il donne un concert à Paris, ou… enfin, tu comprends. Je ne pense pas que les dirigeants du FANY[1] cèdent encore longtemps à mes caprices.

Je me demandais s'il vous avait écrit, à toi ou Emily, en se disant que sa lettre aurait plus de chances de vous parvenir. C'est un bêta, mais c'est mon bêta à moi, et l'idée de n'être jamais à plus de deux cents kilomètres de lui sans pouvoir le voir est profondément irritante.

Voilà que je me morfonds… Je dois arrêter cela. Personne n'a envie d'avoir une infirmière mélancolique à son chevet, et je dois y retourner dans quelques instants.

1. First Aid Nursing Yeomanry (FANY), unité médicale féminine indépendante et organisation caritative britannique.

Je vais aborder un sujet un peu plus léger ! Il s'est passé, tout près d'ici, quelque chose qui m'a fait penser à vous, et cet incident était assez captivant pour être mentionné dans le journal local (je te joins la coupure). Il y a eu un braquage à l'ancienne, sur la route de Calais. J'aurais adoré imaginer des hommes aux visages cachés derrière des bandanas, armés de revolvers à six coups, chevauchant des palominos et braquant une diligence, mais le journal rapporte une histoire beaucoup plus banale (la presse française peut être si collet monté, parfois !). Si mon français est aussi bon que je le pense, il s'agissait simplement d'un homme avec un vieux manteau et un cache-nez. Mais il avait bien un revolver à six coups, bien que de l'armée française, et il a braqué un petit fourgon qui gagnait le port.

Mais ce n'est pas la partie intéressante. Enfin, si, ça l'est, mais ce n'est pas ce qui m'a fait penser à Emily et toi. Le journal mentionne le vol « d'argent liquide » et « du déjeuner du chauffeur », mais ici, une rumeur dit qu'il transportait en vérité des diamants. Tu imagines un peu ? Un véritable voleur de diamants. Ici, en France, comme dans vos nombreuses enquêtes. Je n'ai pu m'empêcher de vous imaginer surgissant en ville dans votre magnifique voiture afin de résoudre l'affaire ainsi que vous savez si bien le faire. Ne serait-ce pas incroyable ?

Mais le temps file. Un messager attend au bureau pour récupérer le courrier, et je dois aller refaire plusieurs pansements.

Embrasse Emily pour moi. Je passerai vous voir à ma prochaine permission, c'est promis.

Ton amie,
Ellie

I

Mai 1925

Le chanteur Mickey Kent annonça le charleston, qui fut accueilli à grands cris par les gentlemen de l'Aristippus Club et leurs compagnes. Tandis que le groupe entamait un air connu de tous, une jeune femme incroyablement belle, le visage radieux et la coiffe de guingois, poussa un cri strident de joie, ce qui encouragea la foule à l'imiter.

Derrière sa batterie, Skins Maloney observa les danseurs enflammés en esquissant un sourire. Il croisa le regard de son vieil ami, Barty Dunn, et désigna d'un coup de menton un homme particulièrement maladroit qui dansait tout près de la scène basse. Il avait un demi-temps de retard sur le groupe, et ses pieds doués d'une vie propre menaçaient constamment de le faire basculer, mais son visage pâteux dégageait un plaisir si communicatif qu'on ne pouvait que se réjouir avec lui.

Derrière le manche de sa contrebasse, Dunn sourit et inclina la tête vers un autre candidat. Celui-ci n'avait pas de menton, et un cou si fin que le col de sa chemise semblait flotter librement dans l'air, mais il était lui aussi transporté par la joie de danser. Son plaisir était tout aussi contagieux.

Sa partenaire de danse était beaucoup moins impressionnée. Cela faisait deux fois qu'elle se prenait son coude dans les côtes, et elle s'efforçait discrètement de mettre un peu de distance entre eux afin de s'épargner davantage de coups.

Comme toujours, la soirée battait son plein. Cela faisait plusieurs mois que les Dizzy Heights jouaient tous les soirs au club, et c'était celui-ci, et non le groupe, qui s'estimait chanceux. Un tas de groupes se battaient pour avoir la chance infime d'établir résidence dans un bar, quel qu'il soit, mais pour les Dizzy Heights, ce temps-là était depuis longtemps révolu, et ils étaient en passe de devenir un groupe hautement respecté. Ils jouissaient d'une telle réputation parmi les amateurs de jazz, à Londres, que c'étaient les clubs qui leur couraient après, et non l'inverse.

En semaine, ils disposaient de dates régulières dans quelques-uns des clubs de jazz les plus en vogue de la ville, et ils réservaient les samedis aux dates « spéciales » (dont ils ne manquaient jamais). Mais le vendredi soir, ils le passaient à l'Aristippus Club, un *gentlemen's club* de Mayfair qui expérimentait la mise en place de divertissements réguliers pour ses plus jeunes membres. Les plus anciens avaient une vision plus traditionnelle de ce qu'un tel club devait proposer, et ils émettaient encore des claquements de langue au moindre bruit dans la salle de lecture, mais la nouvelle génération, elle, voulait s'amuser. Une délégation avait approché le groupe, et un marché avait été conclu, notamment à cause du surnom du club, qui avait tant amusé Skins : « Tipsy Harry's[1] ».

La clientèle était enjouée, son enthousiasme compensait ses lacunes en matière de danse et de culture musicale, et le groupe passait toujours un excellent moment. Les clients de ce soir – qui étaient pour la plupart venus fêter l'anniversaire de l'un des membres – figuraient parmi les plus survoltés

1. *Tipsy* signifie « éméché », en français.

pour lesquels ils avaient joué jusqu'ici, et ce troisième charleston marqua l'apothéose de l'euphorie ambiante.

Le groupe termina le morceau sous les sifflets et les applaudissements.

— Merci, *ladies and gentlemen* ! lança Mickey à travers sa trompette parlante en étain. Nous sommes les Dizzy Heights, et vous avez été incroyables. Nous vous souhaitons une bonne fin de soirée, et une bonne nuit !

De nouveaux applaudissements retentirent, mêlés de quelques « Oh non ! » et « Encore ! ».

— Un *black bottom* ! réclama la jolie femme à la coiffe de guingois.

— Je t'ai dit de regarder où tu t'asseyais ! répliqua automatiquement son ami[1].

Les rires fusèrent. Les applaudissements redoublèrent. Le groupe quitta la scène pour se retirer dans la pièce qui lui avait été réservée et où l'attendaient plusieurs bouteilles de bière et une grosse assiette de sandwiches.

— C'est quand même franchement mieux que de devoir travailler, pas vrai les gars ? commenta Skins en rangeant ses baguettes dans son vieux sac militaire avant de prendre un sandwich au fromage.

Dunn, lui, cherchait un décapsuleur.

— Comment tu le sais ? Tu n'as jamais travaillé de ta vie !

— Pas faux, concéda Skins. Mais j'ai une sacrée imagination. Et mon vieux bossait sur les chemins de fer. J'ai vu ce que le vrai travail fait aux gens. Tout ce que je dis, c'est que je préfère largement jouer quelques heures pour une bande de « jeunes aristos » que de me casser le dos à poser des rails comme mon père.

Eustace Taylor, le trompettiste du groupe, venait d'entrer dans la pièce.

---

1. *Black bottom*, qui est une danse assez proche du charleston, signifie littéralement « fesses noires ».

— Alors tu ferais mieux d'y mettre un peu du tien, si tu ne veux pas découvrir tout de suite ce que ça fait, de poser des rails, lança-t-il. Tu étais décalé, au niveau du pont de *Fascinating Rhythm.* Et merci de calmer tes ardeurs côté cymbales pendant mon solo, dans *Dippermouth Blues.*

Skins leva les yeux au ciel et secoua la tête.

— Bien reçu, Eustace, répondit-il. Tes commentaires sont toujours agréables à entendre.

— Je te dis juste de faire gaffe.

Skins jouait du ragtime bien avant la guerre, et il était l'un des premiers à avoir fait entrer le véritable jazz américain dans les clubs londoniens, dès sa démobilisation. Eustace, lui, avait passé les années précédant son appel au poste de deuxième trompette dans le philharmonique du Dorsetshire. Mais sa prétendue éducation musicale classique (il restait toujours étrangement vague, quand il s'agissait de dire où et avec qui il avait étudié) lui donnait un sentiment insupportable de supériorité sur les pauvres autres mortels du groupe, même s'il avait découvert le jazz relativement tard dans sa vie.

— Comment ça se fait, que tu ne lui aies jamais éclaté la tête ? demanda Dunn une fois Eustace parti dans un coin de la pièce pour annoter sa partition.

— Eh bien, déjà, il fait quinze centimètres de plus que moi, répondit Skins. Pas sûr de pouvoir toucher son visage. Mais rassure-moi, je suis un bon batteur ?

— Le meilleur de Londres.

— Ça, c'est ce que disent les affiches, mais je me contenterais de « bon ». Et les gens, qu'est-ce qu'ils en pensent, d'après toi ?

— La plupart seraient incapables de différencier un bon batteur d'un charbonnier, mais ils ne semblent pas se plaindre.

— Alors si tu penses que je suis bon, que je pense que je suis bon, et que tous les danseurs de *buck and wing* et de charleston le pensent aussi, pourquoi je m'arrêterais à ce que pense la deuxième trompette du philharmonique de Seaside, hein ? Ça finira par lui passer.

— Tu es beaucoup plus sage que moi, commenta Dunn.

— Ça, je n'en ai jamais douté, mon enfant… le taquina Skins. Bonsoir, mesdames.

Les saxophonistes du groupe, Blanche Adams et Isabella « Puddle » Puddephatt, étaient toujours collées l'une à l'autre.

— Dis donc, Skins ! s'exclama Blanche. Beau travail, sur *Fascinating Rhythm*, ce soir ! J'ai adoré cette syncope sur le pont. L'effet était sensas.

— Merci beaucoup, ma p'tite dame ! répondit Skins en ôtant un chapeau imaginaire. Et toi, Puddle, qu'est-ce que tu en penses ? Mes humbles efforts t'ont-ils plu ?

— Tout me plaît chez toi, mon chou, tu le sais bien, répliqua Puddle. Il y a du gin ?

— Non, juste de la bière, dit Skins. Mais à foison.

— Je ferai avec. Tu veux bien m'en servir une ?

Skins ouvrit une autre bouteille de bière et remplit deux verres, qu'il tendit à la section des anches.

— Toutes les semaines, c'est pareil, commenta Blanche en désignant la bouteille. Franchement… Obliger une fille à s'enfiler bière après bière quand la pièce d'à côté regorge de champagne… C'est toi qui nous as trouvé ce plan, Skins. Tu veux bien en toucher deux mots au gérant, dis ?

— J'ai géré la résidence, répondit Skins. Mais ce n'est pas moi qui me suis occupé du *catering*.

— Qui, alors ?

— Elk, je crois bien, dit Dunn. Il a travaillé avec le sommelier à Ypres, ou un truc dans le genre. Je ne me souviens plus très bien.

— Il nous faudrait un manager pour gérer ce genre de détails. Quelqu'un qui puisse au moins nous obtenir autre chose que de la bière. On ne peut pas demander ça au joueur de banjo.

Elk se tourna vers le petit groupe.

— Quelqu'un a parlé du joueur de banjo ?

— En effet, mon pote, lança Skins. Blanche trouve que tu as complètement foiré le *catering.*

— Je n'ai pas dit ça ! se défendit Blanche. Je pense simplement que ça ne devrait pas être au joueur de banjo de tout organiser. On a besoin d'un manager.

— Je ne risque pas de m'y opposer, commenta Elk. C'était un vrai cauchemar. Tu n'imagines pas les histoires, juste pour avoir un pack de bières… Ils pensaient qu'on se ferait au champagne. Franchement…

Blanche secoua la tête d'un air dépité.

— C'était pas mal ce soir, reprit Elk sans se rendre compte de quoi que ce soit. Jolie, ton impro sur *Fascinating Rhythm*, Skins. Bien joué.

Skins leva alors son verre.

— Voilà pourquoi, mon ami, dit-il à Dunn, je n'ai jamais pris la peine de frapper notre trompettiste.

***

Les Dizzy Heights avaient été formés en 1923 par Ivor « Skins » Maloney et Bartholomew « Barty » Dunn. Les deux hommes s'étaient fait un nom les années qui avaient précédé la guerre en jouant la nouvelle musique ragtime venue tout droit des États-Unis dans les années 1900. Ils avaient joué dans différents groupes aux divers niveaux de compétence et de popularité avant de se lancer tous les deux, véritables mercenaires musicaux, en se présentant comme « La meilleure section rythmique de Londres ».

Plus jeune, Skins avait été un enfant vif et plein de repartie, prompt à éviter les claques qui suivaient immanquablement ses remarques insolentes. Sa grand-mère prenait plaisir à lui dire : « Tu devrais monter sur scène, mon petit Ivy. »

Il répondait alors toujours avec indulgence : « Tu crois, mamy ? »

Ce à quoi elle répliquait chaque fois : « Oui, fiston. Pour la balayer. » Puis elle lâchait un gloussement sifflant, amusée par son brio comique, et le petit Ivor souriait gentiment avant de disparaître pour mieux préparer son prochain coup.

Mais en vérité, il adorait le music-hall, et il avait bien l'ambition de monter un jour sur scène. Il traînait tellement souvent devant la porte du théâtre que les machinistes avaient fini par s'intéresser à lui et lui demandaient, de temps à autre, d'aller leur faire une course. En guise de récompense, ils le laissaient parfois regarder un spectacle des coulisses. Il apprenait les trucs des comédiens et connaissait toutes les chansons par cœur, rêvant d'être un jour ici à sa place, comme sa grand-mère l'avait dit.

En 1900, à l'âge de dix ans, son premier véritable travail au théâtre – et qui collait parfaitement aux prédictions de sa grand-mère – consistait entre autres à balayer la scène.

Un matin, il était en train de nettoyer pendant que le groupe répétait. Le percussionniste, caché derrière une énorme grosse caisse, une caisse claire, deux cymbales et tout un tas de trucs et de bidules qu'Ivor était incapable d'identifier, perdit le fil du morceau et rata complètement le break de fin sur sa caisse claire. Le groupe se tut, à l'exception de quelques claquements de langue impatients du pianiste, si bien que le seul bruit audible dans la salle était le rire moqueur du petit Ivor.

Cela poussa les autres membres, qui n'étaient pas réputés pour leur austérité, à éclater de rire eux aussi. Ils aimaient bien Ivor, le garçon à tout faire, et ils avaient tendance à tout lui laisser passer. Même la honte initiale du percussionniste s'évapora quand il comprit qui se moquait de lui.

— Tu t'imagines pouvoir faire mieux, petit malin ? lança-t-il. Viens donc essayer. Allez. Je te parie un shilling que tu n'y arrives pas.

N'étant pas du genre à laisser passer une occasion de se faire un peu d'argent, Ivor descendit dans la fosse d'orchestre et se fraya un chemin jusqu'au percussionniste. Il observa attentivement l'immense batteur lui montrer la figure rythmique, mais lorsqu'il lui tendit les baguettes, Ivor resta figé.

— Allez, bonhomme. Montre-nous ce que tu as dans le ventre.

— Je ne peux pas, dit Ivor avec une docilité qui ne lui ressemblait pas.

— Tu semblais moins timide sur la scène, commenta le batteur. Ce n'est plus aussi simple, maintenant que tu es là, pas vrai ?

Il tendit la main pour récupérer ses baguettes, mais Ivor serra le poing.

— Non, je ne peux pas toucher les fûts. Vous mesurez trois mètres ou quoi ?! Comment suis-je censé toucher la batterie de là où les gens normaux vivent ?

Le groupe éclata à nouveau de rire, et quelques instants plus tard, ils avaient trouvé un vieux cageot à bières pour surélever le garçon. Il tendit les baguettes devant lui.

— Comme ça ?

Le batteur ajusta légèrement sa poigne, et Ivor sourit. Oui, il se sentait bien.

Il tapa d'un geste hésitant sur la caisse claire. C'était fort. Beaucoup plus fort que ce qu'il s'était imaginé. Il tapa encore. Cette fois, il savait à quoi s'attendre.

— Tu veux que je te montre encore ? lui proposa le batteur.

— Non, c'est bon.

Il tenta la figure, lentement. Les baguettes rebondissaient sur la peau tendue du fût plus vite qu'il ne pouvait les contrôler, et le break se termina en cacophonie générale.

À la grande surprise d'Ivor – et à son grand soulagement –, personne ne rit.

— Essaie encore, l'encouragea le batteur.

Ivor fit quatre nouvelles tentatives. Chacune était meilleure que la précédente mais finissait immanquablement en anarchie.

Il inspira un bon coup. Se redressa. Et essaya une dernière fois.

Il exécuta péniblement la figure au tempo demandé et la termina sans une erreur. Le groupe applaudit.

— Tu ferais bien de te méfier, mon gars, lança l'un d'eux. Le balayeur veut ta place.

À partir de ce jour, Ivor passa son temps libre dans la fosse d'orchestre, à regarder, à apprendre et à poser tout un tas de questions. Le percussionniste lui avait donné une vieille paire de baguettes pour s'entraîner, et il rendait sa famille complètement dingue, à faire de la batterie sur n'importe quelle surface libre. Mais cela paya. Plus tard cette année-là, quand le percussionniste tomba malade, Ivor le remplaça. Il obtint bientôt le surnom « Skins », pour les peaux de tambour, surnom qui collait également très bien à sa silhouette maigrichonne, même s'il préférait le terme « svelte », mais les gens ne commentaient que rarement sa corpulence ou sa toute petite taille[1]. Ce qui frappait, en général, c'était son sourire. Peu de gens l'auraient qualifié de beau garçon, mais le sourire chaleureux et espiègle qu'il offrait si librement à quasiment tous ceux qu'il croisait garantissait qu'une bonne proportion d'entre eux déclare ensuite que c'était un garçon « étrangement attirant » ou encore « bizarrement charmant ». Sa remarque préférée avait été celle d'une fille de Tottenham qui lui avait dit : « Je ne sais pas ce que c'est… Il y a quelque chose chez toi… Tes cheveux, peut-être ? » Il était très fier de ses cheveux. À dix-huit ans, il avait quitté le théâtre pour endosser le rôle de batteur d'un groupe de ragtime, avec son vieux copain Barty.

1. *Skins* veut dire « peau », et *skinny* signifie « maigrichon ».

Barty Dunn connaissait Ivor depuis tout petit ; ils avaient grandi ensemble dans les rues de Hornsey. Contrairement à son camarade, jamais personne ne s'interrogeait sur la raison de son attirance pour Dunn – c'était clairement l'atout charme du binôme. Grand, athlétique, avec les yeux bleus les plus profonds que personne n'ait jamais vus (c'est en tout cas ce qu'on lui avait dit de nombreuses fois), il était l'archétype de la beauté. Il était en général avenant et charmant mais était parfois victime d'accès de mélancolie qui, à la plus grande stupéfaction de Skins, semblaient le rendre encore plus attirant. Tandis que Skins faisait des pieds et des mains pour séduire les filles à coups de pitreries, Dunn n'avait qu'à, comme aimait à le dire son ami, « rester là, sans bouger, avec un air sombre », et les filles « se jetaient sur lui ».

Si les parents de Dunn n'avaient pas été plus riches que leurs voisins, ils avaient eu des aspirations pour leurs enfants (plus communément vues comme de l'arrogance), et les jeunes Dunn avaient tous été encouragés à apprendre un instrument. Barty avait eu des cours de piano et de violon et avait travaillé dur sur chacun d'eux, mais le jour où il était tombé nez à nez avec une contrebasse, il avait su que c'était son instrument.

Ses parents avaient déjà eu du mal à acquérir le vieux violon de seconde main qu'ils lui avaient trouvé dans une boutique de prêteur sur gages ; ils ne pouvaient de toute évidence pas envisager quelque chose d'aussi exotique – et de bien trop encombrant – qu'une contrebasse, alors il s'était contenté d'admirer l'instrument de loin. Mais toutes les semaines, son travail à l'usine de confiserie Barratt de Wood Green lui avait permis de mettre quelques pièces de côté, et quand Skins fut prêt à rejoindre un groupe de ragtime, Barty avait sa propre contrebasse. Plus rien ne pouvait l'empêcher de suivre son vieux copain sur la route du succès et de la fortune.

Les soldats afro-américains avaient fait découvrir la nouvelle musique « jazz » aux garçons quand ils avaient servi dans l'armée en France, et dès qu'ils avaient été démobilisés, ils s'étaient mis en tête de composer un groupe de musiciens dotés de la même fougue qu'eux pour prendre Londres d'assaut.

Il leur avait fallu quatre années et beaucoup de changements de membres pour obtenir ce qu'ils cherchaient, mais ils avaient fini par obtenir le groupe qu'ils avaient tant désiré. Au début, les concerts n'avaient pas été faciles à dénicher – les clubs étaient encore réticents vis-à-vis de cette nouvelle musique – mais peu à peu, les portes s'étaient mises à s'ouvrir, les « jeunes aristos » réclamant de voir en live la musique qu'ils écoutaient sur leurs gramophones. Les Dizzy Heights avaient fait leur entrée sur la scène musicale.

***

Quand la petite fête fut terminée et les derniers clients rentrés chez eux d'un pas titubant, le groupe récupéra ses instruments et vida la scène de fortune. Eustace Taylor rangea sa trompette, Benny Charles, son trombone. Blanche et Puddle avaient un saxophone et une clarinette chacune. Elk Elkington rangea son banjo et Mickey Kent noua une longue ficelle à sa trompette parlante, qu'il balança sur son dos.

Le jour pointait le bout de son nez, et les bus et les tramways avaient déjà repris du service pour emmener les lève-tôt au travail, mais ils servaient tout autant à ramener chez eux les couche-tard du groupe. Tous, à l'exception de Skins et Dunn.

Skins et sa batterie s'étaient fait rejeter par tellement de chauffeurs de bus et de tramways qu'il en avait perdu le compte (« Tu ne peux pas rentrer tout ce fatras là-dedans, mon pote – tu m'as pris pour une remorque ambulante ou quoi ? »), et la seule fois où il avait essayé de descendre l'escalator d'une station de métro avec tout son matériel s'était terminée en désastre. En comparaison, Dunn et sa contrebasse avaient moins de soucis, mais c'était un peu comme voyager avec un ami ivre mort, et lui aussi s'était vu chassé de nombreux bus par une remarque lasse du genre : « Je n'ai de place que pour une personne, désolé. »

Ils disposaient d'un débarras, au Tipsy Harry's, mais ce n'était pas toujours pratique, et ils avaient souvent besoin de ranger leurs instruments encombrants ailleurs. Par chance, Barty Dunn « connaissait un type » qui gérait un magasin sur New Row, près de Covent Garden. Contre une entrée gratuite partout où les garçons jouaient, et un coup offert de temps en temps, il les laissait ranger leurs instruments dans la réserve du magasin. Le seul souci avait été de trouver une solution pour se rendre là-bas.

À cette fin, ils avaient investi dans une grande charrette à bras qui pouvait contenir la batterie de Skins et la contrebasse de Dunn, et disposait d'encore un peu de place pour tout extra – leurs plus beaux costumes s'ils avaient joué dans un lieu huppé, ou une caisse de bière non terminée, peut-être. La plupart du temps, cet espace était occupé par la conquête du soir de Dunn, qui se laissait conduire à travers les rues de Londres en gloussant avant qu'il ne la ramène dans sa piaule de Wood Green.

Toutefois, ce soir-là, Dunn avait seulement quitté la fête avec Skins, son instrument et quelques bouteilles de champagne récupérées à la sortie du club.

— Ça fait bizarre de te voir rentrer seul après un show, commenta Skins tandis qu'ils bringuebalaient leur charrette à travers les rues désertes du West End. Quoi que, ça t'arrive assez souvent, en ce moment, non ?

— Ouais, et c'est bien ça qui m'inquiète, répondit Dunn. La fille avec la grosse plume sur la tête m'a bouffé des yeux toute la soirée, mais au moment où j'allais la voir, elle était en train de flirter avec un abruti de première doté d'un menton fuyant et d'un monocle. Un putain de monocle, mec.

— T'as perdu ton mojo, on dirait.

— Tu ne crois pas si bien dire. Ça fait des semaines que je n'ai pas eu droit à ne serait-ce qu'un petit bisou sur la joue. Et si j'étais trop vieux ?

— Tu viens juste de prendre trente ans.

— Ça fait déjà cinq ans, mon pote. Je suis un ancien, maintenant. Personne ne veut coucher avec un vieux joueur de contrebasse.

— Regarde le bon côté des choses. Il n'y a pas si longtemps, nous ne pensions même pas atteindre la trentaine. Mais on l'a fait. Tu vaincras cette passade, crois-moi. Et puis, tu es un jazzman. Nous sommes des mecs cool. Les jeunes adorent les musiciens.

Ils étaient arrivés au magasin. Skins les fit entrer et Dunn l'aida à charger ses fûts et ses caisses à l'arrière. Une fois le matériel en sécurité, ils verrouillèrent la porte et posèrent la charrette contre le mur. Ils se souhaitèrent bonne nuit sur St Martin's Lane et Dunn partit en direction de l'arrêt de bus tout en sifflotant un air qu'ils essayaient d'apprendre après l'avoir entendu sur un disque phonographique rapporté par des musiciens américains. Skins traversa le carrefour de Seven Dials et poursuivit vers Bloomsbury.

Quand Dunn gagna Finsbury Park, le soleil était levé et les gens partaient déjà travailler. Ne se sentant pas de marcher les quatre kilomètres qui le séparaient de chez lui, il décida d'attendre le tramway qui le ramènerait sur Wood Green.

***

Barty Dunn quitta l'arrêt de tram de Wood Green, tourna au coin de Coburg Road et gagna la petite maison mitoyenne où il louait une chambre à Phyllis Cordell. Elle avait perdu son mari et ses deux fils durant la Grande Guerre et avait accueilli Dunn chez elle. Elle avait bien besoin de cette rentrée d'argent, et puis la compagnie de cet élégant musicien ajoutait un peu de glamour à cette rue ouvrière autrement bien trop ordinaire. Dunn se figurait qu'elle n'avait pas plus d'une dizaine d'années de plus que lui, et elle le dorlotait comme une mère poule, gloussait aux histoires qu'il lui racontait quand il rentrait et veillait sur lui à la moindre gueule de bois ou au moindre rhume.

Elle se fichait de ses horaires de travail particuliers, et elle ne commentait jamais la succession visiblement sans fin de jolies filles qui quittaient sa chambre juste après le déjeuner plusieurs fois par semaine. Elle leur préparait une tasse de thé, un sandwich, et discutait avec elles comme si elle se réjouissait de leur présence. Ce qui était le cas. Mais elle ne s'attendait pas à les revoir un jour. Elle savait pertinemment que ce serait un autre visage qui se présenterait timidement à elle la fois suivante.

C'était la seule source de friction entre la logeuse et son locataire.

— Je me fiche de savoir avec qui tu passes la nuit, lui avait-elle dit un après-midi en lui tendant une énième tasse de thé. Et je me fiche de savoir ce que tu fabriques avec toutes ces filles. Dieu sait que je prendrais bien un peu de bon temps, moi aussi, si j'en avais l'occasion. Même si ça ne risque pas de m'arriver. À mon âge… (Elle avait éclaté de rire à la simple évocation d'une telle idée.) Mais je n'ai pas envie de te voir finir seul. Trouve-toi une chouette fille. Une veuve de guerre, peut-être ? Et pose-toi. Compose-toi une jolie petite vie. Une famille. Tu as besoin d'une famille. Tout le monde en a besoin.

— Mais qu'est-ce que vous deviendriez sans moi, Mrs C ? avait-il répliqué avec un sourire. Je ne peux tout de même pas vous laisser seule.

— J'aurai mon Gallipoli, avait-elle répondu en caressant le museau affable de son idiot de chien.

Elle l'avait adopté quelques années plus tôt et lui avait donné ce nom en référence à la campagne désastreuse qui lui avait pris ses deux garçons. Les voisins lui avaient fait part de leur désapprobation.

— Vous feriez mieux de ne pas lui donner ce nom, lui avait conseillé l'un d'eux. Cela ne fera que remuer le couteau dans la plaie. Vous devriez mettre tout ça derrière vous. Vous ne tirerez rien de bon à y repenser chaque fois que vous appellerez votre chien.

Mais elle avait rétorqué que cela lui apportait un peu de réconfort. Le nom de son nouveau compagnon canin panserait plus facilement les plaies, d'après elle.

— Cette campagne a peut-être pris mes garçons, mais aujourd'hui, quand j'entends ce nom, je pense à cette petite boule de poils. Je peux me souvenir de mes garçons comme de deux jolis cœurs partis pour la guerre, et de Gallipoli comme le cabot un peu stupide qui me tient compagnie depuis qu'ils sont partis.

Personne ne saisissait sa logique, hormis elle-même et Dunn.

Il déverrouilla la porte et entra dans la maison plongée dans l'obscurité. Mrs C lui laissait toujours un verre de lait et un sandwich à la langue de bœuf sur une étagère, dans le garde-manger – « Au cas où tu aurais faim en rentrant. » Il s'installa à la table de la cuisine et le mangea tout en attendant que le sommeil le pousse à aller se coucher.

Gallipoli, qui l'avait entendu entrer, s'arracha de son panier posé près du poêle pour voir s'il restait quelque chose à grignoter. Dunn coupa un bout de langue du sandwich généreusement garni et le partagea avec le chien, qui le mangea de bon cœur. Il attendit d'un air endormi quelques minutes supplémentaires aux pieds de Dunn, mais quand il comprit qu'il n'aurait plus rien à manger, il regagna tranquillement son panier et se rallongea.

— Il reste de la place pour un vieux soldat ? lui lança Dunn, mais le chien dormait déjà. Je ferais mieux d'aller me coucher, moi aussi. À demain, vieux bougre.

Après un passage éclair aux toilettes, dans le minuscule jardin de derrière, Dunn grimpa l'escalier sur la pointe des pieds et entra dans sa chambre. Durant la guerre, Mrs Cordell avait pris les restrictions de couvre-feu plus sérieusement que la plupart des gens, et elle avait posé de lourds et épais rideaux pour empêcher tout trait de lumière de filtrer à l'extérieur.

— Pourquoi vous faites ça ? lui avait demandé sa voisine. On a déjà à moitié recouvert les lampadaires.

— Et quand les zeppelins arriveront, avait rétorqué Mrs C, c'est votre maison qu'ils verront, pas la mienne. Vous pourrez venir dormir dans mon salon, quand ils vous auront bombardée.

— Pourquoi viendraient-ils jusqu'ici ?

— L'usine de confiserie. Les bonbons, c'est bon pour le moral. Ces Allemands veulent nous mettre plus bas que terre.

— Des réglisses, avait ri sa voisine. Des provisions de guerre vitales…

Mrs Cordell avait tout de même recouvert ses fenêtres, et ses voisins avaient fini par l'imiter. Aujourd'hui, presque sept ans après la fin de la guerre, ces rideaux de couvre-feu offraient à cet oiseau de nuit de Barty Dunn l'obscurité dont il avait besoin pour dormir toute la matinée.

Il jeta ses vêtements sur le dos de sa chaise et s'effondra dans son lit. Il s'endormit presque aussitôt.

***

Il ne fallait qu'une vingtaine de minutes à Skins pour rentrer chez lui, de la boutique. Avec sa femme, Ellie, ils habitaient une maison géorgienne d'une rue arborée tout près du British Museum. Elle faisait partie d'une rangée de demeures tout aussi impressionnantes, chacune dotée d'une façade de pierres blanches au rez-de-chaussée, puis de briques grises sur les trois niveaux supérieurs. Un portillon, encastré dans la rambarde peinte en noir, donnait accès à la « zone » située en dessous du niveau de la rue – l'entrée de la maison pour les domestiques et les commerçants – tandis que la porte principale était précédée de six marches en pierre. Les hautes fenêtres du premier étage donnaient sur d'étroits balcons qu'aucun des résidents de la rue n'utilisait jamais. Personne n'aurait pu imaginer un batteur de jazz vivre dans une demeure pareille, à juste titre : c'était Ellie qui l'avait achetée avec l'argent d'un héritage.

Selon le testament de son père, toute la fortune familiale – qui était considérable – devait lui revenir lorsqu'elle se marierait. Quand les notaires, en Amérique, avaient appris que son futur époux était un musicien, ils avaient invoqué la « clause des coureurs de dot », que les avocats de son père avaient imposée afin de protéger Ellie d'un éventuel profiteur. Ils avaient donc gelé la somme jusqu'à leur dixième anniversaire de mariage.

Sous la pression de sa tante Adelia, les notaires avaient accepté de débloquer de quoi acheter une propriété luxueuse à Londres. Ellie disposait également d'une pension annuelle qui lui permettait de ne pas être dans le besoin. Mais les notaires continuaient à gérer les factures du ménage et les salaires des domestiques eux-mêmes, et ils étaient réticents à l'idée de la laisser contrôler l'entièreté de son héritage tant qu'ils n'étaient pas convaincus de l'honnêteté de ce Maloney.

Skins entra chez lui. Il était quatre heures et demie du matin, si bien que personne n'était levé. Même la gouvernante – qui lui paraissait toujours être en train de travailler – dormait encore à poings fermés. Il savait qu'il aurait dû l'imiter. Plus tôt il irait se coucher, plus il pourrait passer de temps avec Ellie et les enfants avant de repartir travailler.

Mais à l'instar de Dunn, il était trop réveillé pour monter tout de suite et prit la direction de la cuisine afin de se préparer un chocolat chaud. Il l'emporta au salon, où il avait prévu de s'asseoir dans son fauteuil préféré et lire le journal de la veille.

Quand il entra dans la pièce, il découvrit Ellie dans son fauteuil à elle, ronflant légèrement, ses cheveux noirs étalés derrière le dossier, le journal posé sur son nez délicat. Il lui effleura le bras, et elle se réveilla doucement.

— Coucou, mon amour, souffla-t-il. Qu'est-ce que tu fais ici ?

Elle plia le journal et se redressa.

— Catherine a fait un cauchemar ; je suis allée la consoler. Quand elle s'est rendormie, j'étais tellement réveillée que je me suis dit que j'allais t'attendre en bas.

— Pauvre petite. Tout va bien ?

— Oui. Et toi ? Tu dois être épuisé.

— Je vais bien. Et encore mieux maintenant que je te vois. Si j'avais su que tu étais là, je t'aurais préparé un chocolat chaud, à toi aussi.

Elle lui sourit.

— J'espérais pouvoir tenir jusqu'à ton arrivée, mais je me suis assoupie. Désolée.

— Ne dis pas de bêtises, répondit-il en s'asseyant. Quelque chose d'intéressant, dans le journal ?

— Rien du tout.

— Comme d'habitude. Je ne sais pas pourquoi on s'embête à le lire, franchement. On trouve à peine le temps de le faire, et chaque fois, on en vient à la même conclusion.

— Nous devons nous tenir au courant des affaires en cours, dit-elle.

— Pourquoi donc ?

— Je viens d'une famille très politique. Nous aimons prendre le pouls des choses.

— Ce qui explique pourquoi tu as été infirmière. Je comprends tout !

— C'est une métaphore, idiot.

Ils s'étaient rencontrés en 1910, à Weston-super-Mare, quand Ellie visitait l'Europe avec sa tante. Ce voyage avait quelque peu dégénéré, et les deux femmes avaient été renvoyées chez elles par l'ambassade américaine après une série d'incidents fâcheux dans leur hôtel. Mais leur rencontre au fameux hôtel Arundel, où Skins et Dunn jouaient à l'époque avec les Robinson's Ragtime Roisterers, avait bouleversé leur existence.

Skins avait réussi à lui glisser sa carte avant qu'elle ne soit chassée de l'établissement, et les deux jeunes gens avaient entamé une correspondance transatlantique qui s'était poursuivie sans interruption jusqu'à la guerre. Leurs lettres avaient pris un rythme plus sporadique à partir de 1915, quand les bateaux postaux avaient commencé à essuyer des attaques. La dernière lettre qu'Ellie avait reçue annonçait que Skins et Dunn s'étaient portés volontaires pour intégrer le Middlesex Regiment et étaient certains d'être en France d'ici la fin de l'année. Ellie n'avait aucune intention d'attendre bien sagement. Elle avait un plan, et il ne lui fallut que trois ans, à parcourir tous les postes de secours de France, pour le mener parfaitement à bien.

Skins s'était trouvé chanceux de tenir jusqu'à l'été 1918 avec seulement quelques égratignures et une cheville foulée. Mais alors, un jour radieux d'août de la même année, un obus égaré atterrit juste devant la tranchée de sa compagnie. Skins était adossé au mur, à raconter une blague sur un chien qui parlait, quand l'obus explosa. La structure solide de la tranchée les avait protégés du souffle, lui et ses amis, mais le panneau planté au bord de la tranchée, pointé vers l'ouest et qui indiquait que le comté de Tipperary était « fort, fort lointain » n'eut pas cette chance. La force de l'explosion le terrassa, et il atterrit sur la tête nue de Skins, qui perdit connaissance.

Le rapport officiel disait simplement qu'il avait été blessé au combat, mais le non officiel, tenu par un officier subalterne, confiait qu'il avait été « rendu inconscient par un panneau à l'humour douteux pendant qu'il était en train de faire une blague aussi douteuse, cela sans porter de casque, ce qui était contraire aux ordres ». Il reprit rapidement connaissance, mais le panneau lui avait ouvert le crâne, et il avait besoin de points de suture. On l'emmena donc au poste de secours le plus proche, où il fut pris en charge par une infirmière américaine délicieusement familière. Elle lui recousit le crâne et exigea qu'il lui accorde au moins deux heures, durant sa prochaine permission, pour dîner en tête à tête.

Ils se marièrent dès qu'il fut démobilisé, en 1919.

Aujourd'hui, au plus grand désespoir de sa famille élargie, Ellie était donc mariée à un musicien et vivait à Londres. Ses oncles et ses cousins ne parvenaient pas à comprendre pourquoi elle avait refusé d'épouser un membre du Sénat du Maryland et de vivre là où était sa place. Seule sa tante Adelia avait soutenu sa décision de mener une vie moderne et indépendante.

— Tu devrais remonter te coucher, lui dit Skins. Je ne vais pas tarder.

— Oui. J'ai pas mal de choses prévues demain.

— Aujourd'hui.

— Tu pinailles. Je peux goûter à ton chocolat ?

— Bien sûr.

Ellie se leva et lui prit sa tasse tout en déposant un baiser au sommet de son crâne. Elle but une énorme gorgée de chocolat chaud et partit se coucher. Skins regarda les quelques gouttes qu'elle lui avait laissées et ouvrit le journal. Malgré sa profonde conviction de ne pas être assez fatigué pour aller se coucher, les lignes ne tardèrent pas à se brouiller sous ses yeux. Finalement, il était temps d'y aller.

2

Le dimanche avait été jour de repos, mais le groupe jouait à nouveau jusque tard le lundi, à son créneau habituel, à l'Augmented Ninth. C'était un nouveau club qui proclamait haut et fort proposer « le meilleur jazz et les meilleurs cocktails » de la ville, et ses clients pouvaient écouter les derniers tubes tout en avalant jusqu'à neuf pintes s'ils le désiraient[1]. Skins avait tenté de dire aux patrons que s'ils devaient expliquer le nom du club, cela ne fonctionnerait probablement pas, mais ils n'avaient pas écouté. Et il avait eu raison. Aucun des clients n'avait saisi, mais ils savaient que cela avait un rapport avec la musique, et ils s'en fichaient pas mal, tant que la musique et la bière étaient bonnes.

Dunn, qui était rentré chez lui au petit matin, dormait à poings fermés et rêvait du groupe. Tout se passait bien, mais la grosse caisse de Skins semblait avoir un souci. Chaque fois qu'il appuyait sur la pédale, un bruit dérangeant remplaçait le « boum » satisfaisant que tout le monde attendait. Plus il tapait, plus le son empirait. Il insista, toujours plus vite, tandis que Dunn et le groupe s'émerveillaient de la célérité du pied droit de leur batteur. Il devrait envisager

1. Augmented Ninth signifie « neuvieme augmentée », qui est un intervalle musical.

de prendre des cours de claquettes ! Mais le son clochait toujours. Peut-être la peau était-elle fendue…

Une voix se mit alors à accompagner les coups.

— Mr Dunn ! criait-elle.

Très peu de gens l'appelaient « Mr Dunn ».

— Mr Dunn ! Ouvrez ! C'est la police.

Dunn sortit péniblement de son rêve.

Le policier martelait toujours la porte.

Dunn se leva et gagna la fenêtre. Il l'ouvrit et se pencha dehors.

— C'est quoi ce bordel ? lança-t-il d'une voix rauque. Vous voulez quoi ?

L'officier de police s'écarta de la porte et leva les yeux.

— Mr Dunn ? Mr Bartholomew Dunn ?

— Lui-même, répondit Dunn. Et vous êtes ?

— Agent Grine, monsieur. On m'a demandé de vous conduire à Scotland Yard.

— Pourquoi ?

— Aucune idée, monsieur. « Prenez un véhicule et allez chercher Bartholomew Dunn au 76 Coburg Road, quartier de Wood Green », on m'a dit. Et me voici.

Dunn poussa un soupir.

— Donnez-moi une minute pour enfiler un pantalon et des chaussures. Vous pouvez entrer, si vous voulez. La porte est ouverte.

Il ferma la fenêtre et chercha ses vêtements. Une fois habillé, il descendit et trouva l'agent Grine assis dans le salon, le nez plongé dans l'un des magazines de Mrs Cordell.

— J'en ai pour longtemps ? demanda-t-il.

— Longtemps, monsieur ?

— À Scotland Yard. J'en ai pour longtemps ?

— Je ne saurais vous dire, monsieur. Tout dépend de ce que vous avez fait.

— Je n'ai rien fait du tout.

— Alors ça devrait être rapide.

— Je suis en état d'arrestation ?

— Vous le sauriez, si c'était le cas, répondit Grine. J'aurais dit : « Vous êtes en état d'arrestation. » J'ai tout un discours à faire, comme quoi tout ce que vous diriez pourrait être retenu contre vous, etc. Vous auriez remarqué. Vu que je n'ai rien dit, tout va bien.

Dunn se mit à chercher un bout de papier et un stylo.

— Je dois laisser un mot à ma logeuse. Elle va se demander où je suis passé.

— Votre logeuse, monsieur ?

— Oui. Elle a dû sortir acheter le journal ou quelque chose de ce genre. Elle va s'inquiéter, si elle ne me voit pas.

— Très bonne idée, monsieur.

Ils quittèrent la maison, et Grine l'escorta jusqu'à une fourgonnette garée un peu plus haut dans la rue.

— Vous plaisantez ? Un panier à salade ?

— C'est tout ce qui était disponible, monsieur.

— Qu'est-ce que c'est qu'tout ce barouf, à c't'heure ? lança une voix aiguë du seuil du numéro 74. Vous avez pas mieux à faire ? (Elle aperçut alors Dunn.) Oh, sont enfin venus t'chercher, hein ? Je savais qu'ça finirait par arriver. C'est jamais bon d'avoir des musiciens dans la rue, j'vous l'dis, moi ! cracha-t-elle en injectant tout son mépris dans le mot « musiciens ».

— C'était inévitable, Mrs M, rétorqua gaiement Dunn. Il fallait bien qu'ils me rattrapent un jour ou l'autre.

— Je l'savais ! triompha-t-elle. Bon débarras !

— À plus tard, Mrs M. Dites bien à Mrs C où je suis parti !

— T'en fais pas pour ça, va ! Cette pauvre femme mérite un meilleur locataire que toi, après tout c'qu'elle a traversé.

Grine ouvrit la portière à l'arrière de la fourgonnette, et Dunn grimpa à l'intérieur.

— Quelle femme charmante, commenta l'agent.

— Oh, le voisinage est absolument charmant, officier. Absolument charmant !

— C'est tout à fait l'impression que j'en ai, monsieur. Mettez-vous à votre aise. Nous avons encore un arrêt à faire, et je vous emmène à Scotland Yard.

***

L'arrêt suivant, même si Dunn fut initialement incapable de deviner où ils étaient, étant donné que la fourgonnette ne disposait pas de fenêtre, s'avéra être à Bloomsbury. Il resta seul une dizaine de minutes dans le véhicule silencieux, avec pour unique compagnie les craquements du moteur qui refroidissait, avant que la porte ne s'ouvre sur Skins, qui grimpa à son tour.

L'agent Grine ferma la porte d'un coup sec, et quelques instants plus tard, ils repartaient.

— Salut, mon grand, lança Skins. Belle journée pour une balade.

— Tu sais ce qui se passe ? demanda Dunn sous les secousses de la fourgonnette.

— Aucune idée. J'étais dans mon pieu, à faire de beaux rêves, quand soudain, Ellie me secoue en me disant que la police aimerait me parler. L'espace d'un instant, j'ai songé à filer par la fenêtre avant de me rappeler que je n'avais rien fait.

— Et que ta chambre se trouve au deuxième étage.

— Oui, ça aussi. Alors j'ai enfilé un fute et suis descendu voir ce qui se passait.

— Et ? Grimes était dans ton petit salon ?

— Grine, le corrigea Skins.

— Vraiment ? Le pauvre[1].

— Oui, vraiment. Et en effet, il était en bas. Sauf qu'il m'attendait dans le grand salon. La gouvernante lui avait préparé un thé à la rose, et il était là, à lire un magazine…

1. *A grine* est un terme péjoratif désignant une personne barbante ou stupide.

— Ah, cette bonne vieille Mrs Dalrymple…

— Une perle. Je ne sais pas ce qu'on ferait sans elle. Toujours contente de servir un petit thé aux flics de passage, notre Mrs Dalrymple.

— Faut dire qu'ils ne savent pas dire non, ces condés. D'ailleurs, il a aussi un truc avec les magazines, celui-ci. Il lisait celui de Mrs C quand je suis descendu.

— C'est important de se tenir informé. Enfin, il m'a lancé : « Vous voulez bien m'accompagner à Scotland Yard, monsieur ? » Et je lui ai répondu…

— Tu lui as répondu que tu n'étais qu'un simple batteur, mais que s'il fredonnait quelques notes, ta femme pourrait sûrement l'accompagner au piano.

— Ça ne l'a pas fait rire, commenta Skins. Pourtant, elle marche bien, celle-ci, d'habitude. Alors, pour couper court au silence assourdissant qui a suivi l'une de mes meilleures blagues, j'ai simplement dit : « Pourquoi ? »

— Et il ne savait pas.

— Apparemment. Il ne fait que son travail… ils ne lui disent rien… Enfin, le blabla habituel, quoi. Me voici donc avec mon meilleur ami à l'arrière d'un panier à salade, alors que je devrais être en train de pioncer dans mon lit moelleux.

— Enfin, comme tu l'as dit, ça fait une balade. Un petit tour au bord de la Tamise ne nous fera pas de mal.

— Ouais, enfin, pour le tourisme, on reviendra. Pourquoi ils ne mettent pas de fenêtres, dans ces trucs ?

— Pour protéger les supposés scélérats du regard vulgaire de la populace, mon vieux. Imagine un peu Pierre, Paul et Jean scruter d'un air hagard les prisonniers. Ce serait mal vu.

— Tu es beaucoup plus malin que ce que les gens disent, tu sais, commenta Skins en étouffant un bâillement.

J'espère que ça vaut le coup, quand même. Je suis claqué. On a quelque chose, ce soir ?

— Oui. Le cours de danse au Tipsy Harry's.

— Oh, la barbe... Ils ne peuvent pas se servir d'un gramophone ? Ça ne me dérange pas de jouer pour leurs danses de riches, mais un cours, sérieusement ?

— Apparemment, ils ont déjà essayé, mais ce n'était pas assez fort. Ils ont besoin d'un groupe.

— Et ils nous ont choisis nous, soupira Skins.

— Leur premier choix aurait été les Finchley Foot-Tappers – ils ne pensaient pas qu'un groupe de notre envergure serait intéressé. Les Foot-Tappers ont fait une ou deux séances, je crois, mais ils les ont laissés tomber au dernier moment, la semaine dernière. Un des types en a parlé à Mickey, et voilà.

— Donc je vais devoir jouer pour un cours de danse, pour des types qui sont trop bons pour un gramophone, après... Il est quelle heure ?

— Il était huit heures cinq sur l'horloge de la cheminée de Mrs C quand je suis parti.

— Après moins de trois heures de sommeil, donc. Ça a intérêt à être rapide. Faudrait que je me repose un peu cet après-midi, si je ne veux pas m'endormir sur ma batterie.

Les deux hommes se murèrent dans le silence tandis que la fourgonnette poursuivait sa route à travers les rues de Londres. Le trajet jusqu'à Victoria Embankment ne prit que dix minutes de plus, mais lorsqu'ils arrivèrent à Scotland Yard, ils dormaient tous les deux.

La porte s'ouvrit et cogna violemment le côté du véhicule.

— Debout ! lança l'agent Grine. On est arrivés.

Ils sortirent en traînant des pieds et suivirent Grine dans le bâtiment à tourelles de briques rouges.

***

— Oui ? fit le sergent blasé derrière l'accueil, à l'entrée du bâtiment.

— C'est moi, Sarge, dit Grine.

Le sergent leva la tête.

— Ah oui, je vois ça. Je pensais que tu étais en mission pour le commissaire.

— C'est le cas, répondit fièrement Grine. Je les ai !

Le sergent observa les deux musiciens de la tête aux pieds.

— Ils ne me font pas l'effet de braqueurs de banque, si tu veux mon avis.

Grine plissa le front, perplexe.

— Ce n'est pas le cas. En tout cas, pas à ma connaissance.

— Alors pourquoi tu les as fait venir ? Le commissaire Nicholls veut les deux suspects du braquage de la Midland Bank. Je me demandais pourquoi ils n'étaient pas menottés, aussi…

— Je suis allé chercher ces deux hommes pour le commissaire Sunderland, expliqua Grine. Pas pour Nicholls.

Cette conversation prenait décidément une tournure qu'il n'avait pas du tout prévue.

— Sunderland ? (Le sergent semblait aussi perplexe que l'officier.) Sunderland du troisième étage ?

— C'est exact, Sarge. Il m'a envoyé dès mon arrivée.

— Mais il est affecté au Bureau de la guerre. Pourquoi ces deux tire-au-flanc l'intéressent ?

— Eh, calmos avec les tire-au-flanc, intervint Skins.

— On dirait qu'on vous a sortis du lit, répliqua le sergent.

— C'est le cas.

— Donc c'est bien ce que je disais. Pendant que nous autres étions déjà au travail.

— Et vous étiez où, vous, à quatre heures du matin, pendant que moi, je travaillais ? rétorqua Skins.

De toute évidence, la conversation ne collait pas non plus à ses modestes attentes.

— Quatre heures du matin, hein ? On peut savoir ce que vous faites ?

— Je suis musicien.

— Jazz ? l'interrogea le sergent d'un air méfiant.

Skins opina du chef.

— Encore pire, siffla l'autre. Du bruit, voilà ce que vous faites. Je vous préférais en tire-au-flanc.

— Écoutez, sergent, intervint Dunn de sa voix la plus soyeuse. Je pense que nous sommes partis sur de mauvaises bases. Vous n'aimez pas les musiciens, mon collègue ici présent n'aime pas se faire traiter de tire-au-flanc, le pauvre agent Grimes…

— Grine, le corrigèrent les trois autres à l'unisson.

— Le pauvre agent Grine, poursuivit Dunn, a été envoyé en mission par un officier supérieur. Pourquoi ne nous enregistrez-vous pas, ou quoi que ce soit que vous fassiez ici, afin que nous puissions aller voir ce fameux commissaire ? Mon collègue et vous pourrez cesser de vous chicaner, Grine pourra compléter sa mission, Sunderland pourra nous dire ce qu'il nous veut, et ensuite, je pourrai enfin retourner me coucher. Je n'ai que trois heures de sommeil derrière moi, et je suis censé reprendre le travail à sept heures ce soir. On ne fait peut-être que du bruit, mais ils nous paient seulement si nous sommes réveillés pour le faire.

Le sergent le toisa à nouveau. Il n'aimait pas recevoir des ordres, en particulier de la part de civils, mais il était forcé d'admettre que ce grand dadais n'avait pas tort, même s'il s'agissait d'un musicien convoqué par un commissaire affecté au Bureau de la guerre.

Il nota leur identité dans le registre et les envoya tous les trois au troisième étage.

***

Grine leur fit grimper plus de marches qu'il semblait tolérable à Skins aussi tôt le matin, puis ils traversèrent un long couloir dont le sol était recouvert de linoléum. Il s'arrêta devant une porte dont la plaque proclamait qu'il s'agissait de l'entrée du bureau du « Commissaire O. N. Sunderland ». Il frappa un petit coup sec sur la porte vitrée.

— Oui ? lança une voix de l'intérieur.

Grine entrouvrit la porte et passa la tête.

— J'ai les deux hommes que vous vouliez voir, monsieur.

— Ah oui ? répondit la voix anonyme. Merci beaucoup. Faites-les entrer, officier.

Grine ouvrit la porte en grand et poussa gentiment les musiciens dans la pièce.

Derrière le bureau se tenait un homme assez mince d'une bonne cinquantaine d'années. Ses cheveux grisonnants et dégarnis étaient peignés, et ses yeux vifs brillaient derrière des lunettes rondes à monture métallique. Son costume gris sombre était impeccablement taillé et n'affichait pas un pli, sa cravate en soie, parfaitement nouée. Il retira ses lunettes et se leva pour accueillir ses visiteurs.

— Skins, dit-il chaleureusement. Dunn. Entrez donc. Quel bonheur de vous voir !

Légèrement perplexes, Skins et Dunn approchèrent et serrèrent la main du commissaire.

— Asseyez-vous, je vous en prie. Du thé ? Apportez-nous un plateau, officier, s'il vous plaît. Et voyez si vous pouvez nous trouver des biscuits.

Grine ferma la porte derrière lui.

— Nous nous sommes déjà rencontrés, n'est-ce pas ? dit Skins. Avant la guerre. Dans le Gloucestershire. Quand Wally Holloway a cassé sa pipe dans cette fameuse fête. Vous étiez l'inspecteur Sunderland, à l'époque.

— Exactement, répondit l'autre. Ça remonte à quoi… dix-sept ans, maintenant ? Content que vous vous en souveniez.

— Je ne risque pas d'oublier le jour où notre trompettiste s'est fait descendre. On avait déjà essuyé de sales critiques, au fil des années, mais jamais personne n'avait été déçu au point de tuer l'un d'entre nous.

— C'est sûr que ça marque, commenta Sunderland avec un petit rire.

— Oh, intervint Dunn, qui venait tout juste de retrouver la mémoire. Littleton Cotterell. Vous êtes l'ami de Lady Hardcastle. Oui, je me souviens, maintenant.

— C'est cela. Je travaillais pour la police judiciaire de Bristol, mais j'ai emménagé ici après la guerre. Vous… vous avez beaucoup changé.

— Dix-sept ans, une guerre mondiale et une héritière américaine comme épouse… commenta Skins. Nous étions des gosses quand vous nous avez vus pour la première fois.

— J'imagine, oui. Vous sembliez tellement sûrs de vous.

— Prétentieux ?

— Un peu, oui, répondit Sunderland avec un sourire. Je dois avouer que je vous croyais plus âgés.

— On nous l'a beaucoup dit, le rassura Skins. Mais vous ne pouvez pas nous en vouloir d'avoir légèrement pété les plombs. Un de nos potes venait de se faire liquider, tout de même. C'était sacrément louche, cette histoire. Les flics le disaient tout le temps, je me souviens.

— C'est vrai. Et il faut croire que les histoires louches pourchassent Lady Hardcastle. Vous la fréquentez toujours ?

— Son amie Flo et ma femme sont inséparables depuis des années. Vous savez ce que c'est, quand quelqu'un vous sauve la vie…

— Vraiment ? souffla Sunderland.

— C'est une longue histoire. Mais elles s'écrivent toutes les semaines. Elles s'appellent beaucoup, aussi. Je ne vous dis pas les factures de téléphone… Donc nous les voyons, elle et Lady H, chaque fois qu'elles passent à Londres – le frère de Lady H et sa famille vivent ici. Elle prétend être trop vieille pour les clubs, maintenant. Chaque fois, elle clame que Flo a dû la traîner de force, mais elles passent toujours un super moment. Ce sont de chouettes filles. Le groupe les adore. Et vous ?

— Je les adore aussi, répondit Sunderland.

— Non, je veux dire, vous les voyez toujours ?

— Pas autant que je l'aimerais, mais nous avons gardé contact. La vie, quoi…

Dunn commençait à perdre gentiment patience.

— Sans vouloir vous offenser, commissaire, j'imagine que vous ne nous avez pas tirés du lit pour parler du bon vieux temps, si ? En quoi pouvons-nous vous être utiles ?

— Tirés du lit ? s'étonna Sunderland.

— Il n'était même pas huit heures du matin, répondit Dunn.

— Ce qui semble être une heure tout à fait raisonnable…

— Nous sommes des musiciens, commissaire, intervint Skins. Nous travaillons la nuit.

— Oh Seigneur, je suis vraiment navré ! Je n'ai pas réfléchi… J'ai bêtement envoyé Grine prendre une voiture…

— Une fourgonnette, le coupa Dunn.

— Pardon ?

— Il a dit que c'était le seul véhicule disponible, confirma Skins.

— Bonté divine… Ce n'est franchement pas le meilleur moyen d'aller chercher quelqu'un à qui on veut demander un service. Je suis profondément navré.

Grine frappa et entra avec le plateau, puis il repartit sans un mot.

— Vous voulez nous demander un service ? reprit Skins tandis que Sunderland servait le thé.

— À nous ? ajouta Dunn.

— En effet. Je crains qu'il s'agisse plus d'une corvée que d'autre chose, si je me dois d'être entièrement honnête, mais je pense que ça pourrait être « dans vos cordes », comme disent les jeunes.

— Comment ça ? lança Skins. Vous avez besoin d'un groupe pour le bal d'été de la police ?

— À vrai dire, je crois bien que oui. Mais ce n'est pas la raison pour laquelle je vous ai fait venir. C'est bien plus intéressant. Plus… intrigant. Plus le genre de choses que vous faisiez aux côtés de notre chère amie.

— Lady H ? intervint Dunn. On ne peut pas vraiment dire que nous participions à ses enquêtes. Nous avons certes été présents une ou deux fois, mais…

Sunderland sourit.

— Quoi qu'il en soit, je pense que vous trouverez celle-ci… comment a-t-elle dit, déjà ? Bien poilante.

— Lady Hardcastle a dit ça ? s'étonna Skins.

— Ça lui ressemble, commenta Dunn.

— Pas faux, confirma Skins. Mais comment en êtes-vous venus à parler de nous, tous les deux ?

— Pardonnez-moi, je vais trop vite. Du sucre ?

— Six morceaux pour moi, déclara Skins avec un grand sourire.

Dunn fit claquer sa langue de désapprobation.

— Juste deux, s'il vous plaît.

— Je brûle beaucoup d'énergie, se défendit Skins.

— Je n'en doute pas, répondit Sunderland. J'ai bien peur de ne pas vraiment m'y connaître, mais j'imagine que cette nouvelle musique jazz demande beaucoup d'énergie.

— Seulement si on fait ça bien. Oh, merci.

Sunderland lui tendit sa tasse de thé.

— Lady H, reprit Dunn en acceptant la sienne avec un hochement de tête. Un service. Une enquête poilante…

— Oui, pardonnez-moi, dit Sunderland. Il est si facile de se laisser distraire par le thé. Laissez-moi réfléchir… Par où commencer ? J'imagine que le plus simple est de dire que deux de mes enquêtes n'en forment plus qu'une, et que j'ai besoin d'un coup de main pour de la surveillance. Et peut-être bien d'un peu d'espionnage.

— Et c'est à nous que vous avez pensé ?

— Oui. J'ai ma propre escouade, mais elle est très petite – on ne peut pas dire qu'on soit très favorisés, à la Crim. Je dois me débrouiller.

— Et qu'est-ce que vous faites, au juste ? intervint Skins. Vous et votre équipe, je veux dire.

— Nous gérons… des vieilles enquêtes. Des vieilles enquêtes assez spécifiques, répondit Sunderland.

— Braquages ? Fraude ? Meurtres ?

— Non, pas tout à fait. Quoique, parfois… Revenons un peu en arrière, si vous le voulez bien. Comment s'est passée votre guerre ?

— Pardon ? hoqueta Skins. Ma guerre ?

— Oui. Comment ça s'est passé ? Vous avez servi ?

— Middlesex Regiment. Tous les deux. Nous l'avons rejoint ensemble.

— Entendu. Vous en êtes revenus indemnes, j'imagine ?

— Je me suis pris un vilain coup sur la tête, vers la fin, répondit Skins. Mais Barty ne s'est même pas fait une ampoule.

— Pour être honnête, nous passions beaucoup de temps derrière les lignes à distraire les troupes, expliqua Dunn. On faisait des concerts, ce genre de chose. Nous avons combattu, bien sûr. Il y a eu quelques assauts. Mais pas beaucoup, en comparaison de la plupart de nos compagnons.

— Il faut un sacré cran, commenta Sunderland.

— Ça, je ne sais pas, reprit Skins. D'après moi, c'est surtout l'entêtement et l'ignorance qui nous font tenir debout.

— Je suis sûr que vous dédramatisez une période terrible, répondit Sunderland en riant. Vous savez qu'il y avait des déserteurs, bien sûr. Des hommes qui n'étaient pas dotés de votre… entêtement et de votre ignorance, qui ont décidé de filer à l'anglaise et de laisser leurs copains se débrouiller tout seuls.

— Nous en avons perdu quelques-uns, oui, confirma Dunn. Certains se sont fait fusiller « pour lâcheté ». En toute honnêteté, ça ne ressemblait pas à ça.

Skins secoua la tête.

— Pas le jeune Bernie Butcher, c'est certain. Ce pauvre gars était dans un de ces états… Il ne savait plus où il habitait quand ils l'ont fait passer en cour martiale. Stress post-traumatique. Il avait perdu la boule. C'est terrible.

Sunderland sirota son thé.

— Il y a en effet eu… Cela doit rester entre nous bien sûr, mais il y a eu d'affreuses erreurs judiciaires. Cela étant dit, il y en avait tout de même qui avaient toute leur tête et qui ont simplement décidé de déserter. Et certains en ont profité pour s'en sortir en toute impunité malgré des crimes plutôt sérieux. Et j'ai pour mission peu enviable de retrouver ces hommes.

— Je n'aimerais pas être à votre place, pour sûr, commenta Skins.

Sunderland esquissa un sourire.

— Je vous accorde que ce n'est pas le plus glamour dans le métier – ce n'est pas là qu'on fait le plus de descentes et d'arrestations, c'est certain. Mais j'aime penser que je fais un travail important, et il arrive qu'il y ait de brefs instants de jubilation. C'est le cas en ce moment même. J'ai une piste sur un déserteur disparu qui pourrait bien se cacher sous votre nez. Et je peux vous dire que son cas est plutôt intéressant.

— Sous notre nez ? répéta Dunn. Un membre du groupe ?

— Oh, non, rassurez-vous. D'après mes sources, vous avez été engagés pour jouer pour des cours de danse à l'Aristippus Club de Mayfair, est-ce correct ?

— Correct, répondit Dunn.

— Correct, confirma Skins. Vous êtes mieux informé que moi. Je pensais que nous n'étions que le groupe résident du Tipsy Harry's, mais comme vous venez de le dire, maintenant, on doit aussi se taper ses cours de danse.

— Qui est ce Tipsy Harry ? l'interrogea Sunderland.

— C'est comme ça que les membres appellent l'Aristippus Club. Ne me demandez pas pourquoi.

— Tipsy Harry... Arri-stippus... expliqua Dunn. Vous ne saisissez pas ?

Les deux autres le dévisagèrent d'un regard vide, ce qui arracha un soupir blasé à Dunn.

— Bon, Aristippe était un philosophe grec. Il croyait au fait de prendre du plaisir sans toutefois se laisser contrôler par ce plaisir. Il était très branché contrôle, de manière générale. Il aimait l'idée d'adapter les situations selon lui-même, et non l'inverse. C'était un élève de Socrate. Il aimait bien picoler, aussi. « Tipsy Harry's » lui va donc plutôt bien. C'était un joyeux luron, en somme.

Les deux autres continuaient de le fixer.

— Quoi ? lança-t-il. Je vis tout seul. Je me cultive.

— En tout cas, voilà qui explique le surnom du club, finit par dire Sunderland. Quoi qu'il en soit, la rumeur d'une bribe de soupçon d'une possibilité que quelqu'un ait pu rapporter quelque chose qu'il ait entendu nous a poussés à présumer qu'il puisse être concevable que l'un des hommes de notre liste, un certain Arthur Grant, mène la belle vie en plein Londres.

— Ah oui, une bonne piste bien solide, commenta Dunn.

— J'ai bien peur que ce soit avec ce genre de rumeurs que je travaille constamment, dit Sunderland. Mais voyez-vous, le nom « Aristippus » ressort dans deux dossiers différents. Celui d'un déserteur disparu, et un autre beaucoup plus déroutant que je ne peux décemment pas ignorer. Mais je ne dispose pas de suffisamment d'hommes pour pouvoir enquêter comme il se doit. Mon petit groupe est vraiment léger, et j'ai besoin sur le terrain de quelques volontaires qui puissent jeter un coup d'œil et me tenir informé, en toute discrétion bien sûr. Et lorsque j'ai parlé de cette affaire à Lady Hardcastle, elle a tout de suite pensé à vous. D'après elle, vous êtes les hommes de la situation.

— Ah oui ? souffla Skins. Je dois dire que je suis un peu déçu qu'elle ne soit pas venue nous voir directement. Flo aurait pu au moins en parler à Ellie.

— Je suis vraiment navré, je pensais qu'elle l'avait fait. Votre femme a été mentionnée dans la conversation, d'ailleurs. Il semblerait qu'elle connaisse déjà l'affaire.

— Ellie connaît l'affaire ? Celle du déserteur ?

— Une partie, en tout cas. Tous les journaux en ont parlé quand elle était en France, pendant la guerre. Elle l'avait mentionnée à Flo. Mais je vais trop vite, une fois de plus.

— Donc il ne s'agit pas seulement de mettre la main sur un déserteur ? demanda Dunn. Qu'attendez-vous de nous, exactement ?

— Comme je vous l'ai dit, que vous soyez à l'affût. Que vous gardiez les yeux et les oreilles bien ouverts, au club, et que vous me teniez au courant au moindre type un peu louche. Rien de dangereux.

— Ce Grant, là… Qu'est-ce qu'on lui reproche, au juste, si ce n'est pas un banal déserteur ? demanda Skins.

Sunderland prit un instant pour rassembler ses pensées.

— En 1917, plus ou moins au moment de sa disparition, ce fut également le cas de l'équivalent de vingt-cinq mille livres de diamants bruts qui avaient été passés en douce à Anvers et franchi les lignes allemandes. Ils étaient en partance pour Calais mais n'y sont jamais arrivés.

Skins lâcha un sifflement.

— Mais oui ! Je me rappelle avoir entendu Ellie mentionner cette histoire. On ne parlait que de ça, dans le coin, apparemment. Mais elle pensait qu'il s'agissait plus d'une rumeur que d'autre chose. Alors, c'était bien réel ? Et d'après vous, c'est ce Grant le responsable ?

— Oui, et oui.

— À qui appartenaient ces diamants ? demanda Dunn.

— Pas à lui, en tout cas, répondit Sunderland. En toute honnêteté, je n'ai jamais réussi à le savoir. Il s'agissait sûrement d'un Belge aisé cherchant à mettre sa fortune à l'abri au cas où les Allemands décideraient de rester – il pensait probablement suivre un peu plus tard –, mais rien de certain.

— Qu'est-ce qui se passera, quand vous l'aurez attrapé ?

— Grant ? Il sera jugé pour désertion et vol.

— Comment le reconnaître ? demanda Skins. J'imagine qu'il ne se fait plus appeler Grant, ou vous l'auriez déjà retrouvé…

— Son dossier militaire le décrit comme un homme d'un mètre soixante-dix, brun, yeux marron, pointure 42. Il est né en 95 ; il a donc trente ans.

— Alors, si on voit quelqu'un qui ressemble exactement à tous ceux qui ont servi durant la guerre, c'est notre homme.

— En gros, oui. Mais ce que j'espère, c'est que vous repériez quelqu'un qui ne semble pas à sa place. Cet homme était un simple soldat, appelé en 1916. Norfolk Regiment. Il était un ouvrier agricole quasi sans le sou quand il a intégré l'armée, mais aujourd'hui, il fait copain-copain avec les aristos dans votre fameux « Tipsy Harry's ». C'est en tout cas ce que dit la rumeur. Il doit être sacrément doué pour ne pas s'être fait repérer jusqu'ici, mais je doute qu'il attire l'attention, tant qu'il porte la bonne veste pour dîner et règle ses ardoises.

— Le Tipsy Harry's est un assez gros club, l'informa Dunn. Ça fait vraiment beaucoup de membres.

— Le registre officiel parle de deux cent trente-six membres. Nous avons discuté avec le secrétaire, qui nous a bien aidés, d'ailleurs. Mais il y a moins d'une cinquantaine de ce qu'il appelle des « membres actifs » – ceux qui viennent plus d'une ou deux fois par an – et juste une poignée de clients réguliers. Et parmi eux, seul un petit groupe correspondant à l'âge de Grant, qui ont tous rejoint le club ces douze derniers mois. Maintenant que nous avons associé Grant au club, nous imaginons qu'il fait partie de ces clients réguliers. Cela me paraît en tout cas logique, pour des raisons que je ne vais pas tarder à évoquer.

— Pourquoi maintenant ? intervint Skins. Si vous savez où il se trouve – ou si vous pensez le savoir –, pourquoi ne pas surveiller les lieux et mettre l'un de vos hommes sur place dès que vous le pourrez ? Pourquoi faire appel à nous ?

— Je savais que vous étiez les hommes de la situation, répondit Sunderland. Pour tout vous dire, cette histoire ne s'arrête pas là, et le temps n'est vraiment pas de mon côté. Notre source est d'abord venue nous voir – enfin, elle est venue voir mes collègues de la brigade volante, pour être exact – parce qu'elle avait entendu vent d'un éventuel cambriolage au club. La brigade volante a passé le mot à la police judiciaire en disant que cette histoire n'était pas de son ressort. Un cambriolage ? Non mais quoi encore ? Tout ce qui les intéresse, ce sont les vols à main armée. Ils ont donc souri poliment et ont classé le dossier, mais un ami à moi me l'a fait suivre lorsque j'ai demandé si quelqu'un avait une quelconque info sur Arthur Grant et l'Aristippus Club.

— Pourquoi le temps est-il contre vous ? l'interrogea Dunn.

— Il y a un concours de danse le 12 juin – dans un peu plus de trois semaines.

— Ce qui expliquerait pourquoi ils ont besoin de nous, commenta Skins. Ils veulent se préparer pour le grand jour.

— C'est ce que je pense, oui, confirma Sunderland. Mais ce n'est pas ce qui nous intéresse. D'un point de vue criminel, du moins.

— Vous ne les avez pas vus danser, dit Skins. On joue pour eux le vendredi soir – certains devraient se faire enfermer pour crime contre la déesse Terpsichore.

— C'était une muse, l'informa Dunn.

— Quoi ?

— Terpsichore n'était pas une simple déesse. C'était l'une des neuf muses.

— Décidément, on en apprend tous les jours, commenta Skins. Et donc, c'est quoi, ce qui nous intéresse ?

Sunderland ricana.

— Le côté très « Lady Hardcastle » de l'histoire. Il y a une rumeur… À vrai dire, il s'agit plus d'une légende que d'une rumeur. Ou peut-être d'un mythe. Que savez-vous du Trésor du Tueur de Mayfair ?

— Rien du tout, dit Skins. Barty ? C'est le genre d'histoire que tu aurais pu lire dans ta piaule de Wood Green, non ?

— Ça ne me dit rien.

— Dommage, reprit Sunderland. J'espérais qu'elle enflamme votre imagination. En 1805, le président de l'Aristippus Club – l'un de ses membres fondateurs – fut pendu pour le meurtre d'un diamantaire de Hatton Garden. Il avait creusé une galerie à partir de la cave de la maison voisine et était en train de vider le coffre quand le diamantaire l'a surpris. Une rixe a suivi, et le diamantaire s'est fait poignarder en plein cœur par une dague ornementale…

— Une dague ornementale ? le coupa Dunn. Vous inventez, là ?

— Surprenant, n'est-ce pas ? Eh bien non. C'était une dague de cérémonie gravée qui faisait partie de la tenue officielle du capitaine d'armes de l'Aristippus Club. C'est comme ça qu'ils l'ont arrêté et que Sir Dionisius Fitzwarren-

Garvie s'est fait surnommer « le Tueur de Mayfair » – beaucoup plus romantique que « le Poignardeur de Hatton Garden », n'est-ce pas ? On ne parlait que de son jugement, en ville, en partie parce que le cambrioleur était un bourgeois d'un club élitiste devenu le plus célèbre voleur de bijoux de son temps. Mais ce qui a surtout fait parler les gens, c'est que les joyaux dérobés n'ont jamais été retrouvés. Sa maison londonienne, sa maison de campagne, celles de ses complices… même son cher club a été retourné. Pas une seule trace. C'est ainsi qu'est née la légende du Trésor du Tueur de Mayfair. En général, il refourguait ses investissements à l'un de ses associés, qui les transmettaient à une source inconnue – les diamants ont probablement quitté le pays pour ne jamais être revus.

— Mais ? s'enquit Skins.

— Mais la légende dit qu'ils sont cachés dans un caveau secret, à l'Aristippus Club, justement.

— Non mais là, vous inventez, c'est sûr, répliqua Dunn. Des dagues ornementales et des caveaux secrets ? À d'autres !

Sunderland lâcha un nouveau ricanement.

— Vous allez adorer la suite. Pendant cent vingt ans, tout un tas de gens ont fouillé le club, en quête du trésor. Des membres, du personnel, des détectives privés, des aventuriers – ils ont tous exploré le moindre recoin du club, à la recherche de l'entrée secrète du caveau. Après que Howard Carter eut découvert le tombeau de Toutankhamon, ils ont même fait venir des égyptologues qui se sont servis de « techniques apprises durant l'exploration des anciennes pyramides ». Ils n'ont jamais rien trouvé.

— Parce qu'il n'y a rien à trouver, commenta Dunn.

— C'est ce qu'on pourrait penser. Mais la légende perdure. Et elle attire tous les opportunistes…

— Et tous les dingues.

— Oui, aussi. Quoi qu'il en soit, ils finissent toujours par venir fureter autour du club. D'autant plus maintenant qu'une nouvelle rumeur circule. Apparemment, on trouverait un indice sur la localisation du caveau sur la tenue d'apparat du club. Un accessoire, sur le vêtement ou l'attirail, détiendrait la clé du secret. Le souci, c'est que la tenue d'apparat est elle-même enfermée dans son propre caveau impénétrable – enfin, il s'agit d'un coffre tout à fait ordinaire situé dans le bureau du président du club, mais ils aiment bien dire « caveau ». Quoi qu'il en soit, elle est sous clé et uniquement sortie pour les grandes occasions.

— Par exemple… un concours de danse ?

— Exactement, mon bon vieux Skins. Le secrétaire nous a lui-même confirmé que le concert exigeait un rituel bien spécifique. Tout sera donc de sortie : les costumes, les dagues, les sceptres, les globes et que sais-je encore. Et ils paraderont durant la cérémonie d'ouverture, comme s'il s'agissait d'un couronnement ou de l'investiture d'un archevêque.

Skins secouait la tête.

— Dites-moi si j'ai bien compris. Un type qui a déserté en France il y a huit ans, en 1917, s'est peut-être – ou non – mis à découvert pour rejoindre un club de Mayfair, parce qu'il aurait compris ce que cent vingt ans de détectives et d'archéologues n'ont pas trouvé…

— Et il a besoin d'avoir accès à la tenue d'apparat du club, ajouta Dunn. Pour cela, il s'est inscrit au concours de danse car ce genre d'événement garantit que tous les gros bonnets du club sortent leurs plus beaux atours, ce qui lui permettra d'avoir enfin accès au caveau secret et au trésor de Mayfair…

— Dont il n'a pas besoin, vu qu'il dispose déjà de diamants bruts d'une valeur de plusieurs milliers de livres, l'interrompit Skins.

— Excitant, n'est-ce pas ? lança Sunderland.

— Pourquoi ne pas simplement placer quelques-uns de vos hommes dans le club, le soir du concours ? voulut savoir Skins.

— Je pourrais en mettre dix sans qu'ils parviennent à repérer notre homme – nous ne savons pas qui nous cherchons. C'est pour ça qu'il faudrait que vous en appreniez un peu plus sur ces nouveaux membres afin que nous puissions mieux le cerner. Et de toute façon, je ne pourrais jamais me le permettre – j'aurais besoin d'une charrette de billets pour payer toutes ces heures supplémentaires. Mes hommes ne recevront jamais une telle somme si nous ne sommes pas sûrs à cent pour cent de notre proie. Et même dans ce cas…

Skins et Dunn éclatèrent de rire.

— Tandis que nous, on fait ça gratis… commenta Skins.

— Vous acceptez ? Vous serez sur place, de toute façon. Ça ne vous coûtera pas grand-chose. Et il n'y a aucun danger. Tout ce dont j'ai besoin, c'est de vos yeux et de vos oreilles.

— Donc vous attendez de nous que nous observions les danseurs du haut de la scène… et quoi d'autre, exactement ? demanda Skins.

— Votre position sur la scène sera déjà stratégique. Mais si vous pouviez vous mêler un peu à eux, discuter, ce genre de chose…

— Et vous faire un rapport.

— Voilà, confirma Sunderland. Nous interviendrons si nécessaire – c'est vraiment sans danger. Comme je vous l'ai dit, j'ai juste besoin d'yeux et d'oreilles au sein du club.

Skins et Dunn échangèrent un regard, et Dunn haussa les épaules. Ellie et eux avaient souvent parlé, ces dernières années, des exploits de leurs amies Lady Hardcastle et Flo Armstrong, se demandant s'ils auraient su eux-mêmes résoudre toutes les affaires sur lesquelles elles travaillaient. Aucun ne s'était réellement cru doué pour « tous ces trucs de détective », mais le glamour de la profession les avait toujours attirés. Surtout Skins. Il aimait l'idée qu'Ellie ait une véritable espionne dans sa famille. Il dressa les sourcils et jeta un regard implorant à Dunn, qui éclata de rire.

— Si tu veux, va. Pourquoi pas, après tout ? (Puis il se tourna vers Sunderland.) Il s'est toujours secrètement vu comme un Richard Hannay.

Skins lâcha un petit sifflement sarcastique et leva deux doigts.

— Ce n'est pas grave si vous ne voulez pas le faire, reprit Sunderland. Je n'ai rien d'autre à vous offrir que les remerciements tacites d'une nation reconnaissante, après tout. Mais si je vous engage, c'est tous les deux. Donc, Dunn, si ça ne vous branche pas, dites-le.

— Bien sûr que si, répondit l'intéressé. Pour tout vous dire, Lady H ne manquait pas d'éloges à votre sujet, elle aussi – même si elle vous appelle toujours « inspecteur » Sunderland...

— Surtout quand je suis là, oui. Je vois ça comme de la taquinerie.

— Ça lui ressemble bien. En tout cas, elle disait que vous étiez l'un des seuls flics à qui elle faisait confiance. Si elle pouvait vous rendre ce service, elle le ferait très probablement. Je pense que cela ne nous laisse pas le choix.

— Voilà qui est merveilleux ! sourit Sunderland. Vraiment merveilleux. Merci. Je vous en prie, prenez des gâteaux.

***

Sunderland avait passé un certain temps à donner aux garçons toutes les informations possibles sur Arthur Grant. Il n'y avait pas grand-chose, mais au moins savaient-ils où il avait servi, et où et quand on l'avait vu pour la dernière fois. Le commissaire avait également demandé des rapports réguliers.

— Ne vous tracassez pas trop non plus. Un résumé rapide de ce que vous avez vu, avec qui vous avez parlé, ce genre de chose. Un coup de fil suffira. Ou un télégramme. Juste pour que je sache comment ça se passe.

Puis il les avait renvoyés chez eux, mais pas avant de trouver à Grine une voiture pour les raccompagner.

— Ramenons-les dans quelque chose d'un peu plus digne, n'est-ce pas, Grine ? avait-il dit. Dieu seul sait ce que leurs voisins ont pu penser en vous voyant débarquer avec la fourgonnette. Merci de faire de votre mieux pour rétablir leur réputation.

Ils avaient donc quitté Victoria Embankment avec Skins et Dunn à l'arrière d'une voiture de police, comme deux dignitaires en visite.

— Tu crois qu'on va y arriver ? demanda Dunn tandis qu'ils contournaient Parliament Square.

— Comme je n'arrête pas de te le dire, je suis discret et doué pour analyser les gens. C'est dans mes gènes. Si ce Grant est vraiment un membre du Tipsy Harry's, on va le pincer en moins de deux.

— Dans tes gènes ? Tu racontes vraiment n'importe quoi, parfois, mon pauvre.

— Évidemment, répliqua Skins. Ça fait partie de mon charme.

— Si tu le dis. Mais il va falloir se montrer prudents, quand même.

— Je ne pense pas qu'on coure le moindre risque. Personne ne sait qu'on travaille pour les flics. Et même si Grant commence à se dire qu'on pose trop de questions, il ne fera rien – il la bouclera, c'est tout.

— Tu parles comme si on allait le trouver tout de suite. Ça fait huit ans qu'il fait cavaler l'armée et la police, et tu t'imagines qu'il nous suffira d'un simple coup d'œil aux danseurs au moment du cours pour le pincer ? Et puis quoi encore ? Tu crois aussi qu'il va se laisser prendre au piège au bout de deux questions ?

— C'est sûr que dit comme ça… Mais ça vaut le coup d'essayer, non ?

— Si.

— Et il y aura sûrement une récompense, si on retrouve ce fameux trésor.

— Tu ne crois tout de même pas sérieusement à toutes ces âneries ? Des histoires de caveaux secrets en plein club londonien ? C'est un peu trop, là…

— Bon, c'est peut-être un peu dur à avaler, concéda Skins. Mais ça pourrait payer une camionnette au groupe.

Ils regardèrent la vie diurne londonienne défiler sous leurs yeux tandis que la voiture les conduisait au nord de la ville. La musique les faisait voyager à travers tout le pays – ils rêvaient même de pouvoir un jour franchir la frontière –, mais aucun d'entre eux n'imaginait un endroit aussi vivant, banal, sale, scintillant, amical, détestable, ou tout simplement aussi merveilleux que Londres. C'était chez eux, et ils adoraient cette ville. Skins fut déposé en premier, et il ouvrit la porte avec sa clé. Même au bout de six ans, il ne se faisait toujours pas à l'idée d'attendre devant chez lui qu'un domestique vienne lui ouvrir. Il accrocha son chapeau dans le vestibule et partit chercher Ellie. Peu de temps après, Dunn fut soulagé de trouver sa propre rue déserte, mais sa chance ne dura pas. Alors que Grine se garait devant sa maison, Mrs McGuffie, du numéro 74, était devant sa porte avant même que la voiture ne soit complètement à l'arrêt.

— Je lui ai dit, tu sais ! lança-t-elle à Dunn quand il sortit. Ne va pas croire que j'l'ai pas fait.

— Merci, Mrs M. C'est très gentil à vous, dit-il avant de se pencher vers la voiture. Merci à vous aussi, agent Grine. J'espère que l'on ne vous a pas fait rater quelque chose.

— Ne vous inquiétez pas pour moi, monsieur, répondit Grine. Je suis toujours content d'être tenu à l'écart de ce qui se passe. Faites attention à vous.

Dunn claqua la portière et tapa sur le toit de la voiture. Grine s'en alla.

— Je lui ai dit, répéta Mrs McGuffie.

— Je sais, Mrs M. Vous me l'avez déjà dit.

— Je lui ai dit que tu t'étais fait embarquer par la police. En fourgonnette. Comme un vulgaire criminel. Je lui ai dit qu'elle devrait te mettre à la porte. Un locataire qui se fait embarquer par la police, on aura tout vu…

— Je suis sûr qu'elle y réfléchira, Mrs M. Merci pour vos conseils.

Il gagna le numéro 76 et ferma la porte derrière lui. Mrs Cordell ne le jeta pas à la porte ; elle lui fit une tasse de thé.

Pendant ce temps-là, Skins avait retrouvé Ellie dans le bureau, où elle était en train d'écrire une lettre.

— Coucou, mon amour, lança-t-il du seuil. Tu veux un thé ?

— Oh, salut, chéri. Alors, c'était comment ? Ils vous ont tabassés ? (Elle le regarda de bas en haut.) Non, tu as l'air d'aller bien.

— J'ai bien cru qu'on allait en venir aux mains, mais on a réussi à leur faire entendre raison.

— Mais oui… Ce Grine avait l'air très sympathique. Je suis sûre qu'il vous aurait protégés. Même si j'ai entendu Mrs Dalrymple parler à la cuisinière. À en croire notre chère gouvernante, tu t'étais fait embarquer par toute une escouade. Elle ne s'attendait pas à te revoir avant ta pendaison.

Skins lâcha un petit rire.

— Il nous a emmenés à Scotland Yard voir un vieil ami de Lady H.

— Ah oui ? Et qu'est-ce que ce « vieil ami » vous voulait ?

— Comme si tu ne le savais pas déjà, dit-il en déposant un baiser sur son crâne. Je vais demander à la cuisinière de faire bouillir de l'eau, et je te raconte tout.

Littleton Cotterell
19 mai 1925

Ma chère Ellie,

Salut, ma vieille. Quoi de neuf dans la Grande Ville ? J'espère que vous allez tous bien.

Madame et moi sommes allées à Bristol pour assister à un concert de… oh, c'est tout une histoire, tu vas voir. On m'avait dit qu'il s'agirait du philharmonique de Vienne – l'un des meilleurs orchestres symphoniques du monde, rien que ça – qui jouerait quelque chose tiré du répertoire romantique.

« J'espère que ce sera du Tchaïkovski, m'avait dit joyeusement Lady Hardcastle. Vous allez adorer. »

Il s'avère qu'il y eut ce qu'elle décrit aujourd'hui comme une « exagération tactique » afin de s'assurer de ma présence. Ils étaient en effet autrichiens, mais il s'agissait d'un orchestre amateur venu tout droit d'Innsbruck. Ils étaient tellement dévoués à leur pays tyrolien qu'ils avaient remplacé leurs costumes noirs par des *lederhosen* et des *dirndls*. Et c'était une soirée consacrée aux valses de Strauss et, pour ma plus grande horreur, à *La Veuve joyeuse* de Franz Lehár.

Bon, c'était tout de même agréable de sortir, et après le concert, nous avons été conviées à la réception – Lady Hardcastle connaît le chef d'orchestre. Surprenant, n'est-ce pas ? Il est en possession d'une partition signée de la main de… j'ai envie de dire Gustav Mahler, mais ça pourrait être n'importe qui d'autre. Ravel ? Elgar ? Charlie Chaplin ? Quoi qu'il en soit, elle lui avait été volée il y a quelques années, quand il travaillait pour un orchestre plus haut de gamme de Vienne. Nous l'avions retrouvée et la lui avions rendue, et depuis, ces deux-là

sont copains comme cochons. C'est en tout cas ce qu'elle aime raconter. Lui était suffisamment reconnaissant pour l'inviter *backstage* pour un verre de champagne tiède et des vol-au-vent froids. Tu vois le tableau.
Au fait, elle t'embrasse et te rappelle que nous serons à Londres à la fin du mois (pas le week-end qui vient, mais le suivant – nous arrivons chez son frère le 29). Elle aimerait savoir si nous pouvons déjeuner ensemble au Ritz le 1er (lundi). J'aimerais beaucoup, moi aussi. Tiens-moi au courant.
Le commissaire Sunderland vous a-t-il contactés ? Je lui ai fait part de ton intérêt pour ce fameux déserteur et cette histoire de trésor disparu. J'ai toujours cette lettre que tu m'avais envoyée durant la guerre – je n'arrive pas à croire que ce voleur de diamants dont tu m'as parlé en 1917 est à nouveau à ta porte. Enfin, à celle de Skins, mais tu as compris…
J'espère que les garçons décideront de l'aider. Cet homme est un amour. Sa gentillesse et son professionnalisme nous manquent, à Bristol. C'était chouette d'avoir un allié aussi fiable, mais quand sa mère est morte de la grippe espagnole (je te l'avais dit, n'est-ce pas ?), il n'y avait plus grand-chose qui le retenait ici. En dehors de nous, bien sûr – et impossible de rivaliser avec une promotion et l'offre de son propre service à Londres.
Nous sommes « entre deux affaires », en ce moment. Il y a un agent soviétique sur lequel nous devons garder un œil, et deux Allemands ainsi qu'un Autrichien qui doivent être protégés, mais c'est en grande partie tranquille (tu peux saisir cette occasion pour lire entre les lignes et chercher à deviner pourquoi Lady Hardcastle tenait tant à nous emmener à ce fichu concert du Colston Hall, et pourquoi le deuxième trombone a l'air complètement tourmenté, désormais). Tout ça pour dire

que c'est le bon moment pour moi de plonger tête la première dans un nouveau mystère digne de ce nom. Ça fait longtemps que nous n'avons pas eu de trésor à déterrer. Il y a eu une affaire à Varsovie, avant la guerre, qui impliquait un diadème de diamants. C'était génial ! Et bien sûr, il y a eu cette fameuse émeraude disparue de Littleton Cotterell, quand j'ai rencontré ce cher Skins. Mais des cartes au trésor et des caveaux secrets ? Je suis tellement jalouse... S'il te plaît, promets-moi de m'informer de vos avancées. S'il y a une énigme à résoudre, j'adorerais tenter ma chance.

Je suis certaine que vous n'avez pas besoin d'aide, mais je travaille pour Madame depuis bien trop longtemps, et son habitude de donner son avis sans y être invitée a légèrement déteint sur moi. Bon, pas sûre qu'il y ait un grand secret derrière toute cette histoire... J'ai cru comprendre que Sunderland prévoyait de leur demander seulement d'ouvrir un œil pour lui. Aussi vague et inutile cela puisse-t-il paraître, c'est tout ce qu'ils auront à faire. Il faut qu'ils apprennent à connaître leur « cible ». Découvrir qui elle est, l'observer... Nous ne ferions rien de plus.

Je pourrais moi-même aller jeter un coup d'œil au club, voir si les lieux veulent bien me révéler quelque secret... Je sais que beaucoup d'autres s'y sont essayés et ont échoué, au fil des années, mais ça ne coûte pas grand-chose de tenter le coup. Pendant ce temps, Lady Hardcastle pourrait charmer son monde en se montrant horriblement indiscrète – les gens adorent parler. Mais étant dépourvues de pouvoirs magiques, il n'y a rien que nous ne puissions faire de plus que les garçons. En dehors de mon talent de crocheteuse – je suis toujours aussi douée, figure-toi –, mais Skins m'a toujours fait l'impression de savoir se débrouiller, de ce

côté. Je suis sûre qu'il ne nous a pas encore raconté toute son histoire, celui-là.
En attendant, n'oublie pas de voir si tu peux ajuster ton emploi du temps pour que nous ayons une chance de déjeuner ensemble le 1er.

Ton amie,
Flo

3

L'Aristippus Club occupait un grand – mais étonnamment discret – bâtiment presque caché dans les ruelles de Mayfair. Il avait fallu à Skins et Dunn une bonne demi-heure pour pousser leur charrette à bras sur les quasi-deux kilomètres qui les séparaient de New Row, et Dunn n'était pas de la meilleure des humeurs.

— Combien de temps encore avant que ta femme touche son héritage ? lança-t-il tandis qu'ils manœuvraient la charrette récalcitrante dans la cour, à l'arrière du club.

— Quatre ans.

Dunn émit un grognement.

— Tu veux bien nous rendre service, à ce moment-là ? Dix ans de mariage, c'est les noces d'étain, hein ? Demande-lui une voiture. Une bonne grosse voiture avec plein de place pour tes fûts et mes contrebasses.

— Tu peux toujours t'en acheter une toi-même, si c'est si important.

— Avec ce qu'on touche ?

— On a encore fait un tabac, ce mois-ci. Tu le dépenses dans quoi, ton fric ?

— Pas les nanas, pour sûr. Pas ces deux derniers mois, en tout cas.

— Eh bah voilà. Achète-toi une jolie caisse toute neuve. Ou même d'occase, si tu veux.

— Pour être honnête, je préfère me plaindre en attendant que tu le fasses toi.

Skins frappa à la porte de derrière.

— C'est bien ce que je pensais.

La porte s'ouvrit sur un employé en livrée.

— Oui ?

Skins n'en revenait pas que l'homme soit parvenu à faire durer presque deux secondes un mot d'apparence aussi court et simple.

— Nous sommes avec le groupe, dit-il. On doit rentrer notre matos.

— Matos ?

Deux nouvelles syllabes ; trois nouvelles secondes.

Skins désigna la charrette à bras et son chargement.

— Ah, dit l'autre. Votre… matos. Vous devez faire partie des Finchley Foot-Tappers.

— Non, ils ne pouvaient pas venir. Nous sommes les Dizzy Heights.

— Ah bon ? Je croyais que vous jouiez au club le vendredi.

— C'est le cas.

— Mais nous sommes mardi, aujourd'hui.

— Nous sommes en avance.

— Attendez ici, s'il vous plaît.

Puis il ferma la porte.

— J'aurais pu rester au lit, commenta Dunn.

— Je pourrais être avec Ellie et les enfants, ajouta Skins.

L'employé revint.

— Suivez-moi. Vous pouvez laisser votre… charrette ici.

Ils prirent un maximum de choses, mais il restait encore beaucoup de matériel à venir récupérer.

— Dites, ce serait possible d'avoir un coup de main ? lança Dunn avec un coup de menton vers la caisse claire et la boîte qui attendaient sur la charrette.

L'homme plissa le front. De toute évidence, cette idée ne lui était jamais venue à l'esprit, et il bataillait avec cette éventualité inédite.

— Un coup de main ? finit-il par articuler. Je vais demander à l'un des garçons de ramener votre... « matos » dans la salle de bal.

— Vous êtes bien aimable, dit Skins.

Ils suivirent l'homme dans le labyrinthe familier que formaient les quartiers des domestiques, montèrent une volée de marches de pierre menant à la partie principale du bâtiment puis longèrent un autre couloir, cette fois au sol de marbre, qui s'achevait sur une double porte. L'employé l'ouvrit pour révéler l'immense salle de bal. Les murs étaient jonchés des portraits d'importants anciens membres du club, et le plafond de chandeliers éblouissants de minutie.

— C'est encore plus joli en plein jour, commenta Skins. C'est très élégant.

— Ah oui ? répliqua l'employé. Je ne me rends pas compte de ce genre de chose.

— Vous pouvez me faire confiance. Les salles de bal sont toujours « élégantes », les montagnes, « majestueuses » et les serveuses, « plantureuses ». C'est la règle. Vous pouvez vérifier.

L'homme semblait imperméable au badinage de Skins.

— Ils vous veulent là-bas.

— Sur la scène ? intervint Dunn. Là où le groupe joue habituellement ? Je ne suis pas sûr que l'idée me plaise.

— Le garçon ne devrait plus tarder à vous amener le reste de vos *impedimenta.*

— Vous êtes un chou, dit Skins. Oh, avant de partir... J'imagine que vous ne savez rien au sujet du Trésor du Tueur de Mayfair ? Vu que vous êtes un serviteur fidèle et loyal de ces lieux...

— Je crains de ne pouvoir le dire, monsieur.

— Vous ne pouvez pas, ou vous ne savez pas ? rétorqua Dunn.

— Oui, monsieur. Il y a des rumeurs, bien sûr, mais rien de plus.

— Donc vous ne savez pas où se trouve le caveau ? demanda Skins.

— Si je le savais, je mènerais la grande vie dans le sud de la France, à l'heure actuelle, monsieur.

— Pareil pour moi. Vous pensez que les rumeurs disent vrai ?

— Il y en a tellement. Certains disent que l'entrée est sous le nez de tout le monde, dans l'un des couloirs. D'autres, qu'elle est cachée dans les profondeurs les plus inaccessibles des caves. D'autres, qu'elle s'ouvre avec une simple clé. Qu'il y a des énigmes à résoudre. J'ai même entendu dire – ça va vous plaire, vous allez voir – qu'on ne pouvait ouvrir la porte qu'en pratiquant un rite satanique, ajouta-t-il en riant.

— Et personne ne sait où est la clé, commenta Dunn.

— Ni même s'il y a une clé, monsieur. Ce ne sont que des histoires.

— Bon, dit Skins. Va falloir se contenter de mener une vie honnête, alors.

L'employé semblait croire que gagner sa vie en jouant de la musique n'avait rien de bien honnête, mais il s'inclina poliment et disparut.

Skins tapa des mains pour mesurer l'écho de la pièce.

— J'aime bien notre son, ici. J'ai l'impression de jouer dans une église.

— C'est quand, que tu as joué dans une église, toi ?

— Pour tout te dire, je n'y ai pas remis les pieds depuis qu'Ellie et moi nous sommes dit oui. Mais j'imagine que ça ressemblerait à ça, le son. Tu crois que nos petits élèves vont être bruyants ? Ça risque de gâcher le truc.

— Aucune idée, mec. C'est Mickey qui a géré tout ça, je t'ai dit. Tout ce que je sais, c'est qu'on joue à sept heures pour un cours de danse et qu'on finit à neuf. On m'a promis que la nourriture et les boissons étaient offertes.

— Voilà une bonne nouvelle. On bouffe bien, ici, en général.

Quelques chaises étaient empilées dans un coin de la scène, et Dunn en installa cinq pour le groupe. Skins avait apporté un petit tabouret, et Dunn et Mickey restaient debout tout du long. Pendant les morceaux instrumentaux, Mickey quittait la scène et allait se percher sur un tabouret de bar, de préférence là où ses nombreuses fans pouvaient facilement l'approcher. Dunn se plaignait souvent d'être le seul à passer la soirée debout.

Le reste de l'équipement de Skins arriva, et il disposa tout à sa place habituelle, côté cour. Il testa chaque fût, ajusta la peau de sa caisse claire puis alla s'asseoir à côté de Dunn.

— À quelle heure ils sont censés arriver ?

Dunn regarda sa montre.

— Tout de suite, j'imagine.

Rien ne se passa.

— Ça aurait été dingue, s'ils étaient tous arrivés au même moment, hein ? dit Skins.

— On m'appellerait « Barty le médium, pronostiqueur et contrebassiste pour riches ». On croulerait sous les contrats. On…

La porte s'ouvrit, et un nouvel employé entra, suivi de Blanche et Puddle. Benny et Elk n'étaient pas loin derrière.

— Tout est une question de timing, mon pote, commenta Skins avant de se lever. Bienvenue, tout le monde. La section rythmique des Dizzy Heights est fière de vous accueillir dans son humble demeure. Je vous en prie, faites comme chez vous. Nous avons disposé les chaises pour vous, composées du meilleur… bois. Les coussins sont disponibles sur demande. (Il se tourna vers l'employé.) Les coussins ?

L'homme le dévisagea d'un air vide.

— Salut mon pote. Vous avez des coussins, dis ?

— Des coussins ? répéta l'autre, qui n'avait de toute évidence pas l'habitude de recevoir des requêtes de personnes étrangères au club.

— Oui, des coussins. Pour le confort des postérieurs délicats du groupe.

— Je vais me renseigner.

— Vas-y, bonhomme. Et on n'est pas contre un petit thé, s'il y en a de prêt.

L'employé disparut.

— J'aime bien jouer ici, dit Puddle. Je pourrais facilement m'habituer à ce genre d'endroit.

— Certains parmi nous ont joué au Royal Albert Hall.

Eustace était entré discrètement pendant que Skins réclamait des coussins.

— Et certains parmi nous doivent se contenter de cours de danse minables pour une bande de petits bourgeois, commenta Mickey, qui était arrivé juste après. On ne fait pas la fine bouche, quand on veut vivre de ce métier. Et ce job est pépère, franchement.

— Si tu préfères jouer au poste de deuxième trompette d'un orchestre symphonique de province, chéri, je suis sûre qu'ils seraient ravis de te réintégrer, ajouta Blanche. On trouvera un moyen de s'en sortir sans toi.

— Allons, allons, un peu de calme, intervint Skins. Mickey a raison : ce job est pépère. Voyons cela comme une répète payée. Je vous parie que nous n'aurons même pas joué un morceau entier avant que le prof de danse nous interrompe pour corriger l'entrechat de quelqu'un.

— C'est un mouvement de ballet, neuneu, le reprit Blanche. Mais je m'excuse, Eustace. Je devrais t'envier d'avoir joué au Royal Albert Hall. Tu as de quoi être fier.

Eustace rejoignit sa place habituelle en grommelant, puis il sortit sa trompette de son étui et plaça l'embouchure.

— C'est qui, le prof ? demanda Puddle. Quelqu'un le connaît ?

— C'est une femme, lança une voix du seuil de la pièce. Millie Mitchell, pour vous servir.

Une femme svelte et élancée aux cheveux noirs coupés à la garçonne entra d'une démarche déterminée. Elle repéra Mickey, qui s'était tourné pour la saluer. Ils gagnèrent le coin de la pièce pour discuter de l'organisation de la soirée.

Au premier regard, sa gestuelle élégante semblait presque impossiblement parfaite, mais après quelques pas, Skins nota qu'elle boitait légèrement. Peut-être une vieille blessure, mais cela pouvait expliquer pourquoi cette beauté gracile s'embêtait à gagner sa vie en enseignant la danse à des nigauds pleins aux as plutôt que de leur donner une bonne leçon sur une scène du West End. Ou même d'un ballet. Oui, elle se déplaçait comme une ballerine. Quoique, elle était peut-être un peu trop grande. Enfin, tellement de gens paraissaient grands, à côté de lui… Peut-être qu'elle…

Ses pensées furent interrompues par un coup de coude planté dans ses côtes.

— Arrête de baver, chéri, dit Puddle en riant. Je te rappelle que tu es marié.

— Je ne bave pas. Si tu veux voir quelqu'un baver, regarde Barty. Je travaillais seulement mon œil de détective. Madame a la jambe molle.

— Qu'est-ce qui est mou ? lança Dunn.

— Pardonne-lui, dit Skins. Il ne peut pas s'en empêcher.

— En tout cas, il a raison, reprit Dunn. Je bavais un peu.

— Tu m'étonnes, rétorqua Puddle. Je ne la laisserais pas dormir dans la baignoire !

Skins la dévisagea d'un air surpris.

— Je ne savais pas que tu…

— Non, non. Mais regarde-la un peu. Une vraie déesse. Quel simple mortel ne vendrait pas son âme pour être regardé ne serait-ce que brièvement par ces yeux bleus parfaits ? Et ces jambes… Mon Dieu, si j'avais des jambes comme ça…

Blanche venait de les rejoindre sur scène.

—Qu'est-ce que tu ferais, si tu avais des jambes comme ça ?

—Qu'est-ce que je ne ferais pas, plutôt. Avec tous les hommes qui baveraient devant moi, rétorqua Puddle en désignant Dunn, qui s'était replongé dans la contemplation de l'incarnation vivante de Terpsichore, à l'autre bout de la salle de bal. L'univers tout entier m'appartiendrait.

Blanche était moins impressionnée.

—On en voit partout, des filles comme ça. On en avait une chez les Fannies, durant la guerre. Avec les jambes et tout le reste, ajouta-t-elle en faisant deux coupes avec les mains devant sa poitrine. Elle était moyenne dans son boulot, mais les garçons l'adoraient. Ils disaient qu'ils étaient prêts à se reprendre une balle rien que pour revenir la voir.

—Tu vois ? répliqua Puddle. Qui refuserait pareil pouvoir ?

—Peut-être, mais elle n'était pas heureuse pour autant. Il faut plus qu'une armée de mecs en pâmoison pour l'être, tu sais.

—En tout cas, si ma bonne fée se pointe et m'offre la possibilité de ressembler à ça, je ne dis pas non.

La mise au point semblait être terminée, car Mickey revenait vers eux. Apparemment, ils avaient un plan.

***

Une fois les membres du groupe installés à leurs places habituelles, les instruments furent sortis, assemblés et accordés. Ils se chauffèrent sur le nouvel arrangement que Puddle avait fait du vieux morceau de music-hall *Where*

Did You Get That Hat ? qui serait intégré à la setlist du groupe après quelques essais dans des fêtes privées.

Contrairement à Eustace, Puddle ne mettait jamais en avant sa formation classique. Elle ne parlait jamais de son expérience au Royal College of Music, ni de toutes ces années passées à jouer la clarinette dans les orchestres symphoniques les plus prestigieux d'Europe. En revanche, elle assumait totalement ses talents d'arrangeuse. Le groupe n'avait pas de leader officiel, Mickey Kent servant de porte-parole quand le besoin se présentait, mais Puddle et Benny Charles, le tromboniste antiguais, se partageaient les arrangements des morceaux, avec la participation occasionnelle de Barty Dunn, qui « avait une bonne oreille ».

Alors qu'ils approchaient de la fin du morceau, la tête d'un homme apparut derrière la porte. Ses cheveux étaient tellement gominés qu'on aurait pu les croire vernis. Skins et Dunn échangèrent un regard amusé. La tête brillante disparut, mais la porte resta ouverte. Ils l'entendirent crier :

— Venez, ils sont là !

Quelques secondes plus tard, cinq jeunes trentenaires prenaient la salle de bal d'assaut. Vu leur énergie, ils devaient avoir bu un coup ou deux pour braver la corvée qui les attendait.

Dunn se pencha vers Skins.

— C'est tout ? souffla-t-il. Elles sont où, les gonzesses ?

— C'est un club réservé aux hommes, répondit Skins. Les femmes sont interdites. Pour être honnête, je suis même surpris qu'ils aient laissé Blanche et Puddle entrer. Et Millie Machin-chose doit avoir de l'influence sur quelqu'un pour… Tiens, regarde.

L'un des cinq gais lurons approcha Millie Mitchell et la fit tournoyer dans ses bras pour la gratifier d'un baiser théâtral.

—Ma chérie ! dit-il. Merci. Quel geste divin de nous accorder ton temps si précieux. Permets-moi de te présenter le Gang Alphabet.

Ses quatre complices s'activèrent et s'arrangèrent en ligne en prenant soin de laisser un trou en plein milieu. Tout en les observant, Skins nota avec déception qu'ils faisaient tous à peu près la même taille. Plus ou moins un mètre soixante-dix, comme chacun des types qui croisaient leur chemin, aurait-on pu croire.

—Voici Alfie, Bertie, Danny et Ernie, dit-il en les désignant tour à tour.

—Où est le C ? demanda Millie.

—C'est moi, nunuche.

—Mais tu t'appelles Bob…

—Bob Chandler. C !

—Tous les autres se servent de leur prénom, trésor. Ils t'appellent Chandler ?

—Non, ils m'appellent Charlie.

—Mais…

—C'est très simple, je vais t'expliquer. Ernie ici présent (il désigna le type à lunettes du bout de la ligne) s'appelle en réalité Edwin Cashmore.

—Donc vous devriez l'appeler Eddie, répliqua Millie.

—Cashmore… Gagner plus de cash… Earn-y[1] ? T'as saisi ?

Millie émit un grognement.

—Dudley Daniels devient Danny.

Le suivant, un type au long nez, fit une révérence.

—Moi, je suis devenu Charlie, poursuivit Charlie, et Jimmy Albert, Bertie.

L'homme à la tête vernie sourit et s'inclina.

—Et enfin, Cornelius Rawson est Alfie.

1. *Earn* signifie « gagner » (de l'argent entre autres) en anglais.

— Pourquoi ? demanda Millie.

— Pour que nous puissions former le Gang Alphabet.

— Pourquoi ne te fais-tu pas appeler Bobby, dans ce cas ? Jimmy Albert pourrait être Albie, et Cornelius Rawson pourrait être… oh, je ne sais pas… Corny.

Les hommes haussèrent les épaules avant de désigner Alfie d'un même geste.

Le premier type de la ligne, dont le sourire révélait de grandes dents, réfléchit un instant avant de lâcher un « Ah ! » sonore. Il venait enfin de comprendre.

— C'est dingue, ce serait tellement plus simple ! lança-t-il. On aurait dû vous rencontrer plus tôt, ma chère dame ! Je mets tout le temps des plombes à expliquer pourquoi mes potes m'appellent Alfie.

— C'était ta foutue idée, pourtant, commenta Danny. On a essayé de te le dire, à l'époque, mais avec ton air idiot, tu nous as répliqué que tu ne comprenais pas ce qu'on te baragouinait.

— Vous auriez dû faire preuve de plus de… comment on dit, déjà ? Détermination, riposta Alfie. J'ai parfois besoin qu'on m'explique les choses plusieurs fois. Un dessin s'avère parfois utile.

Les autres secouèrent la tête d'un air dépité.

— Bon, quoi qu'il en soit, voilà le gang, reprit Charlie. Et, les gars, voici ma fiancée, Millie Mitchell. Maintenant que vous avez repoussé cette pauvre Georgina, c'est cette pauvre âme qui va vous apprendre les nouveaux pas afin que nous puissions battre les types du Wags Club au concours. Voyons si nous pouvons un peu plus l'impressionner que Georgina. La pauvre n'avait jamais rien vu d'aussi affreux.

Les Alphabets lâchèrent un cri rauque à l'unisson.

— Et c'est qui, eux ? demanda Alfie en désignant le groupe.

— C'est sûrement le groupe, Alfie, répondit Charlie.

— Je le vois bien, débile. Mais c'est qui, exactement ? Je croyais que c'étaient les mecs de Machin-truc, là, qui jouaient pour les cours. Ceux de la semaine dernière. Tu sais, les types de Highgate avec la bombe à la trompette et tout le toutim.

— Ils sont de l'East Finchley, le corrigea Charlie. Ils s'appellent les Finchley Foot-Tappers et ils n'ont pas pu venir parce que « Machin-truc » – qui préfère qu'on l'appelle Henry Bignell, pour ton information, si tu devais le croiser encore – avait oublié qu'ils s'étaient engagés pour une fête d'anniversaire dans Belgravia. Et ils payaient plus. Les vingt et un ans de la dernière de Sir Freddie Thompson. Une adorable famille. Et la bombe à la trompette est en fait saxophoniste. Ces charmantes personnes en ont deux. Quoi qu'il en soit, coup de chance pour nous, Millie connaissait Mickey, ici présent…

Mickey les salua d'un geste de la main.

— … et il a accepté de les remplacer.

— Bon, nickel, mais c'est qui, alors ? insista Alfie.

— Les Dizzy Heights, répondit Charlie. Ils jouent tous les vendredis, ici, pour la soirée dansante.

— C'est vrai ? Et ils sont bons ? Ils savent jouer le charleston ? Faut vraiment que je bosse le mien…

— Mickey ? demanda Charlie. Loin de moi l'idée d'être rabat-joie, mais vous pourriez jouer quelques accords pour rassurer ce pauvre vieux Alfie ?

Mickey se tourna vers les autres membres du groupe, qui récupérèrent leurs instruments.

— C'est parti pour The Charleston ? proposa-t-il.

Skins tapa le décompte et ils jouèrent au petit groupe de danseurs amateurs le premier couplet de l'air populaire.

— Ça te convient, Alfie ? demanda Charlie.

— Parfait. Rien à dire. C'est quand vous voulez, Miss Mitchell, dit-il en effectuant quelques pas maladroits.

— On ferait mieux de commencer par les bases, marmonna Millie. La base de la base.

***

Les membres du Gang Alphabet s'avérèrent être de terribles danseurs. Charlie maîtrisait à peu près les bases, sans aucun doute grâce à sa talentueuse fiancée, mais les autres étaient affligeants.

Alfie, avec son sourire à grandes dents et son air sympathique, savait bouger. Il était étonnamment gracieux pour un type rondelet, et il parvenait à remuer tous ses membres en rythme avec la musique. Son souci, c'est qu'il était incapable de se rappeler comment et où les bouger – se souvenir des pas et de l'ordre dans lequel les effectuer le dépassait complètement. Cela donnait donc du gros n'importe quoi, mais au moins était-il en rythme avec le groupe.

La tête vernie de Bertie demeurait parfaitement immobile tandis que le reste de son corps remuait, comme si sa tête et son corps étaient mués par deux entités différentes. Il se rappelait les pas, mais il les exécutait avec une nonchalance si particulière qu'elle ne cadrait plus du tout avec la précision enjouée voulue par les créateurs de cette danse.

Danny était le timide du groupe. Cherchant visiblement à ne pas attirer l'attention, il effectuait de petits mouvements secs. Cela lui allait bien, songea Skins. Tout son corps était pointu : les coudes, les genoux, le nez – ses petits pas de danse tout pointus lui allaient donc comme un gant.

Ernie semblait rassembler tous les défauts de ses partenaires. Il avait la mémoire défaillante d'Alfie, combinée au malaise de Danny et, pire que tout, aucun sens du rythme. Il donnait l'impression de danser au rythme d'un batteur qui n'était pas là. Un batteur qui jouait à un *tempo* différent. Dans un chiffrage différent. Dans un autre monde, où le charleston n'avait pas encore été inventé. Au fil des ans, Skins avait appris à repérer ceux qui luttaient et avait toujours fait en sorte de jouer un peu plus fort, un peu plus simplement, un peu plus précisément, même, pour les aider au mieux, mais même les pistes les plus évidentes ne pouvaient venir à bout de l'incapacité d'Ernie.

Seul Charlie semblait savoir ce qu'il faisait. Outre les cours privés que sa fiancée lui avait forcément donnés, il avait quand même une aisance naturelle.

Skins était déçu que personne n'ait suivi son pari – il aurait raflé la mise. Le record de la performance la plus courte, jusqu'ici, était de trois mesures avant que Millie ne leur hurle à tous d'arrêter.

— S'il vous plaît, messieurs, dit-elle en cherchant de toute évidence à garder son calme. Comment êtes-vous parvenus à danser le charleston jusqu'ici sans savoir faire ça ? Regardez. Et-un-et-deux-et-trois-et-quatre. Vous vous souvenez ? On tape-un-pas on tape-un-pas. On pivote la hanche quand on fait le pas. Sur la pointe des pieds, Alfie – on décolle les talons du sol. Allez, on reprend du début, les Dizzies.

Skins tapa le décompte et ne put se retenir de rire en voyant les élèves hocher la tête en rythme avec lui, cherchant à fixer le *tempo* dans leur cerveau tout en se préparant à ce fameux premier pas.

Ils tirèrent cette fois jusqu'au refrain, avant que Millie ne les arrête.

— Bobby, chéri – enfin, je veux dire « Charlie » –, tu veux bien être un amour et demander qu'on nous apporte à boire ? Il est temps de faire une pause.

— Pas de souci, répondit Charlie. Bière pour tout le monde ?

Les quatre autres approuvèrent gaiement.

— Et vous ? lança-t-il au groupe. Vous méritez bien un petit coup et un sandwich après tout ça. Et nos plus plates excuses, également.

Le groupe approuva gaiement à son tour.

Charlie partit à la recherche d'un employé tandis que les quatre membres restants de son gang se concertaient à l'autre bout de la salle de bal. Se retrouvant soudain seule, Millie rejoignit le groupe sur scène. Mickey lui dégota une chaise.

— Ça ne vous dérange pas, si je m'assieds un moment avec vous ? Je me sens un peu à nue, en bas.

Le groupe l'accueillit avec une chaleur unanime.

— Oh, pardon, qu'ai-je fait de mes manières ? Millicent Mitchell. Enfin, tout le monde m'appelle Millie.

Blanche lui adressa un sourire affectueux.

— Millie Mitchell, dit-elle sans se départir de son sourire. Ravie de te rencontrer. Je te présenterais bien tout le monde, mais nous ne sommes pas dans la même catégorie que le Gang Alphabet. Moi, c'est Blanche. Blanche Adams.

Elles se serrèrent la main.

— Vous avez une patience d'ange, leur dit Millie. J'ignorais ce pour quoi j'avais signé, en acceptant. Bobby… Charlie – je ne m'y ferai décidément jamais… Charlie m'avait dit que ses amis avaient besoin d'une petite remise à niveau avant ce concours débile qu'ils avaient organisé. « Rien de bien méchant, ils sont simplement un peu rouillés. » Il avait juste oublié de me dire qu'ils n'étaient pas fichus de faire un pas. Ils vont dans les clubs, les dancings, ils font la fête… Ils ont même eu des cours avec une autre prof, avant que celle-ci ne prenne ses jambes à son cou. Si vous voulez mon avis, après ça, elle a pété un plomb, a juré de ne plus jamais danser et est entrée au couvent. Qu'est-ce qu'ils ont foutu, toutes ces années ? C'est comme s'ils n'avaient jamais vu quelqu'un danser le charleston. Ça fait bien deux ans que c'est à la mode. Tout le monde sait le danser !

Skins leva une main.

— Pas moi, dit-il. Je suis toujours assis à ce moment-là.

— Au moins, toi, tu as une excuse. Et je suis sûre que tu t'en tirerais mieux que ces gros nigauds.

— Ne t'emballe pas, intervint Dunn. Je l'ai déjà vu danser.

— C'est dommage. Les batteurs font souvent de bons danseurs. Vous avez entendu parler de cet Américain, Fred Astaire ? Il jouait à Broadway l'année dernière, dans *Lady, Be Good*. Les journaux disent que c'est un incroyable danseur. Et apparemment, il se débrouille très bien à la batterie, aussi.

Skins tenta un pas derrière ses fûts.

— Je resterais à la batterie, mon pote, si j'étais toi, lui dit Dunn.

Blanche sourit.

— Tu enseignes à plein temps ?

— Pas le choix, aujourd'hui, répondit Millie en désignant sa jambe. Ma cheville m'a lâchée il y a quelque temps déjà. Je me suis déchiré le LTFA, et il n'a jamais complètement guéri. Je n'ai jamais été destinée à faire de grandes choses – j'étais toujours la grande perche, au milieu des autres danseuses –, mais avec une patte folle, je ne peux même pas servir de potiche sur une scène. L'enseignement, c'est tout ce qu'il me reste.

— C'est dommage, commenta Blanche. Tu es vraiment une super prof, en tout cas. Tu trouves qu'on est patients, mais tout ce qu'on a à faire, nous, c'est commencer et s'arrêter au bon moment. Toi, tu dois te mordre la langue chaque fois que cet empoté d'Alfie tape du pied au lieu d'avancer et qu'il pivote sur le talon.

— Je commence à regretter de ne pas avoir pris de bâton avec moi. Ou l'un de ces longs fouets qu'ils utilisent pour les chevaux, vous voyez ?

— Une chambrière, intervint Puddle.

— C'est comme ça que ça s'appelle ? Alfie serait recouvert de bleus, mais au moins, il saurait danser le charleston. Ah ! Voici mon cher et tendre et son… majordome ? Ce n'est pas un majordome, si ? Bon, bientôt le deuxième round. Je m'assurerai qu'ils vous filent un joli petit pourboire.

Elle se leva et retourna au fond de la salle, où l'employé du club avait déposé des pichets de bière, plusieurs assiettes de sandwiches et tout un tas de verres propres.

***

Les Alphabets ne firent pas de percée phénoménale ce soir-là, mais au moins approchaient-ils un niveau de compétence basique, à la fin du cours. Millie put les féliciter de leur progression avec sincérité, ce qui provoqua une armée de regards faussement pudiques et de remarques du genre : « Oh, c'est trop… » Elle les implora de s'entraîner avant le prochain cours, et ils acceptèrent avec ferveur en comprenant que cela signifiait qu'elle reviendrait la semaine suivante.

— On avait peur de vous faire fuir, dit Alfie.

— Rassure-toi, trésor. Vous avez fait un bon saut de puce ce soir. Imaginez ce que vous pourrez faire au bout de deux ou trois cours de plus.

— C'est justement ces sauts de puce qui me font peur, répliqua Bertie.

— On va y arriver, répondit-elle. Le groupe m'a suggéré d'amener un fouet pour chevaux, la prochaine fois. Histoire de vous mater un peu.

Les Alphabets éclatèrent de rire.

— Ce n'est pas une mauvaise idée, commenta Ernie. J'avais une tante éleveuse de chevaux. Elle n'a jamais plus eu de soucis, dès l'instant où elle s'est baladée avec un fouet.

— Je connaissais un type, à l'armée, qui aimait bien ça, les nanas armées d'un fouet, dit Alfie. Je me souviens d'une maison close à Paris…

— Alfie ? l'interrompit Charlie. Tu veux bien la boucler ? Merci.

— Oups, pardon. Tu as raison. Ce n'est ni le lieu ni le moment de parler de maison close. Compris.

Charlie secoua la tête.

Hilare, Millie embrassa Charlie avant de quitter la salle de bal. Les Alphabets partirent quelques instants plus tard en signalant à Charlie qu'ils le retrouveraient au bar. Celui-ci fit alors signe à Mickey de le rejoindre et lui tendit une enveloppe. Ils échangèrent quelques mots avant que Charlie ne salue le groupe en lançant :

— Merci beaucoup, messieurs-dames. Même heure semaine prochaine, si vous pensez pouvoir tenir le coup ?

Ils confirmèrent qu'ils seraient là, et le garçon partit rejoindre ses amis.

Les Dizzy Heights commencèrent à remballer.

— On va se prendre une pinte ? proposa Dunn en récupérant son étui.

— Carrément, répondit Skins. Mais du côté de la boutique, si tu veux bien. Histoire qu'on soit débarrassés du matos.

— Ça vous ennuie si je vous suis ? demanda Puddle.

— Plus on est de fous, plus on rit ! la rassura Skins. Ça branche quelqu'un d'autre ? Un petit tour au Lamb & Flag avant qu'ils ferment ?

Ils étaient un groupe assez sociable, et ils sortaient souvent ensemble quand ils ne travaillaient pas, mais étant donné que rien n'avait été prévu, certains parmi eux avaient d'autres engagements. Il y avait des familles à retrouver et, dans le cas d'Elk, un autre concert à assurer, mais Benny accepta avec joie de se joindre à eux.

— Ravi de vous embarquer, dit Skins. Vous pourrez nous aider à pousser la charrette.

— Ah, je savais bien qu'il y avait une embrouille ! lança Benny.

— Mais tu pourras y mettre ton trombone, mon pote. Ça t'évitera de le porter jusque là-bas.

— Je n'irais pas jusque là-bas si je ne venais pas boire un coup avec vous.

— Tu as parfaitement raison, répondit Skins. Bon, tu nous aides à ranger ces temple blocks, si on veut avoir une chance d'arriver avant la fermeture ?

***

Les quatre compères furent assez rapides pour rejoindre New Row, et ils étaient installés au pub avec un verre devant eux moins de trois quarts d'heure plus tard.

— À la vôtre ! lança Benny en dressant son rhum.

— À la tienne, Étienne ! enchaîna Dunn.

— Oh là là, tu as fini d'être lourd ? s'exclama Puddle.

— J'essaie juste de me tenir à la page, répliqua Dunn. Je ratisse large, au niveau des expressions.

— Fais gaffe de ne pas ratisser trop de merde, alors.

Ils trinquèrent et burent.

— Vous en pensez quoi, du groupe ? demanda alors Skins.

— Le Gang Alphabet ? répondit Benny avec un rire rauque. Bof, une bande de fils à papa parmi tant d'autres…

— Pas faux. Dites, il n'y en aurait pas un, dans le lot, que vous auriez trouvé… bizarre ?

— Ils étaient tous bizarres, commenta Benny. Tu as une bizarrerie particulière en tête ?

Skins interrogea Dunn du regard.

— Ne me considère pas comme ça, mon pote. Tu fais ce que tu veux, grommela Dunn avec un haussement d'épaules.

Skins hésita un instant.

— Bon, finit-il par dire. Je ne trahis aucun secret, après tout. Alors, Barty et moi connaissons ce type… Enfin, on le connaît un peu, mais… c'est un flic. On l'a rencontré il y a plusieurs années dans le Gloucestershire, mais aujourd'hui, il travaille à Scotland Yard. Il nous a demandé de lui filer un coup de main.

Puddle éclata de rire.

— Vous deux ? Il doit être sacrément désespéré...

— Tu n'as pas tort, Pudds, répliqua Skins en souriant. Tu n'as pas tort.

— Mais pourquoi vous avez accepté ?

Skins haussa les épaules.

— Moi, j'ai suivi parce que Skins avait dit oui, intervint Dunn.

— Et moi, j'ai suivi parce qu'il avait dit oui, ajouta Skins. Enfin, ça et le fait qu'une autre connaissance soit assez fan de l'idée.

— Vous en connaissez, du monde, dites donc, fit remarquer Puddle.

— On a pas mal bourlingué. Mais cette personne-là est vraiment spéciale. C'est elle qui m'a présenté ma femme.

— En effet, très spéciale, dit Benny. Et qu'est-ce qu'il vous a demandé, exactement, votre type ?

Benny Charles s'exprimait lentement, en articulant chaque syllabe. Sa voix grave semblait toujours porter un sourire, mais il y avait souvent de la tristesse dans ses yeux, comme s'ils avaient vu plus que ce qu'ils auraient voulu. Ce qui était le cas. Il avait servi dans le British West Indies Regiment et avait vu des atrocités, en Moyen-Orient, dont il ne parlait jamais. En vérité, aucun des membres du groupe ne parlait de ce qu'il avait connu durant la guerre, à l'exception d'une anecdote amusante ici ou là, mais Benny donnait l'impression à ses camarades qu'il avait été beaucoup plus marqué qu'eux. Mais contrairement à de nombreux autres, son expérience ne l'avait poussé ni à l'amertume ni à la colère, mais à la patience et à la compassion. Il n'avait que vingt-neuf ans, mais il était aux yeux de beaucoup Oncle

Benny, un homme dont la bonté joviale rendait toute difficulté futile.

— Il cherche un déserteur. D'après lui, ce serait un membre du Tipsy Harry's, et il nous a demandé – à moi et à Barty – d'ouvrir l'œil pour essayer de le repérer.

— Il doit y avoir des centaines de membres, commenta Puddle. Comment espère-t-il que vous trouviez son homme au milieu de cette foule ?

— Miss Puddle a raison, dit Benny. Il doit y avoir plus de cent membres inscrits. Et on connaît ce genre de club. Comment espérez-vous trouver ce type ? Si vous voulez mon avis, ça revient à chercher une aiguille dans un gros tas d'aiguilles.

— Notre contact a des raisons de croire qu'il fait partie du groupe de danse, expliqua Dunn. Il veut qu'on guette le moindre comportement louche.

— Et comme je l'ai dit, ils l'étaient tous plus ou moins. Mais bon, j'ai toujours trouvé l'aristocratie anglaise un peu bizarre. Sans vouloir te froisser, Miss Puddle.

— Oh, je ne suis pas aristo, trésor, le rassura-t-elle en posant une main sur son bras. Je suis plus une fille de classe moyenne qui a évolué. Un peu de talent musical m'a ouvert des portes, et l'accent est forcé. En tout cas, je le crois. On dirait bien que j'ai pris le pli, maintenant.

— Pourquoi cherchent-ils un déserteur au bout d'autant de temps ? demanda Benny. Ça fait presque sept ans que tout ça est terminé. Il faudrait tourner la page, à un moment.

— Sûrement, oui, dit Skins. Mais ce type aurait chouré pour vingt-cinq mille livres de pierres.

Les autres le dévisagèrent, bouche bée.

— Des bijoux ? demanda Puddle.

— Des diamants bruts, intervint Dunn. Sortis clandestinement d'Anvers pour partir tout droit vers notre bonne vieille île. Sauf qu'ils ne sont jamais arrivés ici, parce que notre fameux Grant a mis le grappin dessus en cours de route.

— Attendez la suite, vous allez voir, reprit Skins. Le commissaire pense que le Tipsy Harry's renferme un trésor caché, et que ce bon vieux Grant est réapparu pour se le mettre dans les poches, lui aussi.

— Un trésor caché ? souffla Puddle.

— Le Trésor, excusez du peu, du Tueur de Mayfair, annonça Dunn. Un type de Géorgie – qui faisait partie des fondateurs du club – aurait un jour tué un diamantaire, volé sa marchandise et tout caché à l'intérieur du club. Ça fait cent vingt ans que tout le monde le cherche sans jamais l'avoir trouvé, mais une rumeur circule, en ce moment... Quelqu'un – prétendument Grant – aurait découvert que le trésor est lié à la tenue d'apparat du club, qu'ils ne sortent que pour les événements du genre... concours de danse.

— Comment ? demanda Benny.

— Comment il y est lié ? reprit Skins. Personne ne le sait. Personne ne sait même si ce trésor existe vraiment, mais les flics pensent que Grant traîne au club, et c'est pour cette raison que le commissaire nous a demandé d'essayer de le débusquer. Il est convaincu qu'il va se passer quelque chose le soir du concours ; c'est pour ça qu'on doit surveiller de près le Gang Alphabet.

— S'il est convaincu qu'il va se passer quelque chose le soir du concours, pourquoi vous impliquer dans l'histoire ? s'étonna Puddle. Il suffit de demander à ses hommes d'infiltrer les lieux le soir venu !

— Il pourrait bourrer le club de flics, ils ne sauraient pas qui chercher, répondit Skins. S'ils le savaient, ils l'auraient déjà bouclé. Ils ont besoin de nous pour le repérer, dans un premier temps.

— Je doute même qu'il puisse faire une chose pareille, intervint Dunn. Il manque d'hommes, apparemment. Il ne dispose que d'une toute petite équipe, et ils ne peuvent pas être partout à la fois.

— Ce n'est pas faux. Et vous connaissez les lieux, maintenant – c'est un véritable labyrinthe. Imaginez un lâcher de poul… de flics, pardon, dans un endroit pareil. Grant aurait déjà filé que les autres n'auraient toujours pas trouvé la salle de bal.

— Et personne n'est absolument certain que Grant est là-bas, reprit Dunn. Ce n'est qu'une info qu'il a obtenue de… De qui, tiens, d'ailleurs ? Il ne nous l'a pas dit ?

— Non, confirma Skins. Cette histoire est dans l'ensemble assez floue. Je comprends pourquoi il n'a pas envie de mettre ses hommes dessus.

— Je vois, dit Puddle. Donc vous cherchez quelqu'un qui dénote. Quelqu'un de bizarre.

— En gros, oui, opina Skins. Tu as une idée ?

Puddle plissa le front.

— Pas évident, avec le choix qu'on a. Alfie, c'était le rondouillard ?

— Oui, avec les grandes dents. « Il pourrait manger une pomme à travers une raquette de tennis », comme disait ma grand-mère.

— Un garçon tout à fait charmant. Il bouge bien mais semble bête comme ses pieds.

— Tu penses qu'il pourrait jouer sur deux tableaux ?

— Oh, je ne sais pas. Tout ce que j'ai vu, c'est qu'il est lamentable sur une piste de danse.

— À moins qu'il joue parfaitement la comédie, je ne pense pas que ce soit lui, commenta Puddle. J'imagine qu'il a déjà du mal à trouver deux chaussettes identiques le matin – je ne le vois pas voler des pierres précieuses et disparaître pendant des années. C'est qui, le suivant ? Bertie ? Le type aux cheveux gominés ?

— Oui, c'est lui, confirma Benny. Il a dû se vider tout le flacon de gel sur la tête.

— Il n'avait pas l'air si empoté ? C'était lui qui menait le groupe, non ?

— Exact, confirma Skins. Je n'ai jamais vu une façon de se bouger aussi étrange, mais il n'a pas dit grand-chose.

— Ça pourrait être lui, marmonna Puddle. Discret et sans prétention, mais faufilou et organisé.

— Faufilou ? C'est quoi, ça ? s'étonna Dunn.

— Bah tu vois bien. « Je me faufile dans les couloirs, j'ouvre les portes, je trouve la salle de danse… »

Skins et Dunn éclatèrent de rire. Benny secoua la tête et avala une gorgée de rhum.

— Vous pouvez vous marrer, se défendit-elle. Mais j'ai le nez pour ce genre de chose. Bon, on a qui ensuite ? Oh, Charlie. Oh bon Dieu, Charlie… Un sacré mec, celui-ci. Pris, dommage. Mais charmant. Le parfait officier gentleman. C'était un officier, votre déserteur ?

— Un OR, répondit Dunn.

Puddle le regarda d'un air vide.

— Other Ranks, lui expliqua Skins. C'était un soldat de deuxième classe.

— Dans ce cas, ça m'étonnerait que ce soit lui. Il a bien trop de prestance. On ne peut pas jouer un charisme pareil.

— S'il a passé tout ce temps en planque, intervint Benny, il doit être plutôt bon. Tu viens de dire que ça ne pouvait pas être Alfie parce que ça fait des années qu'on le traque, en vain. Celui qu'on cherche est forcément malin.

— Hors de question que ce soit lui, répliqua Puddle. Charlie est bien trop chou pour ça. C'était qui, le D de leur alphabet ?

— Danny, dit Benny. Un type tout maigre avec un gros nez. Du genre réservé, comme s'il avait quelque chose à cacher.

— Eh bah voilà, on tient votre homme ! déclara fièrement Puddle. Un type qui cherche à ne pas se faire remarquer, qui fait de son mieux pour ne pas attirer l'attention, au milieu de tous ces officiers… J'imagine que les autres étaient des officiers, non ?

— Aucune idée, répondit Dunn. Mais on le saura bien assez tôt.

— Et enfin, E… Oh, Ernie. Le type à lunettes. Ne jamais se fier à un type à lunettes. J'avais un oncle qui portait des lunettes. Il a fait de la prison pour détournement de fonds. Ernie est votre homme, c'est sûr !

— Ainsi que tous les autres, à l'exception d'Alfie, la corrigea Skins. Parce qu'il est trop bête.

— Il pourrait bluffer, nuança Benny, les yeux brillant de malice. Et s'il faisait semblant d'être bête comme ses pieds ? Si ça se trouve, ce type est un criminel de génie.

Skins poussa un soupir.

— Vous n'êtes franchement d'aucune aide, les amis. Si j'avais su, je n'aurais rien demandé.

— Oh, trésor, ne fais pas la tête, le consola Puddle. On va vous aider, pas vrai, Benjamin ? J'ai toujours rêvé de jouer à la détective !

— Il faut simplement qu'on se rapproche un peu d'eux, expliqua Skins. Ça vous botte vraiment ?

— Bien sûr, sourit Puddle.

— Pas de souci, confirma Benny.

— Génial. Alors, il nous faut à boire et un plan.

Dunn vida sa pinte.

— Je vais chercher à boire, proposa-t-il. La même chose ?

Bloomsbury
21 mai 1925

Ma très chère Flo,

Je suis navrée pour cette histoire de concert. Ou peut-être pas. Je suis plutôt d'avis qu'une soirée pleine de *lederhosen*, de *dirndls* et de trombonistes ténébreux traînant dans les couloirs d'une salle de concert est tout à fait dans tes cordes. « La dame proteste trop », d'après moi. Et cela doit être vrai, étant donné que la reine Gertrude l'a dit, et nous savons comme ce personnage est fiable.
Tout va bien par ici. Les enfants sont plus espiègles que jamais (ce que j'adore), et Ivor aussi (ce que j'adore aussi, si je me dois d'être honnête). Cet homme ne semble jamais vieillir, ni même grandir.
Quant à moi, je passe mon temps à traîner avec les copines, comme d'habitude. Notre soirée bridge chez Caroline Weaving s'est transformée en soirée grivoise lorsque Betty Jackson a partagé une histoire cochonne que son mari lui avait racontée – histoire que nous avons dû expliquer pendant cinq bonnes minutes à Audrey Redder. Je te jure, certaines de ces femmes mènent une vie de nonne ! Mais au fil de la conversation, je me suis également rendu compte que d'autres avaient connaissance de choses incroyables auxquelles je n'aurais même jamais osé songer. Il semblerait donc que je sois dans la moyenne.
Le comité de bienfaisance me prend toujours beaucoup de temps, bien sûr. Te souviens-tu de notre idée d'emmener des enfants à Margate pour une journée ? Nous sommes à deux doigts de concrétiser ce rêve, mais il nous manque encore quelques volontaires pour faire office de chaperons/bergers/gardes. Pris à part, ces enfants sont

de véritables anges, mais une fois en troupeau, ils sont ingérables. Mais je suis sûre qu'on y arrivera.
Oh, je suis allée à l'Exposition florale de Chelsea hier, avec mon amie Lilian, et nous avons complètement raté le Roi et la Reine. Selon les journaux, ils seraient arrivés à dix heures et restés une heure et demie. Nous sommes pour notre part arrivées à midi ; tu imagines donc que nous n'avons même pas vu leur garde rapprochée. Je suis sûre que tu as l'habitude de fréquenter la royauté, toi, mais j'aurais trouvé ça drôle de pouvoir les voir !
À ma légère surprise, Ivor et Barty ont accepté d'aider le commissaire Sunderland. Je sais que tu étais convaincue qu'ils étaient les hommes de la situation, mais je doutais qu'ils soient partants. Je n'arrive pas à croire qu'il s'agisse de la même affaire dont je t'ai parlé il y a toutes ces années. Et qu'elle soit bien réelle, par-dessus le marché. Je pensais avoir eu mon compte d'exaltation, après nos aventures à Weston, et avec la guerre qui faisait rage à quelques kilomètres à peine, il n'y avait aucune chance qu'une chose aussi dingue qu'un vol de diamants ait eu vraiment lieu juste à côté de notre petit poste de secours. Mais tout cela est bien réel, et les garçons ont accepté de donner un coup de main. Même s'ils ne savent pas du tout comment s'y prendre. Depuis qu'il t'a rencontrée (ça remonte à quand, déjà ? Dix-sept ans ?), Ivor a toujours aimé se prendre pour un fin limier, mais le pauvre est complètement perdu.
Ils connaissent les « nouveaux » membres du club qu'ils sont censés surveiller – les types du « Gang Alphabet » pour lequel ils jouent –, mais au-delà de ça, ils n'ont rien. Ivor est convaincu que chacun d'eux est trop bête pour être un voleur de diamants qui serait parvenu à semer la police pendant huit ans. Mais il se trompe forcément, tu ne penses pas ? Il aime se dire qu'il traite tout le

monde de la même façon. « Je prends les gens comme je les vois, ma belle. Riches ou pauvres, sans préjugé. » Mais je pense tout de même qu'il a des œillères, quand il s'agit de l'aristocratie – en gros, il les prend tous pour des idiots. Pour être honnête, il a sûrement raison dans la plupart des cas, mais il y a des exceptions.

Il leur faudrait un système pour… pour filtrer. Pour mieux cerner les gens. Savoir qui est un véritable idiot et qui est un dangereux criminel en fuite. Mesdames les expertes auraient-elles des tuyaux ?

Et puis il y a cette histoire de trésor caché. Les garçons sont franchement sceptiques, mais moi, j'ai envie d'y croire. Il n'y a pas de fumée sans feu, comme on dit. Tu aurais une idée de piste ? Tu dois avoir des contacts chez les journalistes. Tu pourrais demander à quelqu'un de fouiller les archives pour en trouver un peu plus sur ce cambriolage de Hatton Garden et le membre de l'Aristippus qui s'est fait pendre ?

De mon côté, je vais faire en sorte d'avoir accès au club pour voir ce que je peux trouver. Je ne vais pas tout de suite demander à Ivor de crocheter les serrures pour moi, mais il est possible que j'en arrive là.

Je dois filer – j'entends Edward hurler à Catherine : « Mets tes mains sur la tête comme des cornes ! », et je crains un nouvel incident de corrida et ses dommages collatéraux (blessures, catastrophes et cris en tout genre). Embrasse Emily pour moi.

Ton amie,

Ellie

PS : Parfait pour un déjeuner le 1er. Merci !

4

Ellie Maloney avait imposé une règle immuable : si le groupe ne jouait pas et que Dunn n'avait pas de rendez-vous amoureux, il devait venir dîner chez eux, à Bloomsbury, tous les jeudis soir. Ces dernières années, ils avaient eu beaucoup de mal à se réunir, car même si les Dizzy Heights faisaient de leur mieux pour se libérer les jeudis soir – les musiciens aussi avaient besoin de repos –, la vie amoureuse kaléidoscopique de Barty Dunn le rendait rarement disponible. Mais depuis quelques mois, il venait régulièrement et était ravi d'avoir un peu de compagnie, ce qu'il admettait librement.

Il arriva à dix-neuf heures tapantes, et Mrs Dalrymple le laissa entrer.

— Bonsoir, Mr Dunn, dit-elle en prenant son chapeau. Suivez-moi. Mr et Mrs Maloney sont au salon.

— 'Soir, Mrs D, répondit Dunn avec un grand sourire. Comment va votre genou ?

— Oh, je ne vais pas me plaindre. Mais merci de demander. Tout le monde s'est affolé, mais ce n'était qu'une petite chute. J'aurai très vite retrouvé ma forme.

— Je n'en doute pas. Et votre neveu ? Il a fini par trouver un stage ?

— Oui. Ma sœur et son mari sont si fiers de lui… Il a une sacrée chance d'avoir un travail, à cet âge et cette époque. C'est la troisième génération de la famille à travailler sur les chantiers navals.

— Je suis content pour lui.

— Je vois que vous avez les mains pleines. Vous voulez que je vous débarrasse ?

— Oh, non, ne vous embêtez pas, Mrs D. C'est pour la maîtresse de maison.

— Entendu. Venez donc. Ils vous attendent.

Dunn poussa la porte du salon du bout du pied.

— Salut la compagnie ! Je suis venu vider un peu cette baraque. Faites comme si je n'étais pas là. Je vais essayer de me faire discret.

Skins bondit du sol, où il était en train de s'amuser avec les deux jeunes enfants du couple. Le gramophone jouait *The Teddy Bear's Picnic*[1]. N'importe quel autre papa poule aurait disposé toute la ménagerie de peluches sur une nappe de pique-nique, où elles auraient pu se régaler d'une tourte et d'une bière imaginaires. Mais Skins, lui, avait décidé de les affubler d'instruments en carton et de les mettre en ligne afin qu'elles puissent jouer pour les petits, qui contemplaient le spectacle d'un air enchanté.

— Salut, mec, lança-t-il. Entre. J'ai bien peur qu'on n'ait rien à se faire voler, mon pauvre. Mais on peut te remplir le ventre, si tu as faim.

Ellie posa son ourson trompettiste et se leva pour embrasser Dunn sur la joue.

— Salut, trésor. Qu'est-ce que tu caches dans ton dos ?

Dunn sortit sa main droite pour révéler une bouteille de champagne.

1. Le pique-nique de l'ours en peluche.

— Oh, tu es un amour ! J'adore le champagne ! (Elle se tourna vers Skins.) Tu ne m'apportes jamais de champagne, toi. Je savais que j'avais épousé le mauvais.

— Ne te laisse pas berner par son apparente générosité, répondit Skins. Ce n'est pas comme s'il l'avait acheté. Il l'a chouré le week-end dernier au Tipsy Harry's.

— Eh bien c'est tout de même très gentil de l'avoir rapporté, trésor. Dommage qu'il n'y ait qu'une bouteille – j'avoue que j'ai bien besoin de boire, après la journée que j'ai vécue.

La main gauche de Dunn apparut alors, portant une seconde bouteille.

— Ivor, chéri, je veux divorcer, déclara Ellie. Je veux épouser l'homme aux bouteilles de champagne !

Ellie était la seule personne au monde à pouvoir appeler Skins « Ivor ».

— Je vais faire mes valises. Demain, j'aurai disparu, répondit-il.

— Désolé, il n'est pas frais, dit Dunn en lui tendant les deux bouteilles. J'aurais dû piquer de la glace, aussi, tant qu'à faire.

— Où est-ce que tu l'aurais mise ? lui demanda Ellie.

— Dans le garde-manger de Mrs C.

— Il est frais ? répliqua Skins.

— Il le serait, avec un gros morceau de glace posé sur une étagère.

Ellie éclata de rire.

— Je vous ai déjà raconté où je me trouvais, la première fois que j'ai bu du champagne ?

— Weston-super-Mare, répondirent Skins et Dunn d'une seule voix.

— Oh, ça va… Eh bien, si vous ne voulez pas m'entendre vous régaler de mes exploits de jeunesse, peut-être serez-vous assez bons pour m'aider à rameuter les petits monstres et les mettre au lit avant le dîner.

— Je m'en occupe, intervint Dunn en récupérant chacun des petits Maloney, hilares, sous un bras. Je te les mets où ? Il y a la poubelle, mais ils risquent trop facilement d'en sortir. Si tu m'appelles un taxi, je peux les jeter au fond du lac de Regent's Park en un aller-retour. Quoique, quitte à les emmener si loin, autant les donner à manger aux lions.

Puis il poussa un rugissement, et les deux enfants rirent de plus belle en se tortillant.

— Donne Catherine aux lions, lança le petit Edward. Elle sent mauvais.

— C'est pas vrai ! s'indigna Catherine. C'est toi qui sens mauvais !

— S'ils sentent tous les deux mauvais, intervint Ellie, alors mieux ne vaut pas les donner aux lions – on risquerait de les rendre malades. On devrait leur donner un bain et les mettre au lit.

— Une histoire ! s'écrièrent les enfants à l'unisson. Oncle Barty ! Une histoire !

— Si vous vous dépêchez de monter et demandez gentiment à Nanny de vous préparer pour le dodo, je vous envoie Oncle Barty dans un instant. Allez, ouste !

Dunn reposa les enfants, qui détalèrent à la vitesse de l'éclair.

— Ça ne te dérange pas, hein ? lui demanda Ellie tandis que les petits montaient l'escalier au galop.

— Pas du tout. Je vais leur raconter l'histoire du musicien et de la serveuse parisienne.

— Contente-toi de nounours et de soldats de plomb, répliqua Ellie. Mais merci pour la proposition.

Elle sonna les domestiques, et quelques instants plus tard, Lottie la femme de chambre accourut.

— Oui, madame ? hoqueta-t-elle, à bout de souffle.

— Je n'arrête pas de vous le dire, très chère, vous n'êtes pas obligée de courir, la rassura Ellie. Rien n'est jamais à ce point urgent. Pouvez-vous nous apporter un gros seau de glace et trois flûtes pour le champagne, s'il vous plaît ? Nous le prendrons dans la salle à manger. Et pouvez-vous dire à Mrs Ponton que nous serons prêts à dîner dans une demi-heure ?

— Très bien, madame. Merci, madame.

Puis Lottie repartit au même rythme.

***

Une demi-heure plus tard, les trois vieux amis s'installaient à table.

— Vous me régalez, comme d'habitude, commenta Dunn en attaquant. J'adore cette soupe au poisson et à la tomate.

— C'est du *clam chowder*[1] du Maryland, espèce d'inculte, lui dit Ellie. Il m'a fallu l'avoir à l'usure, mais j'ai enfin persuadé Mrs Ponton d'essayer quelques plats de mon pays d'origine. Notre ancienne cuisinière ne voulait pas en entendre parler : « Hors de question que je cuisine ces horreurs bouillies, Mrs Maloney. » Et à la place, elle nous servait du bœuf bouilli, du mouton bouilli et du pudding aux rognons – qui avaient au moins le mérite d'être cuits à la vapeur, et non bouillis. La seule chose qu'elle s'autorisait à mettre dans son four, c'était le *shepherd's pie*, mais uniquement parce qu'elle pouvait faire bouillir la viande et les pommes de terre avant. Nous avons dû nous en séparer.

— Mais cette soupe, elle est bouillie ?

— Ce n'est pas de la soupe, c'est du *chowder*.

— Ce *chowder*, pardon.

— Oui, mais il me rappelle mon pays. Et tu vas adorer le plat principal. Du poulet du Maryland. Tu vas voir.

— Il est bouilli ?

1. Soupe crémée aux palourdes, plat traditionnel de Nouvelle-Angleterre.

— Frit. Et précuit à la vapeur. Servi avec de la sauce à la crème et de la purée de pommes de terre. J'ai demandé à la cuisinière de nous trouver des épis de maïs, mais apparemment, le primeur l'a regardée comme si elle lui avait réclamé des larmes de sirène gardées dans une corne de licorne.

— Jamais entendu parler, dit Dunn.

— Vous n'êtes que des paysans.

— Je n'arrête pas de te le rappeler, ma chérie, intervint Skins. Mais tu t'es mis en tête de nous améliorer. De dompter les sauvages que nous sommes.

— Et regarde où tu en es, aujourd'hui, commenta-t-elle en resservant du champagne à tout le monde.

— C'est à toi que je le dois.

— En effet. Tu as tout à fait raison, mon chéri. Bon, Barty, quoi de beau par chez toi ? Tu as perdu ton mojo avec les femmes ?

Dunn jeta un regard accusateur à Skins.

— Tu es obligé de tout lui raconter ?

— Pas du tout. Mais j'adore ça.

— Pourquoi tu n'essaierais pas de trouver une charmante jeune femme avec qui tu as des points communs ? suggéra Ellie. Quelqu'un avec qui tu pourrais – oh, je ne sais pas – rester plus d'une nuit ? Quelqu'un à aimer.

— On croirait entendre ma logeuse, grommela Dunn.

— On se fait du souci pour toi, trésor, c'est tout. On veut que tu sois heureux. Et Blanche ? Elle est toujours célibataire ? Ça fait des plombes que je ne lui ai pas parlé.

— Hors de question de sortir avec Blanche Adams. C'est… Ce serait comme sortir avec ma sœur.

— Je l'aime bien.

— Moi aussi, je l'aime bien.

— Elle va bien ?

— Ma sœur ?

— Non, patate. Blanche.

— On dirait. Viens nous voir demain soir, et tu pourras lui poser la question directement.

— Vous jouez où, demain ?

— C'est le concert du vendredi au Tipsy Harry's, répondit Skins.

— Oh, oui... Désolée, dans ma tête, c'est le samedi que vous jouez là-bas. Mais oui, je viendrai avec plaisir ! Je pourrai observer les clients et voir si le déserteur de Monsieur le commissaire est parmi nous... Peut-être même chercher le caveau secret moi-même. Et ensuite, je demanderai à Blanche pourquoi elle ne sort pas avec Barty.

— Ne t'avise pas de faire ça, la menaça Dunn.

— L'un de nous va bien devoir faire quelque chose, et de toute évidence, ça ne sera pas toi.

Lottie apparut, chargée d'un plat de poulet et d'un saladier de purée.

— Les carottes et les petits pois arrivent, madame. Je ne pouvais pas tout porter en une seule fois, l'informa-t-elle avant de partir au petit trot.

— Elle se justifie à chaque fois, la pauvre, sourit Ellie. Elle doit me prendre pour une ogresse, ce n'est pas possible...

— Tu peux être assez terrifiante, quand tu veux, commenta Dunn.

— Moi ? D'où tu sors ça, au juste ?

— Déjà, tu sais te servir d'une arme.

— D'où je viens, c'est le cas de tout le monde.

— Peut-être, mais je t'ai vue toucher une boîte de conserve posée sur une clôture à cent cinquante mètres de distance. Dans notre section, il y avait des types qui n'étaient pas capables de viser un bus à trois mètres. Je n'aurais pas envie de t'avoir comme ennemie – tu serais capable de me liquider.

—Mais elle, elle ne sait pas que je pourrais la tuer avant qu'elle n'atteigne le coin de la rue, répliqua Ellie. Et j'ai toujours été charmante et polie avec elle. Bienveillante, même.

—Certaines personnes sont simplement nerveuses et dans la recherche constante de satisfaire les autres.

—J'espère juste qu'elle n'est pas malheureuse, ici. Je l'aime bien. Bon, et sinon, il ressemble à quoi, votre club ? Le Tipsy Harry's ?

—Un repaire de fils à papa, répondit Skins. Du marbre et du guindé un peu partout.

—Des employés en livrée, ajouta Dunn.

—Un truc de riches, quoi, commenta Ellie.

—Dont tu fais partie, lui rappela Dunn. Regarde un peu cet endroit.

—C'est vrai que nous sommes à l'aise, concéda-t-elle. Mais nous ne sommes pas non plus dans un club réservé aux hommes avec des domestiques en livrée, excuse-moi.

—Eh bien moi, je dis que tu seras parfaitement dans ton élément, là-bas, répliqua Dunn.

—Et moi, je pense que je pourrais vraiment vous aider à trouver ce déserteur. Et le trésor.

—Alors tu as intérêt à venir avec nous, dit Skins.

***

Le lendemain soir, le groupe arriva tôt pour s'installer tranquillement dans la salle de bal.

—J'ai l'impression de passer ma vie ici, en ce moment, entre les cours de danse et les concerts, commenta Blanche. On a fini par savoir pourquoi les types de l'East Finchley n'ont pas pu assurer la suite ? Ils avaient un autre engagement la dernière fois, mais c'est quoi, l'excuse, pour après ?

—Je ne sais pas vraiment, répondit Mickey. Une rumeur dit que le groupe pourrait se séparer. Une histoire de conflit au sujet du partage des recettes. Mais j'ai également entendu dire que leur saxophoniste était malade, alors je ne sais pas. C'est sûrement la deuxième option. Si j'avais été payé chaque fois qu'on m'avait parlé de séparation de groupe, ce genre de club m'aurait comme membre, et non comme musicien.

— Mais qu'est-ce que tu ferais de tes journées ? lui demanda Puddle. Tu vis pour la scène, non ?

— Oui, enfin je me passerais bien de toutes ces paperasses. Je suis chanteur, pas secrétaire.

— Il nous faut un manager, trésor, intervint Blanche. Je n'arrête pas de le dire.

— Pas sûr qu'on puisse se le permettre. Il nous prendrait dix pour cent.

— Ma sœur le ferait pour moi, annonça Puddle.

Mickey éclata de rire.

— Ta sœur ?

— C'est une fille efficace. Ma Katy nous ferait ça aux petits oignons en deux temps trois mouvements. Elle aime bien la paperasse, la frangine.

— On a assez de mal comme ça à convaincre certaines salles d'accepter qu'on ait deux filles dans le groupe, alors si c'en est une autre qui gère les dates…

— Si vous changez d'avis, tenez-moi au courant.

— On sait pourquoi elle ne va pas bien ? demanda Blanche.

— Qui ça ? La sœur de Puddle ? répliqua Mickey.

— Mais non, banane. La sax des Foot-Tappers. Vera. Une chouette fille.

— Tu la connais ?

— Nous sommes peu à avoir l'honneur et le privilège d'être autorisées à jouer de la musique d'hommes. On se serre les coudes, entre musiciennes, vois-tu. Je vais lui apporter des fleurs.

Mickey dénoua la ficelle de sa trompette parlante et s'éloigna en secouant la tête.

***

La salle se remplit rapidement de fêtards en liesse. Certains s'assirent aux tables disposées dans chaque coin, pour siroter leur cocktail ou leur champagne, mais la plupart avaient déjà pris d'assaut la piste de danse dans un brouhaha enfiévré.

Les règles du club exigeaient que les hommes portent un costume (une simple cravate noire était tout juste acceptable) ou un uniforme militaire. Pour les femmes invitées pour l'occasion, il n'y avait en revanche aucune contrainte. Certaines préféraient les longues robes de soirée, mais les plus jeunes – et les plus téméraires – arboraient des robes qui leur arrivaient aux genoux. Une jeune garçonne, qui scintillait dans un vêtement pailleté d'or, complétait à merveille la toute nouvelle boule à facettes qui brillait au-dessus de la piste. Les coiffes pullulaient, allant du plus simple bandeau élégamment rehaussé de bijoux à la structure la plus abracadabrante affublée de plumes d'autruche.

Peu importait combien s'étaient mis sur leur trente-et-un, une chose était sûre : ils étaient tous impatients de commencer la soirée.

À l'heure dite, Skins attaqua l'entrée des membres du groupe, et le concert commença. Comme d'habitude, l'enthousiasme des danseurs était à l'extrême opposé de leurs aptitudes, mais personne ne semblait y prêter attention. Pourquoi, après tout ?

Dunn aperçut le Gang Alphabet et se pencha vers Skins pour les désigner.

— Ce cours de danse ne semble pas les avoir beaucoup aidés, commenta-t-il.

— Laisse-les tranquille, répliqua Skins avec un sourire. Ils s'amusent.

— Où est ta femme ?

— Là-bas, avec… Dudley, c'est ça ?

— Ça, c'est son vrai prénom. Mais eux, ils l'appellent Danny.

— Ah oui, c'est vrai. Bah en tout cas, elle est là-bas avec lui. Elle est sûrement en train de lui extorquer toutes les infos possibles sur ce fameux trésor. Elle n'arrête pas d'en parler, je te jure.

— Tant qu'elle ne le fait pas fuir.

— Ne t'inquiète pas pour ça, elle sait ce qu'elle fait. Contrairement à Danny. Ce type est vraiment irrécupérable.

Dunn éclata de rire. Puis son attention se porta sur Millie Mitchell. Ce n'était pas le genre de femme qu'il fréquentait, habituellement – et de toute façon, elle semblait très amourachée de Charlie –, mais il y avait quelque chose qui le troublait, chez elle. C'était une beauté, certes, mais ça allait au-delà d'une simple histoire de physique. Peut-être était-ce l'assurance qu'elle dégageait, songea-t-il. Ou sa grâce sur la piste de danse ? À tous les coups, c'était le fait qu'elle soit indisponible, décida-t-il avant de reporter son attention sur la ligne de basse alambiquée du morceau en cours.

Il esquissa un sourire tandis que les notes coulaient parfaitement sous ses doigts. Voilà pourquoi il vivait. Les femmes allaient et venaient – en tout cas, dans sa vie à lui –, mais le frisson qui l'animait chaque fois qu'il jouait avec ses amis ne l'avait jamais quitté. Ensemble, lui et les sept autres membres des Dizzy Heights donnaient aux gens l'envie de danser. Ils dispensaient de la joie, une mesure après l'autre. Que pouvait-il y avoir de mieux au monde ?

Au bout d'une heure, tous – danseurs et musiciens confondus – étaient prêts pour une petite pause. Le groupe se retira dans la loge qui lui avait été attribuée, tandis que les danseurs s'installaient aux tables en attendant que les serveurs en livrée les réapprovisionnent en cocktails et en champagne.

Leur loge était un peu plus haut de gamme que les trous à rats des autres clubs et théâtres où ils jouaient régulièrement. Le décor était chic, les fauteuils, confortables, et le ravitaillement, bon et copieux. Dunn avait touché deux mots à un membre du comité, si bien qu'ils disposaient également de plusieurs bouteilles de champagne trônant dans des seaux de glace, sur la table.

— Je pourrais vite m'habituer à ce luxe, déclara Elk en attaquant quelque chose qui, selon lui, s'appelait un « vol-au-vent », sans qu'il en soit tout à fait certain.

— Maintenant qu'on est le groupe résident du club, il y a des chances que ça continue, commenta Mickey.

Il y eut soudain de l'agitation, derrière la porte.

Mickey et Elk levèrent les yeux pour découvrir Dunn en train d'aider Millie Mitchell, le bras en sang, à avancer. Le silence tomba sur la pièce.

— Viens t'asseoir ici, ma belle.

— Bon Dieu ! s'écria Mickey. Qu'est-ce qui t'est arrivé ?

— Rien de bien méchant, le rassura-t-elle. L'un des Alphabets m'a télescopée et m'a fait tomber sur une table. Un verre s'est brisé et m'a ouvert le bras. Ernie a dit qu'il devait y avoir une trousse de secours, dans le coin.

— Où ça ? demanda Blanche de l'autre côté de la pièce.

— Il n'a pas précisé. Charlie doit savoir, lui. Il voulait venir avec moi, mais… il s'est évanoui. Il est un peu chochotte, quand il voit du sang.

Blanche avait fouillé le buffet, de son côté, et déniché une vieille musette de l'armée qui faisait office de trousse de secours. Elle rejoignit Dunn et Puddle, qui veillaient sur la blessée.

— Blanche va s'occuper de toi – c'était une Fanny, expliqua Puddle. La ferme, Skins.

Il avait beau être marié à une ancienne membre du FANY, Skins riait encore comme un enfant à l'évocation de leur surnom[1].

— Je n'ai rien dit !

— Mais tu le pensais. J'ai vu ton sourire idiot d'ici.

— Tu me connais trop bien. Je m'embrouille toujours avec Ellie, quand elle parle d'elles. Où est ma charmante épouse, d'ailleurs ? Elle pourrait donner un coup de main. C'est son truc, à elle aussi.

— Elle essaie de faire reprendre connaissance à Charlie, commenta Millie.

Blanche retira la serviette qui avait été roulée à la va-vite autour du bras de Millie et examina la blessure.

— Est-ce qu'on peut m'apporter un bol d'eau chaude et des serviettes propres, s'il vous plaît ? Ou des torchons ? (Après une nouvelle observation, elle recouvrit l'entaille et pressa la serviette dessus.) Il va sûrement y avoir besoin de points, ma pauvre Millie. S'il y a de quoi faire dans le sac, tu veux bien que je m'en occupe, ou tu préfères qu'on t'emmène à l'hôpital ?

Millie sourit.

— Tu étais infirmière durant la guerre, c'est ça ?

— Oui.

— Alors tu as mon feu vert.

L'eau et les serviettes arrivèrent, et Blanche entreprit ses soins.

— Où est-ce que tu as servi ? lui demanda Millie.

Son bras commençait à lui faire très mal, et elle faisait de son mieux pour penser à autre chose.

---

1. *Fanny* veut dire « fesses », en argot.

— Oh, partout à travers la France, répondit Blanche sans cesser de travailler. Partout où ils avaient besoin de nous.

— Tu dois avoir de sacrées anecdotes. C'était dangereux ?

— Pas vraiment, non. Nous étions toujours situées à distance des lignes.

— Mais vous deviez tout de même être proches. Je ne suis pas sûre que j'aurais pu faire une chose pareille.

— Les postes de secours avancés étaient un peu plus haut, c'est vrai, mais nous n'étions jamais vraiment menacées par les combats. Enfin, je dis ça… Nous n'étions pas complètement en sécurité, mais pour ma part, le plus grand danger a eu lieu alors que j'étais en permission, chez moi. À mon retour, je me suis retrouvée affectée dans un autre poste car le nôtre avait été détruit.

— Mon Dieu, souffla Millie. Que s'était-il passé ? Il avait été bombardé ? On a beaucoup parlé de ce genre d'atrocités. Des hôpitaux bombardés. C'est tellement barbare…

— Non, en fait, c'était un avion. Un Albatros allemand, apparemment. Il avait été abattu. Les gens disent que le pilote aurait pu se faire éjecter, mais il serait resté à l'intérieur pour essayer de le faire dévier de sa trajectoire. Malheureusement, il n'a pas réussi, et l'appareil a atterri tout droit dans le poste de secours. Il n'y a pas eu un survivant.

Millie ne fit aucun commentaire, se contentant d'observer l'ancienne infirmière, muette de stupeur.

— Désolée, je n'avais pas envie de plomber l'ambiance, dit Blanche. Voilà, c'est terminé. (Elle fixa le bandage à l'aide d'une épingle.) Tu devrais aller voir ton médecin dans un jour ou deux pour faire changer le pansement et vérifier la blessure, mais ça devrait aller. J'en ai vu se remettre de bien pire. Tu auras une cicatrice, mais j'ai recousu ça bien proprement – si je peux me permettre de me lancer des fleurs. Elle devrait à peine se voir.

— Entre ça et ma patte folle, je vais commencer à ressembler à un vieux briscard, commenta Millie. Merci mille fois. Si je peux faire quoi que ce soit pour toi… N'hésite pas.

— Je t'en prie, c'est normal. Ça fait partie de mon boulot. Tu ne savais pas ? Les Dizzy Heights, ce sont des chansons, des blagues, et des soins de première urgence.

— Des blagues ? Je ne savais pas que vous faisiez des blagues.

— On fait en sorte de les tempérer un peu, mais Skins et Dunn se prennent pour un duo comique. D'après eux, ça ajoute un peu de piment à notre prestation.

— Certains soirs, les gens pleurent de rire, précisa Skins.

Puddle venait d'apporter un verre de brandy pour la blessée.

— Certains soirs. Le reste du temps, ils vous regardent comme deux gros demeurés avant de vous dire de la fermer et de jouer un autre morceau.

— Vous verrez dans quelques années, soupira Dunn.

La tête de Charlie apparut derrière la porte.

— Bonsoir tout le monde. Comment va la blessée ?

— Recousue et prête à retourner au front ! répliqua Millie. Et toi, ça va mieux ?

— Hein ? Oh, oui, nickel. Tu viens avec nous ? Vous êtes prêts pour remonter sur scène, les gars ? Les gens commencent à s'impatienter.

— On ne va pas tarder. Laissez-nous simplement quelques minutes pour ranger tout ce bazar, répondit Blanche en désignant le bol d'eau violacée et les serviettes encore plus sanguinolentes.

Charlie pâlit aussitôt et se mit à chanceler.

— Ne vous embêtez pas, je vais demander à quelqu'un de s'en occuper. Si vous êtes prêts, on préférerait vous voir jouer. La danse nous attend !

Les Dizzy Heights se regroupèrent donc pour le deuxième set.

***

La soirée se termina sans autre incident notable, et les jours suivants manquèrent tout autant de piment. Barty Dunn avait une fois de plus superbement échoué à trouver une fille et commençait à réfléchir sérieusement à la suggestion d'Ellie. Chercher quelqu'un avec qui il avait des affinités, quelqu'un avec qui il avait quelque chose en commun. Se rapprocher de Blanche Adams.

Elle était intelligente et drôle. Elle était douée et compétente – le professionnalisme avec lequel elle avait géré la blessure de Millie avait été une véritable révélation, pour lui. Et évidemment, ils aimaient la musique tous les deux. Maintenant qu'il y réfléchissait, elle était assez jolie, aussi. Elle avait quelques années de moins que lui, mais ça n'était pas en soi un obstacle. Ils devaient avoir quoi, huit ans d'écart ? Neuf grand maximum. Peut-être même moins. Elle pouvait faire plus jeune que son âge. Et puis l'âge, ça ne comptait pas vraiment, si ? Après tout, il était plutôt un bon parti. Enfin, plus ou moins. Il n'avait pas un travail sûr, mais cela faisait quasiment vingt ans qu'il vivait de la musique. Ça ne comptait pas pour des prunes.

Il lui proposerait d'aller au restaurant, après le cours de danse. Enfin, sûrement. Ou au cinéma. Tout le monde aimait le cinéma. Il devait forcément y avoir un nouveau Clara Bow, ou un Buster Keaton. Oui, on devait jouer un Buster Keaton quelque part. Avant, c'était toujours le cas.

L'Augmented Ninth avait exceptionnellement fermé le lundi soir pour redécoration ; ils avaient donc laissé leurs instruments à l'Aristippus Club. Ce qui signifiait que le trajet du mardi soir jusqu'à Mayfair aurait dû être plus simple. Sauf qu'il pleuvait. Dunn était sorti du métro sur Russell Square, et ils avaient parcouru ensemble la demi-heure de route qui les séparait de l'Aristippus Club, Dunn se plaignant avec encore plus de ferveur que d'habitude de ne pas avoir de camionnette.

— Ou même une voiture, ajouta-t-il. Tu ne pourrais pas te payer une voiture ? Vous pourriez vous passer au moins d'un domestique, non ?

— J'ai proposé de payer un taxi, répondit Skins. Mais tu as refusé. Tu ne vois pas d'inconvénient à ce que je claque tout mon fric pour une bagnole, mais apparemment, dépenser quelques livres pour un taxi est inenvisageable.

— Eh bien, la prochaine fois que je te suggère de parcourir deux kilomètres sous la pluie, n'hésite pas à me traiter d'abruti.

— Tu es un abruti.

— La prochaine fois, j'ai dit. Cette fois, je suis un homme de principe et d'honneur.

— Avec des pompes imbibées d'eau.

— Aussi, oui.

Ils arrivèrent enfin, trempés et de mauvaise humeur, et entreprirent de sortir les instruments de la réserve pour les emporter dans la salle de bal.

— Tu sais, à propos du manager dont Puddle et Blanche n'arrêtent pas de parler… commença Dunn.

— Elles ont raison, tu ne crois pas ?

— Carrément. Je me demande si ça ne vaudrait pas le coup de taper un peu dans nos recettes pour que les choses soient plus simples pour nous. Avoir quelqu'un qui s'assure qu'on ait des serviettes propres en loge, quelques bouteilles de bière pour après le spectacle… Si on y réfléchit bien, on serait gagnants. Mais je me demandais aussi si les managers aidaient à transporter le matériel.

— Je serais prêt à payer en plus pour un type qui fait ça ! répliqua Skins. Ou un porteur, tout simplement. Tu crois qu'on pourrait engager un porteur, à nous deux ?

— Ça serait classe ! commenta Dunn tout en transportant plusieurs instruments sur scène. Il nous apporterait à boire, aussi ? Et repasserait notre linge ?

— Comme un officier d'ordonnance ? J'adore l'idée…

Il leur fallut plusieurs allers-retours, mais bientôt, tout le matériel était sur scène, et les chaises mises à leurs places habituelles. Disposant de trois quarts d'heure avant de se lancer, les deux compères partirent à la recherche de quelqu'un qui puisse leur fournir quelques serviettes et une boisson chaude.

Visiblement, le bar du club était le point de ralliement des lieux, et c'est là qu'ils retrouvèrent Charlie et le reste du Gang Alphabet. Alfie, Bertie, Danny et Ernie étaient plongés dans une espèce de jeu de croquet en intérieur, se servant des fauteuils de cuir du club et des vieux membres calés dedans comme d'obstacles naturels. Charlie faisait l'arbitre.

Dès qu'il vit l'état des deux pauvres musiciens, celui-ci ordonna qu'on leur apporte des serviettes et des grogs.

— Je suis sûr qu'il y a moyen de sécher un peu ces vêtements, dit-il. Au moins de les repasser – ça ne leur ferait pas de mal.

— Mais on peut se balader en sous-vêtements, ici ? répliqua Skins. Personnellement, je n'y vois pas d'inconvénient, mais je ne pensais pas qu'on était dans ce genre d'endroit.

Charlie éclata de rire.

— On a une réserve de vêtements pour ce genre de situation. Il y a parfois des accidents, vous savez. On devrait trouver quelque chose à votre taille, en attendant que ça sèche.

Ils se laissèrent donc conduire dans une autre pièce pour se changer. En sortant, ils tombèrent sur Millie.

— Oh, bonjour, vous deux ! Mais vous êtes trempés comme des soupes ! On s'occupe de vous ?

— On va faire sécher nos vêtements, répondit Dunn. On se voit tout à l'heure ?

— Si vous vous sentez la force. Vous êtes en toute honnêteté le meilleur groupe avec qui j'aie travaillé. Tout est installé ?

— Oui. Il nous faut juste les autres membres du groupe et des vêtements secs, et nous sommes à vous.

— Parfait. À dans une demi-heure, alors !

Puis ils la laissèrent attendre son escorte pour entrer dans le bar.

***

Skins et Dunn se trouvaient dans une petite pièce du club, où l'un des employés leur avait déposé des vêtements propres et secs. Chacun d'eux était toujours en sous-vêtements, à se demander si ce ne serait pas amusant de passer le restant de la soirée affublé du pantalon destiné à l'autre.

— On pourrait les enfiler et ne rien dire, suggéra Skins. Ce serait tordant.

— Tu parles, ça ne te dérange pas, toi… Mais moi, je fais comment pour rentrer dans ton fute ?

— Allez… Essaie, au moins ! insista Skins.

On frappa à la porte.

— Nous sommes tout nus ! couina Skins d'une voix de fausset.

La porte s'ouvrit, et la tête de Blanche apparut.

— Vous êtes bientôt prêts, bande de ploucs ? Eustace voudrait se chauffer un peu.

— Mais nous n'avons rien sur les fesses ! gloussa Skins, toujours avec sa voix de fausset.

— Je vois ça, oui. Dépêchez-vous d'enfiler un pantalon.

— Oui, capitaine !

— Oh, Blanche... Je... bégaya Dunn. Avant que tu partes... Est-ce que tu... Je peux te parler ?

— Seulement si tu portes un pantalon.

— Oui, bien sûr.

Il enfila péniblement le pantalon le plus proche, qui s'avérait être celui destiné à Skins. Mais avant qu'il ne puisse se plaindre, Skins avait mis l'autre et quittait déjà la pièce.

— Je t'abandonne, mon bonhomme. Je vais régler ma batterie.

Puis il s'éloigna en se dandinant dans son pantalon trop grand.

— En quoi je peux t'aider ? demanda Blanche.

Elle dressa un sourcil en regardant Dunn tenter de boutonner ce pantalon définitivement beaucoup trop petit pour lui.

— C'est l'idée de Skins, grommela-t-il. Il s'est dit que ça pourrait être drôle de porter chacun le fute de l'autre.

— Je suis morte de rire, lâcha-t-elle sèchement.

— Je lui demanderai d'échanger. Sinon... Je... Enfin...

— Accouche, chéri. Ça ne te ressemble pas de bafouiller.

— C'est vrai, oui. Mais... Enfin... Je me demandais, en fait... Ça te dirait de dîner avec moi, un de ces soirs ?

Elle le scruta du regard.

— Attends... Tu me proposes un rencard, là ?

— Un dîner, en tout cas. Ça te dirait ? Rien que nous deux ? Dans le West End ? Papoter tranquillement autour d'une bonne bouteille de vin ? Voir où ça nous mène ?

Elle prit un instant pour réfléchir.

— Oui... Pourquoi pas ?

— C'est vrai ?

— Pour être honnête, je me demandais si tu finirais un jour par me proposer.

— Démentiel !

— J'annule tout si tu sors encore une fois cette expression.

— OK. Jeudi soir ? Je viens te chercher à vingt heures ?

— Avec plaisir.

Il lui fit un grand sourire.

— Tu veux bien me rendre un service, dis ? Tu peux aller chercher notre abruti de batteur ? Hors de question que je joue pour les Alphabets là-dedans, dit-il en désignant son accoutrement.

— Je ne sais pas... Je te trouve plutôt pas mal, moi, le taquina-t-elle, puis elle partit en quête de leur trublion de percussionniste.

***

À la surprise d'absolument personne dans le groupe, le cours de danse fut un nouveau fiasco. Par chance, les participants ne fondaient pas plus d'espoir sur leurs capacités, si bien que le tout avait le mérite de se passer dans la bonne humeur générale. Millie donnait ses instructions, le groupe jouait quelques mesures du morceau adéquat, les Alphabets pondaient trois ou quatre pas désolants, Millie braillait, le groupe s'arrêtait. Et la scène se répétait ainsi jusqu'à l'épuisement.

Millie annonça la pause pile au moment où les employés surgissaient avec la bière et les sandwiches. Elle s'excusa et partit par la porte située de l'autre côté de la pièce, tandis que les plateaux arrivaient par l'entrée principale de la salle. Les Alphabets se jetèrent sur les boissons. Danny, l'Alphabet timide au corps anguleux, apporta un plateau au groupe.

— On a été un peu perso, la dernière fois, dit-il timidement. On ne vous a proposé que de la bière. L'autre groupe – celui de Muswell Hill ou je ne sais plus quel quartier –

avait une jeune femme qui jouait de la trompette ou un truc de ce genre…

— Du saxophone ? suggéra Dunn.

— Oui, c'est ça. Bref, un jour, elle a réclamé un Sidecar. Puis un autre, un Gin Rickey. Alors j'ai apporté un de chaque pour ces dames.

— C'est adorable. Merci beaucoup, commenta Blanche. Qu'est-ce que tu veux, Pudds ? Gin ou cognac ?

— Tu me connais, répondit Puddle. Le gin et moi, c'est pour la vie.

Elles prirent les verres qu'il leur tendait, trinquèrent et les dressèrent en portant un toast au Gang Alphabet.

— À la vôtre, Étienne, dit Puddle.

Danny sourit et distribua la bière au reste du groupe.

— Qu'est-ce que tu as dit ? demanda Blanche une fois que Danny se fut éloigné.

— À la vôtre, Étienne. Barty a dit ça, l'autre jour. C'est une expression à la mode, apparemment.

— Oui, mais c'est au singulier, sinon ça ne veut rien dire, ma poule.

Blanche secoua la tête d'un air blasé et but une gorgée de son cocktail.

— Hmm, c'est bon ! dit-elle en faisant claquer ses lèvres. Ces types dansent peut-être comme des pieds, mais il y en a au moins un qui sait faire un Sidecar digne de ce nom.

La pause dura juste assez longtemps pour que les verres soient vidés et les sandwiches, avalés – le Gang Alphabet avait hâte de s'y remettre. Millie leur avait promis que s'ils avaient un peu progressé sur les pas de base du charleston, elle leur montrerait un petit quelque chose pour éblouir tout le monde à la prochaine soirée, même s'ils ne l'utilisaient pas pour le concours. On ne pouvait pas vraiment parler de progrès, mais elle avait concédé avec enthousiasme qu'ils avaient travaillé dur et leur avait assuré que les secrets de ces fameux nouveaux pas leur seraient révélés après la pause. À l'unanimité, ils avaient convenu qu'« impressionner les nénettes sur la piste de danse » était plus important que boire de la bière, ce qui expliquait leur hâte de s'y remettre.

Bien évidemment, ce fut un nouveau fiasco. Les traînards habituels – Alfie et Ernie – ratèrent complètement le mouvement, incapables de faire suivre à leurs corps les instructions données par une Millie bien trop patiente. Bertie, dont les cheveux étaient tellement maculés de brillantine qu'on aurait cru qu'il portait une perruque de Bakélite, ne s'en sortait pas si mal, mais il semblait toujours incapable de faire bouger sa tête et son cou. L'interprétation de Danny était plus ou moins fidèle à l'original mais était toujours freinée par sa tendance à l'angularité extrême. Seul Charlie donnait l'impression d'être à l'aise sur une piste de danse, et il fut bientôt chambré par ses camarades, qui l'accusèrent de tricher.

— Comment ça, je triche ?

— Bah avec ta copine, qui te donne toutes les infos, tiens ! répliqua Alfie. Je parie que tu t'es entraîné toute la semaine sans rien dire à personne.

— J'ai passé la semaine ici avec vous, crétin. Quand est-ce que j'aurais pu… Oh, laisse tomber. Contente-toi d'essayer de te rappeler quel pied est le droit, et lequel est le gauche. Comment tu as réussi à défiler dans l'armée, toi ?

— Le sergent avait pitié de moi. Il me tapait la jambe gauche avec son bâton. « Ne vous inquiétez pas, lieutenant, qu'il me disait. Je vais vous faire marcher droit. » « Donc, là, c'est la droite ? » que je lui disais. « Non, c'est la gauche. » Bon, pour ce qu'on défilait dans les tranchées, ce n'était pas vraiment un problème, hein ?

— C'est sûr, concéda Charlie.

— Est-ce qu'on peut essayer une dernière fois, messieurs ? lança Millie, qui ne paraissait pas si éloignée d'un sergent. Du début, s'il vous plaît, les Dizzies.

Skins tapa le décompte. Le groupe joua. Le Gang Alphabet se mélangea les pinceaux. Puis la musique s'arrêta. Les Alphabets étaient perplexes – ils étaient convaincus de bien se débrouiller. Ils regardèrent Millie, mais de toute évidence, elle n'était pas à l'origine de cet arrêt brutal. Ils se tournèrent alors vers le groupe, prêts à leur bondir dessus pour avoir gâché leur meilleure prestation jusqu'ici, quand ils comprirent pourquoi ils avaient arrêté de jouer et appelaient à l'aide, debout sur la scène.

Blanche Adams était allongée par terre, sur son saxophone.

— Appelez un médecin ! hurla Puddle.

Benny avait déjà posé son trombone et était agenouillé à côté de sa camarade, cherchant désespérément un pouls.

— J'ai bien peur que ce ne soit trop tard, dit-il d'une voix calme. Je crois qu'elle est morte.

5

L'un des membres senior du club était médecin. Danny le trouva dans la salle de lecture et le fit rejoindre la salle de bal au pas de course, mais comme tout le monde le savait déjà, il n'y avait plus rien à faire. Il appela la police pour rapporter le décès et prit les dispositions nécessaires pour que le corps de Blanche soit amené à la morgue la plus proche.

— J'ai bien peur que nous n'ayons pas d'autre possibilité, dit-il quand Puddle protesta entre deux sanglots. Une mort subite, sans aucune explication, doit être signalée au médecin légiste. Ils vont devoir faire une autopsie pour déterminer la cause du décès. Était-elle en bonne santé ?

Le groupe, sous le choc, s'était rassemblé dans sa transe depuis l'annonce de Benny. Personne ne répondit pendant quelques secondes. Elk finit par lever la tête.

— Elle était en pleine forme, dit-il. Elle n'a pas une seule fois annulé une date parce qu'elle était malade. Ça nous est arrivé à tous un jour, mais jamais Blanche.

— Mes plus sincères condoléances, souffla le médecin. Je sais le drame que c'est de perdre un camarade.

L'ambulance repartit aussi vite qu'elle était arrivée, suivie d'un agent de police de Bow Street, qui recueillit les témoignages.

— Qu'est-ce que la police vient faire là-dedans ? demanda Eustace.

— Ne vous inquiétez pas, lui répondit l'agent. C'est la routine. Nous devons nous assurer que le médecin légiste a toutes les informations nécessaires. Il y aura très probablement une enquête, vu qu'il s'agit d'une mort subite.

Il leur parla chacun leur tour, mais ils lui dirent tous la même chose. Un instant, Blanche était en train de jouer, l'autre, elle, gisait au sol, au-dessus de son saxophone. Il leur fit part de ses condoléances, les remercia pour leur temps et retourna à Bow Street, laissant le petit groupe complètement perdu.

Millie et la plus grosse partie du Gang Alphabet partirent au bar, laissant uniquement le groupe et Danny seuls dans l'atmosphère pesante de la salle de bal.

Danny s'approcha de la scène.

— Vous… vous allez bien ?

— Oui, ne vous inquiétez pas, répondit Skins. On est tous sous le choc, mais on va se serrer les coudes.

— Si moi ou le club pouvons faire quoi que ce soit, vous n'avez qu'un mot à dire. Vous avez rencontré une partie du gang. On n'est peut-être pas les plus doués, mais on sait se serrer les coudes, nous aussi. Et on vous aime bien. J'ai discuté avec les gars. Vous avez été aux petits soins pour nous ces deux semaines, et vous leur avez fait un très bon effet. Alors… comme je vous l'ai dit, n'hésitez vraiment pas. Bien sûr, on trouvera quelqu'un d'autre pour assurer ces fichus cours de danse.

Les Dizzy Heights échangèrent des regards.

— Blanche est… finit par dire Dunn. Blanche était une bosseuse, une vraie de vraie. Comme l'a dit Elk tout à l'heure, elle n'a jamais raté un seul concert. Elle faisait toujours passer le groupe avant, et elle prenait nos engagements très au sérieux. On a promis qu'on jouerait pour vous. Je pense qu'on lui doit bien ça. Pas vrai, les gars ?

Le groupe hocha la tête et marmonna son assentiment.

— Ça ne va pas être facile – on l'adorait tous –, mais elle n'aurait pas voulu qu'on vous laisse tomber.

— C'est certain, confirma Puddle. Elle serait furax, si elle l'apprenait.

— On va donc continuer, pour Blanche, reprit Dunn. On vous aidera à vous préparer pour votre concours de danse contre le…

— Le Wags Club, intervint Danny.

— Voilà. On sera là. Et vous les battrez, pour Blanche.

— Dis comme ça, c'est sûr que ce serait un sacré hommage, dit Danny. Mais prenez le temps de la réflexion. Nous comprendrons totalement si vous décidez d'arrêter là. Et sachez que nous allons vouloir mettre les bouchées doubles. Il va nous falloir plus d'une heure par semaine si nous voulons être prêts à temps. Réfléchissez-y, mais ne vous engagez pas trop vite. Nous apprécierions énormément votre aide, mais vraiment, nous comprendrions.

Il les laissa alors ranger leurs instruments.

— Elle avait de la famille ? demanda Benny.

— Un frère dans le quartier de Wimbledon, répondit Puddle. Je devrais peut-être le lui dire.

— La police va s'en charger, la rassura Benny.

— Mais ce serait mieux, si c'était l'un de nous, non ? Qui a envie de voir un flic débarquer devant sa porte pour lui annoncer la mort de sa sœur ? C'est le rôle des amis.

— Tu as l'adresse ?

— Oui.

— Je t'accompagne, dans ce cas. Tu n'as pas à faire ça seule.

Le reste du groupe acquiesça, et Benny et Puddle partirent en direction du District Railway[1] pour rejoindre Wimbledon.

— Ils ont laissé son sax et sa clarinette, remarqua Skins. On ferait mieux de les conserver, si jamais son frère veut les récupérer. On va les ranger dans la boutique.

Mickey, Elk et Eustace aidèrent Skins et Dunn à charger la charrette puis partirent chacun de leur côté. La pluie avait cessé, mais cela signifiait que les rues étaient bondées de tous ceux qui avaient reporté leur sortie à cause du déluge. Il fallut un peu plus longtemps à Skins et Dunn pour regagner la boutique, puis Bloomsbury, où Skins proposa à Dunn de rester dormir chez lui. Le contrebassiste déclina. Il avait envie d'être seul.

***

Dunn resta dans sa chambre les deux jours qui suivirent, sans faire le moindre effort pour sortir, pas même pour son rendez-vous hebdomadaire avec Skins et Ellie. Le groupe n'avait aucune date de prévue, et il n'avait aucune envie de voir du monde.

Mais le vendredi matin, pris du besoin soudain de faire quelque chose, il partit se promener dans les rues du nord de Londres. Il ne savait toujours pas vraiment ce qu'il ressentait. La mort brutale de Blanche avait bien évidemment été un choc, mais ce qu'il ignorait, c'était pourquoi cela l'avait tant affecté. Il avait déjà perdu des amis – dans des circonstances bien plus atroces – et il avait ressenti ce même mélange de choc et de chagrin, mais cette fois, il y avait quelque chose en plus. Cette fois, c'était quelqu'un qu'il… Quelqu'un qu'il quoi, justement ? Aimait bien ? Appréciait ? Désirait ? Avait choisi ? Ils n'avaient aucune

1. Chemin de fer à passagers qui desservait Londres de 1868 à 1933.

espèce de relation, en dehors de la camaraderie du groupe et de la promesse d'un rendez-vous qui n'aurait jamais lieu. Alors pourquoi cela l'avait-il bouleversé à ce point ?

Blanche avait été une femme remarquable, c'est certain. Drôle, talentueuse, d'excellente compagnie. Était-ce le regret de ce qui aurait pu être ? Avait-il trop attendu ? Le bonheur s'était-il trouvé sous son nez durant tout ce temps ? Avait-elle ressenti la même chose ? Attendait-elle tranquillement qu'il fasse le premier pas ? Qu'il voie enfin que ses flirts incessants ne lui apporteraient jamais ce qu'il recherchait ?

Il flâna un long moment jusqu'à se trouver devant une bouche de métro. Il décida alors de filer jusqu'à Russell Square pour voir Skins et Ellie. Ça n'avait pas été une décision de pleine conscience, mais en y réfléchissant bien, c'était probablement son intention tout du long.

Mrs Dalrymple l'escorta jusqu'au salon et lui signala qu'elle allait informer les Maloney de sa présence. Il s'assit derrière le piano d'Ellie et entama quelques accords empreints de mélancolie. Une mélodie s'imposa à lui quasiment tout de suite, et il joua quelques mesures avant de partir en impro.

Cela faisait déjà quelques minutes qu'Ellie l'observait, du seuil de la pièce.

— C'est joli, dit-elle. Tu devrais jouer plus souvent. (Elle le rejoignit et le serra dans ses bras.) Salut, mon chou. Comment vas-tu ? Je suis tellement navrée, pour Blanche.

Il se leva et lui rendit son étreinte.

— Je vais bien. Et Skins ?

— Il fait bonne figure, tu le connais. S'il doit choisir entre montrer ses émotions et faire une blague, tu sais ce qu'il fera. Est-ce un truc typiquement anglais ? Serait-ce votre fameux flegme ?

— Oui, sûrement. Pour nous, les émotions ont quelque chose de… de… d'embarrassant, disons.

— Eh bien je peux te dire que c'est franchement pénible. Dis-moi comment tu te sens.

— Je me sens bien.

Elle s'écarta et lui planta son poing dans le torse.

— Tu es aussi irrécupérable qu'Ivor.

Puis elle se dressa sur la pointe des pieds et déposa un baiser sur sa joue. Skins apparut au même moment à la porte.

— Qui est aussi irrécupérable que moi ? Oh, salut, mec. Tu restes prendre le thé ?

— Oh, oui ! s'enthousiasma Ellie. Nous ne sommes pas contre un peu de compagnie !

— Avec plaisir, répondit Dunn. Mais en chemin, j'ai eu une autre idée.

— Je t'écoute, souffla Skins.

— Eh bien, personne n'a rien dit d'officiel sur Blanche.

— Personne ? s'étonna Ellie. Même pas son frère ? Comment va-t-il, d'ailleurs ? Est-ce que quelqu'un sait ? Et cette pauvre Puddle ? Elles étaient proches, toutes les deux, non ?

— Oui. Elles étaient inséparables. Mais de ce que je sais, personne n'a rien dit. Alors je me demandais si on ne pouvait pas en toucher deux mots au commissaire Sunderland.

— Je lui ai envoyé un télégramme mercredi pour l'informer de ce qu'il s'était passé, mais je n'ai pas eu de retour, dit Skins.

— Qu'est-ce qu'il saurait, lui ? s'enquit Ellie.

— Pas grand-chose, j'imagine, concéda Dunn. Mais il saurait à qui demander, non ?

— En effet. Tu veux l'appeler ?

— Maintenant ?

— Pourquoi pas ? De toute évidence, cette histoire te tracasse. Tu sais où est le téléphone. Va l'appeler.

Dunn sourit et rejoignit le couloir.

Il réapparut quelques instants plus tard.

— Ce thé que vous m'avez proposé… Il y a des choses qui risquent de se perdre, si on sort, à la place ?

— Juste des sandwiches et du gâteau, répondit Ellie. Les domestiques peuvent se les partager. Pourquoi ? Où est-ce qu'on va ?

— Rien de bien huppé. Sunderland veut nous voir au Lyons Corner House sur the Strand[1] dans une demi-heure. C'est lui qui invite, apparemment.

— Alors on ferait mieux de se dépêcher, dit Ellie.

***

Les trois amis hélèrent un taxi puis rejoignirent l'immense café qui faisait face à la gare de Charing Cross avec seulement quelques minutes d'avance. Sunderland était déjà là.

Il les accueillit chaleureusement, et une fois les présentations faites, ne cacha pas qu'il trouvait la présence d'une jeune Américaine plutôt exotique. Cela plut beaucoup à Ellie, qui parvint à placer quelques expressions typiquement de chez elle dans la discussion polie afin d'aider à renforcer l'impression qu'elle et ses compatriotes étaient, en effet, des créatures exotiques et mystérieuses.

Lorsque l'élégante Nippy (c'était ainsi qu'étaient affectueusement surnommées les serveuses du Lyons Corner), dans son uniforme, eut pris leur commande, Sunderland en vint directement au fait.

— Merci de vous être déplacés. Je vous suis très reconnaissant pour vos retours sur l'Aristippus Club, et j'ai été

1. Grande artère de Londres.

dévasté d'apprendre la nouvelle au sujet de votre amie, Miss Adams.

— Merci, murmura Dunn. C'est justement pour cette raison que nous voulions vous parler. Nous n'avons eu aucune nouvelle des autorités depuis que ça s'est passé, et nous nous demandions si vous aviez entendu quoi que ce soit.

— J'en ai bien peur, répondit Sunderland d'un air morose. Et j'ai le chagrin de vous annoncer que les nouvelles ne sont pas bonnes. Étant donné le lieu de sa mort et son lien avec mon enquête, j'ai pu tirer quelques ficelles pour que l'autopsie soit réalisée au plus vite. Les homicides évidents sont bien sûr prioritaires, et en général, les morts inexpliquées ne sont pas traitées tout de suite. Quoi qu'il en soit, les résultats sont tombés ce matin, et le médecin légiste a confirmé qu'elle avait été assassinée.

— Assassinée ? lâchèrent-ils en chœur, légèrement trop fort.

Autour d'eux, les clients se mirent à les dévisager.

— Vous êtes sûr ? reprit Dunn en baissant la voix.

— Tout à fait sûr, confirma Sunderland.

— Mais comment ? demanda Skins. Personne ne l'a touchée.

— Du poison, intervint Ellie. C'est forcément ça.

— J'en ai bien peur, approuva Sunderland. Et un particulièrement puissant. Tous ses organes internes ont lâché en même temps. La pauvre n'avait pas une chance de s'en sortir.

— Mais comment ? répéta Skins. Quand ? Au club ? Nous avons tous mangé les mêmes sandwiches, bu la bière sortie du même pichet.

— L'inspecteur en charge de l'enquête aura besoin de toutes ces informations, commenta Sunderland. Je ne sais pas encore qui ce sera, mais probablement un type de la PJ. Quelqu'un de Bow Street, j'imagine. On vient tout juste de découvrir qu'il s'agissait d'un meurtre présumé ; quelqu'un devrait être affecté à l'enquête aujourd'hui. Il ne manquera pas de vous contacter en temps voulu.

— Entendu, dit Skins.

— Assurez-vous qu'il débarque avec deux ou trois copains en uniforme, précisa Dunn. Ça fera plaisir à ma voisine.

Sunderland le regarda d'un air perplexe mais préféra s'abstenir de tout commentaire.

— Étant donné mon intérêt pour le club, reprit-il, j'ai demandé à superviser l'enquête, mais ça fonctionne partout de la même façon : tout le monde veut à la fois servir les citoyens et servir sa carrière. Je compte toutefois suivre cette histoire de près.

— Vous pensez qu'ils sont liés ? souffla Ellie.

— Les deux cas ? Rien d'évident pour le moment. Notre type, Grant, n'a aucun intérêt à attirer l'attention sur lui en assassinant de pauvres musiciens qui n'ont rien demandé à personne, mais ce serait stupide de ne pas l'envisager. Je préfère considérer cela comme une éventualité et garder l'esprit ouvert. Ça pourrait être une coïncidence, mais je ne crois pas trop à ce genre de chose.

— Mais pourquoi Blanche ? lança Skins. Elle ne savait même pas que nous vous aidions, et elle n'a jamais fait de mal à personne. Qui tuerait une saxophoniste ?

— C'est une très bonne question. Vous êtes certains de vouloir continuer, tous les deux ? Je comprendrais, si ce n'était pas le cas. J'imagine que vous n'allez plus pouvoir jouer au club, après tout ça.

— Eh bien figurez-vous que si, répondit Skins. Nous en avons discuté, et nous allons le faire, pour Blanche. Le concours de danse, je veux dire, pas votre histoire de déserteur. On a convenu d'aller jusqu'au bout, pour elle. Elle n'aurait pas voulu nous voir abandonner. Elle était comme ça. Très pro.

— *The show must go on*, comme on dit.

— Voilà, confirma Dunn. On va leur faire gagner ce concours, pour elle.

— C'est un joli hommage, messieurs, commenta Sunderland. Comment les trouvez-vous ?

— Les membres du club ? demanda Skins. Difficile de transmettre ça par télégramme, mais… Comment dire ? Vous ne nous l'avez jamais raconté : vous avez fait l'armée ?

— Non. J'ai voulu m'engager, mais la PJ de Bristol n'a pas voulu me libérer. Nous avions déjà perdu trop de jeunes, et mes supérieurs préféraient que les anciens maintiennent la barque à flot.

— Je comprends. Mais vous avez rencontré de jeunes officiers militaires, j'imagine ?

— En effet, confirma Sunderland. Il y en avait de très bien.

— Je n'en doute pas. Mais il y avait aussi de sombres idiots – tellement pleins aux as qu'ils ne savaient plus quoi faire de leur argent, et dépourvus d'intelligence, par-dessus le marché. Pour tout vous dire, c'est un peu l'impression que dégage ce groupe. L'un d'eux est le roi des voleurs – peut-être même un assassin –, mais ils semblent tous plus doués les uns que les autres pour jouer aux demeurés. C'est parfois difficile de prendre le Gang Alphabet au sérieux, vous savez.

— Le quoi ?

Skins expliqua le raisonnement alambiqué qui avait poussé le groupe d'amis à se baptiser ainsi.

— Au moins, vous n'avez que A, B, C, D et E à vous rappeler. Ça facilite les choses, non ?

— On pourrait croire, mais j'ai encore du mal à tout mémoriser, commenta Dunn. Ils me distraient trop facilement, quand ils se mettent à danser.

— Ils sont si bons que ça ?

Skins et Dunn éclatèrent de rire.

— J'imagine que non, se reprit Sunderland avec un sourire. Mais vous avez fait leur connaissance ? Vous avez trouvé certaines choses à leur sujet ?

— On avance tranquillement, répondit Skins. Et en toute honnêteté, j'ai un peu grossi le trait, tout à l'heure. Ils ne sont pas si débiles qu'ils en ont l'air, et je n'aime pas trop l'idée que l'un d'entre eux puisse être un escroc. On va vous le débusquer.

— Tu crois ? lança Dunn.

— Évidemment.

— Comment tu peux en être si sûr ?

— C'est mon flair de détective. J'ai le nez pour ce genre de chose.

— Alors ce serait qui ? demanda Dunn.

Cela lui faisait du bien de ne pas penser à Blanche, et regarder son ami ramer un peu l'amusait beaucoup.

— Eh bien, je… Enfin… Je veux dire…

Ellie décida de venir à son secours.

— Ils n'en ont pas la moindre idée. Mais ils vont continuer à aller au club deux fois par semaine, peut-être même plus. Je suis sûre qu'ils finiront par l'épingler.

— Je vois. Et vous comptez les aider ?

— J'ai bien l'intention de participer, surtout maintenant. Jusqu'ici, je me suis contentée de les soutenir moralement, mais cette histoire de caveau secret m'intrigue beaucoup. Je dispose également de l'aide de Flo Armstrong, et je compte bien suivre ses conseils avisés.

La Nippy arriva avec leurs boissons et des petits pains, et Sunderland demanda aux deux hommes le plus de détails possible sur les Alphabets. Ils firent plus ou moins les mêmes observations qu'au Lamb & Flag, le soir qui avait suivi le premier cours de danse. Sunderland prit tout un tas de notes.

—Vous avez leurs véritables identités ? demanda-t-il lorsqu'ils eurent terminé.

—Ils les ont données à Millie Mitchell, mais ce n'était pas évident à suivre, commenta Dunn. Alfie s'appelle Cornelius Quelque-chose… Ah, non, ça ne me revient pas. Je me rappelle juste que Millie a dit qu'ils auraient pu le surnommer Corny.

—Charlie, c'est Bob Quelque-chose-qui-commence-par-un-C, intervint Skins.

—Oh, et Ernie, c'est Machin-truc Cashmore, reprit Dunn. Je me souviens du jeu de mots. C'est sûrement le truc le plus malin qu'ils aient dit jusqu'ici, d'ailleurs.

—Je demanderai si quelqu'un a déjà entendu parler d'eux, mais ce n'est pas énorme, comme info, commenta Sunderland. Je vais également vérifier la liste des déserteurs, voir si quelque chose ressort.

—Désolés de ne pas pouvoir plus vous aider, pour l'instant, dit Dunn.

—Ne dites pas de bêtises. Sans vous, je n'aurais rien du tout, rétorqua Sunderland en agitant son carnet.

La Nippy, s'imaginant qu'il l'avait appelée, apporta une nouvelle théière pleine et leur demanda s'ils voulaient d'autres petits pains.

—Ça ira pour moi, merci, mademoiselle, répondit-il. Mais allez-y, tous les trois.

Les amis déclinèrent poliment.

—Nous ferions mieux de vous laisser retourner travailler, dit Skins.

—Oui. Merci d'être venus. Et merci pour vos efforts. J'apprécie vraiment ce que vous faites pour nous.

—Ce n'est rien, répondit Dunn. Ça fait plaisir de donner un coup de main.

—Merci quand même. Et encore toutes mes condoléances. Vous pouvez dire aux autres membres du groupe qu'une enquête est ouverte, histoire qu'ils ne soient pas trop choqués, quand l'inspecteur viendra les interroger.

— Ça marche, on va s'en charger, dit Skins.

— Je vous fais confiance. Écoutez… Je sais que vous en avez gros sur le cœur en ce moment, mais n'oubliez pas que le temps est contre nous. Il nous reste deux semaines avant le concours, et le présumé cambriolage. Nous avons besoin d'un maximum d'informations.

Puis il paya la note, et ils se quittèrent sur the Strand.

***

Ellie, Skins et Dunn repartirent en direction de Trafalgar Square.

— Tu n'as rien qui t'attend, si ? s'enquit Skins.

— La théière sans fond de Mrs C et un nouveau morceau sur lequel je bosse, répondit Dunn. Tu as quelque chose de mieux à me proposer ?

— On va voir les pélicans au parc ?

Ils laissèrent leurs jambes les porter sous l'arche de l'Amirauté, puis jusqu'à The Mall[1]. St James's Park semblait accueillant, sous le soleil de fin de printemps, et les trois amis suivirent l'un des chemins qui menaient au lac. Il était dix-sept heures passées, et une ou deux nourrices en uniforme poussaient encore leurs énormes landaus, mais la plupart des gens qu'ils croisaient étaient des fonctionnaires dans leurs uniformes officieux, composés de vestes noires et de pantalons gris, qui rentraient chez eux d'un pas pressé après avoir passé la journée à gérer le pays.

— Vous croyez qu'il y a des espions, dans le lot ? demanda

1. Grande artère londonienne.

Skins alors qu'ils venaient de se dénicher un banc au bord du lac.

— Des espions ? ricana Dunn. Tu es sérieux ? Pour qui ?

— Ça pourrait être n'importe qui.

— Arrête tes conneries. Plus personne ne fait ça. Plus besoin. Le monde est en paix, mon pote. Ils savent ce qu'il se passe, quand ils partent dans ces délires.

Ellie esquissa un sourire et secoua la tête.

— Vous allez me tuer, un jour, bande d'idiots.

La bande d'idiots se tourna vers elle.

— L'une de vos meilleures amies vient de se faire tuer, et vous êtes en train de fantasmer sur des espions à chapeau melon. Vous êtes vraiment incapables de ressentir quoi que ce soit ?

— À quel sujet ? demanda Skins.

— Au sujet de Blanche. Blanche qui s'est fait assassiner. Cette chère Blanche, si douce et si talentueuse…

— C'est vrai qu'elle avait du talent, concéda Skins. Elle a sacrément évolué depuis le jour où on l'a rencontrée, et elle était déjà fortiche à l'époque. Pour être honnête, je suis surpris qu'elle soit restée avec nous.

— Par loyauté, souffla Dunn. J'ai discuté avec elle un soir, alors qu'on venait de jouer dans un club scabreux du West End, et elle m'a dit qu'un type venu tout droit de La Nouvelle-Orléans lui avait fait une proposition. Elle a refusé pour rester avec nous. Ou elle avait peut-être des vues sur New York, mais ça avait tout l'air d'être de la loyauté.

— Il y a eu ce type de Berlin, aussi, il y a deux ou trois ans, commenta Skins.

— Pour le coup, on ne peut pas parler de loyauté, mais tout simplement de bon sens. C'était la folie, là-bas, à cette époque. Tu te souviens de ce pianiste ? Dieter Machin ? Il nous avait raconté que son salaire hebdomadaire touché le matin ne suffisait même pas à acheter une boîte d'allumettes l'après-midi.

— Vous voyez, bande d'idiots. Elle comptait beaucoup pour vous. Et maintenant, elle n'est plus là. Et toi, Barty Dunn, tu es le pire du lot. Tout le monde savait qu'elle avait le béguin pour toi.

— Elle ne me l'a jamais dit.

— Comment aurait-elle pu ? Tu sortais avec une nouvelle nénette tous les deux jours ! Elle n'avait pas envie de se ridiculiser.

Dunn détourna les yeux pour observer les canards, sur le lac.

— Il faut qu'on fasse quelque chose, déclara Skins. Il faut qu'on trouve qui lui a fait ça. Ce n'est plus une simple histoire de déserteur et de caveau secret, là. Ça devient personnel.

— Ah, quand même ! s'exclama Ellie. Je pense qu'on devrait demander de l'aide à Flo et Emily. Elles sont en ville ce week-end, et je déjeune avec elles lundi.

Skins sourit.

— Le hasard fait bien les choses. Pourquoi tu ne me l'as pas dit ?

— Je te l'ai dit. Tu as marmonné un « Super », ou quelque chose dans ce genre, avant de provoquer Edward en duel. Je savais que tu ne m'écoutais pas.

— C'était une question d'honneur, se défendit Skins. Il m'avait traité de « fouine puante ». Je ne pouvais pas laisser passer ça. Mais ne pourrait-on pas les voir demain, plutôt ? Tous les trois ? On pourrait solliciter leur avis. Tu penses qu'elles seraient d'accord ?

— Je suis certaine qu'elles seraient ravies de vous revoir, tous les deux. Dans le pire des cas, elles nous diront de nous tenir tranquilles et de laisser la police faire son travail, répondit Ellie.

— Tiens, en voilà un ! lança alors Skins, distrait.

Sur le lac, un pélican blanc se posait sur l'eau en froissant ses ailes.

— Les pélicans pourraient être des espions, commenta Dunn. Elles sont louches, ces bestioles.

— Non, trop gros. Impossible de se la jouer discret, avec un corps pareil. Ils attirent beaucoup trop l'attention. Un moineau pourrait faire un bon espion. Ou un merle, si tu veux l'envoyer dans un endroit chic – ils sont toujours élégants, ces piafs. Élégants, mais discrets.

— Ivor Maloney, tu as la capacité de concentration d'un enfant de deux ans, le gronda Ellie. J'ai vu notre petite Catherine faire mieux que toi. Mais vous comptez vraiment vous impliquer dans cette enquête ? Vous n'avez pas peur ?

— Peur de quoi ? répliqua Dunn.

— Vous venez d'apprendre que Blanche s'est fait assassiner. N'importe lequel d'entre vous pourrait être le prochain.

Skins s'arracha à sa contemplation.

— Pour tout te dire, ça ne m'avait pas traversé l'esprit. Tu penses qu'on pourrait être en danger ?

— S'il y a vraiment un empoisonneur fou en liberté dans les couloirs du Tipsy Harry's, oui.

Dunn éclata de rire.

— Tu es sûre que ça existe, ça, un empoisonneur fou ? Et il empoisonnerait tous les musiciens ? Ou juste les saxophonistes ?

— Dis comme ça, c'est ridicule, je te l'accorde, soupira Ellie. Mais ça vaut le coup d'y réfléchir.

— On ne risque rien, ma chérie, la rassura Skins. Ne t'inquiète pas.

— Je vous demande juste d'être prudents, d'accord ? Tous les deux. N'acceptez ni nourriture ni boisson de qui que ce soit.

— On croirait entendre ma mère, ricana-t-il.

— Eh bien, elle était de très bon conseil. Tu devrais le suivre.

— Personne ne tue plus d'une fois, si ? intervint Dunn. Enfin, oui, il y a des fêlés du genre Jack l'Éventreur, mais les tueurs tuent et passent à autre chose, non ?

— Oui, s'il y a une motivation derrière. Mais qui voudrait tuer Blanche Adams ? Et vu votre description des événements, comment sont-ils parvenus à l'isoler ? Ça sent le meurtre au pif, si vous voulez mon avis. Et quand il y a…

— Tu te poses trop de questions, la coupa Skins, même s'il commençait à douter de cela.

Maintenant qu'elle avait abordé le sujet, il ne pouvait s'enlever de la tête l'idée que l'un de ces drôles d'oiseaux, au Tipsy Harry's, cherche à zigouiller tous les musiciens. N'avaient-ils pas entendu dire que l'un des membres des Finchley Foot-Tappers était malade ? La saxophoniste, non ? Encore une femme. Bon, il n'allait pas donner cette information à Ellie…

— Je ne pense pas que nous en sachions assez sur les tueurs pour continuer à spéculer comme ça, se contenta-t-il de dire.

— Peut-être, concéda-t-elle. Mais tu sais qui saurait ? Emily Hardcastle. On s'arrêtera à la poste de Trafalgar Square sur le chemin du retour, et j'enverrai un télégramme directement chez le frère d'Emily. Allez, on rentre.

6

Lady Hardcastle avait appelé les Maloney le vendredi soir, juste après avoir reçu leur télégramme. Flo et elle seraient ravies de leur apporter tous les conseils possibles, avait-elle dit, mais pas avant lundi.

« Je suis terriblement navrée, mais j'ai des obligations familiales – des neveux et des nièces à emmener au zoo, ce genre de chose. Tu sais ce que c'est. Mais c'est toujours bon pour nous, lundi. Et ce sera un plaisir de revoir les garçons. Treize heures au Ritz, comme prévu ? »

Ellie avait jovialement accepté, et le lundi matin, Skins et elle prirent un taxi en direction de Piccadilly, avec un crochet par Wood Green. C'était plus un énorme détour qu'un crochet, en vérité, mais ils avaient convenu de récupérer Dunn. Celui-ci avait protesté en disant que c'était de l'argent jeté par les fenêtres, mais ils avaient répliqué que ce serait beaucoup plus amusant d'arriver tous ensemble. Au final, sa peur de s'endormir dans le métro et de rater son arrêt l'avait emporté. Même s'ils n'avaient pas joué le dimanche, les vendredi et samedi soir avaient été pour le moins intenses, et Dunn ne s'en était toujours pas remis, ce lundi matin.

Ils arrivèrent sur Coburg Road et firent de grands gestes à Mrs McGuffie, dont la tête était passée derrière ses voilages pour voir qui venait sonner au numéro 76. Elle se renfrogna en voyant Skins, mais ni lui ni son Américaine d'épouse ne valaient la peine qu'elle sorte pour pester.

Dunn leur ouvrit étonnamment vite.

— Entrez une petite minute. J'enfile mes chaussures, dit-il en dressant une paire fraîchement cirée.

— Salut mon pote. Bah dis donc, tu es sur ton trente-et-un, aujourd'hui !

— Faut bien faire un effort pour Lady H, rétorqua Dunn.

La tête de Mrs Cordell apparut à la porte de la cuisine, où elle buvait un thé avec son amie Dolly.

— Je me disais bien que je connaissais cette voix ! Comment vas-tu, mon petit Skins ? Oh, et Mrs Maloney est là aussi ! Bonjour, très chère !

— Bonjour, Mrs Cordell. Je vous en prie, appelez-moi Ellie.

— Entendu, très chère. Comme vous êtes beaux ! Vous allez au Ritz avec Barty ?

— Oui, Mrs C, répondit Skins. On a rendez-vous avec une vieille amie.

— C'est ce que j'ai appris, oui. Vous avez sacrément de la chance, dit-elle avec une pointe de mélancolie. Un déjeuner au Ritz. J'espère que c'est elle qui régale. Je ne suis pas près de m'offrir un luxe pareil, avec ma pension de veuvage, et je ne suis pas sûre que vous soyez mieux lotis que moi. Oh, viens ici, Barty.

Elle sortit un petit mouchoir de la manche de sa robe de chambre et le lécha avant de se pencher sur Dunn, qui était en train de lacer ses chaussures, et d'essuyer une minuscule tache de mousse à raser sous son oreille.

— Tu ne peux pas sortir dans cet état, mon garçon.

— Franchement, mec, surenchérit Skins avec un sourire suffisant. Fais un effort, tu veux ? Ne va pas nous faire honte…

— Voilà qui est mieux, déclara Mrs Cordell. Tout beau tout propre. Hors de question que mon locataire se fasse recaler par un portier hautain parce qu'il n'est pas impeccable.

Dunn se leva et déposa un baiser sur sa joue.

— Merci, Mrs C. On ferait mieux d'y aller, si on ne veut pas faire attendre Lady H.

— Oooh, « Lady H ». Rien que ça ! Allez, profitez bien, les jeunes.

Ils franchirent la porte d'entrée ensemble et grimpèrent dans le taxi.

— C'est une sacrée dame, ta logeuse, Barty, commenta Ellie.

— Oui. J'hésite toujours entre la gêne et la pitié, à vrai dire. Ses garçons lui manquent tellement qu'au final, je n'ai pas le cœur à l'envoyer paître.

Ellie lui toucha le bras.

— Tu es bien plus gentil que ce que tu veux bien laisser paraître, Bartholomew Dunn. Je ne comprends vraiment pas ce que tu fais tout seul.

— Je n'arrête pas de le dire ! Je suis exceptionnel !

— Exactement, mon chou. Et ne laisse jamais Ivor te dire le contraire.

Skins comptait justement lui dire le contraire. Alors, au lieu de cela, il demanda :

— Ils font des bons gâteaux, au Ritz ? On pourrait lui rapporter un petit quelque chose ?

Ellie se pencha vers lui et déposa un baiser sur sa joue.

— Oh, Ivor… Tu es un amour. Toi aussi, tu es exceptionnel, tu sais ?

Skins sourit d'une oreille à l'autre.

***

Le trajet se passa sans fait notable, et ils furent devant la porte du Ritz à treize heures pétantes. Un portier vêtu d'un uniforme démesurément guindé les conduisit à l'intérieur, où ils se figèrent un moment pour admirer l'opulence des lieux.

— Ça en fait, du marbre, commenta Skins. Peu importe le nombre d'endroits de ce genre qu'on fréquente, je ne trouverai jamais ça normal.

— Jamais de la vie ! lança une femme d'une bonne cinquantaine d'années vêtue d'un deux-pièces au summum de l'élégance.

Le dos droit, elle était presque aussi grande que Dunn, et les cheveux noirs qui ressortaient artistiquement de son chapeau cloche dernier cri étaient striés de gris.

— Lady H ! s'enthousiasma Skins. Quel bonheur de vous revoir !

Ils se firent la bise.

— Plaisir partagé, mon garçon. Et Eleanora, ma chérie… Vous êtes tout simplement sublime.

On se fit à nouveau la bise.

— Et mon très cher Barty. Ça fait quoi, un an ?

— Quelque chose comme ça, oui, répondit Dunn.

— Nous devrions vraiment venir plus souvent à Londres. N'est-ce pas, très chère ?

Cette question était adressée au petit bout de femme qui se tenait, comme d'habitude, dans l'ombre de son amie. Il s'agissait de Florence Armstrong, dont le nom, dans certains cercles, était souvent précédé de « la Redoutable… ». Elle était elle aussi très élégante, même si ses cheveux bruns montraient beaucoup moins de signes de vieillesse. Elle avait un sourire contagieux, et Skins perçut aussitôt la lueur espiègle, dans son regard, qui l'avait attiré lorsqu'ils s'étaient rencontrés presque vingt ans plus tôt.

— Tout va bien, Flo ? lança-t-il. Je ne te vois pas, en bas…

— Viens ici, sale gosse, répliqua-t-elle en le prenant dans ses bras. Comment ça va, toi ? Tu as raté ma fête d'anniversaire.

— On bossait. On a essayé de se libérer, pas vrai ?

— C'est vrai, confirma Ellie. Ça m'a fait beaucoup de peine de ne pas être là.

Puis elle serra fort sa vieille amie. Cela faisait quinze ans qu'elles se connaissaient, depuis qu'Emily Hardcastle et Flo lui avaient sauvé la vie, à Weston-super-Mare, alors qu'Ellie avait tout juste seize ans. Depuis, Ellie et Flo s'écrivaient au moins une fois par mois – souvent une fois par semaine –, rythme uniquement entravé par les mêmes restrictions, durant la guerre, qui avaient ralenti la correspondance entre Ellie et Skins.

— Sachez que je ne tolérerai aucune absence pour mon soixantième anniversaire ! déclara Lady Hardcastle.

— Soixante ? s'étonna Skins. Vous ne les faites pas !

— En effet, intervint Flo. Et elle ne les aura pas avant deux ans, mais elle est déjà en pleins préparatifs. Ce sera le 7 novembre 1927. À vos agendas, messieurs-dames.

— Vous avez tous intérêt à être présents, insista Lady Hardcastle. Nous avons déjà convenu avec les Farley-Stroud de faire ça à la Grange.

— C'est là que nous avons joué pour les fameuses fiançailles ? demanda Dunn.

— Exact.

— Et ce sont toujours les mêmes propriétaires ? s'étonna Skins. Ils étaient déjà vieux, à l'époque.

— Je ne saurais dire précisément leur âge, mais je pense qu'ils frisent les quatre-vingts ans, et ils sont plus en forme que jamais, commenta Lady Hardcastle. Ils ne sont pas près de nous quitter, c'est moi qui vous le dis. Quoi qu'il en soit, nous n'avons pas fait toute cette route pour discuter fêtes d'anniversaire dans l'entrée de ce magnifique restaurant, aussi marbré soit-il. Une table nous attend dans l'une de leurs splendides salles, avec mon nom dessus. Allons manger.

— Je n'ai rien à répondre à cela, commenta Skins, et ils la suivirent tandis qu'elle partait d'un pas déterminé chercher quelqu'un qui les guide jusqu'à leur table.

Ils furent installés avec une certaine cérémonie par une nuée de serveurs. Lady Hardcastle semblait être une cliente régulière et plutôt populaire.

— Assez de tralalas pour le moment, mon cher, dit-elle en chassant le dernier d'entre eux, qui était en train de réarranger ses couverts et ses verres. J'apprécie sincèrement toutes ces attentions, mais sachez que mon *ego* est suffisamment flatté pour l'instant. Si vous voulez vous rendre utile, soyez un chou et ramenez-nous deux bouteilles de ce champagne que j'affectionne tant.

— La cuvée 22, madame ? demanda le serveur avec une petite révérence.

— Mon Dieu, non. La 21. À moins qu'il ne vous reste du 1915 ?

— Je vais m'en enquérir auprès du sommelier, madame. Je suis sûr qu'il trouvera quelque chose de tout à fait spécial pour vous et vos… invités.

Ce dernier mot fut prononcé avec une pointe presque imperceptible de dédain tandis qu'il évaluait du regard l'accoutrement des trois inconnus assis à table.

— Saleté de fumier, grogna Skins une fois l'homme parti au petit trot. Ma femme est millionnaire, mon gars, je te ferais dire.

— Pas encore, mon chéri, le reprit Ellie. Et ne va pas t'imaginer que nous passerons notre temps dans des endroits de ce genre lorsqu'ils auront enfin débloqué mon héritage.

— Je me contenterai d'un cervelas et d'une demi-portion de frites, tant que c'est avec toi, mon amour. Mais… Quand même, qu'est-ce qu'il a, à nous regarder de haut comme de la vermine ?

— Je suis de la vermine, rebondit Dunn, et fier de l'être, par-dessus le marché. Mais si tu continues à faire la tronche, je vais finir par vous envoyer bouffer votre cervelas et vos frites ailleurs et tenir compagnie à ces dames tout seul.

Skins lâcha un hoquet offusqué.

— Il a raison, intervint Ellie. C'était un peu trop mielleux, même venant de toi.

— Vous êtes des fumiers aussi, tous les deux, tiens. Vous n'avez aucun sens du romantisme, voilà le problème.

— Pas de cervelas pour nous, commenta Lady Hardcastle. À moins que vous en ayez vraiment envie. Libre choix à vous. Faites-vous plaisir, les enfants. Ce serait quand même dommage de venir dans un endroit pareil en se privant.

— C'est très gentil à vous, répondit Ellie.

— Je vous en prie. Si on ne peut pas gâter ses amis, à quoi donc sert l'argent ?

Après une minute ou deux de silence, durant lesquelles chacun étudia la carte, Skins se pencha vers Ellie.

— Qu'est-ce que tu prends ?

— Mêle-toi de tes affaires.

— Qu'est-ce que tu penses des langoustines ?

— Je ne les ai pas encore vues.

Il désigna le menu.

— Là. Au-dessus des moules.

— Ah oui, souffla Ellie d'un air distrait.

— Ou le parfait au foie de volaille ?

— Quoi ?

— Ici. Regarde. Parfait au foie de volaille.

— Tu as raison. C'est bien écrit « Parfait au foie de volaille ».

— Alors, qu'est-ce que tu prends ?

— Ivor, pour l'amour de Dieu, veux-tu bien la boucler une petite minute ? C'est toujours pareil, avec toi. On s'en fiche, de ce que je prends. Choisis ce qui te fait plaisir.

— Je m'intéresse, c'est tout.

— Je ne sais pas ce que je vais prendre. Je ne peux pas lire tranquillement le menu parce qu'un type n'arrête pas de me demander ce que je vais prendre en me désignant des choses qui sont sur une autre page.

— Qu'est-ce que tu prends, Barty ? lança alors Skins.

Dunn le fixa en secouant la tête.

— Nous avons parlé à l'inspecteur Sunderland, ce matin… commença Lady Hardcastle.

— Commissaire, la corrigea Flo.

— C'est exact. Qu'est-ce que j'ai dit ?

— Vous savez très bien ce que vous avez dit.

Lady Hardcastle soupira.

— Le commissaire Sunderland et moi-même avons eu une petite discussion, ce matin. Il est sacrément content que vous ayez accepté de l'aider pour cette histoire de déserteur.

— On ne peut pas dire qu'on ait fait grand-chose, commenta Skins.

— On a réduit le champ des possibles, confirma Dunn. Mais il aurait pu faire ça tout seul en beaucoup moins de temps que nous.

— Quoi qu'il en soit, il est content. Et je suis navrée, pour votre amie. Et plutôt flattée que vous ayez songé à nous. Eleanora, tout du moins.

— Oh, ils y ont pensé aussi, la rassura Ellie. Mais vous les connaissez : c'est moi qui ai dû faire la démarche…

— Et j'en suis enchantée. Je sais que nous avons une certaine réputation pour ce genre de chose, mais je suis tout de même surprise et ravie que vous ayez pensé à nous.

— Faut dire que ce n'est pas la première fois qu'un ami à nous se fait tuer, répondit Skins. Et c'est vous qui avez élucidé l'affaire, la dernière fois.

— Avec l'aide de la police, précisa Flo. Mais c'est vrai que nous avons un certain flair.

— Alors, qu'est-ce qu'on fait ? les interrogea Dunn.

— Laissez la police faire son travail, répondit Lady Hardcastle. Je sais ce que vous pensez : c'est l'hôpital qui se moque de la charité… Mais pour la plus grande partie, ils savent ce qu'ils font. Font-ils quelque chose ?

— On ne sait pas, pour l'instant. Sunderland a dit qu'un inspecteur viendrait probablement nous rendre visite, mais nous n'avons encore vu personne.

— Quand est-elle morte ? demanda Flo.

— Mardi dernier, répondit Dunn.

Lady Hardcastle reposa son menu.

— Presque une semaine, et personne n'est revenu vers vous ?

— D'après Sunderland, ils n'ont découvert que vendredi qu'il s'agissait d'un meurtre, expliqua Skins. Quand il nous a vus, il ne savait même pas qui s'occuperait de l'enquête.

— Mais nous sommes lundi ! insista-t-elle. Le temps est précieux, dans une enquête pour meurtre. Cela, j'en suis sûre.

— Peut-être qu'il n'a pas encore eu le temps de nous joindre.

— Peut-être. Ah, voilà notre serveur. Tout le monde est prêt à commander ?

Tout le monde l'était.

La conversation prit une tournure plus conviviale tandis que les serveurs s'affairaient autour d'eux, apportant d'abord le champagne (la cuvée 1915, finalement), puis leurs entrées.

Lady Hardcastle joua à la perfection son rôle affable d'hôtesse tout en réfléchissant aux meilleurs conseils dont elle pourrait faire part à ses vieux amis.

***

— Qui sont vos suspects potentiels ? demanda Lady Hardcastle quand la conversation commença à se tarir, après l'arrivée du plat.

— Nos suspects ? répéta Skins. C'est bien ça le problème. On ne sait pas qui soupçonner.

— Très bien, alors voyons les choses autrement. Qui cela pourrait-il être ? Qui était au club, quand ça s'est passé ?

— Eh bien déjà, le Gang Alphabet. Et Millie Machin-chose, également.

— Ainsi que tout le personnel du club, ajouta Ellie. Ne les oublions pas.

— Pas faux. Alors tant qu'à faire, il faut aussi inclure tous les autres membres du club.

— Et vous, intervint Flo.

— Qui ça ? lança Skins. Barty et moi ?

— Techniquement, oui. Mais je voulais parler du groupe dans sa totalité.

— Tu veux dire que l'un d'entre nous aurait pu la tuer ? souffla Dunn. Non, impossible.

— L'idée, c'est que n'importe qui présent ce soir-là aurait pu la tuer, expliqua Lady Hardcastle.

— Même si, vu qu'il s'agissait de poison, nuança Flo, le tueur n'était pas forcément sur place au moment de la mort.

— En gros, toute la population londonienne est susceptible d'être soupçonnée ? hoqueta Skins.

— Pas tout à fait, non, intervint Lady Hardcastle. Nous pouvons nous concentrer sur les personnes présentes au club, dans un premier temps. Je trouve plus simple de commencer petit et d'élargir le champ ensuite. Travaillez déjà sur ce Groupe Alpha-Omega… (Elle adressa un sourire fier à Flo, attendant la correction qui ne vint jamais. C'était encore l'un de ses passe-temps préférés : cafouiller avec les choses les plus simples qui soient et attendre qu'une Flo exaspérée la reprenne – mais cette fois, ça ne fonctionna pas.) La professeur de danse, et le groupe. Si vous ne trouvez rien, passez au type qui a apporté la nourriture et la boisson, et l'équipe qui les a préparées. Puis aux autres membres du club. Puis aux fournisseurs. Puis, comme vous l'avez dit, au reste de la population de Londres. Bien que, si vous deviez en venir à cet extrême, à savoir soupçonner des gens qui n'étaient même pas au club à ce moment-là, je doute que vous parveniez à mettre la main sur votre coupable un jour.

— Et on peut savoir ce que vous entendez par « travailler », exactement ? demanda Dunn.

— Parlez-leur. Analysez-les.

— Il y a d'autres éléments qu'il va vous falloir trouver, aussi, ajouta Flo. Comment elle a été tuée…

— Du poison, commenta Skins.

— D'accord, mais comment a-t-il été administré ? Lorsque vous aurez cette donnée, vous pourrez éventuellement déduire à quel moment ça s'est passé. Et quand vous connaîtrez la manière et le moment, vous pourrez écarter certains suspects.

— Les alibis, murmura Ellie.

— Exactement, approuva Lady Hardcastle. Et en plus de cela, il va vous falloir trouver pourquoi quelqu'un désirait sa mort. Si nous partons du principe qu'il s'agissait d'un acte volontaire et non d'un terrible accident, alors quelqu'un voulait tuer quelqu'un d'autre. Était-ce elle qui était visée ? Ou était-ce n'importe quelle personne présente à ce moment-là ? Pourquoi avoir choisi cette pauvre Blanche Adams ?

— Un mobile, souffla Ellie.

— Tu maîtrises la terminologie, dis donc, commenta Flo en lui souriant.

— Oh, je n'ai aucun mérite. Une de mes meilleures amies passe son temps libre à résoudre des mystères, vois-tu.

— Mais il doit exister des millions de mobiles ! s'exclama Dunn. Par où commencer ?

— C'est ce que vous vous imaginez, reprit Lady Hardcastle. Mais en vérité, vous pouvez vous concentrer sur les trois principaux : la passion, l'argent, et le besoin de dissimuler un autre crime. En dehors de ces trois-là, vous avez bien évidemment le meurtre gratuit commis par un fou, mais c'est seulement en dernier recours. La plupart des assassins tuent pour une raison.

— Et on peut deviner tout ça rien qu'en discutant avec les gens ? dit Skins.

— Oui, et en fourrant votre nez là où vous n'avez pas à le mettre, ajouta Flo. C'est ce que je préfère.

— En parlant de ça, intervint Ellie. Tu as tiré quelque chose de tes contacts dans la presse ? Une nouvelle info sur ce fameux trésor ?

— Pas encore. J'ai tâté le terrain, mais pour l'instant, il n'en est rien ressorti.

— C'est quoi, cette histoire, encore ? soupira Skins.

— Nous connaissons une fille qui travaille au *Bristol News*, lui expliqua Flo. Je l'ai appelée pour savoir si elle pouvait demander à ses confrères londoniens de jeter un coup d'œil dans leurs archives – histoire de voir s'ils trouvent quelque chose au sujet du fameux braquage de 1805. Je lui ai confié ce que nous savions déjà, et elle a eu deux-trois idées de piste, elle aussi. Elle m'a conseillé de chercher des articles plus généraux sur le club, ce genre de chose. Ils pourraient renfermer des indices que jamais personne n'a vus jusqu'ici.

— C'est vraiment gentil de te donner autant de peine pour nous, la remercia Ellie. Pas vrai, les garçons ?

— Oui, merci, dirent-ils en chœur.

— Et donc, en attendant, reprit Dunn, on discute avec les gens et on fourre notre nez partout, c'est ça ? Ça fait beaucoup, déjà.

— En effet, confirma Lady Hardcastle. C'est pour cela que je vous ai suggéré de laisser la police s'en charger. Ils ont la patience et les effectifs nécessaires pour ce genre de chose.

— S'ils s'y mettent un jour, rétorqua Skins.

— En effet. Avant de partir, nous passerons à Scotland Yard pour voir si ce cher insp… commissaire Sunderland peut nous éclairer quant à l'identité de l'officier chargé de l'enquête, et au pourquoi il prend autant de temps.

— Merci, sourit Ellie.

— Vous avez toutefois un avantage sur eux, nuança Lady Hardcastle. Vous connaissiez bien la victime. Vous travailliez avec elle depuis… combien de temps, au juste ?

— Le groupe est formé depuis 1923, répondit Skins, mais on l'avait déjà croisée avant. Le monde du jazz est assez petit. Ça faisait donc deux ans qu'on bossait ensemble, et un peu plus qu'on se connaissait.

— Nous avons dû la voir une ou deux fois seulement. Elle semblait plutôt gentille. Comment était-elle ? demanda Flo.

— C'était une sacrée nana. Pas vraiment l'idée qu'on peut se faire d'une personne discrète. Elle ne parlait pas beaucoup de son passé, mais je sais que c'était une ancienne infirmière de guerre. Je suis toujours parti du principe qu'elle venait d'un milieu huppé. Mais elle savait ce qu'elle voulait et n'avait pas froid aux yeux pour aller le chercher, si vous voyez ce que je veux dire.

— Je crois me souvenir, oui, souffla Lady Hardcastle.

— Je pense qu'elle intimidait facilement les gens, pour être honnête, commenta Dunn. Elle n'était pas méchante, mais elle disait ce qu'elle pensait.

— Elle aurait donc pu vexer quelqu'un, nota Flo.

— Peut-être, acquiesça Skins. Mais ce n'était pas son genre. Il lui arrivait de choquer des gens, parfois, mais jamais au point d'être grossière.

— C'était une merveilleuse musicienne, intervint Dunn. Quand elle jouait, ça venait de ses tripes. On aurait cru entendre son âme souffler dans son saxophone.

— On dirait que c'était une femme remarquable, commenta Lady Hardcastle.

— Oui, confirma Skins.

Ce fut Flo qui rompit le silence mélancolique qui suivit.

— Avons-nous rencontré tous les autres membres de votre groupe ?

— Tu penses vraiment que ça pourrait être l'un d'eux ? s'inquiéta Skins.

— Aucune idée. Je m'intéresse, c'est tout. Sunderland nous a dressé le tableau du Gang Alphabet quand on l'a vu, mais je voulais ajouter le groupe à ma liste mentale.

— Je pense que vous les avez tous rencontrés, oui. Bon, déjà, il y a nous deux.

— « La meilleure section rythmique de Londres », enchaîna-t-elle avec un sourire.

— Tu as tout compris. Ensuite, il y a Elk – Jonathan Elkington – au banjo. Nous l'avons rencontré en France, en 17. Son bataillon avait envoyé quelques gars en renfort, pour un gros concert, et on avait joué avec les moyens du bord. Chic type. Un peu… idiot, mais sympa. On l'a encore croisé au moment où on montait le groupe, et on ne s'est jamais quittés depuis.

— Serait-il capable de tuer ?

— On en est tous capables, intervint Dunn. On l'a malheureusement appris à nos dépens.

— Oui… souffla Flo. Mais pourrait-il tuer de sang-froid ?

— Non, pas Elk, répondit Skins. Il est trop gentil pour ça. Il n'a pas une once de méchanceté en lui.

Flo sourit mais se garda de tout commentaire.

— À la trompette, on a Eustace Taylor, poursuivit Dunn. C'est un snob, mais il est inoffensif.

— Un snob ? répéta Lady Hardcastle.

— Formation classique – c'est ce qu'il raconte, en tout cas. Il a joué avec un orchestre symphonique sur la côte, ça, c'est certain. Il pense mieux comprendre le jazz que nous parce qu'il sait faire la différence entre une neuvième diminuée et un paradiddle. Puddle en sait mille fois plus que lui sur le sujet, mais ça ne l'empêche pas de la prendre de haut.

— Puddle ? souffla Flo.

— Isabella Puddephatt.

— Oh, quel nom charmant ! s'enthousiasma Lady Hardcastle.

— Aussi charmant qu'elle, confirma Skins. Elle joue de la clarinette et du sax alto. Et elle, pour le coup, on est sûrs qu'elle a une formation classique. Madame a étudié au Royal College of Music, excusez-moi du peu. Encore une bourge. Plus bourge que nous, en tout cas.

— Et l'un d'eux pourrait-il tuer ? s'enquit Flo.

— Eustace est timide et mal dans sa peau, commenta Dunn. Il serait capable de péter un plomb, s'il en avait plein le dos.

— Plein le dos ? reprit Lady Hardcastle. Blanche le harcelait-elle ? Vous avez dit que c'était une femme franche. Le cherchait-elle ?

— Tout le monde s'en est pris à lui à un moment ou un autre, répondit Skins. Ce type est un provocateur de première.

— Sauf toi, nuança Dunn. Ses piques ne semblent jamais t'atteindre.

— Jamais rien n'atteint Ivor, commenta Ellie.

Skins lâcha un ricanement.

— Où est l'intérêt de s'énerver de ce que les autres font ? Je ne peux rien y faire, alors pourquoi me ronger les sangs ?

Mais je ne crois pas que Blanche s'en soit jamais prise à Eustace.

— En tout cas, l'autre jour, je ne sais pas si tu te rappelles, mais elle s'est excusée juste après lui avoir dit quelque chose – même si je ne me souviens plus de ce qu'elle lui avait dit. Ça avait sûrement chauffé entre eux.

— Non, ça ne peut pas être lui, dit Skins. Ça n'a aucun sens.

— Benny Charles non plus. Un Caribéen. Il joue du trombone. Il est trop…

— Gentil, compléta Skins.

— Voilà, c'est ça. Trop gentil. Tout le monde l'appelle « Oncle Benny ». Il pourrait vous briser en deux si l'envie le prenait, mais ce n'est pas ce genre de type.

— Et enfin, il y a Mickey Kent, conclut Skins. Un mec malhonnête comme pas deux, mais il y a plus de chances qu'il cherche à vous vendre un scotch de contrefaçon qu'à vous empoisonner.

— Qu'est-ce qu'il fait ? demanda Flo.

— C'est notre chanteur – à la française, s'il vous plaît ! C'est comme ça qu'il aime se faire appeler. Un peu charmeur sur les bords. Pas de la trempe de Barty, bien sûr, mais il a son petit succès auprès des dames.

— Il est carrément canon, oui ! s'exclama Ellie. Pas autant que toi, bien sûr, Barty, s'empressa-t-elle d'ajouter.

— Mais pas du genre à tuer, commenta Lady Hardcastle.

— Non, confirma Skins. Comme l'a dit Barty, ça ne peut pas être l'un de nous.

— D'après notre expérience, quasiment personne n'est du genre à tuer jusqu'à ce qu'il se retrouve devant le fait accompli. Mais à moins qu'une histoire de jalousie ou de rancœur qui ait pu tourner au vinaigre vous revienne, je pense en effet qu'il y a peu de chances que ce soit l'un d'entre vous.

—Alors ils doivent se concentrer sur le Gang Alphabet, maintenant ? demanda Ellie.

—En effet. Et nous devrions également commencer à nous questionner sur le dessert. Je vois un serveur approcher avec les menus.

***

Les garçons jouant à l'Augmented Ninth ce soir-là, comme tous les lundis, Ellie avait proposé à Dunn de passer l'après-midi chez eux à Bloomsbury.

—Tu n'as aucune raison de rentrer chez toi, avait-elle dit. Avec ton costume, tu vas faire fureur, au club – inutile de te changer. Emily a fait envoyer la boîte de douceurs directement à ta logeuse, donc tu n'as pas à la lui apporter. Rentre avec nous et repose-toi un peu. Ce sera mignon, de vous voir tous les deux faire un somme dans les fauteuils du salon. On se croira dans un *gentleman's club*.

Il avait accepté, mais Ellie ne semblait pas décidée à leur accorder cette fameuse sieste. Elle avait réclamé du café et s'était installée à côté d'eux, son carnet sur les genoux et son stylo à la main.

—Il nous faut un plan digne de ce nom, déclara-t-elle lorsque Lottie eut apporté le café. On ne peut pas continuer à tâtonner le terrain en espérant que ça nous tombe tout cru dans le bec.

—On ? répéta Skins. Tu es dans le coup, maintenant ?

—Eh oui, que ça te plaise ou non. Je vous connais par cœur, bande de tire-au-flanc. Vous vous contenterez de faire des blagues et de vous payer leurs têtes sans chercher à aller plus loin. Sans oublier que ça risque de vite agacer les flics. Je peux apporter un peu de… structure à tout ça. Un peu de discipline.

—Je ne vois qu'un tout petit souci, Mrs M, commenta Dunn.

Elle dressa les sourcils.

— C'est un club pour hommes. Vous n'êtes pas autorisée à y entrer.

— Combien de fois es-tu rentré en te plaignant de ne pas avoir de manager, Ivor ?

— Au moins une fois par semaine, répondit Skins. Un peu plus si je me suis fait reprocher le manque de champagne en loge ou l'absence de papier toilette dans les WC pour dames.

— Je vous présente donc la nouvelle manager des Dizzy Heights, déclara-t-elle.

Ce fut au tour de Skins et Dunn de dresser les sourcils.

— Pas pour de vrai, les rassura-t-elle. Il n'y a rien qui me donne moins envie qu'essayer de gérer un groupe de musiciens nécessiteux. Mais les vieux schnocks de l'Aristippus Club, avec leur balai dans le derrière, n'ont pas à le savoir. Je me saperai comme il faut, me baladerai avec une mallette… Ils recracheront leur whisky en s'insurgeant sur ce que devient le monde, mais que pourront-ils faire d'autre ? Les jeunes ont déjà fait leur coup d'État en faisant venir un groupe de jazz avec des filles dedans. Si une autre débarque en clamant qu'elle est leur manager, qu'est-ce qu'ils peuvent dire ?

— « Sortez d'ici, madame » ? suggéra Dunn. Je pense qu'ils ont l'habitude, tu sais.

— Nous verrons bien. Je sais faire preuve de persuasion.

— Alors là, je confirme, opina Skins.

— Il faudra mettre les autres membres du groupe dans le secret, précisa-t-elle. Ce serait dommage qu'ils fassent une boulette, comme vous dites. Ils devront jouer le jeu.

— C'est dans nos cordes, commenta Dunn. Benny et Puddle savent déjà qu'on cherche le déserteur de Sunderland. Eustace, Elk et Mickey ne moufteront pas. Ils ont tous fait l'armée. Ils comprendront.

— N'oublie pas que nous enquêterons également sur le meurtre de Blanche.

— Oui, mais ça ne sera pas un problème pour eux non plus.

— Peut-être, mais… n'est-ce pas un peu risqué ? demanda Ellie.

— Comment ça ? souffla Skins.

— Vous vous souvenez de ce qu'ont dit Emily et Flo ? Ça pourrait être l'un d'eux.

— Théoriquement, nuança Dunn. Mais c'est impossible. On va poser des questions à droite à gauche, apprendre à connaître un peu tout le monde. Nos camarades n'ont rien à voir avec cette histoire, et il vaut mieux les avoir de notre côté.

Ellie y réfléchit quelques instants.

— Bon, d'accord. On les intègre à l'enquête.

Elle avait pris des notes durant tout leur échange. Elle termina sa phrase, reboucha son stylo et se leva.

— Bon, si vous tenez à préserver votre réputation de meilleure section rythmique de Londres, vous feriez mieux de vous reposer un peu avant ce soir. Ta chambre est prête, si tu veux, Barty. Je vais réfléchir à tout ça dans mon bureau.

7

Durant l'une de leurs pauses, à l'Augmented Ninth, ce soir-là, les Dizzy Heights avaient discuté et confirmé une fois de plus leur engagement à continuer les cours de danse au Tipsy Harry's. Ils le feraient en hommage à Blanche. Mickey avait profité de l'occasion pour les informer que le club avait demandé s'ils pouvaient assurer un deuxième cours, le mercredi soir, et ils acceptèrent à l'unanimité.

Un peu plus tôt, ils avaient convenu que remplacer Blanche, aussi délicat cela soit-il, était indispensable – ses parties étaient vitales, dans certains des arrangements les plus complexes. Puddle avait donc demandé à un vieux camarade de prendre sa place au saxophone. Celui-ci était ravi de se rendre utile et annonça même qu'il essaierait de reporter ses cours du mercredi pour pouvoir assurer le cours de danse supplémentaire.

« Pour Blanche » était devenu le leitmotiv officieux du groupe, remplaçant au passage les suggestions habituelles de Skins – « N'attendez pas trop de nous », « Préparez-vous à être déçus » et « De la musique pour des gens trop bourrés pour se rendre compte qu'on est mauvais ». Il avait voulu les faire traduire en latin pour les mettre sur leurs cartes de visite, mais ils ne connaissaient personne d'assez cultivé pour le faire.

Skins et Dunn arrivèrent tôt pour la session du mardi, décidés à se servir de cette bonne nouvelle comme excuse pour discuter avec les membres du Gang Alphabet. Mais quand ils eurent terminé de transporter les instruments dans la salle de bal et furent partis au bar chercher leurs proies, ils découvrirent que le Gang Alphabet était déjà occupé. Avec la police.

Skins approcha Alfie, qui était assis, tout seul, dans un Chesterfield élimé.

— Qu'est-ce qui se passe ?

Alfie leva les yeux de son journal.

— Je crois que ça s'appelle un alpaga. Whiffy Wingrove en a ramené plusieurs du Pérou. Il va les élever pour leur laine. Apparemment, ça vaut un paquet de fric, la laine d'alpaga.

Skins le toisa d'un air perplexe avant d'implorer du regard Dunn qui se contenta d'un coup de menton en direction du bar. Plusieurs individus étaient regroupés autour d'un animal de taille moyenne, à la drôle de bouille et à l'air docile, qui ressemblait à un croisement entre un petit chameau sans bosse et un mouton. Ça doit être l'*alpaga*, se dit Skins.

— Pourquoi il l'a amené ici ? s'enquit-il.

— Pour lui offrir un scotch ? suggéra Alfie. Quelque chose à manger ? Vous imaginez la scène, un peu ? Un type qui emmène grailler son alpaga au club... Plus sérieusement, je crois que quelqu'un a dit qu'il l'avait simplement suivi. Il vit au coin de la rue, et il les garde dans son jardin en attendant de pouvoir les faire déménager dans le Norfolk. Il a des hectares de terrain, là-bas. L'idéal pour les alpagas, selon lui. Ils viendraient des montagnes.

— Mais ce n'est pas plat, dans le Norfolk ? s'étonna Skins.

— Ah oui ? Vous êtes sûr ? Je suis nul en géo, moi.

— C'est connu pour ça, répondit Skins.

— Ah. Alors j'ai peut-être mal compris.

— Ces types ont l'air accros, commenta Dunn.

— Du Norfolk ? Connais pas. Même si j'avais une tante qui vivait à Kettering.

— C'est dans le Northamptonshire, lui fit remarquer Skins.

— Je vous ai dit que j'étais nul, répliqua Alfie avec un sourire navré.

— Je voulais dire, accros à l'alpaga, reprit Dunn.

— Des vrais gosses, confirma Alfie. Un des maîtres de mon école avait un épagneul, et parfois, il l'emmenait en classe. Les gars étaient comme des dingues.

— Mais pas vous, commenta Skins.

— Non, pas moi. Je me suis toujours méfié des chiens. Je me suis fait mordre les fesses quand j'étais tout petit. Je ne leur fais pas confiance.

— Et ça concerne tous les animaux, maintenant ? demanda Dunn. C'est pour ça que vous n'êtes pas là-bas, à vous extasier sur la bestiole ?

— Non, pas du tout. Mais il ressemble beaucoup trop à un chameau à poils. Je ne supporte pas les chameaux. Je me suis fait mordre pendant la guerre.

— Ah ! Vous avez servi en Égypte ? En Libye ?

— Hein ?

— Pendant la guerre, insista Dunn. Vous avez servi au Moyen-Orient ? Quand vous vous êtes fait mordre par un chameau…

— Oh, souffla Alfie, qui semblait comprendre seulement maintenant. Je vois ce que vous voulez dire. J'ai servi un temps en Égypte, en effet, mais cette histoire de chameau s'est passée au zoo de Londres. J'y avais emmené une fille pendant une permission. Je m'étais dit que ce serait romantique. Ce foutu chameau a volé mon chapeau puis m'a mordu le bras quand j'ai essayé de le récupérer.

Skins éclata de rire.

— Je vais être honnête avec vous, Alfie – ça ne vous dérange pas, si je vous appelle Alfie ?

— Du tout, du tout. Tout le monde m'appelle comme ça. Enfin, sauf mes parents, bien sûr – ils m'appellent Cornelius. Et mamy m'appelait toujours Corny. Elle me manque.

— Merci. Le truc, c'est que je ne parlais pas de l'alpaga, à la base. Je m'intéressais plus à ce qu'il se passait à l'autre bout de la pièce.

— Ah, pigé. Les flics ont débarqué pour interroger les gens. Apparemment, c'est le tour de Charlie. C'est au sujet de votre copine. Toutes mes condoléances, au fait.

— Merci, marmonna Dunn. C'est qui, le type en charge de l'enquête ?

— Inspecteur Machin-truc.

Skins et Dunn roulèrent des yeux à l'unisson.

— Oh, il a un nom de fleur ! s'exclama soudain Alfie.

— Merci, Alfie. J'imagine que vous n'avez pas non plus retenu le nom des deux types en uniforme qui l'accompagnent ?

— Pas du tout. Désolé.

L'inspecteur, pendant ce temps, s'était levé. Il serra la main de Charlie, qui gagna le bar d'un pas léger. L'inspecteur s'étira et balaya la pièce des yeux. En apercevant les deux musiciens en costume chic, il avança vers eux et tendit la main à Skins.

— Bonjour, messieurs. Je suis l'inspecteur Lavender.

— Vous voyez ? triompha Alfie. Je vous avais dit qu'il avait un nom de fleur[1] !

Ce fut au tour de l'inspecteur de lever les yeux au ciel.

— Je vais me lancer et supposer que vous êtes les musiciens dont le commissaire Sunderland m'a parlé.

---

1. *Lavender* signifie « lavande ».

— Exact, confirma Skins. Comment vous avez deviné ?

L'inspecteur leur fit signe de le suivre dans un coin plus tranquille de la pièce.

— La coupe de vos costumes. Très... à la mode. Les tailleurs de ces messieurs ne sont pas tout à fait au goût du jour, et ils ne le seront probablement jamais. Quoi qu'il en soit, j'enquête sur le meurtre de votre amie Blanche Adams – toutes mes condoléances. Ça a dû être un choc terrible.

— Oui, dit Skins. C'était une très bonne amie à nous.

— Je comprends. Mr Chandler m'a fait un retour assez détaillé de la soirée, déclara Lavender en désignant l'autre côté de la pièce, où Charlie se commandait un verre. J'aimerais entendre votre version à tous les deux, voir si vous pouvez ajouter quoi que ce soit.

— Bien sûr, répondit Skins. Eh bien, ça s'est passé mardi dernier. Nous étions venus jouer pour leur cours de danse.

— Vous faites toujours ce genre de chose ? l'interrogea l'inspecteur.

— Non, c'était la deuxième fois. On est venus remplacer les Finchley Foot-Tappers lorsqu'ils les ont laissés tomber.

— Oh, nous les aimons beaucoup, ma femme et moi. Elle les adore, en vérité.

— Ah oui ? Bref, on s'était dit que ce serait un bon petit boulot facile. De quoi mettre un peu de beurre dans les épinards. Ou un peu de confiture... Jam-session... Jam, vous saisissez[1] ?

L'inspecteur le regarda d'un air vide.

— Bref, nous étions tous prêts pour commencer à dix-neuf heures tapantes, continua Skins. Le cours a commencé. On a joué environ trois quarts d'heure, puis on a fait une pause.

L'inspecteur jeta un coup d'œil à ses notes.

1. *Jam* signifie « confiture », et une *jam-session* est un moment d'improvisation entre musiciens.

— Bière et sandwiches, c'est bien ça ?

— Exact.

— Et vous avez tous pris la même chose ?

— Oui.

— Non, intervint Dunn. Non, non. Le petit nerveux, là… Danny ? Oui, Danny. Il a apporté des cocktails aux filles.

— Ah oui ? lança l'inspecteur en notant cette information dans son calepin. Danny, vous dites. J'imagine que vous ne vous souvenez pas de ce qu'étaient ces cocktails.

— Il y en avait un avec du gin. Je m'en souviens parce que Puddle voulait celui-ci. Elle aime ça, le gin, notre Puddle.

— Tu as raison, confirma Skins. Un Sidecar et un Gin Rickey. J'avais complètement oublié. Je pensais qu'elles avaient bu de la bière, toutes les deux.

— Non, répondit Dunn. Ça, c'était après le concert, en loge, quand elles se sont plaintes qu'il n'y avait pas de champagne.

— Donc Miss Adams a pris le Sidecar, déclara l'inspecteur.

— Oui, c'est bien ça.

— Et c'est cette… (il jeta un coup d'œil à ses notes)… cette « Puddle » qui a choisi.

— Isabella Puddephatt, précisa Skins. Oui. Ensuite, on a joué encore un peu, et soudain, tout s'est arrêté quand Blanche s'est effondrée.

— Respirait-elle toujours, à ce moment-là ?

— C'est Benny qui s'est jeté sur elle en premier, répondit Dunn. Il a dit que non.

— Benny ?

— Benjamin Charles, expliqua Skins. Notre tromboniste.

— Je vois, murmura l'inspecteur Lavender. Donc les hommes ont pris de la bière, les femmes, leurs cocktails, et vous avez tous mangé les mêmes sandwiches ?

— De ce que je sais, oui, répondit Skins.

— Et c'est ce fameux Danny qui a apporté les cocktails.

— Oui, confirma Dunn. Et il n'était pas peu fier. Il a dit que la saxophoniste des Foot-Tappers avait réclamé un cocktail pendant sa pause, et il a voulu faire pareil. Ça semblait partir d'une bonne intention.

— Une bonne intention, oui... marmonna l'inspecteur. Et Miss Puddephatt s'est assurée que Miss Adams prenne le brandy. C'est fort, le brandy. Qu'y a-t-il d'autre, dans un Sidecar, tiens ? Enfin, peu importe. Rien de mieux pour masquer le goût d'un poison. Est-ce que quelqu'un a conservé les verres ?

— Quoi ? hoquetèrent Skins et Dunn.

— Pour pouvoir y chercher une éventuelle trace de poison.

— Ce n'était pas le rôle de votre homme, le soir du meurtre ? répliqua Dunn.

— Il ignorait qu'elle avait été empoisonnée.

— Tout comme nous, confirma Skins. Vous croyez vraiment qu'on a pensé à récupérer le verre et à le mettre dans une boîte au cas où il servirait une semaine après ?

L'inspecteur Lavender plissa les yeux.

— Bon, très bien. Votre Miss Puddephatt connaissait-elle ce fameux Danny ? Pourraient-ils être de connivence ?

— Vous ne suggérez tout de même pas... commença Dunn.

— Mon travail consiste à tout envisager, répondit l'inspecteur.

— Vous êtes un idiot, déclara Dunn.

— Si j'étais vous, je ferais attention à ce que je dis, monsieur.

— Et moi, si j'avais la malchance d'être vous, inspecteur, je ferais clairement mon boulot avec un peu plus de compassion et de tact.

— Je sais que vous êtes bouleversé, monsieur. Je suis donc prêt à oublier ce faux pas.

Dunn lâcha un *pfft* blasé et s'éloigna.

— Avait-elle des ennemis, au sein du groupe, Mr…

— Maloney. Non.

— Donc votre ami est… dit-il en se remettant à feuilleter son calepin. Mr Dunn ?

— C'est ça.

— Et s'était-elle brouillée avec qui que ce soit du club ?

— Elle n'avait pas le temps. Ni elle ni personne. On vient, on joue, on rentre chez nous.

— Je vois. Et ce fameux Danny… Que savez-vous sur lui ?

— Autant que sur les autres : rien.

— Merci, dit l'inspecteur. Vous avez au moins corroboré le témoignage de Mr Chandler. Si vous voulez bien laisser votre adresse à mon collègue, nous reviendrons vers vous si nous avons d'autres questions.

— Le groupe sera ici tous les mardis et mercredis soir jusqu'au concours de danse, et nous jouons également tous les vendredis soir. Nous sommes faciles à trouver.

— Un concours de danse ? Quand a-t-il lieu, exactement ?

— Vendredi 12. Mais ils passent à deux cours par semaine pour pouvoir s'assurer la deuxième place.

— Sur combien de participants ?

— Deux.

L'inspecteur Lavender sourit, ferma son calepin et alla rejoindre l'un des policiers en uniforme.

***

— Va falloir prendre sur toi, mon pote, marmonna Skins en rejoignant son ami derrière le bar. On a besoin qu'il soit de notre côté.

— On a besoin d'un vrai flic de notre côté, grogna Dunn. Sunderland ne serait pas aussi… aussi…

— Aussi quoi ?

— Il est juste tellement… Non mais franchement, accuser Puddle ? Il voit bien qu'on est encore à vif !

— Là, je te confirme qu'il l'a vu. Je dois admettre que même moi, j'ignorais que tu le vivais si mal.

Dunn regarda son plus vieil ami dans les yeux pour la première fois depuis le début de cette conversation.

— Je lui ai proposé de sortir avec moi.

— Blanche ?

— Oui.

— Putain de merde. Pourquoi tu ne l'as pas dit avant ? Même quand on a parlé avec Ellie ? Tu aurais dû nous le dire. Je ne savais même pas que tu…

— Qu'est-ce que tu voulais que je dise ? soupira Dunn. Ce n'est pas comme si j'étais amoureux d'elle. Enfin, pas encore. Ça aurait pu m'arriver, tu me diras. Peut-être que c'était « la bonne », comme on dit. Je ne sais pas. En tout cas, je n'ai pas perdu plus que vous, les gars.

Skins posa une main rassurante sur l'épaule de son ami.

— Tu es un idiot.

— C'est ce que n'arrête pas de me dire ta femme, répondit Dunn. Au moins, je ne suis pas aussi idiot que ce crétin de Lavender.

— Sûr qu'il a la médaille d'or, celui-là.

— S'il soupçonne le groupe, pourquoi nous avoir interrogés ensemble ? Il aurait dû nous voir séparément. Tout le monde sait ça.

— Il ne soupçonnait personne jusqu'à ce qu'il se dise que ça pouvait être le cocktail.

— Y a des chances que ce soit ça, hein ?

— Possible. Je t'avoue que je ne me rappelais même plus qu'elles avaient bu autre chose que nous.

— Ça ne m'était pas revenu avant non plus.

— Mais qui aurait pu faire ça ? Et pourquoi ?

— Ce Danny a définitivement quelque chose de louche. Il ne semble pas s'intégrer. Tous les autres pètent plus haut que leur cul, mais lui, il est là, à tâtonner, à proposer timidement des cocktails aux filles… Oui, il faut de tout pour faire un monde, mais qui se ressemble s'assemble, non ?

— On est où, là ? Chez « Barty et ses vieux dictons » ? Un sourire, une chanson et un cliché désuet ?

— Mon manque d'originalité ne rend pas tout cela moins vrai. Comment un grand timide comme Danny a fini avec un Alfie et un Charlie ?

— Aucun d'eux n'est intégré, mon vieux. Voilà pourquoi ils vont bien ensemble. Qui d'autre voudrait d'eux ? Ils sont potes parce qu'ils sont tous un peu… tu vois, quoi… bizarres.

— Peut-être.

— Mais ça n'explique toujours pas pourquoi. Pourquoi tuer Blanche ? Qu'est-ce qu'elle avait fait ? Tu crois qu'elle aurait pu repousser ses avances ?

— On ne tue pas pour ça, quand même. Si j'agissais comme ça, la moitié des nénettes du nord de Londres seraient enterrées dans le jardin de Mrs C.

— À moins qu'il s'agisse de l'un des fous de la théorie de Lady H, commenta Skins. Un meurtre sans mobile, totalement gratuit.

— On ne sait jamais. Il y a cette histoire de saxophoniste malade, après tout. Vera, celle des Foot-Tappers. Danny lui avait préparé un cocktail, à elle aussi. Et si c'était un autre Jack l'Éventreur, sauf qu'au lieu de prostituées, c'est aux joueuses de sax qu'il s'en prend ? Ou ce type, pendant la guerre… en France… celui qui a massacré toutes ces femmes…

— Oui, je vois… « La Moustache Bleue de Je-ne-sais-plus-trop-où ». Mais il ne leur piquait pas juste leur argent ?

— « La Barbe Bleue », rectifia Dunn. Et si Danny avait quelque chose contre le saxophone ? Peut-être qu'il a été traumatisé, enfant ? Ou contre les musiciennes ? Et si une musicienne lui avait brisé le cœur, et qu'il avait décidé le leur faire payer à toutes ?

— Traumatisé par un saxophone ?

— On ne sait jamais. Il y a bien plus bizarre. Tu te souviens de ce type qu'on a rencontré quand on a joué à la ligne GHQ, en 17 ? Il avait peur des cuillères à soupe.

— Comme dirait Ellie, « je ne suis toujours pas convaincu ». Mais il va falloir lui toucher deux mots.

— Au type des cuillères à soupe ? Pas sûr de remettre la main dessus. Il s'est probablement fait terrasser par une louche au mess, et toutes ses peurs se sont concrétisées sous ses yeux.

Skins secoua la tête.

— Tu es vraiment idiot. Allez, on va chercher Danny.

***

— J'ai une idée ! lança Skins. Et si on faisait nos curieux, en route ? On pourrait chercher une trace de ce fameux caveau secret ? Si quelqu'un nous demande ce qu'on fabrique, on peut toujours dire qu'on est perdus.

Dunn secoua la tête en souriant.

— Donc tu t'imagines qu'on peut, rien qu'à nous deux, se balader tranquillou et résoudre un mystère qui a laissé perplexe absolument tout le monde pendant cent vingt ans ?

— Au moins, rétorqua Skins d'un air vexé, ça nous permettrait de nous faire une meilleure idée de la géographie des lieux.

— Je te suis, Monsieur l'aventurier. Tu crois qu'on pourrait leur piquer des vestes de safari et des casques coloniaux, tant qu'à faire ?

Ils prirent la direction du fumoir, comme l'indiquaient les panneaux au mur, mais empruntèrent un autre couloir avant d'y arriver.

— Qu'est-ce qu'on cherche, alors ? s'enquit Dunn.

— Aucune idée. J'imagine qu'il ne faut pas s'attendre à une grosse pancarte « Trésor caché – par ici ». Pas vrai ?

— Je te le confirme. Et donc, pourquoi…

— Arrête de te plaindre et contente-toi de garder les yeux bien ouverts. Ça pourrait être n'importe quoi. Regarde toute cette camelote sur les murs, pour commencer. Et tous ces tableaux, de l'autre côté. Qu'est-ce qu'ils nous disent ?

— Que les types pleins aux as aiment se faire peindre le portrait ?

— Cela va de soi. Mais qui sont ces gens ?

Dunn examina les minuscules plaques en bronze sur deux ou trois tableaux.

— Les présidents du club, annonça-t-il.

— Sunderland ne nous a pas dit que le Tueur de Mayfair était président du club, justement ?

— Oui, je crois bien. Sir Dionisius Quelque-chose.

Skins longea le mur, remontant le temps à travers l'histoire du club.

— Bingo. Sir Dionisius Fitzwarren-Garvie. Purée, je n'ai jamais vu un foulard pareil. Il n'a franchement pas la tronche d'un assassin.

— Je pense que c'est la même chose que les trésors cachés. Ce n'est pas écrit sur leur figure.

— Qu'est-ce qu'il a dans sa main ? demanda Skins.

Dunn inspecta le tableau de plus près.

— Une clé ? Une grosse clé en or ? Ils l'ont tous, regarde.

Une nouvelle inspection leur confirma que tous les autres présidents tenaient en effet cette même clé en or.

— La clé du caveau secret, murmura Skins.

— Et personne n'a jamais fait le rapprochement, c'est sûr, grogna Dunn. Allez, viens, banane. On va voir Danny.

Ils firent demi-tour.

Quelques instants plus tard, ils étaient à l'entrée du fumoir. Décoré d'un élégant papier peint en soie verte et d'une luxueuse moquette tissée, le fumoir était le lieu où les membres les plus anciens du club piquaient un somme dans l'après-midi. Surplombés par un épais brouillard de fumée de pipe et de cigare, et cernés par les regards scrutateurs des membres du club morts depuis longtemps, les vieux bonshommes se contentaient du silence ambiant, engoncés dans de gros fauteuils de cuir brun, passant les longues heures qui séparaient le déjeuner du dîner à somnoler. Plusieurs bibliothèques couraient le long des murs, et les tables croulaient sous les journaux et les périodiques en tout genre, mais seul un membre lisait : Dudley « Danny » Daniels.

Skins et Dunn échangèrent un regard incertain. Ils avaient joué dans des manoirs et des brasseries, des clubs de jazz, des clubs de riches et des clubs de prolétaires. Ils étaient chez eux partout, mais en dépit de leur assurance facile, il y avait toujours un ou deux endroits qui les mettaient mal à l'aise. Et le fumoir de l'Aristippus Club de Mayfair en faisait partie. Ni l'un ni l'autre ne semblaient avoir le courage de franchir le seuil de ce sanctuaire sacré. C'était comme si la main d'un garde invisible les empêchait d'avancer en clamant que des énergumènes dans leur genre n'étaient pas les bienvenus. Le mufle.

Danny dut les voir dans son champ périphérique, car il posa son livre et leur fit signe d'entrer. Mais ils hésitaient toujours. Il sourit, leur fit à nouveau signe et articula : « Venez, venez. »

Presque sur la pointe des pieds, les deux musiciens entrèrent dans la pièce. À côté de la porte, un homme – chauve à l'exception de deux touffes de cheveux blancs au-dessus des oreilles – lâcha un ronflement sonore, ce qui réveilla un de ses voisins en sursaut. Celui-ci observa Skins et Dunn d'un air méfiant.

— Qui êtes-vous ? cracha-t-il d'une voix rauque. Vous êtes les types du Bureau de la guerre venus prendre les mesures des chevaux pour leurs robes de bal ?

— Ne vous inquiétez pas, Sir Edgar, intervint Danny. Ce sont mes invités.

— Assurez-vous qu'ils ne mettent pas de graisse sur le mouton bouilli, répliqua l'homme avant de refermer les yeux.

— Bonjour, messieurs, dit Danny alors qu'ils le rejoignaient. Vous me cherchiez, peut-être ?

— À vrai dire, oui, répondit Skins.

Il n'avait pas du tout réfléchi à la manière d'aborder cet interrogatoire. Fallait-il y aller mollo ? Y aurait-il un intérêt à entrer dans le vif du sujet ? Devaient-ils faire preuve de ruse, ou simplement lui annoncer ce qu'ils cherchaient ?

Dunn vint à sa rescousse.

— Vu qu'on était en avance, on s'est dit que ce serait sympa d'apprendre à vous connaître un peu mieux. C'est quand même dommage de venir ici trois fois par semaine et de ne connaître personne ! Surtout en étant aussi impliqués dans votre concours de danse.

— C'est très aimable à vous, répondit Danny. Et si nous laissions ces messieurs se reposer et que nous nous retirions au bar ?

— On en vient, justement, dit Skins. C'est un peu le bazar, pour le moment. Les flics interrogent tout le monde sur le soir de la mort de Blanche.

— Ah, oui, bien sûr. Quelle terrible affaire. Comment ça va, vous deux ?

— On fait aller, répondit Dunn.

— J'imagine, oui. Venez, je sais où aller.

Il quitta son fauteuil et les guida vers la sortie. Ils le suivirent jusqu'au couloir aux portraits et une porte fermée surmontée d'un panneau annonçant la « Salle Theodorus ». Danny l'ouvrit et les poussa à l'intérieur.

Ils se trouvaient dans une salle de réunion assez petite, avec une grande table pour six personnes, ainsi que quatre fauteuils disposés autour d'une table basse, à côté d'une cheminée qu'on n'avait pas pris la peine d'allumer, de l'autre côté de la pièce. Comme partout ailleurs, un buste en marbre posé sur un socle veillait sur les lieux.

— Cette pièce ne sert presque jamais, les informa Danny. Je viens souvent ici quand j'ai besoin d'un peu de calme. Mettez-vous à l'aise. J'envisageais de prendre un thé, quand vous êtes arrivés. Ça vous dit ? Je peux commander quelque chose de plus fort, si vous préférez.

— Du thé, ce sera très bien, répondit Skins. Merci.

Danny pressa la sonnette, à côté de la cheminée, et s'installa dans l'un des fauteuils qui faisaient face aux musiciens.

— C'est vraiment chouette à vous de vouloir vous mélanger à la populace, vous savez. Nous sommes en admiration devant les musiciens, quand ils s'installent sur scène. C'est quoi, le terme que vous utilisez, déjà, en jazz ? « Cool ». Oui, c'est ça. Vous êtes cool. Et vous avez du style, pardessus le marché – tout le contraire de nous, en somme. On vous admire, je vous assure.

— Je n'aurais jamais pensé ça, admit Skins. J'étais convaincu que les membres de ce genre de club étaient tous des types puants et hautains.

— Alors là, pas du tout. On ne joue pas dans la même catégorie, vous et moi. Oui, on peut obtenir une table dans les meilleurs restaurants avec une facilité désinvolte. Un siège au Parlement ? Ça nous revient de droit divin. Mais on sait reconnaître le talent quand on l'a en face de nous, et on se sent tout petits, dans ces cas-là. Nous sommes bien conscients d'être un anachronisme, en ces temps modernes.

— Vraiment ? lança Skins avec un clin d'œil à Dunn. On risque de ne pas s'entendre, alors.

— Pourquoi ? demanda Danny d'un air légèrement déçu.

— Je suis arachnophobe.

— C'est la phobie des araignées, banane, rebondit aussitôt Dunn. Il a dit que c'était un anachronisme.

— C'est quoi, alors ?

— Je crois bien que c'est la phobie des espaces ouverts.

— Je pensais que c'était l'angoraphobie…

— Non, ça, c'est la peur des pulls en laine. Tu penses sûrement à l'aggrophobie.

— Ah non. Celle-là, je la connais, c'est la peur des bastons.

— L'ankaraphobie ?

— La peur de la Turquie.

— L'agriphobie, alors ?

— Non, ça, c'est la peur des animaux de la ferme. Tu penses sûrement à l'accordphobie.

— C'est la peur de l'entente, ça. Armophobie ?

— La peur des armes médiévales.

— Agraphobie ?

Skins sourit de toutes ses dents.

— Ça, mon cher ami, c'est la peur anormale du Taj Mahal.

Danny se fendait la poire, au milieu.

— Vous voyez pourquoi on vous trouve intimidants ?

— Oh, c'est juste un petit passage de notre spectacle en préparation. Nous sommes un duo comique, expliqua Skins.

— Vous faites de la comédie, en plus ?

— On y songe sérieusement, oui. On fait parfois quelques blagues pendant nos concerts, mais nous n'avons pas de quoi tenir tout un show. C'est toujours pratique d'avoir plusieurs cordes à son arc. On a fait quelques représentations sympas, à l'armée, pas vrai ? En général, ça plaisait.

Dunn confirma d'un hochement de tête.

— Même si, en toute honnêteté, ces pauvres soldats avaient tellement besoin de rire un bon coup qu'on aurait pu faire n'importe quoi, ça aurait fonctionné.

— C'est vrai, admit Skins. Vous avez dû connaître un tout autre genre d'ambiance, dans le carré des officiers ? Il nous est arrivé de jouer quelques danses pour eux, et l'atmosphère était autrement guindée. Au début, tout du moins. Après quelques verres de brandy, tous les soldats se ressemblent, pas vrai ?

Danny ne répondit pas. Il souriait toujours, mais la joie avait quitté ses traits, et son sourire ne semblait plus aussi sincère.

On frappa à la porte, et un employé du club entra.

— Vous avez sonné, monsieur ?

— Ah, oui, Cuthbert. Du thé pour trois personnes, s'il vous plaît.

— Très bien, monsieur.

L'homme disparut.

— Vous connaissez aussi tous les noms des employés ? s'étonna Skins. Vous n'êtes pas du tout ce qu'on s'imaginait.

Le sourire sincère revint.

— Ah, non, pas vraiment. Enfin, oui. D'une certaine manière. Je connais les prénoms de tous les employés, parce que la tradition veut que tous les employés du club s'appellent Cuthbert. Je ne sais pas quand ça a commencé, mais on a pris le pli. Pour le coup, je sais que celui-ci s'appelle William, mais il serait mortifié si je m'adressais à lui comme ça.

— C'est un autre monde… commenta Skins en secouant la tête.

— C'est vrai. Et vous deux, alors ? Comment êtes-vous devenus les musiciens de jazz les plus cool de la capitale ?

— Nous nous sommes trouvés au bon moment, au bon endroit, répondit Dunn. On jouait du ragtime, avant la guerre – on avait une petite réputation, pour tout vous dire –, mais à la fin de la guerre, on a fait la rencontre d'Américains qui ont tout changé. Les mecs des Harlem Hellfighters nous ont fait découvrir le vrai jazz. Ça a été une véritable révélation. Ils avaient des joueurs de folie – des génies, pour certains – et ils nous ont appris les ficelles. Ensuite, il s'est juste agi de trouver les bonnes personnes pour nous aider.

— Merveilleux ! Mais comment est-ce que vous... enfin... comment avez-vous réussi à vous faire suffisamment connaître pour vous faire engager ?

— Aucune idée, répondit Dunn. Comment on a fait ?

— Oh, comme tout le monde, en fait, reprit Skins. Ce n'est pas ce que tu connais qui compte, mais qui tu connais. Comme l'a dit Barty, on s'était forgé une petite réputation, avant la guerre. Alors quand les nouveaux clubs se sont mis à pousser comme des champignons, ils étaient contents de voir des visages familiers, en particulier des visages qui jouaient la toute dernière musique à la mode.

— Ça a l'air franchement plus glamour que mon boulot...

— Qu'est-ce que vous faites ?

— Théoriquement, je gère une galerie d'art. Mais comme vous pouvez le déduire de ma présence quasi permanente ici, elle se gère plutôt bien toute seule. Je laisse mon assistant s'occuper des tâches quotidiennes, et il m'appelle quand il a besoin d'impressionner quelqu'un.

— Vous avez donc vous aussi votre petite réputation ? sourit Dunn.

— Oh, plutôt modeste. Je suis spécialisé dans l'avant-garde, et il semblerait que je sois condamné à être l'un des experts en dadaïsme les plus en vue de Londres, dit-il avec un sourire pudique.

— On a rencontré des dadaïstes, une fois. Tu te souviens, Bart ?

— Je ne risque pas d'oublier. Ça restera l'un des concerts les plus étranges qu'on ait jamais donnés. Je ne peux pas vraiment dire que j'ai compris ce qu'ils cherchaient à faire, mais ils avaient l'air plutôt sympas.

— C'était un mouvement vraiment excitant, expliqua Danny. Cette idée de donner du sens aux choses en perdant encore plus les gens… Je suis dingue de ce mouvement.

— Vous aussi, vous… Qu'est-ce qu'ils font, au juste ? De la peinture ? Du dessin ? De la sculpture ? s'enquit Skins.

— Je tâtonne, mais je n'ai pas leur talent. Ni leur imagination. Mais c'est pour ça que le jazz m'attire, je pense. Certaines des choses que vous faites – rejeter les anciennes règles, jouer avec les formes, par exemple – pourraient être associées au dadaïsme.

— Peut-être bien, souffla Dunn. On nous reproche assez souvent de faire du bruit. Mais si vous voulez mon avis, la plupart des gens ne comprennent rien à la musique. On n'a peut-être rien à voir avec leur morceau de music-hall préféré, mais au fond, on suit les mêmes règles harmoniques. On est juste un peu plus… inventifs, parfois. Comme vos types de Dada : ils gardent quand même les règles des formes et des couleurs.

— Hmmm, peut-être, oui. Vous connaissez le cubisme ? Il faut…

Mais ils n'eurent pas l'occasion d'en apprendre davantage sur le cubisme. Il y eut un coup sourd à la porte, et un Cuthbert entra d'un pas raide.

— Navré de vous interrompre, messieurs, mais l'un d'entre vous serait-il Mr Ivor Maloney ?

— Oui, c'est moi, répondit Skins. Qu'est-ce que je peux faire pour vous ?

— Il y a une… Il y a une dame… (le simple fait de prononcer ce mot lui paraissait intolérable)… à la porte qui exige qu'on la laisse entrer. Elle prétend être la… manager du groupe.

Une fois de plus, l'horreur que ressentait l'homme à cette simple idée semblait rendre toute articulation particulièrement pénible.

— Ah, ça doit être ma femme, commenta Skins. Eleanora Maloney.

— C'est en effet ce qu'elle dit, monsieur, confirma Cuthbert. Mais c'est-à-dire que… elle est… elle est américaine.

— Oui, oui, c'est bien notre Ellie. Vous pouvez la laisser entrer, s'il vous plaît ?

— Je crains que les règles du club ne m'y autorisent pas, monsieur.

— J'imagine qu'elle n'a pas apprécié, quand vous lui avez dit ça, répliqua Skins avec un grand sourire.

— En effet, monsieur. Elle est en train de faire une scène. Vous voulez bien… Vous pouvez… ?

— Je m'en occupe, Cuthbert, intervint Danny. Je vous en prie, messieurs. Allons accueillir cette charmante épouse.

***

Ils trouvèrent une Ellie furibonde dans le hall d'entrée. Elle aperçut Skins et Dunn et, une fois assurée que personne d'autre ne regardait, leur fit un grand sourire et un clin d'œil avant de replonger dans son rôle de harpie.

— Allons bon, mon cher Cuthbert, lança Danny en rejoignant le bureau du portier. Quel est le problème ?

— C'est cette… dame, Mr Daniels. Elle fait une scène.

— N'importe quoi ! se défendit Ellie. Je cherche seulement à faire mon travail.

— Vous voyez, Cuthbert, renchérit Danny. Cette dame cherche seulement à faire son travail. Inutile de faire tout ce cirque, non ?

— Mais elle prétend être la manager du groupe, monsieur.

— Et vous contestez cela ?

— Je vous demande pardon, monsieur ?

— Vous doutez que Mrs Maloney soit la manager des Dizzy Heights ?

— Eh bien… Pas si vous et les… musiciens le confirment, bien sûr. Mais c'est une…

— Une quoi, Cuthbert ? Une Américaine ? Je comprends que vous soyez impressionné, oui.

— Non, monsieur, pas une Américaine. C'est une… C'est juste qu'elles ne sont pas admises au sein du club. Les règles sont strictes.

— La règle dix-sept, paragraphe deux, me semble-t-il, déclare que les femmes peuvent être admises au sein du club pour les événements approuvés par le comité, et « quand leur présence a été au préalable admise par le comité, à condition qu'un membre titulaire du club s'en porte garant ». Je me porte donc garant de Mrs Maloney.

— Mais sa présence n'a pas été admise par le comité, répliqua le portier avec une pointe de triomphe dans la voix.

— Le comité n'a-t-il pas approuvé la présence de tous les membres du groupe de jazz professionnellement connu sous le nom Dizzy Heights ? répondit Danny. Il me semble avoir lu cela dans le procès-verbal du comité. Dans ce cas, Mrs Maloney, en tant que membre vital de l'organisation du groupe, est la bienvenue. Je signe où ?

Le portier poussa d'une main réticente le registre des visiteurs sur le comptoir et tendit un stylo à Danny.

— Merci, Cuthbert, déclara-t-il après avoir noté les informations nécessaires et apposé sa signature d'un grand geste. Vous faites un travail remarquable.

Le portier se renfrogna et récupéra son stylo.

— Je vous en prie, Mrs Maloney, venez. Vous voulez sûrement vous assurer que l'équipement du groupe est correctement installé pour le cours de ce soir.

Ellie prit son bras tandis qu'il partait en direction de la salle de bal, Skins et Dunn traînant derrière.

8

L'installation dans la salle de bal de l'Aristippus Club était désormais une routine, pour eux. Il était encore beaucoup trop tôt pour que les autres membres du groupe arrivent, mais grâce à leurs deux assistants pleins de bonne volonté, Danny et Ellie, Skins et Dunn purent tout mettre en place sans la moindre anicroche.

Pendant que « la meilleure section rythmique de Londres » faisait les derniers réglages, Ellie s'assit avec Danny.

— Sacré endroit, dit-elle. Vous êtes membre depuis longtemps ?

— Non, pas si longtemps que ça. Un vieil ami de mon père m'a nommé dans le cadre d'une espèce de plan de recrutement. Histoire d'apporter un peu de sang neuf.

— Ce doit être agréable d'avoir un lieu où l'on sait qu'on trouvera toujours des visages amicaux. J'ai plein de copines, mais je n'ai plus jamais vraiment vécu ce sentiment d'« appartenance » depuis que j'ai été infirmière, pendant la guerre. Ça me manque.

— FANY ou Détachement d'aide volontaire ?

— J'étais une Fanny – la ferme, Ivor. Ils m'avaient engagée avant que j'entende parler du Détachement d'aide volontaire. Et vous, vous avez servi où ?

— Je vous avoue que je n'aime pas beaucoup parler de la guerre. Je préfère laisser tout ça derrière moi.

— Je peux comprendre. Il y a beaucoup plus à gagner en regardant devant plutôt que derrière soi. Mais du coup... j'imagine que vous ne savez rien sur (elle balaya les alentours des yeux, comme pour s'assurer que personne ne pouvait les entendre) le Trésor du Tueur de Mayfair ?

Danny ricana.

— Vous en avez entendu parler, vous aussi ? Avant qu'on ne se fasse embringuer dans cette histoire de concours, le Gang Alphabet ne parlait que de ça, certains jours. Des histoires de caveau secret, de tenue d'apparat... Ils étaient à fond.

— Vous n'y croyez pas ?

— Certainement pas. C'est tout à fait le genre d'ânerie qu'un petit plaisantin du club aurait été capable de lancer, juste pour le plaisir, il y a un siècle, répondit-il en riant à nouveau. Un trésor caché, grommela-t-il en secouant la tête.

— Bon, vous venez de tuer mes rêves de richesse et de gloire, répliqua Ellie avec un air faussement déçu. Parlons de l'avenir, dans ce cas. Vous avez hâte d'être à ce fameux concours de danse ?

Danny esquissa un sourire timide.

— Pas vraiment. Pour tout vous dire, je ne comprends pas pourquoi on s'impose un truc pareil. Un soir, au Wags Club, quelqu'un a osé critiquer nos prouesses en matière de danse. Un de nos gars a pris la mouche, et ça a commencé à se provoquer gentiment, avant de finir par ce défi ridicule. Aucun de nous ne sait danser. Et pour être honnête, je ne suis pas sûr que les autres soient meilleurs que nous. Mais bon, il faut défendre son honneur, bien évidemment... Au moins, ils n'en sont pas venus aux mains.

Ce fut au tour d'Ellie de rire.

— Quand est-ce qu'a lieu ce concours, déjà ? Ivor me l'a dit, mais je ne me rappelle plus.

— Pas ce vendredi, mais l'autre, pendant la soirée dansante habituelle. Le 12 juin.

— Plus que quatre cours après celui-ci, donc.

— Ne m'en parlez pas. Heureusement qu'on a réussi à convaincre votre mari et son équipe de venir pour des cours supplémentaires, sinon, il n'en serait resté que deux. On va se ridiculiser…

— Il y a bien pire.

— Ça, c'est certain. Mais la danse… je ne sais pas. Il y a quelque chose de… d'intime à tout ça. Vous voyez ce que je veux dire ? C'est un peu comme chanter en public.

Ellie éclata à nouveau de rire.

— Je suis sûre que vous allez passer un super moment.

— Qui va passer un super moment ? intervint Puddle, qui venait d'arriver avec Benny. Salut, ma belle !

— Les garçons, pendant le concours de danse.

— On va tous s'éclater, je n'en doute pas !

Danny se leva.

— Je ferais mieux de vous laisser vous préparer. Je vais également avoir besoin d'un bon petit verre de scotch pour calmer mon stress avant d'attaquer. À tout à l'heure.

— À tout à l'heure, répondit Ellie. Et merci de vous être occupé de moi.

Il quitta la pièce en faisant un geste par-dessus son épaule.

— Il s'est occupé de toi ? souffla Puddle.

— Il y a eu une petite embrouille avec le portier. Monsieur ne voulait pas me laisser entrer.

— Mais tu es notre manager ! riposta Benny avec un clin d'œil.

Le groupe avait été tenu au courant du prétendu rôle d'Ellie, le temps de l'enquête.

— Ce genre de chose ne compte visiblement pas, pour un Cuthbert, répondit Ellie.

Ils la dévisagèrent d'un air perplexe.

— Tous les employés du club se font appeler Cuthbert, expliqua-t-elle avec un sourire amusé. Je pensais que vous le sauriez, depuis le temps. Un point pour l'Amerloque !

— On le savait, nous, répliqua Skins.

— Oh, souffla Ellie, déçue.

— Mais nous ne l'avons appris que cet après-midi. C'est Danny qui nous l'a dit.

— Mais pourquoi on les appelle comme ça ? voulut savoir Puddle.

— C'est la tradition, expliqua Dunn. Il faut respecter les traditions.

— Ils sont complètement timbrés, si vous voulez mon avis, commenta Puddle. Enfin, peu importe. Ça donne quoi, la mission furetage ?

— Pour l'instant, je n'ai parlé qu'à Danny, répondit Ellie avec un haussement d'épaules. Et il ne s'est pas montré plus ouvert que la dernière fois, à la soirée dansante. Il y a quelque chose de louche, chez lui. Les garçons ont peut-être eu plus de chances avec les autres.

— Non, intervint Skins. C'est le seul à qui on a pu parler, nous aussi. C'est un chouette type. Il gère une galerie d'art.

— Il y a quelque chose dans la façon dont il… Oh, ce n'est pas grave, je vous en parlerai plus tard.

Charlie et Millie venaient d'entrer dans la salle de bal, suivis de près par quelques Alphabets et le reste des Dizzies. La discussion sur l'étrangeté de Danny devrait donc attendre.

***

Le cours commença plus ou moins dans le chaos auquel ils étaient désormais tous habitués, mais il y avait tout de même de l'amélioration. Les garçons ne maîtrisaient pas encore totalement les pas de base, mais ils s'en approchaient, et les nouveaux pas que Millie cherchait à leur enseigner rentraient plus facilement. Pour trois d'entre eux, tout du moins. Alfie et Ernie luttaient toujours autant.

Assise dans un coin de la scène, Ellie les observait avec un désagréable mélange d'amusement, de sidération et de pitié. Elle n'était pas née avec des chaussons de danse aux pieds, mais elle savait se débrouiller sur la piste. Et surtout, elle s'amusait. Danser la submergeait de plaisir, et la seule chose, chez Skins, qui l'ait jamais véritablement déçue, était son désintérêt total pour cette discipline. Si elle le poussait, il la rejoignait sans hésitation, mais il était évident qu'il n'y prenait aucun plaisir, si bien qu'elle ne le forçait jamais longtemps.

Il fallait qu'elle aide l'un des deux hommes en difficulté. Peut-être pourraient-ils se rapprocher d'un semblant de débrouille, s'ils avaient une partenaire ? Ils regardaient Millie, ils se regardaient entre eux, ils regardaient leurs deux pieds gauches, mais rien n'y faisait. Peut-être qu'en ayant quelqu'un avec qui danser, juste une personne sur qui se concentrer, cela serait moins difficile ? Ça ne coûtait rien d'essayer.

Mais lequel choisir ? Ernie était celui qui avait le plus besoin d'aide… mais pouvait-il encore être aidé ? Il n'avait aucun sens du rythme, aucun feeling avec la musique, aucune mémoire et aucun véritable contrôle sur son corps. Il vaudrait peut-être mieux que ses camarades le cachent derrière eux pendant le concours en espérant que personne ne le remarque… S'il ne trébuchait pas et ne blessait personne, il avait des chances de passer inaperçu.

Alfie était un désastre sur pattes, mais au moins ses gestes informes étaient-ils en rythme avec la musique. Il y avait une base, avec lui. Ellie quitta sa chaise et bondit de la scène d'un pas léger. Quand Millie leur demanda d'arrêter, elle les rejoignit, s'approcha de leur professeur et la prit à l'écart.

— Bonjour, chuchota-t-elle. On s'est rencontrées à la soirée dansante, il y a deux semaines – le soir où vous vous êtes entaillé le bras. Comment va-t-il, d'ailleurs ?

Millie dressa son bras, qui allait beaucoup mieux. Il y aurait une cicatrice mais, comme Blanche l'avait promis, elle serait probablement très discrète.

— Il va très bien, merci, répondit-elle à voix basse, elle aussi. J'ai fait retirer les points il y a deux jours, et tout semble impeccable. Mais qu'est-ce que je peux faire pour vous ? Je vous en supplie, dites-moi que vous êtes prof de danse et que vous êtes venue me sauver…

Ellie éclata de rire.

— Non, pas vraiment. Mais je me demandais si je ne pouvais pas vous donner un petit coup de main. Un des garçons pourrait s'améliorer, avec une partenaire ? Je pensais à…

— Alfie, la coupa Millie. Oh oui, avec grand plaisir ! (Elle baissa davantage la voix.) Il n'est pas… enfin, on ne peut pas dire qu'il brille, hein ? Ma tante avait un Jack Russell qui savait faire toutes sortes de choses, mais je ne suis même pas sûre d'arriver à faire asseoir ce pauvre Alfie à la demande. Si vous pouviez lui donner quelque chose sur quoi se concentrer, faire en sorte que son esprit arrête de s'égarer, il pourrait y avoir un semblant d'amélioration.

— C'est exactement ce que je pensais. Les autres ne nous en voudront pas ?

Millie poussa un soupir.

— Ils ne vont pas arrêter de le chambrer, c'est sûr et certain, mais tant que vous, ça ne vous dérange pas, je pense que ça lui ferait vraiment du bien. Et tant que ça ne dérange pas votre mari, bien sûr, de vous voir danser avec un autre homme. C'est le petit batteur, c'est ça ?

— Je pense qu'il sait qu'il n'a aucun souci à se faire.

— Alors à vous de jouer. Vous connaissez cette danse ?

— Oui, ça va. Mieux qu'Alfie, en tout cas.

Elles rejoignirent le petit groupe.

— Alfie, déclara Millie avec sa meilleure voix de sergent. On a un plan pour t'aider. Mrs Maloney a gentiment accepté de jouer le rôle de ta partenaire de danse. Je ne l'envie pas, sache-le, mais elle semble penser que tu en vaux la peine.

Les Alphabets éclatèrent de rire.

— C'est drôlement gentil à vous, Mrs M, dit Alfie.

— Je vous en prie, appelez-moi Ellie.

— D'accord, Elsie.

Le groupe rit de plus belle.

— Quoi ? Qu'est-ce que j'ai dit ? bafouilla-t-il.

— Ne faites pas attention à eux, le rassura Ellie. Concentrez-vous uniquement sur moi. Vous connaissez les pas. Ce qu'il faut, c'est arrêter de réfléchir et les faire pour de vrai, maintenant.

— Réfléchir, c'est bien le problème avec moi, commenta Alfie. Je n'ai jamais été très bon pour ça. Mais on va y arriver. Je m'en remets entièrement à vous.

***

Au grand ébahissement de tous, leur plan fonctionna. Plus ou moins. Sans la distraction de ses camarades de cours, sans se soucier de ce que pourrait penser Millie, et avec pour seul objet de concentration cette charmante Américaine débordant de confiance, Alfie se souvint quasiment de tous les pas. Enfin, il savait tout du moins les faire au bon moment. Il se perdit un peu au niveau du pont, mais Ellie l'aida à s'en sortir et ils gagnèrent la fin du morceau sans incident majeur. Vu que c'était seulement la seconde fois, depuis qu'ils avaient commencé à jouer pour ces cours, que les Dizzies parvenaient à aller jusqu'au bout d'un morceau, son succès lui fit remporter les applaudissements du groupe.

— Dites donc, haleta Alfie, vous êtes une vraie faiseuse de miracles ! On peut vous avoir avec nous le soir du concours ? (Il se tourna vers Millie.) On peut, Miss Mitchell ? Ça changerait tout !

— Ce n'est pas moi qui décide, mon chou, répondit Millie. Quelles sont les règles de ton fichu concours, Bobby – Charlie, pardon ?

— Le Gang Alphabet contre cinq types des Wags. Pas de partenaires. Désolé, mec. Ils voulaient éviter toute tentative de triche.

— Mais ce ne serait pas de la triche ! riposta Alfie. Dans ce cas, on peut dire que c'est… mon infirmière, tiens ! J'ai le genou faiblard, à cause de la guerre. J'ai besoin d'elle à mes côtés au cas où il me lâcherait. Ça ne vous dérangerait pas de vous faire passer pour une infirmière, Mrs M ?

— J'ai fait mine d'en être une pendant trois ans, en France. Je ne pense pas avoir beaucoup perdu…

— Vous voyez ! Elle fait partie du gang, c'est bon. Vous pensez que ça passera ?

— On pourrait lui faire mettre un fute et un gilet et lui donner ma place, dans ce cas, intervint Ernie. C'est moi qui vais faire planter le groupe. On pourrait l'appeler Eli. Personne là-bas ne m'a encore rencontré ; ils ne sauront pas qui chercher. Ni vu ni connu.

— Je croyais que tu étais allé dans la même école que Masher Watson ? lança Bertie. Il verrait tout de suite que ce n'est pas toi.

Ernie poussa un soupir découragé.

— Je l'avais oublié, celui-là. Il est toujours aussi pénible, à ce que je vois.

— Mais il y aura un public, non ? demanda Ellie.

— C'est le temps fort du vendredi soir, répondit Charlie. Les Wags ont tenu à ce qu'il y ait un public, pour mieux appuyer notre humiliation.

— Alors je serai sur le côté et je danserai en même temps que vous. Vous n'aurez qu'à vous concentrer sur moi, et tout ira bien.

— Je vais devoir faire avec, soupira Alfie. Pas le choix, si on ne veut pas que je me vautre.

— On fait comme ça, approuva Millie. C'est l'heure de la pause, les enfants. J'ai soif. On reprend dans quinze minutes.

Les musiciens posèrent leurs instruments, et le petit groupe de danseurs se jeta sur les bières dressées sur la table. Ellie prit Alfie à part.

— Vous n'avez vraiment pas à vous inquiéter, vous savez. C'est dans la poche.

— Merci, vous êtes gentille. J'ai toujours été nul, depuis tout petit. Mes parents étaient complètement désespérés. Ils n'avaient qu'une hâte : que j'aie l'âge d'aller à l'école.

— Je suis sûre que vous exagérez. Vous avez survécu à la guerre, après tout. Vous étiez en première ligne ?

— Premier lieutenant, premier bataillon, Essex Regiment. Gallipoli, Égypte, puis France. Ce n'était pas si terrible que ça, au final. J'étais bien entouré, sincèrement. La camaraderie, c'est sacré, dans ces moments-là.

— J'imagine, répondit Ellie. Mais quand même, trois officiers subalternes sur vingt ne sont pas revenus. Plus que ça, même, d'après certains. Vous, vous êtes là, aujourd'hui.

— C'est sûr que dit comme ça…

— Si vous pouvez survivre à quatre années de guerre, vous pouvez survivre à quatre minutes de danse.

— Mince alors, vous avez raison. Bien sûr que je peux y arriver ! Vous étiez comme ça dans votre… comment ça s'appelle, déjà ? Votre poste de secours ? Vous avez dû sacrément remonter le moral des troupes. J'imagine que vous avez aussi brisé quelques cœurs, pas vrai ?

— Ça, je l'ignore. J'avais déjà donné le mien à un autre.

— Le batteur, hein ? Il en a, de la chance. Vous vous êtes rencontrés pendant les festivités ?

— Non. Nous nous sommes rencontrés des années avant la guerre, à Weston-super-Mare.

Alfie éclata de rire.

— Sans rire… C'est vrai ? J'avais une tante qui vivait tout près. Weston-super-Mare. Un endroit terrifiant, et une tante terrifiante. Qu'est-ce que vous fichiez là-bas ?

— Je voyageais. Avec ma tante.

— Terrifiante ou sympa, celle-ci ?

— Impressionnante. Mais avec un cœur gros comme ça.

— Vous deviez être sacrément jeune.

— J'avais seize ans. Mais le cœur fait ses propres choix. Vous avez déjà été amoureux, Mr… ?

— Appelez-moi Alfie, je vous en prie. Et non, je n'ai jamais eu la chance de trouver une fille qui veuille bien de moi.

— Quelqu'un vous attend quelque part, c'est certain. Mais je vous empêche de profiter de votre bière, pardonnez-moi. Vous feriez mieux d'y aller avant que vos camarades ne boivent tout.

Elle lui tapota le bras et retourna auprès du groupe.

— C'est lui ? souffla Puddle d'une voix excitée.

Ellie sourit.

— Le déserteur ? J'en doute. C'est soit un acteur incroyable, soit l'homme le plus adorable au monde – à l'exception de mon cher mari, bien sûr. Et de Barty. Mais s'il s'avère être un criminel de haut vol, je suis prête à manger la grosse caisse d'Ivor.

***

Le groupe rangea rapidement après le cours, et certains exprimèrent le désir d'aller boire un verre au pub du coin avant de rentrer se coucher pas trop tard.

— Le Coach and Horses, sur Avery Row ? proposa Skins.

Il y eut des murmures d'approbation, mais l'ami de Puddle se vit contraint de décliner l'invitation.

— J'adorerais, mais j'ai un autre engagement. Un prochain soir, avec plaisir. Et merci de m'avoir accueilli, les gars. C'était génial de jouer avec vous.

Il partit, un étui dans chaque main, et les autres terminèrent de plier bagage. Pour gagner du temps, ils aidèrent même Skins à porter ses fûts et ses caisses dans la réserve – ce qu'ils ne faisaient quasiment jamais.

— Vous imaginez à quelle vitesse on pourrait plier si vous me donniez chaque fois un coup de main ? lança Skins alors qu'ils posaient la dernière caisse.

— Oui mais on se plaindrait de quoi, du coup ? rétorqua Elk. Le plus fun, dans l'installation et le démontage, c'est quand même de se plaindre de la lenteur du batteur et de son organisation nébuleuse.

Skins grogna.

Le pub n'était qu'à quelques minutes de marche. Il y avait du monde pour un mardi soir, mais ils trouvèrent un coin où les sept membres du groupe et leur faux manager pouvaient s'installer ensemble – assis ou debout.

— Laissons les chaises aux filles, les gars, commenta Benny.

— Ne t'en fais pas pour nous, trésor, répliqua Puddle. On a des jambes, et on sait s'en servir.

— Oui, ça ira mon petit Benny, confirma Ellie. Je préfère rester debout – ça me donne l'impression d'être davantage dans le feu de l'action.

— Comme tu le sens.

Les boissons arrivèrent, et ils trinquèrent, comme ils en avaient pris l'habitude ces derniers jours, à Blanche.

— Partie trop vite, commenta Puddle.

— Une fille géniale, et une musicienne géniale, souffla Elk.

— Où en est la police ? demanda Eustace. Vous vous êtes fait interroger ? Moi, je n'ai vu personne, pour l'instant.

— L'officier en charge de l'enquête est l'inspecteur Lavender, leur apprit Skins.

— Nous l'avons rencontré cet après-midi, ajouta Dunn. Un vrai débile. Il s'est mis en tête que Puddle et Danny étaient complices.

— Pardon ?! s'exclama Puddle.

— Ne t'inquiète pas, la rassura Skins. Ça ne le mènera nulle part. Il n'a aucune preuve, c'est juste une hypothèque.

— Une hypothèse, le corrigea Ellie.

— Voilà. Il s'est emballé avec cette histoire de cocktails et est convaincu que le poison était dedans. Il a donc décidé que Danny était le meurtrier, puis il s'est dit que tu devais être au courant, vu que tu as choisi le gin.

— Mais je choisis toujours le gin ! Je n'ai pas…

— On le sait bien, la coupa Dunn. C'est un vrai débile, je te dis.

— Et ce Danny ? intervint Mickey. Lui aussi, c'est un débile ?

— Je ne sais pas… soupira Skins. On a discuté avec lui. Toi aussi, ma chérie, je crois bien ?

— Oui, confirma Ellie. C'est un homme discret et assez pensif. Il a l'air… doux. La façon dont il se réjouissait qu'ils n'en soient pas venus aux mains avec les membres de l'autre club… C'était comme s'il était contre toute forme de violence.

— Mais est-ce que ça pourrait être notre déserteur ? demanda Benny. Quelqu'un qui refuse de se battre a de fortes chances de vouloir fuir le front.

— Peut-être, oui, opina Ellie. Il semble en tout cas assez intelligent pour voler des diamants.

— Attendez une minute ! les coupa Elk. Un déserteur ? Des diamants ?

— Oups, désolé, s'excusa Benny. Je n'aurais rien dû dire ?

— Pas de soucis, mec, le rassura Skins. On aurait sûrement dû le dire à tout le monde.

— Nous dire quoi ? hoqueta Mickey.

Alors, durant les dix minutes suivantes, Skins, Ellie et Dunn parlèrent au reste du groupe du commissaire Sunderland, d'Arthur Grant le déserteur, des vingt-cinq mille livres de diamants bruts et du prétendu caveau secret qui renfermerait le Trésor du Tueur de Mayfair.

— Vingt-cinq mille livres ? La vache ! s'exclama Mickey. Y a de quoi mener la belle vie, avec une somme pareille.

— On peut se la couler douce, rejoindre un club pour hommes, faire l'andouille avec ses camarades… commença Ellie.

— Tuer des nanas saxophonistes, compléta Eustace.

Ils se tournèrent tous vers lui.

— Attendez, les gars… Vera, des Finchley Foot-Tappers, est tombée malade après avoir bossé là-bas. Maintenant, Blanche est morte. De toute évidence, il a tenté sa chance avec Vera, s'est rendu compte que le dosage n'était pas le bon et a refait un test quand Blanche et Puddle se sont pointées. Peu importe qui prenait le poison, tant que c'était une fille qui jouait du sax. Peut-être même que le hasard l'excitait. Un peu comme un dieu tout-puissant, qui tire à pile ou face pour savoir qui mourra.

— Donc d'après toi, Danny est le déserteur et le meurtrier ? l'interrogea Benny.

— Pourquoi pas ? Personne n'a dit qu'un lâche ne pouvait pas être un tueur.

— C'est bien beau, comme hypothèse, commenta Mickey, mais qu'est-ce qu'on en fait ? Et est-ce qu'on a droit à une partie des diamants ?

— Le mieux que l'on puisse faire, intervint Ellie, c'est de rester vigilants. Si vous vous sentez de jouer la comédie encore un peu avec cette histoire de manager, je peux me rendre au club chaque fois que vous y serez. Je comptais continuer à parler aux Alphabets, les uns après les autres, histoire de voir ce que je peux trouver, et si j'en ai l'occasion, j'aimerais bien faire un petit tour dans le reste de l'établissement. J'imagine qu'il regorge de recoins où on peut cacher toutes sortes de choses.

— On peut discuter, nous aussi, proposa Elk. Tout le monde aime parler à un musicien. On ne vaut peut-être rien le reste du temps, mais dès qu'on tient un instrument, les gens nous traitent comme des rois. On a un certain cachet.

— Ah bon ? lança Mickey. Un cachet, genre médoc ?

Elk réfléchit un instant.

— Je crois que c'est le mot que ma femme a utilisé, l'autre fois. Enfin, bref. Ce que je veux dire, c'est qu'on peut tous faire copain-copain avec ces types ; ils seront ravis de toute cette attention. Comme ça, on pourra dénicher le coupable.

— Mieux vaut rester discrets, le tempéra Skins. Si on se jette tous sur eux d'un coup, à la jouer meilleurs potes et à leur poser toutes sortes de questions, on risque de leur faire peur. Je pense qu'il vaut mieux nous laisser gérer tous les trois.

— Pourquoi vous trois ? grogna Eustace. Pourquoi pas trois autres ?

— Pour la simple raison que c'est à nous que Sunderland a confié cette mission. Ce n'est pas comme si on cherchait à vous priver d'une récompense ou même d'un bref moment de gloire…

— Il a raison, l'appuya Ellie. Nous voulons tous coincer l'assassin de Blanche, peu importe la façon dont nous y arrivons. En toute honnêteté, je pense que les flics peuvent très bien se débrouiller sans nous – mais si on peut se rendre utiles, je ne vois pas où est le mal. Quoi qu'il en soit, le déserteur n'intéresse vraiment que le commissaire Sunderland, et si vous pouviez bien prendre conscience de ce qu'on essaie de faire et ne rien laisser fuiter, ce serait… Comment vous dites, déjà ? Sensas ?

— Je n'ai jamais dit « sensas » de ma vie, grogna Mickey. Mais je suis d'accord pour jouer le jeu. L'idée de régler son compte à un déserteur ne me déplaît pas. Je déteste les lâches.

— OK pour moi, céda Eustace. C'est quoi, la prochaine étape, du coup ?

— Demain, je viendrai au cours de danse et verrai avec qui parler, répondit Ellie.

***

Ce fut une fois de plus Ellie qui saisit une occasion de parler avec l'un des membres du Gang Alphabet, le lendemain soir. Puisqu'elle avait aidé Alfie le mardi, il paraissait normal de faire la même proposition à Ernie. Comme la veille, elle alla voir Millie un peu avant la pause et offrit de danser avec lui. Millie accepta et le reste des Alphabets se mirent à charrier leur pauvre camarade.

— On ne pourrait pas simplement installer une espèce d'écran pour les faire danser derrière, tous les deux ? suggéra Bertie. Comme les brise-vent qu'on trouve sur la plage, ou les panneaux derrière lesquels les filles se changent…

— Oui ! Et on leur ferait enfiler différents costumes ! surenchérit Charlie. J'adore l'idée ! On transformerait ça en spectacle, et les Wags ne verraient que du feu à notre incapacité de danser en groupe.

— Top, l'idée, commenta Bertie. On pourrait les déguiser en nanas ! Il y a un tas de costumes dans la malle du comité des événements.

— Si je peux me permettre, intervint Alfie. Je n'ai aucun souci à être le dernier de la classe – c'est l'histoire de ma vie –, mais il est hors de question que je demande aux gens de rire de moi.

— C'est justement le but ! répliqua Bertie. Tu apparais habillé en fille pour les faire rire, et c'est toi qui contrôles. C'est toi qui donnes le ton, tu vois ? Ils ne rient pas parce que tu es nul, mais parce que tu as choisi de faire quelque chose de drôle. Ça n'a rien à voir.

— Excusez-moi ? Ça vous ennuierait de vous concentrer sur les pas, pour l'instant, et de gérer les détails logistiques un peu plus tard ? grogna Millie, qui commençait une fois de plus à s'impatienter.

— Oui, pardon, Miss M, s'excusa Alfie. On la boucle et on danse.

Ellie rejoignit Ernie mais découvrit bien trop vite que c'était un cas désespéré – une véritable cause perdue.

— Oh là là, je suis désolé, bafouilla-t-il quand Millie annonça la pause, à la fin du morceau. Ça ne veut pas rentrer, il n'y a rien à faire.

Ellie lui pressa gentiment le bras.

— On trouvera une solution.

— Je commence à me dire que l'idée de Bertie n'était pas si débile, au final. Si on sort de derrière un paravent déguisés en pouliches… ou alors… Mais oui, ce n'est pas une mauvaise idée. Ça pourrait fonctionner !

— Qu'est-ce qui pourrait fonctionner ?

— S'habiller en pouliches. Tous les deux. (Il se tourna vers la table collée contre le mur où tous les autres étaient en train de se servir une bière.) Dites, les gars, vous sauriez où on peut trouver un costume de cheval ?

Les Alphabets le dévisagèrent, perplexes.

— Je connais dans le West End deux ou trois boutiques qui pourraient faire le job, lança Skins, de la scène. Pourquoi ?

— Vous ne pigez pas ? C'est parfait ! s'enthousiasma Ernie.

— Qu'est-ce qui est parfait ? demanda Bertie.

— Vous pensez que c'est facile ou compliqué, de danser dans un costume de cheval ?

— Sûrement compliqué.

— Donc, si Alfie et moi apparaissons déguisés en cheval, personne ne s'attendra à quelque chose d'exceptionnel. Avec moi à l'arrière, à essayer de suivre en titubant, Alfie pourra faire le charleston à l'avant, et les gens seront morts de rire. Un cheval qui danse le charleston. Peu importe si on se plante, le jury nous filera des points pour l'originalité. Ce sera notre façon à nous de remporter la victoire.

Les Alphabets émirent des murmures d'approbation puis dressèrent leurs verres de bière pour trinquer à la meilleure idée de la soirée.

— C'est une approche… pour le moins originale, commenta Ellie tandis que les autres retournaient à leurs conversations.

Alfie les rejoignit, avec une bière pour Ernie.

— C'est mon truc, à vrai dire, répondit celui-ci quand Alfie fut reparti. Trouver des solutions inédites.

— Comment ça ?

— Je suis ingénieur. Je conçois toutes sortes de machines étranges et merveilleuses.

— Mais c'est fascinant ! s'enthousiasma Ellie. J'en connais peut-être une ?

— Ça m'étonnerait, répliqua Ernie en riant. Ça reste principalement dans le domaine industriel. En ce moment, nous construisons des machines qui fabriqueront les pièces d'autres machines. Si on trouvait le moyen de les faire se gérer toutes seules, on pourrait avoir les machines qui fabriquent les machines, et libérer les ouvriers de leurs chaînes.

— Mais que feraient-ils ?

— Les ouvriers ? C'est bien là le hic, comme ils disent. Que feraient-ils ? Enfin, nous n'y sommes pas encore. Il n'y a pas de quoi s'inquiéter, pour l'instant.

— Et ça vous plaît ?

— Oui, je crois. Pour être honnête, je n'ai pas de quoi comparer. Je serais peut-être plus heureux en faisant autre chose, mais je n'ai jamais fait autre chose. Je suis sorti des rangs de la faculté pour intégrer directement les bureaux de Cashmore Engineering Limited. C'est une entreprise familiale. On me prépare à la succession, en gros…

— Vous n'avez même pas fait l'armée ?

— Non. J'avais envie, mais le paternel me l'a interdit. On fabriquait des pièces pour les machines des usines de munitions, alors il a réussi à convaincre le tribunal militaire du coin que je faisais un travail essentiel à l'effort de guerre, dans les bureaux. J'imagine que c'était un peu le cas, mais j'ai toujours regretté de ne pas avoir fait ma part comme il se doit.

— Mais vous faisiez votre part.

— Difficile pour moi d'y croire, sur le moment. Et encore plus difficile de persuader les gens. J'avais plutôt intérêt à ne pas oublier mon petit badge en laiton « *On war service*[1] », que j'épinglais bien en évidence sur mon col, quand je sortais. Sinon, c'était l'enfer.

— J'imagine, souffla Ellie. Personne n'aime les lâches.

— C'est sûr. Quand les gens voient un jeune en possession de tous ses moyens, dehors, sans uniforme, le malentendu arrive vite. Je ne peux pas vraiment leur en vouloir,

1. « Sert pour la guerre ».

vous me direz… Toutes ces familles perdaient des fils, des pères, des frères et des oncles un peu partout, et ils devaient en plus se payer le spectacle de bibi, qui n'avait rien d'autre que des taches d'encre sur les doigts pour attester de ses efforts.

— Vous étiez bien plus que ça, le rassura Ellie.

— Je le sais, aujourd'hui. Mais, pardonnez-moi, je manque complètement de tact. Vous avez perdu quelqu'un, peut-être ?

— Non, non, ne vous inquiétez pas. Mais j'ai vu ce que la guerre pouvait faire. J'étais infirmière, en France.

— Bonté divine ! dit-il avec une admiration non feinte. Je n'aurais jamais cru… Je pensais que toutes les infirmières étaient des vieilles mégères. En tout cas, c'est le cas de toutes celles que j'ai rencontrées. J'ai passé un petit moment à l'hôpital en 19. La grippe espagnole.

— Ils envoyaient les jeunes filles au front, répondit-elle en souriant. C'était bon pour le moral des troupes.

Ernie éclata de rire.

— J'imagine. (Les autres commencèrent à s'agiter, autour de la table.) Bon, on dirait qu'on est repartis pour le deuxième round. Décidément, ces pauses sont de plus en plus courtes.

— On ferait mieux de s'y remettre, alors.

— Oh, inutile de vous embêter à nous aider, cette fois. J'aime vraiment beaucoup cette idée de costume de cheval – ça pourrait me permettre d'éviter de me tuer à la tâche pour rien. Si vous préférez rester avec votre mari et ses collègues, je comprendrai tout à fait.

— Je vais être honnête avec vous, Ernie. J'adore danser. Je vais me joindre à vous, si vous me le permettez.

9

Dunn passa quasiment tout le jeudi à donner un coup de main à Mrs Cordell. Il changea une ampoule dans le salon, répara une porte de placard dans la cuisine et remplaça un joint dans la cuve des toilettes extérieures. Il prenait une pause dans la cuisine et buvait une énième tasse de thé, pendant que Mrs Cordell s'affairait au-dessus de la boîte à gâteaux qui servait de trousse de premier secours.

— Tu t'es coupé la main, trésor. Je suis vraiment désolée. Je n'aurais jamais dû te demander de faire tout ça. J'aurais pu faire venir quelqu'un.

— Ne vous inquiétez pas, Mrs C. Ce n'est qu'une égratignure, et ça me fait vraiment plaisir de vous aider. Vous le savez très bien.

— Tu es bien gentil. Mais tu as besoin de tes mains. Un musicien ne peut pas gagner sa vie avec des mains abîmées.

— Ce n'est rien, Mrs C, je vous assure. (Il dressa sa main droite et remua les doigts.) Vous voyez ? C'est celle avec laquelle je pince les cordes. Je n'ai besoin que de mes doigts.

— On va tout de même mettre un peu d'iode et un pansement. Il ne faudrait pas que ça s'infecte. Ce genre de coupures, sur la main, ça peut mal tourner.

Dunn s'abandonna aux soins maternels de Mrs Cordell avec un sourire.

— Merci, Mrs C.

— Tu manges là, ce soir ? demanda-t-elle en mettant le pansement. Oh, non, nous sommes jeudi, je crois ? Tu vas voir tes amis de Bloomsbury, n'est-ce pas ?

— Oui. Ellie y tient.

— C'est une bien gentille fille, cette Mrs Maloney. Je n'ai jamais connu d'Américain avant, mais s'ils sont tous comme elle, ce doit être un pays bien agréable.

— J'imagine qu'ils ont leur lot de crapules, tout comme nous, mais Ellie est en effet une femme merveilleuse.

— Tu l'aimes beaucoup, pas vrai ?

— Bien sûr. Mais pas comme vous l'entendez. Ce n'est pas celle qu'il me faut, mais j'ai passé ma vie entière à chercher quelqu'un qui puisse me faire ressentir ce qu'elle fait ressentir à Skins.

Mrs Cordell posa une main sur sa joue.

— Tu trouveras quelqu'un, trésor. J'en suis convaincue.

— La barre est haute, commenta-t-il en souriant.

— En attendant, j'aurais besoin que tu jettes un coup d'œil à l'essoreuse. Elle ne tourne plus comme avant.

— C'est notre lot à tous, répondit-il en se levant. Mais elle n'a probablement besoin de rien d'autre qu'un petit ajustement et une goutte d'huile.

— Comme nous tous, répliqua-t-elle avec un clin d'œil.

Dunn éclata de rire et récupéra sa boîte à outils.

***

Quand Mrs Dalrymple ouvrit la porte à Dunn, les enfants Maloney étaient engagés dans un jeu particulièrement bruyant dont le principal objectif semblait être de foncer à travers la maison à la vitesse de l'éclair tout en rebondissant sur le plus de meubles possible.

— Vous excuserez le vacarme, dit-elle. De mon temps, les enfants de cet âge savaient se tenir, mais les choses ont changé.

— De mon temps, on mettait les gosses à la porte juste après le petit-déjeuner, et on ne les revoyait pas avant l'heure du coucher. J'aime bien cette nouvelle façon de faire. C'est chouette d'avoir une grande maison dans laquelle courir.

Elle sourit et l'escorta jusqu'au salon, où Ellie faisait du piano pendant que Skins jouait avec les briques de construction des enfants. Mrs Dalrymple partit au moment où Catherine et Edward déboulaient dans la pièce.

Dunn regarda quelques minutes, avec une certaine admiration, ces petits bouts se cogner aux chaises, à une table ou encore à une bibliothèque. Une statuette en porcelaine – une ballerine – tomba de la table, mais le tapis amortit sa chute, la laissant intacte. Catherine en tête, les enfants foncèrent alors vers la porte.

Edward avait atteint ce stade magique de l'enfance où il voulait aller plus vite que ses jambes ne le lui permettaient, si bien qu'il s'affala tête la première dans l'impressionnante construction sur laquelle son père était en train de travailler. Les briques volèrent de partout, mais après un simple soupir de douleur et un « Désolé, p'pa ! », il se leva et se remit à galoper derrière sa petite sœur, qui quitta la pièce et fonça à l'étage.

Pendant tout ce temps, Ellie n'avait pas raté une seule note.

— Vous tenez un tableau des scores ? demanda Dunn.

— Si j'ai bien compris, le but est de cogner des choses sans les casser, répondit Skins. Mais je ne suis pas sûr qu'il y ait un système de points bien précis.

— Ils ont l'air de bien s'amuser.

Ellie termina son morceau.

— Ils ont réussi à casser cette fichue danseuse ?

— Pas encore, répondit Skins avec un grand sourire.

— Il va falloir la mettre ailleurs. Elle n'arrête pas de tomber sur le tapis.

— Vous voulez qu'ils la cassent ? s'étonna Dunn.

— Franchement, ça ne donne pas envie ? répliqua Ellie. Elle est hideuse.

— Pourquoi vous ne la jetez pas, tout simplement ?

— C'est un cadeau de ma tante, expliqua-t-elle. Pas la tante que j'aime bien – une autre tante. Je ne l'ai jamais aimée – ni elle ni la statuette – mais je n'arrive pas à m'en débarrasser. En revanche, si elle devait accidentellement se casser…

— Je pourrais me prendre les pieds dans le tapis, si tu voulais qu'il lui arrive quelque chose, tu sais ?

— Un invité maladroit… marmonna-t-elle, songeuse. Ça pourrait marcher, mais je pense qu'elle serait quand même vexée. Par contre, elle adore les enfants – ils pourraient la briser en un million de morceaux qu'elle se contenterait de dire avec un sourire indulgent que ce sont des choses qui arrivent.

— Et elle nous en achèterait une autre, ajouta Skins.

— Nous serions maîtres en casse de statuettes, d'ici là. Elle finirait par abandonner.

Edward réapparut à la porte. Il avait un air très sérieux et semblait de toute évidence avoir du mal à se remémorer ce qu'il devait dire.

— Nanny dit, commença-t-il. Nanny dit que… euh… Oh, je sais ! Est-ce que Mr Dunn veut nous lire une histoire ? C'est qui, Mr Dunn ?

— C'est Barty, répondit Ellie.

— Mais son nom, c'est Barty !

— Oui, mais son nom de famille est Dunn, comme Maloney pour toi.

— Donc je suis Mr Maloney, moi ?

— Pas encore. Tu es maître Maloney, pour l'instant. Mais un jour, oui.

— Et est-ce que Mr Maloney veut nous lire une histoire ?

— Mr Dunn, mon chéri.

— Ah oui, c'est vrai… Est-ce que Mr Dunn veut nous lire une histoire ?

— Je ne sais pas. Pourquoi tu ne lui poses pas directement la question ?

— Mr Dunn ? souffla Edward avec de grands yeux interrogateurs.

— Oui, maître Maloney ? répondit Dunn.

— Tu veux bien nous lire une histoire, à Catherine qui pue et moi ?

— Ça m'étonnerait que ce soit exactement ce que Nanny a dit… le reprit Ellie.

— Si son nez fonctionnait correctement, elle n'aurait pas dit ça.

— Avec grand plaisir, répondit Dunn. Tu te rappelles où on en était, l'autre jour ?

— Le méchant roi des Nounours avait enfermé Lapinou et Poupy dans la tour, et les enfants venaient les secourir, récita fièrement le petit Edward.

— Alors on ferait mieux de voir s'ils ont réussi, confirma Dunn. Je vous rejoins.

Ellie prit la main d'Edward et le raccompagna à l'étage.

— J'ai toujours trouvé que ce nounours avait quelque chose de louche, commenta Skins. Un petit scotch, en attendant qu'ils aient fini leur bain ?

***

Ayant forcé la main à sa cuisinière lors du dernier passage de Barty, avec son menu du Nouveau Monde, Ellie avait autorisé Mrs Ponton à préparer ce qui lui faisait envie. Celle-ci avait opté pour « un bon gigot d'agneau rôti », que

Skins – qui avait découvert l'amour du vin avec les années et un budget qui lui permettait désormais de se faire plaisir – avait accompagné d'un côtes-du-rhône rouge.

— C'est un grand cru de derrière les fagots, tu vas voir, lui expliqua-t-il en servant Dunn. Tu vas forcément apprécier la manière dont son côté jeune et fruité se marie avec les parfums plus forts d'un bon gigot de mouton.

— D'agneau, chéri, le corrigea Ellie. Ne laisse pas Mrs Ponton t'entendre dire ça.

— Et ne me laisse plus t'entendre débiter toutes ces âneries, ajouta Dunn. Arrête de te la jouer fine bouche, tu veux ? Je t'ai vu boire de la piquette dans une tasse en étain, dans ce fameux village français. C'était encore pire que du vinaigre, et pourtant, je t'ai vu faire claquer tes lèvres comme si c'était la meilleure chose que tu aies jamais goûtée de toute ta vie.

— Il fallait bien que je fasse quelque chose de gentil pour amadouer le fermier – s'il avait vu comment tu regardais sa fille, il nous aurait fusillés tous les deux.

— Peut-être, mais si j'entends encore une fois « grand cru de derrière les fagots » ou « côté jeune et fruité », tu tires un trait sur notre amitié.

— Bon, OK… Il est bon, quand même, tu ne trouves pas ?

— Si. Et il va très bien avec le mouton.

Ellie fit claquer sa langue.

— Ce n'est ni Alfie ni Ernie.

Les deux musiciens échangèrent un regard perplexe.

— Soit on passe du coq à l'âne, soit tu as décidé de donner des noms aux bouteilles de Skins. Ou au mouton, commenta Dunn.

— C'est de l'agneau, et oui, je suis passée à autre chose. Je me suis dit que je pourrais m'épargner vos souvenirs de guerre, si je me mettais à parler du club.

— Ah, le Tipsy Harry's ! lança Skins. Maison de repos crépusculaire pour les riches et les paumés. Donc ce n'est ni Alfie ni Ernie, tu dis ?

— Non, confirma Ellie.

— Qu'est-ce que tu as appris de tes petits tête-à-tête avec notre groupe d'experts, alors ? l'interrogea Dunn.

— J'ai appris qu'Alfie était charmant et sensible, et Ernie, ingénieur.

— Et donc, ça les innocente ?

— Non, pas en soi. Mais aucun des deux n'est votre homme. Alfie a servi à... – attendez que ça me revienne – à Gallipoli, en Égypte et en France dans... dans l'Essex Regiment, oui, c'est ça. Il a passé tout son temps à servir. Pas de désertion en vue.

— C'est ce qu'il veut bien faire croire, commenta Skins. Je pourrais très bien prétendre avoir passé toute la semaine dernière sur la plage de Margate, et ce n'est pas pour autant que c'est vrai.

— Tu n'as pas tort. Mais ça nous fait une info à transmettre au commissaire Sunderland, info que celui-ci pourra vérifier auprès du Bureau de la guerre. Alfie nous a donné une version que nous pouvons confirmer. Et il est vraiment adorable. Bête comme ses pieds, mais trop chou.

— Pas sûr que le fait d'être adorable soit un argument de défense valable, dans un tribunal, commenta Dunn. Mais je suis d'accord pour dire qu'il a l'air trop sympathique pour être mauvais, et trop idiot pour réussir à voler un gros tas de diamants. Et il n'a pas non plus la tête d'un enquêteur de génie. Impossible qu'il ait deviné comment trouver le trésor perdu.

— Il ne me fait pas plus l'effet d'un lâche. J'ai le sentiment qu'il aimait bien l'armée. Il ne semble pas avoir remarqué l'horreur et la barbarie – il se souvient seulement de l'esprit de camaraderie. Je pense qu'un déserteur aurait un peu plus de choses à dire au sujet des horreurs de la guerre.

— Donc, il serait trop bête pour s'être rendu compte de ce que c'était vraiment ? demanda Skins.

— Peut-être. À moins qu'il soit un acteur de génie, comme je l'ai dit l'autre jour. Mais il faudrait vraiment qu'il soit doué, du genre : « Pourquoi on ne l'a jamais vu sur scène, celui-là ? »

— Et Ernie ? intervint Dunn. Qu'est-ce qui l'innocente ?

— C'est un ingénieur. Son père a réussi à le faire bénéficier d'une exemption pour qu'il continue à travailler pour l'effort de guerre.

— C'est ce qu'il dit… marmonna Skins.

— Oui, riposta Ellie, avec une pointe d'exaspération dans la voix. Mais comme je l'ai dit, c'est une information que Sunderland peut vérifier. Ça ne devrait pas être difficile d'avoir accès aux registres de Cashmore Engineering Limited, avec toutes les ressources dont il dispose. Il est épaulé par le Bureau de la guerre, après tout.

— Et comment il est, humainement parlant ? s'enquit Dunn.

— Assez gentil. C'est drôle comme votre façon de voir quelqu'un peut changer, quand vous apprenez ce qu'il fait dans la vie. Je le prenais pour un énième crétin plein aux as, mais lorsqu'il m'a annoncé qu'il était ingénieur, je l'ai vu sous une tout autre lumière. Ah, et il n'aime pas la lâcheté.

— Il a parlé de lâcheté ?

— C'est peut-être moi qui ai lancé le sujet. Quoi qu'il en soit, il ne porte pas les lâches dans son cœur. Et ça lui a été particulièrement pénible de me parler de son petit badge en laiton.

— Oui, je m'en souviens, dit Skins. C'était comme un badge régimentaire, avec une couronne sur le dessus et tout le toutim. Il y avait écrit « On war service » ou un truc du genre tout autour. Tu te rappelles ce type qu'on avait vu à Lambeth, Bart ? Le pauvre était pris d'assaut par un groupe de vieilles qui lui sonnaient les cloches.

— Bon sang, oui… « Mon Johnny est au front, et toi, tu es là à acheter des fleurs pour ta belle… » Une d'elles le frappait avec son parapluie, et il essayait en vain de sortir son badge de sa poche. « Je travaille pour l'effort de guerre, vieille folle ! » qu'il n'arrêtait pas de dire.

— Exact, confirma Skins. C'est vrai que ça pouvait assez vite mal tourner, dès que la conscription a été mise en place. Dès l'instant où vous n'étiez pas en uniforme, les gens voulaient savoir pourquoi.

— En tout cas, si c'est un mensonge, c'est très risqué, commenta Ellie.

— En partant du principe qu'il s'appelle vraiment Ernie Cashmore, intervint Dunn.

— Edwin, précisa Skins. Mais tu n'as pas tort. Le véritable Edwin Cashmore a peut-être été exempté, mais nous n'avons aucune preuve qu'il s'agit bien de lui.

— C'est vrai, admit Ellie. Mais c'est un début.

— Il nous reste qui, alors ? demanda Dunn.

— On a le A et le E, dit-elle. Il nous reste donc le B, le C et le D.

— On a déjà parlé à Danny, intervint Skins. Tu te souviens ?

— C'est vrai, excuse-moi. Encore un gentil.

— Ils seront forcément tous gentils en ta compagnie, ma chérie.

— Il n'a pas tort, commenta Dunn. Il n'y a pas beaucoup de femmes dans leur monde. Alors quand une ravissante Américaine débarque, pas étonnant qu'ils déballent tout leur charme.

— À t'écouter, je suis juste un bout de viande.

— Tu peux être une colombe, si tu préfères. Ça ne changera rien au fait qu'ils cherchent tous à t'impressionner.

— Vous avez sûrement raison, soupira Ellie. Et ce Danny, alors ? Qu'est-ce que vous en pensez ?

Dunn plissa le front.

— Comme on l'a dit l'autre soir au Coach and Horses : un lâche.

— Quand est-ce qu'on a dit ça ?

— Oui, quand est-ce qu'on a dit ça ? répéta Skins.

— Ah, je l'ai peut-être juste pensé, alors. Cette anecdote, comme quoi il n'aurait pas voulu qu'ils en viennent aux mains avec les types du Wags Club, cette manière de détourner le sujet dès qu'on veut lui faire parler de la guerre… Il cache quelque chose.

— Peut-être, concéda Skins. Mais de là à être un lâche… C'est un peu hâtif, comme conclusion.

— Je ne sais pas. Peut-être.

— Et en ce qui concerne Blanche ? lança Ellie. Vous pensez que Lavender tient une piste ?

Dunn lâcha un ricanement mauvais.

— J'ai déjà dit ce que je pensais de lui. C'est possible que Danny soit le coupable, mais dans ce cas, il faudrait qu'il soit sérieusement dérangé. Il avait l'occasion, bien sûr. Et si le Sidecar était vraiment empoisonné, il avait le moyen de passer à l'acte. Mais pour quel mobile ? C'est trop… tiré par les cheveux.

— Qui cela pourrait-il être d'autre ? Qui, au club, aurait pu souhaiter la mort de Blanche ?

— Est-ce qu'elle sortait avec quelqu'un ? demanda Skins.

— Non, répondit Dunn.

— Dis donc, c'était rapide, comme réponse. Tu es sûr de toi ?

— Je t'ai dit que je lui avais proposé de sortir avec moi. Elle a tout de suite dit oui. Il n'y a pas eu de « Eh bien, je fréquente quelqu'un, en ce moment, mais… ». Elle n'a pas hésité. Elle a répondu du tac au tac. Il n'y avait personne d'autre, j'en mettrais ma main à couper.

— Je pense qu'on peut écarter Alfie et Ernie pour les mêmes raisons qu'ils ne peuvent pas être le déserteur, commenta Ellie.

— Trop gentils ? demanda Skins.

— Tant que Sunderland ne nous annonce pas que ce sont deux gros menteurs, oui, ils sont trop gentils.

— Bertie ? lança Dunn.

— Il pourrait l'avoir empoisonnée par accident, dit Skins. Dieu seul sait ce qu'il a dans ses cheveux, mais si elle l'a touché… Qui sait ? C'est peut-être toxique ?

Les deux autres éclatèrent de rire.

— Ce qui nous laisse Charlie, conclut Ellie. Je ne lui ai pas encore parlé.

— Il est plutôt bon, lui, commenta Skins. Tu te souviens du premier cours, Bart ?

— Oui. Ce type déborde de charme suave et de confiance.

— Du coup, innocent ou suspect ? demanda Ellie.

— Oui, répondirent les deux autres d'une seule voix.

Ellie leva les yeux au ciel, et Skins lui fit un grand sourire.

— Le déserteur, ce fameux Grant, était un soldat de deuxième classe. Un simple type des rues, comme nous. Alors que ce Charlie est un fils à papa. D'un autre côté, regarde comme j'ai changé depuis notre rencontre. Je jurais comme un charretier, et écoute-moi, aujourd'hui. Si vous ne me connaissiez pas, vous devineriez que je viens des bas quartiers ?

— Oui, répondirent Ellie et Dunn à l'unisson.

— Bon, en tout cas, ce n'est pas compliqué de forcer le trait, répliqua Skins en s'arrachant un accent un peu plus raffiné. Son accent ne fait peut-être pas de lui le déserteur, mais ce n'est qu'un accent. Et son attitude ? C'est peut-être l'attitude normale de tous les riches. Mais il faut une sacrée dose de confiance pour dérober une cargaison de diamants en mode bandit de grand chemin, à l'étranger de surcroît. Ça ne veut donc rien dire non plus. Et le meurtre ? Un bourge pédant n'est pas incompatible avec un tueur fou, j'en suis sûr. Comme tout le monde, si j'ai bien compris, d'ailleurs.

— Mais il n'a aucun mobile, nuança Dunn.

— Raison pour laquelle je me suis assuré de préciser « fou ».

— Et Millie ? demanda Ellie.

— Elle est sacrément bien déguisée, si c'est Arthur Grant, commenta Skins.

— Elle est jolie, ajouta Dunn.

— Je ne parle pas du déserteur, bananes. Je parle du meurtre.

— Il n'y a pas de raison de l'écarter, répondit Skins. Mais elle ne s'est approchée ni de la nourriture ni des boissons. Elle est partie au moment où les Cuthbert apportaient tout.

— Pour aller où ?

— Elle ne l'a pas dit. À mon avis, ça sent juste l'envie de pipi. En tout cas, Danny nous a apporté un plateau qu'elle n'a touché ni avant ni après. Elle ne peut pas avoir empoisonné les boissons. Elle était au petit coin. Au pipi-room. Aux cabinets. Aux…

— Elle était partie se repoudrer le nez, on a compris, le coupa Ellie. Donc elle est innocentée sur les deux tableaux.

— Oui, je pense, répondit Dunn. Même si j'ai vu des types déguisés en nénettes hyper bluffants, pendant la guerre, dans les concerts. Mais pas aussi bons, tout de même. Impossible que ce soit notre déserteur. Et la collation a forcément été préparée pendant la première partie du cours ; elle n'y a donc pas eu accès avant qu'on nous l'apporte.

— Mais Danny y a eu accès à son arrivée.

— Oui, confirma Skins. Comme tous les autres, d'ailleurs. Ils se sont rués dessus comme des morts de soif avant que Danny parvienne à récupérer un plateau pour nous.

— Celui sur lequel étaient posés les cocktails ? demanda Ellie.

— Oui.

— Donc ils savaient tous que c'était pour vous.

— Oui, sûrement.

— Danny n'est donc pas notre seul suspect, déclara Ellie. N'importe lequel d'entre eux aurait pu glisser quelque chose dans un des verres.

L'arrivée du fameux riz au lait de Mrs Ponton leur permit de faire une pause dans leurs spéculations, et ils se régalèrent en silence.

***

Dunn prit un taxi un peu avant minuit, mais les Maloney ne partirent pas se coucher tout de suite. Ils étaient installés au salon, une tasse de chocolat chaud à la main.

Skins savoura une longue gorgée de son breuvage. C'était l'un de ses moments préférés de la journée, quand il s'asseyait avec Ellie et profitait d'un instant de plaisir tout simple.

— Tu penses vraiment qu'on a raison de faire ça ?

— Boire un chocolat ? s'étonna Ellie. Je t'ai proposé un verre de Horlicks[1], mais tu n'aimes pas ça.

— Je ne supporte pas ce truc. Impossible de te dire pourquoi. Mais tu sais que ce n'est pas de ça que je parlais. Est-ce que Barty et moi faisons bien d'enquêter sur des voleurs de bijoux, des déserteurs, et des meurtriers ? Je suis musicien, moi – qu'est-ce que j'y connais, à tout ça ?

1. Poudre de boisson chaude au lait malté sucré.

— Beaucoup de choses, mon chéri. Tu n'es pas aussi bête que tu aimes le faire croire. Et peu importe ce qu'on sait, au final ; moi, j'ai envie de le faire. Je veux vous aider.

— Je sais. Et je dois avouer que ça change un peu la donne, de t'avoir dans le groupe.

— Comment ça ? C'est mon charme incomparable et la joie incommensurable de m'avoir à tes côtés, ou il y a autre chose ? Après tout, l'univers entier me voit comme une simple « femme au foyer ». Puis-je vraiment me rendre utile ?

— Tu es bien plus que ça. Pour commencer, tu as un pedigree bien plus impressionnant que le nôtre. Tu as été infirmière de guerre, et ta tante est une espionne, et l'une de tes meilleures amies… Eh bien, c'est une espionne aussi, doublée d'une détective, et – comme tu aimes à le dire – elle peut mettre une raclée à n'importe quel type sans même se décoiffer.

— Le fait de fréquenter Tante Adelia et Flo Armstrong ne me confère aucune aptitude particulière.

— Non, mais ça te permet d'avoir une… comment tu dirais ça ? Une « vision » plus approfondie de ce genre de chose.

— À t'entendre, je suis géniale. Mais il y a un côté excitant à tout ça, tu ne trouves pas ? En particulier l'idée d'essayer de venger la mort d'une amie.

— Oui, sûrement.

— Et en plus, il y a un peu de mystère, avec cette histoire de trésor caché…

— Oh, en parlant du vieux Dynamite Fitzmachin-chose, je t'ai dit qu'on avait trouvé son portrait, avec Barty ? Il était plutôt bel homme. Et il avait une clé en or dans la main.

— Un indice, tu crois ? s'emballa Ellie.

— Possible. Le mur affichait les portraits de tous les présidents du club, et ils tenaient tous cette même clé.

— Oh, alors non.

— En tout cas, cette histoire fait jaser, au club. Au sein du Gang Alphabet, en tout cas. Danny a dit qu'ils ne parlaient que de ça, avant cette histoire de concours.

— Ah oui ? souffla Ellie. Et qu'est-ce qu'il a dit d'autre ?

— Que c'était une histoire à dormir debout qu'un type avait probablement inventée il y a cent ans pour se payer la tête de ses copains.

— Donc il se la joue détaché, il cherche à t'induire en erreur... C'est toi qui as abordé le sujet, ou lui ?

— Nous – Barty et moi. C'était quand nous discutions dans la salle de réunion, juste avant que tu ne débarques avec ton air outré pour le portier.

— OK, je vois. Mais c'est quand même bizarre, tu ne trouves pas ? Vous mentionnez le trésor, il dit que tous les autres ne parlent que de ça, mais lui n'y croit pas une seule seconde...

— Ou alors, il pense vraiment que c'est une histoire à dormir debout, et il est du genre à dire ce qu'il pense, commenta Skins.

— Quoi qu'il en soit, je crois que tu devrais en parler dans ton rapport à Sunderland.

— Justement, en parlant de rapport... bafouilla Skins. Le truc, c'est que... Je ne suis pas doué pour ce genre de chose et... enfin... (Il lui adressa son sourire le plus charmeur.) On devrait peut-être l'appeler.

— Tu devrais peut-être l'appeler. Tu pourras faire ça demain matin pendant que j'écris à Flo. On est vendredi, demain, n'est-ce pas ?

Skins bâilla.

— Oui.

— Donc vous jouez au Tipsy Harry's, comme d'habitude ?

— Oui. Ça pourrait être pire, comme soirée, au final. Les gens sont plutôt enthousiastes, et ils aiment le jazz. Pas autant que les clients de l'Augmented Ninth, mais peu importe où on joue – tant qu'on nous apprécie, ça me va.

— Vous devriez ouvrir votre propre club. Vous pourriez faire ce que vous voulez, jouer quand vous voulez…

— Payer des charges, engager du personnel, acheter de l'alcool, se plier aux exigences du conseil municipal, gérer la promotion, engager des musiciens imbuvables… Non merci, ma chérie. Je préfère la vie de troubadour. Et puis, surtout, il y a un avantage imbattable…

— Lequel ?

— Dans son Maryland, ton oncle pète un plomb.

Ellie éclata de rire.

— C'est vrai qu'ils n'en reviennent toujours pas que j'aie osé épouser un musicien sans le sou. Qu'est-ce qu'on va faire, pour Barty ?

— Il s'en sort bien. On gagne correctement notre vie, tu sais. Il ne serait pas aussi bien loti s'il travaillait à l'usine de confiserie.

— Je ne parle pas d'argent, mais de sa vie amoureuse.

— Ce ne sont pas nos affaires.

— Bien sûr que si. Tu n'as pas envie que ton meilleur ami de tout l'univers soit heureux ?

— C'est toi, ma meilleure amie de tout l'univers.

— Bon, mais tu n'as pas envie que ton deuxième meilleur ami de tout l'univers soit heureux ?

— Bien sûr que si. Mais nous n'avons rien à faire là-dedans. Les hommes n'interfèrent pas dans les affaires du cœur[1] de leurs camarades.

---

1. En français dans le texte.

— Monsieur se la joue expressions françaises, hein ?

— J'ai voyagé, madame, répliqua-t-il avec un nouveau bâillement. J'ai appris une chose ou deux au passage.

— Pas au sujet des affaires du cœur, en tout cas. Il y a toujours besoin d'un petit coup de main, dans ce genre d'histoire. Il faut juste pousser gentiment dans la bonne direction.

— Eh bien, si tu veux pousser gentiment les « affaires » de Barty dans la bonne direction, tu devras te débrouiller sans moi. Il est hors de question que je me mêle des histoires d'un autre homme.

— Vous êtes vraiment bêtes, vous autres.

— C'est évident. Mais on fait avec.

— Avec notre aide.

Skins bâilla à nouveau.

— On dirait qu'on est faits pour s'entendre, alors.

— Tu devrais aller te coucher, chéri.

— Oui, tu as raison. Tu viens ?

— Non, j'aimerais bien jouer un peu, si ça ne t'embête pas.

— Joue, ma chérie – l'un des nombreux avantages de cette immense maison est que tu pourrais faire répéter tout le groupe ici sans que j'entende quoi que ce soit, de la chambre.

— Je vais jouer doucement, de toute façon.

— D'accord. À demain matin ? Oh, ça te dit de sortir déjeuner avec moi, demain ?

— Génial. Et je viens au club.

— Bien sûr. Je n'attendais rien de moins de mon fin limier de femme. Ne veille pas trop tard.

Bloomsbury
5 juin 1925

Ma très chère Flo

Cette lettre sera courte – j'ai besoin de conseils, mais j'ai également rendez-vous pour le déjeuner.
C'était merveilleux de vous revoir toutes les deux lundi. Tu te portes bien… pour une femme de ton âge. Et merci d'avoir mis les garçons sur les bons rails.
J'ai préféré ne rien dire devant tout le monde, mais la mort de Blanche les a affectés bien plus que ce qu'ils veulent laisser paraître. En particulier Barty. Il lui avait proposé de sortir avec lui juste avant qu'elle ne se fasse tuer. Je pense qu'ils auraient fait un très joli couple.
Notre mission se passe bien (tout du moins, aussi bien que ce qu'on pourrait imaginer), mais nous perdons un peu en vitesse. Nous avons déjà appris deux ou trois choses, et Ivor fait suivre toutes les infos au commissaire Sunderland, mais je ne sais pas vraiment quoi faire, maintenant. Que se passera-t-il, quand nous aurons interrogé tout le monde ?
As-tu eu des nouvelles de ton contact presse ? J'espère tellement que cette histoire de trésor n'est pas une énième légende urbaine…

Mes amitiés à toutes les deux.
Ton amie,
Ellie

10

La pièce de l'Aristippus Club qui servait de loge au groupe était devenue, si ce n'est une deuxième maison, un de leurs lieux préférés. Tout le monde y avait revendiqué son petit espace, et avant que la soirée dansante ne débute, ils se retrouvèrent autour des boissons apportées par les Cuthbert en livrée. Les instruments étaient installés, et le groupe prêt à partir en « jam-session » – nouveau terme à la mode – si d'autres musiciens décidaient de se joindre à eux.

— Je me demande si on ne devrait pas ouvrir ces soirées au public, commenta Eustace après une exploration particulièrement intéressante de *Wachet auf, ruft uns die Stimme* de Bach, dont il avait été l'instigateur. Il y a certains morceaux qui sont meilleurs que notre set habituel.

— Ça ferait beaucoup de monde, quand même, répondit Skins. Il y a déjà à peine de place pour nous. Mais on peut très bien partir en impro à l'Augmented Ninth. Je suis sûr que les gens ne seraient pas contre des choses un peu plus expérimentales. C'est un bon public, dans l'ensemble.

— Moi, ça me plairait bien, intervint Benny. Il y a quelque chose… Je ne sais pas comment l'exprimer… Comme si on se mettait à flotter. Comme si le monde entier avait disparu, et qu'il ne restait que la musique.

— C'est spirituel, ton truc, commenta Elk.

— Peut-être, oui.

— Et moi, je fais quoi pendant que vous partez dans les sphères de la spiritualité ? s'enquit Mickey.

— Comme d'habitude, mon petit Mickey, répondit Dunn. Tu peux t'installer au bar et brancher les nénettes.

— Il faudrait quand même laisser quelques chansons dans le set. Je ne peux impressionner les filles que si j'ai chanté avant.

On frappa à la porte de la loge.

— Je peux entrer ? Personne n'est tout nu ? demanda Ellie en passant la tête dans l'entrebâillement.

— Ce serait un peu tard, si c'était le cas, commenta Skins. Tu t'es déjà bien rincé l'œil, ma belle.

— Tu me connais, chéri, je ne vis que pour voir des musiciens en culotte. Oh, salut, Puddle ! Comment va ta culotte ?

— L'élastique a connu de meilleurs jours, mais elle fait l'affaire, répondit Puddle. Tu vas essayer de sonder qui, aujourd'hui ?

— Le premier qui tombe dans ma toile sournoisement tissée de… je ne sais quoi. Enfin, tu m'as comprise. Je sens qu'on se rapproche… Au fait, l'inspecteur Lavender est venu te parler ?

— Oh, oui, j'ai oublié de vous le dire. Mercredi matin. Il est venu directement me voir à ma piaule et a contrarié ma logeuse. Elle n'aime pas que ses locataires reçoivent la visite des flics, et elle ne s'est pas gênée pour me le faire comprendre. Si j'ai bien saisi, c'est mon dernier avertissement.

— Tu as souvent reçu ce genre de visite ?

— Non, c'était la première fois. Mais c'est déjà trop pour elle.

— Et qu'est-ce qu'il a dit ?

— Sur ma logeuse ? Il a l'habitude de s'en prendre plein la tête, apparemment.

Ellie soupira.

— C'est un truc spécifique au groupe ou quoi ? Ivor fait ça aussi, et ça me rend complètement dingue. Je voulais savoir ce qu'il a dit au sujet de Blanche.

— Seulement ce à quoi on peut s'attendre, répondit Puddle avec un grand sourire. Enfin, principalement. Il m'a demandé de lui décrire le déroulement de la soirée, ce que j'ai fait. Puis il a commencé à me demander si je connaissais Dudley Daniels, et si j'entretenais une rancune particulière vis-à-vis de Blanche. Je lui ai dit que je ne savais même pas qui était ce Dudley Daniels, que Blanche et moi étions très proches, et qu'il ferait mieux d'avoir un peu de tact, quand il parle aux gens de leurs amis récemment assassinés.

— Dudley Daniels est le vrai nom de Danny.

— Oui, je le savais, mais il commençait franchement à me taper sur le système. Après ça, il n'a pas été super bavard. Il m'a juste demandé mille fois si je préférais vraiment le gin.

— Donc il pense toujours que Danny et toi êtes complices ? l'interrogea Ellie.

— Visiblement. Je suis la seule à avoir eu l'honneur de sa visite ?

Eustace, Benny, Elk et Mickey confirmèrent tous que l'inspecteur Lavender était passé les voir.

— J'imagine qu'on devrait s'estimer heureux qu'il fasse quelque chose, commenta Puddle. Même si c'est un idiot et qu'il est sur la mauvaise piste.

— Il va falloir nous assurer de compenser sa bêtise, dans ce cas, dit Ellie. On reste à l'affût, les Dizzies, d'accord ? Quelqu'un sait quelque chose ici, et on va trouver ce que c'est.

Elle déposa un baiser sur la joue de Skins et repartit dans le couloir.

— Elle ferait une sacrée bonne manager, remarqua Benny. Elle sait prendre les choses en main.

— C'est sûr que je n'aimerais pas me frotter à elle, approuva Elk.

— Vous n'avez probablement pas tort, répondit Skins, mais je ne vous confierais pas à mon pire ennemi – alors à l'amour de ma vie…

— C'est mignon, commenta Puddle. Sauf la partie où tu nous fais passer pour un cauchemar vivant. Pour ma part, je suis une fille adorable.

La seconde d'après, une armée de coussins lui tombait dessus de partout dans la pièce.

***

Ellie avançait dans le couloir sans grand enthousiasme. Les événements réguliers de l'Aristippus Club ne lui déplaisaient pas, mais elle avait l'impression d'être entrée dans une routine. Elle essaya de faire le compte de ses venues. N'avait-elle assisté qu'à deux cours et une soirée dansante ? Elle avait le sentiment d'être venue mille fois.

Charlie avançait vers elle.

— Bonsoir, Mrs Maloney, dit-il avec un sourire chaleureux.

— Je vous en prie, appelez-moi Ellie. Je me souviens à peine de vos vrais prénoms, à tous, et ça me fait vraiment bizarre de vous appeler Charlie pour vous entendre me donner du Mrs Maloney.

— Vous avez raison, Ellie. Contente d'être là ?

— Je suis toujours contente d'écouter les Dizzy Heights, répondit-elle.

Il éclata de rire.

— Voilà une réponse tout à fait diplomatique, de la part de la nouvelle manager du groupe. Mais je peux comprendre que vous ne soyez pas fan de cet endroit. On ne peut pas dire qu'il soit fait pour les femmes… Pour être honnête, je pense que la plupart de ses membres ne sont pas faits pour les femmes. Elles nous attirent irrémédiablement, mais nous sommes infoutus de les cerner. C'est dû à notre éducation, tout ça. Les seules femmes que nous fréquentons en grandissant sont nos mères, nos nourrices et nos institutrices. La guerre nous a rapprochés des infirmières, également, mais le reste du temps, les femmes pourraient venir d'une autre planète que ça ne m'étonnerait pas.

— Vénus ? suggéra-t-elle.

— Une planète affublée du nom de la déesse de l'amour ? Peut-être. Mais mon argument est toujours valable. Nous sommes incapables de savoir comment nous comporter en présence d'une jolie fille, ce qui nous donne l'air un peu… bizarre.

— Je devrais peut-être ressortir mon vieil uniforme ?

— Cela ne ferait que nous embrouiller davantage. Nous vous considérons déjà comme la beauté inaccessible mariée à un musicien présomptueux. Une beauté inaccessible vêtue d'un uniforme rassurant et familier serait une contradiction bien trop ingérable pour nos pauvres petits cerveaux. Nos têtes pourraient exploser.

— Vous semblez très bien vous en sortir, commenta-t-elle.

— Ah, mais ça, c'est parce que j'ai déjà trouvé l'amour ! Je suis immunisé contre les effets secondaires. Et j'apprends tout doucement à maîtriser l'art mystérieux de parler à une femme comme à un autre être humain tout bête. C'est difficile, mais je tiens le bon bout.

— Miss Mitchell doit être dotée d'une patience remarquable.

— Si vous saviez ! Et si vous tenez à ce qu'on vous appelle Ellie, vous devez à tout prix l'appeler Millie. Elle y tiendra, vous verrez.

Ellie sourit.

— Bon, je vous laisse vous amuser, déclara-t-il en s'inclinant légèrement. Je dois voir quelqu'un à propos d'un chien, et vous, vous avez un mari à admirer et une bande d'idiots avec qui socialiser.

— Vous n'êtes pas des idiots, répondit-elle alors qu'il s'éloignait déjà.

— Vous n'avez pas rencontré Alfie ? lança-t-il par-dessus son épaule.

***

La danse commença pile à l'heure, et les Dizzy Heights étaient en pleine forme. Leur son était légèrement différent sans Blanche, mais son remplaçant temporaire, qui était arrivé au moment où ils montaient sur scène, était un musicien accompli et il parvenait à ajouter sa touche personnelle au groupe.

Les danseurs, bien sûr, n'y virent que du feu. C'étaient les mêmes membres, les mêmes épouses, les mêmes amoureux et les mêmes troupeaux d'aristocrates ivres que d'habitude, mais aucun d'eux ne remarqua le changement subtil du son du groupe. Pourquoi l'auraient-ils remarqué, d'ailleurs ? Ils étaient là pour boire et danser. Tant que le groupe jouait des rythmes familiers pour des danses familières, qui se souciait du changement de son du deuxième saxo ?

Certainement pas le Gang Alphabet. Comme à leur habitude, ses membres formaient un petit groupe hermétique aux autres, à rire et à jacasser comme s'ils étaient seuls au monde. Mais ils ne dansaient pas. Ellie tenta de se frayer un chemin au milieu de la foule dense de fêtards rivalisant de tenues chics afin de rejoindre les seules personnes qu'elle connaissait, mais elle fut interrompue à mi-chemin. En effet, les Dizzies venaient d'entamer un charleston, et dans un concert de cris excités, le Gang Alphabet avait pris d'assaut la piste de danse pour montrer au club de quoi ils étaient capables. Ellie recula pour les observer.

Les danseurs s'écartèrent pour leur faire de la place et accueillirent les nouveaux pas avec force applaudissements. Ellie s'imagina qu'ils étaient au courant du concours à venir, et ils connaissaient probablement assez les Alphabets pour juger du progrès, certes minime, qu'ils avaient fait depuis le début de leurs cours. Leur enthousiasme semblait sincère plutôt que forcé. Évidemment, les Alphabets étaient encore terribles, mais ils débordaient d'une confiance inédite, dans ce marasme, qu'Ellie trouvait quelque peu attachante. Et ce sentiment semblait partagé par l'assemblée.

Ils quittèrent la piste sous un tonnerre d'applaudissements, à la fin du morceau, et Ellie reprit son but premier, à savoir les rejoindre. Quand elle arriva à leur niveau, ils étaient encore en train de se féliciter les uns les autres.

— Voilà notre sauveuse ! clama Alfie. Bienvenue, Mrs M. Alors, qu'est-ce que vous en avez pensé ?

— Vous avez fait un sacré bond, depuis la première fois que je vous ai vus.

— C'est justement tous nos bonds qui inquiétaient Miss Mitchell. On contrôle un peu mieux, maintenant ?

Ellie sourit.

— Ernie et vous semblez clairement plus à l'aise.

— Tous nos soucis se sont envolés depuis qu'Ernie a trouvé cette idée de costume de cheval.

— Tous vos soucis à vous ? Ou les soucis de tout le monde ?

— Oh, bien sûr, Charlie pense que c'est l'idée la plus stupide qu'il ait jamais entendue. Mais il est comme ça, notre Charlie. Très collet monté. Très bon chic bon genre. Il nous prend de haut, avec nos gamineries. Pour être honnête, il nous prend tout le temps de haut, gamineries ou pas. Il aurait fait Eton et Oxford, ce qui le placerait au-dessus de nous. Enfin, quoi qu'il en soit, les autres sont d'accord pour dire qu'on va bien se marrer.

— Je dois avouer que j'ai hâte d'y être, lui confia Ellie. Vous pensez vraiment le faire ?

— Carrément ! lança-t-il, sûr de lui.

Bertie venait de se tourner vers eux.

— Qu'est-ce qu'il va vraiment faire ?

— Cette histoire de cheval, avec Ernie, répondit Ellie.

— Bien sûr qu'ils vont le faire ! Ça va être démentiel !

— Démentiel… répéta Ellie d'un air sceptique.

Les deux hommes éclatèrent de rire.

Le groupe entama alors un autre morceau qu'ils connaissaient, et leurs visages s'illuminèrent.

— On revient ! lui dit Alfie.

Et ils repartirent sur la piste. Pour une nouvelle démonstration douloureuse.

***

Ce fut finalement Puddle qui trouva l'occasion de parler à l'un des membres du Gang Alphabet, ensuite. Pendant la première pause du groupe, vers vingt-deux heures, elle se dirigeait vers les toilettes pour dames, quand elle aperçut Bertie, assis dans un des fauteuils de cuir qui jonchaient les couloirs de ce labyrinthe. Pour être tout à fait exact, ce fut une masse de cheveux pleine de brillantine qu'elle aperçut, qui scintillait sous la lumière comme une boule d'anthracite poli. Mais qui d'autre cela pouvait-il bien être ?

— Bertie ? Bonsoir !

Il leva les yeux.

— Navrée, ma chère, mais je ne suis pas sûr de vous remettre…

— Isabella Puddephatt, dit-elle.

— Ah oui… ? Je…

— Je suis dans le groupe. Je joue du saxophone et de la clarinette. (Elle lui tendit la main.) Et mes amis m'appellent Puddle.

Il serra sa main tendue.

— Charmé. Vous voulez vous asseoir ? Puddle, hein ? Pourquoi Puddle ? Pourquoi pas quelque chose d'un peu plus affectueux, comme… Pudding ?

Elle s'assit, amusée par sa remarque.

— Oh, c'est facile. Le premier qui m'appelle Pudding verra son cadavre bouffé par les renards dans un fossé.

— C'est noté, rétorqua-t-il en souriant. Puddle, donc. Mais… Vous éveillez ma curiosité, Miss Puddle. Il doit y avoir une histoire, derrière ce nom, n'est-ce pas ?

— Je vous le confirme.

Il attendit la suite, mais rien ne vint. Il s'apprêtait à poser de nouveau la question mais décida de se taire. Il avait déjà été averti du destin attendant le premier qui écorcherait son sobriquet – il n'osait pas imaginer ce qui lui arriverait s'il se trompait quant à l'origine de ce qu'il présumait être un surnom de jeunesse.

— Désolé de ne pas vous avoir reconnue, dit-il à la place. La vérité, c'est que j'ai une vue terrible, mais je ne me résous pas à porter des lunettes. Ah, l'amour-propre… J'ai envie de donner la meilleure image possible, vous comprenez ?

— Oh, ne vous inquiétez pas. Après tout, vous avez bien d'autres choses sur lesquelles vous concentrer, quand on joue. Ces pas ne vont pas rentrer tout seuls.

— Ne me le faites pas dire. Je regrette vraiment qu'on ait accepté ce défi ridicule.

— C'était l'idée de qui ?

— Je ne me souviens pas, pour tout vous dire. Pas la mienne, en tout cas. J'aurais préféré régler nos petits comptes minables de n'importe quelle autre manière. N'importe laquelle.

— Un duel au lever du soleil ?

— Si on devait en arriver là, probablement, oui. Je suis quasiment sûr de préférer la menace de la mort ou de l'arrestation à l'humiliation de devoir danser devant des juges. Au moins, je vaux quelque chose derrière un pistolet.

— Vous tirez ?

— Quoi ? Oh, pas comme vous l'entendez, non. J'ai fait un peu de chasse à courre, en famille, bien sûr, mais je préfère la pêche. On a le droit de pêcher partout, sur le territoire écossais. On trouve principalement du saumon. De la truite, aussi, évidemment. J'adore ce coin. Mais malheureusement, c'est à la guerre que j'ai appris à tirer.

— Comme beaucoup. Mais comme j'ai entendu Ellie le dire à Alfie l'autre jour, si vous avez survécu à quatre années de cet enfer, vous pouvez survivre à quatre minutes de charleston, déguisé en cheval.

— Ça, c'est la meilleure idée que j'ai entendue depuis bien longtemps, confirma Skins, qui venait de les rejoindre.

— Le costume de cheval ? demanda Bertie.

— Oui. Comment va tout ce petit monde, en cette belle soirée ?

— On passe un super moment. Vous valez vraiment votre pesant de diamants, les gars, vous savez. Je ne sais pas comment vous faites. J'ai pris des cours de piano, plus jeune, mais je n'ai jamais réussi à jouer quoi que ce soit d'autre que Twi*nkle, Twinkle*. Et vous, vous êtes là, soir après soir, semaine après semaine, à produire de la pure magie musicale pour la masse.

— Vous êtes trop gentil, répondit Puddle. Mais maintenant que vous avez mentionné *Twinkle, Twinkle*, je me souviens de la raison de ma présence dans ce couloir.

Si vous voulez bien m'excuser, messieurs. J'ai une envie pressante[1].

— À plus tard, Pudds, lança Skins.

— Sacré brin de fille, commenta Bertie quand elle fut partie.

— C'est une femme adorable, confirma Skins avant de désigner le fauteuil désormais libre. Je peux ?

— Je vous en prie, faites donc. Elle est en couple ? J'ai l'impression de l'intéresser.

— Ah oui ? Comment avez-vous vu ça ?

— Elle s'est montrée très encourageante vis-à-vis du concours et m'a posé des questions assez personnelles. C'est un signe, non ?

— Possible. Quel genre de questions personnelles ?

— Oh, mes hobbies, tout ça. Elle m'a même parlé de la guerre.

— Alors vous avez peut-être raison. Qu'est-ce que vous lui avez raconté ? Si vous voulez un conseil : inutile d'en faire des caisses, avec Puddle. Cette fille sait repérer un bobard à des kilomètres.

— Pas d'inquiétude. Je lui ai simplement confié que j'avais servi. Je ne lui ai même pas dit où.

— Et où est-ce que vous avez servi, par simple curiosité ?

— En France. J'ai commencé dans la Brigade 49, RFA.

— Les Howitzers ?

— Exact. On était voisins ?

— Merci les voisins bruyants ! Non, je connaissais un type de chez vous. Il jouait du cornet à pistons.

— Un gars assez petit ? Un bombardier, je crois ? J'ai le nom Tucker qui me vient en tête, là.

— Davey Taylor ? suggéra Skins.

---

1. *Twinkle*, qui signifie « scintiller, briller », est également un terme enfantin pour dire « faire pipi ».

— C’est lui. Il jouait dans une fanfare des Midlands de l’Est.

— Exact ! Un chouette type.

— Oui. Il est venu avec moi dans le RTR[1], mais il a rendu les armes à Cambrai, malheureusement.

— Le Tank Regiment ? La vache, vous deviez être sacrément blindés.

— Sur le moment, on était comme des fous. On était jeunes, intrépides, et on se battait pour le roi et la patrie. Et puis, on avait ces machines hyper impressionnantes ; rien ne pouvait nous arrêter. Sauf que l’artillerie allemande a arrêté la sienne, de machine. Pauvre gars… Enfin, j’imagine que vous avez perdu des camarades, vous aussi ?

— Plus que je n’ose me rappeler, répondit Skins.

— Terrible période…

Ils restèrent un moment absorbés dans un silence contemplatif, que Bertie finit par rompre.

— Mais on est venus danser, aujourd’hui ! Et si je continue à vous tenir la jambe, on ne pourra jamais s’y remettre. Je ne veux pas vous retarder.

— Pas de souci. C’est chouette d’avoir pu mieux vous connaître. Passez une bonne fin de soirée.

— Elle sera bonne. Merci.

***

— Alors ? lança Puddle pendant qu’ils remballaient.

Il était trois heures du matin, mais elle bouillonnait encore d’énergie.

— Alors quoi, Puddle ? répondit Skins.

Il était trois heures du matin, et lui n’avait plus aucune énergie.

— Quand est-ce qu’on arrête Bertie ?

1. Royal Tank Regiment, régiment blindé de l’armée britannique.

Ellie était en train d'aider Skins à mettre ses temple blocks dans leur étui.

— Pourquoi ferait-on une chose pareille ? Et tu sais bien qu'on n'a pas ce pouvoir, en plus.

— Je sais qu'on ne peut pas l'arrêter, banane. Mais c'est notre homme. J'en suis sûre.

Pendant ce temps, Dunn n'avait pas du tout avancé, vu qu'il était en train de jouer un air mélancolique sur sa contrebasse.

— Qu'est-ce qui te fait dire ça ? demanda-t-il d'un air distrait.

— Les diamants ! déclara-t-elle fièrement. Il n'a que ça en tête. Il a dit que les musiciens valaient leur pesant de diamants. Tout le monde sait que c'est d'or qu'on parle, mais il est tellement obnubilé par ses diamants belges qu'il s'est trahi tout seul. Un lapsus, comme dirait Freud.

— Il s'y connaît peut-être plus sur la valeur des choses, c'est tout, commenta Dunn. J'ai calculé ça, moi aussi, un jour.

— Calculé quoi ? l'interrogea Skins.

— Combien je vaudrais si j'avais mon pesant d'or.

— Tu l'as calculé ? souffla Ellie, abasourdie.

— Comme je le dis souvent, je vis tout seul. J'ai beaucoup de temps à tuer.

— Et tu vaux combien, au juste ? voulut savoir Skins.

— 10 224 livres, 10 shillings et 11 pence.

— Et tu vaux jusqu'au dernier pence, mon chou, le rassura Puddle.

— Mais si j'étais constitué de diamants… reprit Dunn.

— Tu n'as pas calculé ça, en plus ? soupira Skins.

— Je viens de vous dire que j'avais du temps à tuer, non ? Si j'étais constitué de diamants, je vaudrais plus de cinq millions et demi.

Skins lâcha un sifflement.

— Incroyable, commenta Puddle. Et tu as vraiment, mais vraiment besoin d'un hobby, mon chou. Mais je peux savoir où est le rapport avec Bertie ?

— Ce que je veux dire, c'est que si on y réfléchit un peu, « valoir son pesant de diamants » est beaucoup plus impressionnant que « valoir son pesant d'or ». Je ne dis pas que tu as tort, mais ce n'est peut-être pas l'indice que tu aimerais y voir.

— Peut-être, en effet. Je trouve ça quand même gros.

— Je crains pour ma part de devoir te dire que tu as tort, intervint Skins. Désolé.

— Parce que tu as calculé ta valeur si tu étais roulé, déchiqueté et tissé en tapis persan ?

— 2,10 livres et des poussières. Mais non, ce n'est pas pour ça. J'ai discuté un peu avec lui quand tu es partie te repoudrer le nez, et il n'a jamais déserté de nulle part.

Ellie poussa un soupir.

— Il n'a jamais déserté, répéta Skins en poussant à son tour un soupir. Il est blanc comme neige.

— Et comment tu peux en être sûr à cent pour cent ? l'interrogea Puddle. Il t'a fait une espèce de signal secret que seuls les hommes peuvent comprendre ?

— D'une certaine manière, oui. Tu lui avais parlé de la guerre, et je l'ai juste encouragé à poursuivre. Il m'a dit qu'il avait fait la Royal Field Artillery et le Royal Tank Regiment.

— Et tu l'as cru ?

— Oui. Il connaissait un joueur de cornet à pistons que Barty et moi avions croisé lors d'un concert. Tu te souviens de Davey Taylor, Bart ?

— Un grand type qui boitait ? demanda Dunn.

— Un petit type qui jouait du cornet.

— Oh, oui. Il était bon, je me rappelle ! Il venait de Nottingham. Incapable de prononcer la lettre « r ».

— Vous voyez ? reprit Skins. Et Bertie connaissait ce type. Il est d'abord parti sur Turner ou Tucker, mais quand je lui ai rappelé son vrai nom, ça lui est tout de suite revenu.

— Et ce Taylor était un joueur de cornet à pistons. Il était bon ? demanda Puddle.

— Excellent, même, confirma Dunn. Je n'avais jamais entendu un son aussi pur. J'ai vu des hommes pleurer en l'entendant jouer *Long, Long Trail.*

— J'ai vu des hommes pleurer en entendant *Long, Long Trail* sortir d'un violon désaccordé, mais j'ai compris le message, rétorqua Puddle. En gros, c'est le genre de type qu'on n'oublie jamais, quand on a eu la chance de le rencontrer ?

— Définitivement, approuva Dunn.

— Alors disons que tu es cet Arthur Grant. Le Third Disgusting Fusiliers, ou je ne sais de quel commando dont il faisait partie, se trouve à l'arrière, pendant un concert. Tu entends ce joueur de cornet absolument incroyable, et tu ne l'oublies jamais. Peut-être le croises-tu dans un café un peu plus tard, partages une bouteille de vin avec lui... Au fil de la conversation, tu découvres qu'il est dans le Tank Regiment, après avoir été transféré de l'Artillery. Tu conserves cette info précieusement. Après tout, ce type est fascinant, et tellement doué. Des années plus tard, alors que tu es en cavale avec le poids d'un écureuil en diamants dans les poches, il te faut trouver une couverture. Ce vieux Davey Taylor te revient en tête, et tu décides de te faire ancien membre du Tank Regiment. Si quelqu'un commence à te poser des questions, tu peux faire mine de te souvenir du fameux joueur de cornet à pistons... Comment il s'appelait, déjà ? Tucker ? Turner ? Oh, oui, c'est ça : Taylor. Un détail tout bête qui ne laisse aucun doute quant au fait que tu faisais bien partie de ce régiment.

— Elle n'a pas tort, chéri, commenta Ellie. Le fait de connaître quelqu'un ne prouve rien du tout.

— C'est moi qui ai mentionné le joueur de cornet, riposta Skins.

— Encore mieux. Il a pu passer le test sans même avoir à introduire maladroitement cette histoire de musicien ! triompha Puddle.

Skins sourit.

— Je m'avoue vaincu. Ou tout du moins plus si sûr de la victoire. En tout cas, on pourra raconter ça à Sunderland.

— Je croyais que vous lui faisiez des rapports réguliers par télégramme, ou un truc du genre ? demanda Puddle. Vous lui rendez directement visite ?

— Oui, confirma Skins. Lundi. Tu seras là, Barty ?

— Pas de souci. Je passerai chez vous ; on y ira tous ensemble.

II

Plusieurs minutes étaient passées depuis que le commissaire Sunderland avait envoyé un de ses agents chercher du thé et des biscuits pour ses invités, et il commençait à s'impatienter.

— Pardonnez-moi, je fais un hôte affreux. Ce n'est pas comme si j'avais demandé quelque chose d'extraordinaire. Un peu de thé et des biscuits. Je vous jure, le niveau de nos recrues n'est plus ce qu'il était. De mon temps, c'était bien différent.

— Ne vous tracassez pas, commissaire, le rassura Ellie. On peut tout à fait s'en passer.

— Mais j'aime mes biscuits secs, moi ! Ça va barder, je vous le dis.

Ellie tenta une nouvelle approche.

— Vous avez goûté les tout nouveaux, ceux qui sont recouverts de chocolat ?

— Des biscuits secs recouverts de chocolat ? marmonna-t-il, incrédule. Pourquoi ont-ils fait une chose pareille ?

— Ils sont délicieux, je vous assure. Vous devriez essayer.

— Non merci, je me porte très bien comme ça. Contrairement à ce satané agent…

On frappa à la porte, et l'agent en question entra avec un plateau plein.

— Désolé pour l'attente, monsieur, dit le jeune homme. Le sergent Pennick avait vidé la bouilloire pour la réunion de la brigade volante. J'ai dû attendre que l'eau chauffe à nouveau.

— Bon, c'est noté. Posez-moi ça ici. Merci.

Aussitôt l'agent parti, Sunderland se mit en action.

— C'était bien trente-trois sucres, n'est-ce pas, Skins ?

— Six, répondit celui-ci.

— Il en prendra deux, intervint Ellie. Il réduit un peu, en ce moment.

— Ah, je réduis un peu, répéta Skins. On va se contenter de deux, alors.

Une fois le thé servi et les biscuits distribués, Sunderland retourna s'asseoir derrière son bureau.

— Alors, que puis-je faire pour vous ? Vous avez des nouvelles ?

— Plus ou moins, oui, répondit Ellie. On a un peu échangé avec le Gang Alphabet. Pas sûre de pouvoir nous appuyer à cent pour cent sur ce que nous avons appris, mais il y a quand même quelques pistes à vérifier.

— Voilà une bonne nouvelle ! s'enthousiasma Sunderland. Une excellente nouvelle, même !

Il récupéra son calepin et l'ouvrit sur une page vierge, puis il plongea son stylo dans l'encre et attendit, un sourire jusqu'aux oreilles.

— Alors, reprit Ellie en ouvrant son propre carnet. Commençons par Alfie. Cornelius Rawson de son vrai nom…

Skins parut surpris.

— J'ai demandé au gentil Cuthbert, à l'accueil, poursuivit-elle. Au final, c'est quelqu'un d'adorable. Il ne faisait que son travail, lorsqu'il a cherché à me mettre à la porte. Un homme très serviable, figurez-vous. En tout cas, il l'a été quand je lui ai donné quelques shillings pour parler.

Quoi qu'il en soit, Alfie prétend avoir servi dans le premier bataillon de l'Essex Regiment. Il aurait fait Gallipoli, l'Égypte puis la France. Il serait parvenu à faire tout ça sans s'élever au-dessus du rang de premier lieutenant, ce qui doit être assez rare.

— Du jamais-vu, confirma Skins. Ils distribuaient des promotions aux officiers comme s'ils avaient gagné un lot à la tombola et qu'ils ne savaient plus quoi en faire.

— Vu la lumière que c'est, je ne suis pas vraiment surpris, intervint Dunn.

— Pourtant, je pensais que le niveau de stupidité était justement l'un des prérequis pour être soldat. Quand on…

Mais Ellie ne le laissa pas finir.

— Ces données doivent donc être facilement vérifiables. Ensuite, il y a Bertie. James Albert de son véritable nom. Ancien officier du Royal Tank Regiment.

Elle le décrivit brièvement puis donna les raisons pour lesquelles Skins croyait en sa bonne foi, ainsi que les contre-arguments de Puddle.

— Vous avez demandé aux autres membres du groupe de vous aider ? s'étonna Sunderland.

— Oui, on s'est dit que ce serait mieux, avoua-t-elle. Ils sont tous très motivés. Ensuite, nous avons Charlie. Robert Chandler de son vrai nom. Nous ne sommes pas encore parvenus à le cuisiner comme il se doit, mais d'après Alfie, il viendrait de la haute bourgeoisie. Il aurait fréquenté Eton, puis Oxford.

— C'est un bon début. Passé militaire ?

— Nous ne l'avons pas encore. Mais Alfie a dit qu'il était du genre pédant, à prendre les autres de haut.

— Vous pensez donc qu'il ne joue pas la comédie ?

— Si j'étais un ouvrier agricole tentant de me faire passer pour un officier doublé d'un gentleman, j'aurais tendance à entrer un maximum dans le moule, sans chercher à me détacher des autres, commenta Ellie.

— D'un autre côté, intervint Skins, il a peut-être décidé de jouer la carte à fond ? De snober tous ces snobeurs avec un maximum de snobisme ?

— Je vais charger quelqu'un de chercher un certain Robert Chandler dans les registres du Bureau de la guerre. On verra ce qu'il en ressort, déclara Sunderland.

— Danny, reprit Ellie. Dudley Daniels de son vrai nom. Je ne sais pas vraiment quoi penser de lui. C'est un type assez sympa, mais il se ferme comme une huître dès qu'on parle de la guerre.

— Comment ça ?

— Je lui ai parlé de mon expérience dans la First Aid Nursing Yeomanry…

— Ah, vous étiez une Fanny ! dit Sunderland. Très bien. Je l'ignorais.

Ellie jeta un regard noir à Skins, qui examinait le plafond d'un air innocent.

— Mais quand je lui ai demandé où il avait servi, poursuivit-elle, il a refusé de me répondre en prétendant ne pas aimer en parler.

— C'est le cas de beaucoup de gens, commenta Sunderland.

— Il a refusé de nous en parler, à nous aussi, précisa Dunn. Par contre, il nous a confié gérer une galerie d'art.

— Ah oui ? Vous avez le nom ?

— Non, désolé. Mais il a dit qu'il était spécialisé dans l'avant-garde. Il serait un expert reconnu en dadaïsme.

— Voilà qui pourrait être utile. Je ne pense pas qu'ils soient nombreux. Je me demande si Grant s'y connaissait, en art. Ce serait une planque parfaite. Et un excellent moyen d'expliquer sa fortune : il suffirait d'ajouter quelques fausses œuvres dans les registres pour couvrir les ventes de diamants.

— Je n'y avais pas pensé, remarqua Dunn.

— Vous seriez surpris de voir ce dont on est capable, dans le milieu de la pègre.

— Et puis, il y a Ernie. Edwin Cashmore de son vrai nom. Il prétend être l'héritier de Cashmore Engineering et aurait passé la guerre à concevoir des pièces pour les usines de munitions.

— Encore une piste facile à vérifier, commenta Sunderland. Vous avez fait du bon travail. Merci. On les a tous ?

— Oui, le Gang Alphabet au grand complet, confirma Ellie.

— Il y a Millie, aussi, intervint Skins.

— Millie ? répéta Sunderland.

— Millie Mitchell. La professeur de danse. Et petite amie de Charlie.

— Il y a donc peu de chances que ce soit un déserteur affublé du doux nom d'Arthur Grant ?

— En effet, admit Skins. Elle est trop grande, déjà. Plus grande que tous les garçons du groupe.

— Tiens, justement… Quelle taille font-ils, tous ?

— Un mètre soixante-dix, déclarèrent d'une seule voix Skins et Dunn.

— Chacun pris séparément, précisa Dunn.

— Typique, commenta Sunderland. C'est tout ?

— Oui, répondit Ellie. Enfin, en dehors du trésor caché.

— Je vous écoute.

— J'en ai parlé à un Cuthbert. Il s'est montré très fermé – comme tout le monde dès qu'on aborde ce sujet. Mais il m'a tout de même dit que je n'étais pas la première à lui poser la question.

— Qui avant vous ?

— Tous les membres du Gang Alphabet.

Les trois hommes se mirent à ricaner.

— J'imagine que vous auriez commencé votre rapport avec cette information, s'il s'était agi de l'un d'eux en particulier, dit Sunderland. Mais c'est tout de même intéressant de savoir qu'ils y pensent. Ça ajoute un peu de poids à tout cela.

— Oui, sûrement, soupira Ellie. J'espérais qu'il me dise : « Oh, oui, madame. Le jeune Mr Untel m'en a parlé, lui aussi. » Enfin…

Sunderland esquissa un sourire tout en prenant ses dernières notes sur son calepin, qu'il glissa précautionneusement dans l'un des nombreux dossiers qui encombraient son bureau.

— Je suis ravi de vos efforts. Merci énormément. Tout cela nous est très utile.

— Il n'y a pas de quoi, répondit Skins. Et… vous avez eu des nouvelles, au sujet de… de Blanche ?

— Je suis navré, mais non. Rappelez-moi qui dirige l'enquête ?

— L'inspecteur Lavender, grommela Dunn.

— Oh, Seigneur, grogna Sunderland.

— C'est une mauvaise nouvelle ? demanda Ellie.

— Je ne vous le fais pas dire. Ce type est un idiot.

***

Il pleuvait à nouveau, en ce mardi après-midi, alors que Skins et Dunn poussaient leur charrette à bras à travers les rues de Soho, en direction de Mayfair.

— Tu es un abruti, déclara Skins.

— Qu'est-ce que j'ai fait, encore ?

— Tu m'as dit que la prochaine fois que tu me suggérerais de pousser ce truc jusqu'au club sous la pluie, je pourrais te traiter d'abruti. Donc, tu es un abruti.

— Je commence à croire que tu n'as pas tort. Je pensais sincèrement que ça allait se calmer avant qu'on parvienne à trouver un taxi qui veuille bien de nous. Qu'est-ce qu'ils me gonflent, avec leurs : « Oh, ça ne rentrera jamais, tout votre bazar ! À quoi ça vous sert, d'abord ? Qu'est-ce que c'est ? Vous l'avez volé ? » Je pensais que la pluie passerait et qu'on se ferait une bonne petite balade au soleil.

Le chemin le plus direct leur aurait fait longer Shaftesbury Avenue et Piccadilly, mais le trafic londonien enflant quotidiennement, ils préféraient traverser Soho par les petites rues. Le souci, c'est que les petites rues étaient plus étroites et, à leur manière, pas moins peuplées. Elles grouillaient de vie, avec les bouchers, les boulangers et au moins un fabricant de bougies qui vendaient leurs marchandises. Les carrioles jouaient des coudes avec les chariots motorisés, les charrettes à bras zigzaguant au milieu des deux.

Il y eut un coup de tonnerre.

— Ça doit être la pluie qui se calme… commenta Skins.

— Je n'ai jamais dit que j'étais météorologue.

— Et tes bas ?

— Hein ? Oh, « mets-tes-bas-rologue ». Excellent.

Devant eux, les véhicules s'étaient immobilisés. Skins balaya les alentours des yeux. L'étroite rue derrière eux était elle aussi complètement bouchée.

— On prend le trottoir ? suggéra Dunn.

Skins jeta un coup d'œil.

— Bouché aussi. On est coincés.

Dunn se pencha en avant pour laisser tomber la pluie qui s'était accumulée sur le bord de son chapeau.

— C'est quoi qui coince ?

Skins grimpa le plus précautionneusement possible sur la charrette à bras.

— Je ne comprends pas pourquoi c'est toujours à moi de regarder.

— Tu es petit et agile.

— On dirait que la carriole d'un brasseur a perdu son chargement, au bout de la rue. Il y a des tonneaux partout.

Un homme plutôt costaud tenta de se servir de son diable chargé jusqu'en haut pour pousser Dunn du chemin.

— Eh, du calme, mon vieux ! s'exclama celui-ci.

— Dégage de mon chemin ! rétorqua le costaud.

— Et tu veux que j'aille où, au juste ?

— En dehors de mon chemin, je t'ai dit. J'ai une livraison à faire, moi. Je dois gagner ma vie.

— On doit tous gagner notre vie. Il y a eu un accident au bout de la rue. On est tous coincés ici jusqu'à ce que ce soit arrangé.

— Pourquoi tu ne vas pas les aider, alors ? J'ai une livraison à faire.

— Pourquoi toi, tu ne…

— Tout va bien, Barty ? l'interrogea Skins du haut de la charrette à bras.

— Ce charmant monsieur est juste en train de m'expliquer qu'il a une livraison à faire et qu'il doit gagner sa vie, répondit Dunn.

— On doit tous gagner notre vie.

— C'est ce que je lui ai dit, mais apparemment, son métier est plus important que le nôtre. Il se demandait si nous pouvions aider à dégager la route afin de lui faciliter son après-midi.

— Tu lui as dit d'aller se faire voir ?

— Je m'apprêtais à le faire, mais tu nous as coupés.

— Tu veux que je m'en charge ?

— Non, ne t'inquiète pas, je m'en occupe.

— Vous avez fini, les deux rigolos ? s'énerva le livreur.

— Ah, enfin un peu de reconnaissance ! sourit Dunn.

Puis il retira son chapeau, laissant la pluie qui s'était à nouveau accumulée dessus tomber sur les chaussures du type. L'air mauvais, le livreur tenta de s'imposer sur le trottoir.

— Eh, du calme ! rouspéta un bourgeois à la voix traînante.

— Laisse-moi tranquille, ducon ! Tu veux mon poing dans la figure ?

— Oh, la ferme, sale petit bonhomme, répondit l'autre.

Dunn essayait en vain de voir à qui appartenait cette voix traînante. Elle lui paraissait terriblement familière.

— Ce ne serait pas Charlie, du club ?

Skins lui confirma d'un pouce en l'air.

— Eh, Charlie ! Content de vous voir !

— Skins ? Qu'est-ce que vous faites en haut de cette charrette ?

— Je garde un œil sur la situation. Barty est en bas.

Charlie regarda derrière le livreur.

— Mr Dunn ! Quel plaisir de vous voir tous les deux !

— Tu vas dégager de mon chemin, oui ? insista le livreur. Ou tu veux vraiment mon poing dans ta figure ?

— Ce monsieur semble avoir un faible pour les poings dans la figure. Devrions-nous nous en inquiéter ? les interrogea Charlie.

— Moi, ce que j'en vois, c'est que ce n'est que du vent, répondit Skins. Ne faites pas attention.

— Je vais te montrer si c'est que du vent ! grogna l'autre.

Puis il lâcha son diable et se mit en mode boxeur. Charlie l'observa en inclinant la tête. Le livreur balança son poing, mais Charlie eut le temps de l'esquiver. Il esquiva un deuxième coup, puis un troisième.

— Eh, Jack Dempsey ! lança Skins. Arrête un peu ; tu vois bien que tu ne le toucheras jamais. Récupère donc ton diable et laisse-nous tranquilles avant qu'il ne t'arrive des ennuis.

— Je peux savoir qui me causerait des ennuis ? riposta l'autre.

Skins haussa les épaules.

— À ton avis, abruti ? Nous sommes trois, nous nous occuperons de toi à trois. Allez, bouge de là.

Le livreur marmonna quelque chose qu'aucun d'eux ne parvint à comprendre. Cela ressemblait encore à une menace, mais après quelques instants, il baissa la garde et récupéra son diable, qu'il parvint à pousser un peu plus loin dans la rue.

Skins descendit et serra la main de Charlie.

— Content de vous voir. Vous allez au club ?

— Figurez-vous que oui. J'ai une ou deux choses à régler avant le cours de ce soir. Et vous ? J'ai déduit du contenu de votre charrette que vous preniez la même direction, mais on ne sait jamais – vous pourriez avoir un concert dans l'après-midi ?

— Non, on a décidé d'y aller tôt, répondit Dunn. C'était le plan, en tout cas, ajouta-t-il en désignant la cohue.

— « Aucun plan d'opération ne suffit à l'emporter avec quelque certitude au premier contact avec le gros des forces ennemies », déclara Charlie.

— Vous croyez ?

— C'est en tout cas ce que pense un certain Allemand. Von Quelque-chose. Enfin, ils s'appellent tous Von Quelque-chose, non ?

— On dirait bien, oui.

Charlie leva la tête comme pour indiquer la pluie.

— Bon, je suis affreusement navré, mais je dois retrouver un type, à propos d'un alpaga. Je déteste l'idée de vous abandonner sous ce temps, et n'importe quel autre jour, je serais ravi de vous donner un coup de main, mais je dois vraiment me presser.

— Allez-y, répondit Skins. On se voit plus tard.

— Retrouvez-moi au bar. Je vous offrirai un bon grog.

***

Quand ils finirent par gagner le club, Skins et Dunn étaient trempés jusqu'aux os, mais Cuthbert, à l'accueil, avait été prévenu.

— Bonjour, messieurs, annonça-t-il. Nous vous avons préparé des vêtements secs dans la petite salle de réunion. Cuthbert va vous accompagner.

— Merci beaucoup, répondit Skins.

— Est-ce que Cuthbert pourrait emporter nos instruments dans la salle de bal pour nous ? demanda Dunn. Nous les avons laissés au niveau de l'entrée de derrière.

— Je crains que Cuthbert ne soit occupé. Mais je vais demander à Cuthbert de s'en charger pour vous. Ou peut-être Cuthbert. Je m'en occupe.

Dunn secoua la tête, et ils suivirent le Cuthbert qu'on leur avait attribué jusqu'à la petite salle de réunion.

— Il se paie notre tête ou quoi ? grogna-t-il en route.

— C'est ce que je pensais aussi, répondit le jeune Cuthbert, mais tous les anciens font ça. J'ai fini par comprendre qu'ils avaient leur propre logique. Je me demande même si certains se rendent compte de ce qu'ils disent. Ils savent de qui ils parlent, sans même se rendre compte qu'ils utilisent le même prénom chaque fois.

— Alors c'est quoi, votre vrai prénom, à vous ?

— En toute honnêteté, je préfère rester un Cuthbert, monsieur.

— Pas de souci. Est-ce que Mr Chandler est là ?

— Charlie, monsieur ? Il est au bar. Il a demandé que vous le rejoigniez une fois séchés.

Ils se changèrent rapidement – sans, cette fois, échanger leurs pantalons – et se relancèrent dans ce labyrinthe de couloirs de plus en plus familiers qui menaient au bar. Ils y trouvèrent le mélange habituel de jeunes et d'anciens, ceux qui avaient les yeux ouverts ou les yeux fermés, ceux qui discutaient et ceux qui lisaient. Ils découvrirent également une scène qu'ils auraient pensé ne jamais revoir. Dans le coin, en compagnie de Charlie et d'un homme qu'ils imaginaient être le fameux Whiffy dont Alfie leur avait parlé, se tenaient deux alpagas.

Skins remarqua alors un membre qu'il lui semblait avoir déjà vu. Il était assis tout seul, si bien qu'il décida de l'approcher.

— Qu'est-ce qui se passe, là-bas ?

L'homme leva les yeux de son exemplaire du *Times.*

— Ce sont des alpagas.

— Je sais, répondit Skins. Il y en avait déjà un la semaine dernière. Mais on dirait bien qu'il y en a deux, maintenant.

— Oh, désolé. Je vois ce que vous voulez dire. Je crois que Whiffy est en train de les vendre à Charlie. Il en a amené plusieurs d'Amérique du Sud. Il était dans les mines, là-bas. Ou dans les champs, à élever du bétail… Je ne m'en souviens plus. Il comptait aller les faire brouter à la campagne, dans le Norfolk, mais son vieux aurait dit : « Pas question d'accueillir ces sales bestioles venues d'ailleurs sur mes terres », alors Whiffy doit s'en débarrasser. Charlie lui rend un sacré service. Il voulait en examiner un ou deux avant de conclure le marché.

Skins fit un bond de côté afin d'éviter la balle de croquet qui fonçait tout droit vers un cerceau maintenu par deux verres à bière, sous une table toute proche.

— Et ils ont décidé de faire ça ici ?

— Ah, ces clubs sont de vraies plateformes commerciales, vous savez, répondit l'autre. Toutes sortes d'affaires sont conclues dans ce genre d'endroit un peu partout à Londres, à cet instant même. (Puis il plia son journal.) Vous êtes les musiciens, n'est-ce pas ?

Dunn venait de les rejoindre.

— C'est exact.

— Je vous ai vus, le vendredi soir. Vous êtes sacrément bons, vous savez ? J'aurais aimé être musicien, moi aussi. J'ai pris des cours de piano, enfant. Un vrai carnage.

— Heureux de savoir que ce que l'on fait vous plaît, répondit Dunn. C'est toujours agréable d'être apprécié.

— Un peu, que ça me plaît. Ça ne ferait pas de mal au club, d'accueillir un peu plus de types dans votre genre. Ça redonnerait un peu d'énergie aux lieux, si de véritables joueurs de jazz les fréquentaient. Vous n'avez jamais songé à devenir membres ? Je serais ravi de vous parrainer.

— Pas sûr de pouvoir assumer les charges, répondit Dunn. Mais lui pourrait, ajouta-t-il avec un coup de menton vers Skins.

— C'est plutôt tentant, remarqua celui-ci. Je vais y réfléchir.

— Certainement, certainement. Je ne voulais pas vous mettre dans l'embarras. Mais si l'idée vous séduit, vous n'avez qu'un mot à dire. Cet endroit a besoin d'une énergie nouvelle, et vous semblez être les hommes de la situation.

Skins sourit.

— Entendu.

Charlie, sa transaction de bétail visiblement terminée, balaya la pièce des yeux. Il repéra Skins et Dunn et les rejoignit d'un pas tranquille.

— Vous êtes là ! Encore désolé de vous avoir abandonnés sous la pluie. Laissez-moi vous offrir ce verre que je vous ai promis.

— Merci, dit Skins. Et pas de souci pour tout à l'heure. Ce n'est pas comme si vous nous aviez menti. Vous aviez vraiment rendez-vous avec cet homme aux alpagas.

Charlie éclata de rire.

— Eh oui ! Charmantes créatures, hein ?

— Charmantes, commenta Dunn. Il faudrait peut-être voir à appeler un Cuthbert pour nettoyer derrière celle-ci, en revanche.

Puis il désigna un petit groupe de jeunes qui s'étaient rassemblés autour des bêtes, mais qui s'étaient brusquement écartés pour éviter d'être arrosés.

— Ce n'est pas encore mon problème, rétorqua Charlie en riant. Ils ne sont pas à moi tant que je n'ai pas payé – Whiffy n'a rien voulu savoir. Je le laisse donc gérer.

Il profita du passage d'un Cuthbert pour commander à boire.

— Et sinon, en toute honnêteté, reprit-il une fois l'employé parti, vous pensez qu'on a une chance, au concours de danse ? C'est ce vendredi.

— Eh bien… bafouilla Dunn.

— Alors… balbutia Skins.

— Le truc, c'est que… enchaîna Dunn.

— Ce n'est pas que nous… poursuivit Skins.

Charlie éclata à nouveau de rire.

— Tout est dit.

— Sérieusement, vous êtes nuls, se décida Skins. Et je suis sûr que vous le savez. Enfin, vous, vous sortez un peu du lot, mais en tant que groupe, vous n'avez aucune chance. Mais ce n'est pas grave, vu qu'on ne connaît pas du tout le niveau des autres – je veux bien parier qu'ils sont aussi nuls que vous. Quoi qu'il en soit, vous avez fait de sacrés progrès.

— Votre Millie a fait des merveilles, approuva Dunn.

— La Millie de qui ? lança une voix derrière lui. Je ne suis la Millie de personne, je vous ferais dire.

— Salut, chérie, sourit Charlie. Je demandais aux garçons quelles étaient nos chances, pour vendredi.

— Oh, vous êtes une cause perdue, répondit-elle. Nuls de chez nuls. Votre seul espoir, c'est que les types du Wags Club soient pires encore. Je n'ai jamais vu ça de ma vie.

— Vous avez votre petit show, en plus, le rassura Skins. Alfie et Ernie sous leur costume de cheval…

— Oh, j'avais oublié, grogna Charlie.

— Ça pourrait faire pencher la balance en votre faveur, commenta Millie. Si on parvient à capter l'attention du public sur le côté marrant d'un cheval qui danse le charleston, il y a peut-être une chance qu'ils ne se rendent pas compte à quel point c'est moche. Il faudra que tu remercies ta femme pour nous, Skins.

— Ellie ? souffla Skins, perplexe.

— Oui. Ce n'était pas son idée ?

— Je ne sais pas. Je croyais que c'était l'idée d'Ernie.

— Ah oui ? Quoi qu'il en soit, elle leur a apporté le soutien et la confiance dont ils avaient besoin. On lui doit une sacrée chandelle.

— Elle accepte le liquide et les chèques, plaisanta Skins.

— Une petite maligne, hein ? commenta Charlie. J'en connais d'autres. Elles s'en tirent toujours bien…

Puis il caressa tendrement le bras de Millie.

— J'ai ton numéro, mon mignon. En parlant de numéro, on ferait mieux de finaliser ceux que vous allez présenter vendredi. Vous avez des préférences ?

— Je te laisse décider avec grand plaisir, répondit Charlie. C'est toi et le groupe qui voyez. Tant qu'on peut danser sans avoir l'air trop ridicules…

— Ce sont des musiciens, chéri, pas des magiciens. Vous aurez l'air ridicules, quoi qu'ils décident de jouer. Mais d'accord, on s'occupe de choisir. (Elle se tourna vers Skins et Dunn.) Les types du Wags Club ont envoyé la liste des morceaux sur lesquels ils se sont entraînés. Apparemment, tout serait enregistré sur gramophone. Ils disent qu'ils seraient ravis de danser sur n'importe lequel d'entre eux et que, vu que nous avons un groupe, cela dépendra de ce que vous êtes capables de jouer.

— Ce qu'on est capables de jouer ? répéta Skins, outré. Bande de pisseux.

— C'est vrai qu'ils peuvent paraître un peu lourds, mais ils ne sont pas méchants, répondit Millie. Ils ne se rendent juste pas compte que c'est un peu insultant. Ils n'ont pas l'habitude de parler aux gens, en dehors de leurs domestiques et leurs avocats. Le reste de la population demeure un mystère pour eux.

— En tout cas, tes garçons auront l'avantage, commenta Dunn. Ils auront leur propre salle de bal, leur propre public, leur propre groupe, et leurs propres versions des morceaux. Je parie vingt-trois contre un que nous ne jouerons pas exactement comme sur les disques.

— Voilà des statistiques bien étranges.

— C'est scientifiquement prouvé.

— Ah oui ? Bon, et si on discutait de ça en rejoignant la salle de bal ? Tu pourrais m'expliquer ta méthode.

— Certainement, répondit Dunn.

— Et en chanson, Léon !

— Léon ? Léon Macduff ? Le pianiste ?

— Bien joué.

Skins pivota pour suivre Millie, qui s'était déjà éloignée en secouant la tête.

— Tu l'as déjà vu ? lui demanda-t-il. Il accompagnait cette danseuse burlesque, « No Time » Toulouse.

— Sauf que nous, quand on l'a rencontré, il jouait pour Ma Blarch, précisa Dunn. Immense chanteuse. Elle était en duo avec son beau-père, Billy Corner. Mais il a eu des soucis avec la police, alors elle a dû le planquer ; le show n'était plus vraiment le même, sans lui.

— Elle ne nous écoute pas, marmonna Skins.

— Je la comprends. On devrait peut-être se contenter de nos jeux de mots en « -rologue ».

***

Le reste du groupe était déjà en train de se chauffer, sur scène, et Millie les interrompit quelques instants afin de se mettre d'accord avec eux sur les trois morceaux qu'ils joueraient pour le concours du vendredi.

— Merci, conclut-elle. Je vais tenir les Wags au courant au plus vite, histoire qu'ils puissent au moins avoir deux cours pour se préparer, eux aussi.

Le groupe était prêt. Millie était prête. Mais seuls trois cinquième du Gang Alphabet étaient présents. Alfie et Ernie manquaient à l'appel.

Elk commença à plaquer quelques accords sur son banjo. Dunn se joignit à lui, rapidement suivi par Skins, qui ajouta un peu de swing à l'ensemble tout en tempérant la tendance d'Elk à laisser le *tempo* s'étirer. Puddle récupéra son saxophone et se mit à improviser un air, Benny et Eustace venant y greffer quelques coups de trompette parfaitement synchronisés. Après quelques mesures, Puddle fit signe à Eustace, qui partit dans un solo.

Lorsque ce fut au tour de Benny de prendre les rênes, Millie et les Alphabets dansaient. Sans avoir à suivre la formalité d'une danse « officielle », Bertie, Charlie et Danny ne s'en sortaient franchement pas si mal.

Puddle s'apprêtait à reprendre le lead quand il y eut du bruit derrière la porte, où une tête de cerf apparut. Les Dizzies continuèrent à jouer, mais les Alphabets s'arrêtèrent alors que la tête entrait dans la pièce, Alfie tenant la planche en bois sur laquelle elle était fixée. Derrière lui, plié en deux et les mains posées sur les hanches d'Alfie, se trouvait Ernie. Tout du moins le pensaient-ils – pas évident d'en être certains, avec cette vieille couverture militaire qui l'enveloppait. Ils rejoignirent le gang alors que le groupe arrêtait de jouer.

— Vous en pensez quoi ? s'enquit Alfie.

— Vous avez opté pour un cerf, finalement ? s'étonna Bertie.

— Hein ? Oh, non. C'est un… Comment tu appelles ça, Ernie ?

Ernie se redressa, et la couverture tomba au sol.

— Un prototype. Un modèle, si vous voulez. On s'est dit que ça pourrait donner une idée du concept et nous permettre de travailler nos pas avant d'avoir le vrai costume. Vous voyez ? Alfie ne pourra pas se servir de ses mains dans le costume, donc il tient la tête de cerf du fumoir. Moi, je ne pourrai pas voir quoi que ce soit, alors je me suis enveloppé d'une couverture. C'est comme ça qu'on conçoit nos inventions, à l'atelier.

— En vous cachant sous des couvertures ? sourit Bertie.

— Tu es vraiment un trou du cul, quand tu veux, Bertie, répliqua Ernie.

— C'est toujours mieux qu'être sous un costume de cheval.

— S'il vous plaît, messieurs ! intervint Millie. Il nous reste seulement deux cours avant vendredi. Ne perdons pas de temps.

— C'est lui qui a commencé, bouda Ernie.

Millie le fusilla du regard, les mains plaquées sur les hanches.

— Pardon, m'dame. Bon, on se met en place, les gars ?

Le cours commença enfin.

***

Ellie avait fait en sorte d'arriver à l'Aristippus Club une fois le cours de danse commencé. Elle approcha Cuthbert le portier, qui se trouvait derrière son bureau.

— Bonsoir, madame, l'accueillit-il en souriant. Quel plaisir de vous revoir ! Vous serez ravie d'apprendre que je me suis arrangé avec le comité pour que vous puissiez entrer sans chaperon, désormais. Je devais suivre les règles, la dernière fois. J'espère que vous le comprendrez…

— Bien sûr, euh… ? dit-elle en l'encourageant d'un sourire à lui donner son prénom.

— Cuthbert, madame.

— Ah, mais oui, mon mari me l'avait dit. Ne vous tracassez pas, Cuthbert. J'ai moi-même l'habitude de suivre les règles. Pendant la guerre, nous autres infirmières en avions autant à suivre que ces pauvres soldats sur le front.

— Vous avez servi, madame ? hoqueta-t-il, visiblement impressionné.

— Oui. First Aid Nursing Yeomanry. Je suis sûre que beaucoup de vos membres ont servi, également. Tellement de jeunes hommes n'ont pas eu le choix… J'imagine que la plupart des danseurs pour lesquels nous jouons étaient des soldats ? Ils se font appeler le Gang Alphabet, désormais.

— Pas tous, madame. Il me semble que le jeune Mr Cashmore – Ernie – était engagé dans un important effort de guerre, à l'usine de son père.

— Oh, cette histoire me dit quelque chose, en effet. Ivor a dû m'en parler.

— « Ivor », madame ?

— Mon mari.

— Celui qu'ils appellent Skins ?

— C'est ça. Il est batteur, voyez-vous. Skin, la peau ; la peau de tambour… Bref. C'est un surnom qu'il a depuis l'enfance et que je n'ai jamais réussi à lui faire abandonner.

— Ah, je comprends mieux. J'avais entendu ces messieurs l'appeler Skins, et je me demandais si c'était son deuxième prénom – Skinner, peut-être. Ensuite, je me suis dit qu'il devait venir d'une famille de tanneurs.

— Oh non, rien d'aussi romanesque. Il est batteur depuis tout jeune. Quoi qu'il en soit, j'aurais dû m'en souvenir, pour Ernie. Mais je suis sûre que tous les autres ont été soldats.

— C'est ce qu'il me semble, madame. Ils en sont sacrément fiers, à vrai dire. Et je les comprends. J'ai voulu m'engager, moi aussi, mais ils n'ont pas voulu de moi. J'avais pris une balle dans la jambe dans le Transvaal, et ils ont dit que j'étais inapte au service. Trop vieux, également. Je leur ai répondu qu'ils avaient bien besoin d'anciens pour apprendre aux jeunes, mais ils n'ont rien voulu savoir.

— Entre nous, vous vous en êtes bien tiré, croyez-moi, dit Ellie avant de se pencher vers lui et d'ajouter d'un air conspirateur : Et je sais que ça ne se fait pas de parler dans le dos des autres, mais vous vous imaginez être dirigé, en pleine bataille, par le Gang Alphabet ? Charlie – Mr Chandler –, passe encore, mais les autres…

Cuthbert lâcha un ricanement.

— C'est sûr… J'ai entendu dire que Mr Chandler était un véritable héros, justement. Il aurait même été décoré, en plus d'être promu commandant. J'aurais été entre de bonnes mains, sous ses ordres. Il aurait veillé sur nous.

— Je n'en doute pas. C'est un charmant jeune homme.

— Très agréable, en effet. Très agréable. Mais ils le sont tous. À leur manière.

Ellie sourit.

— À leur manière. J'imagine que Mr Daniels aurait pu faire un bon leader, lui aussi. C'est quelqu'un de très réfléchi.

— J'ai bien peur de ne pas savoir grand-chose sur ce fameux Danny, madame. Il ne parle jamais de son service. C'est quelqu'un de très réservé. Avez-vous vu ses tableaux ?

— Ses tableaux ?

— Oui, il dirige une galerie d'art. Des horreurs modernes – je ne supporte pas ça, ça n'a aucun sens, à mes yeux. Mais il a fait de très jolies aquarelles pour la salle du comité. Des représentations du club et de la rue. Des œuvres dignes de ce nom, si vous voulez mon avis. Rien à voir avec ces choses… comment disent-ils, déjà ? Abstraites ?

— Oui, c'est ça, répondit Ellie. Suis-je déjà entré dans cette salle du comité ?

— Je ne saurais vous le dire, madame, mais je ne le pense pas. Les membres du club ne l'utilisent que très rarement – elle est trop grande pour servir à autre chose que les réunions du comité.

— Alors je convaincrai un membre de me montrer ces fameux tableaux, un de ces jours. J'aimerais beaucoup les voir.

— Je ne peux que vous y encourager, madame. Même si maintenant que votre présence a été approuvée par le comité et que vous êtes officiellement enregistrée, vous pouvez aller et venir comme il vous chante. C'est l'une des règles du club. Aucune pièce n'est inaccessible.

— Voilà qui est bon à savoir, Cuthbert. Merci. (Elle regarda sa montre.) Je ferais mieux d'aller jeter un coup d'œil aux Dizzies, pour l'instant. Ils doivent être en pleine pause.

— Je vous en prie, madame. Passez une bonne soirée.

— Merci. Et merci pour votre temps – c'était chouette de discuter avec vous.

Puis elle s'éloigna.

***

Ellie suivit un Cuthbert armé d'un plateau jusqu'à la salle de bal et attendit près de la porte pendant que les boissons et les sandwiches étaient disposés sur la table. Le groupe était en plein morceau et « chaud comme la braise », comme aimait le dire Skins. Était-ce l'expression qu'il utilisait… ? Ellie ne s'en souvenait jamais. Quoi qu'il en soit, ils étaient bons.

Quant aux danseurs, c'était une autre histoire.

Ces jeunes hommes étaient toujours mauvais, mais d'une manière inédite et drôle qui plaisait beaucoup à Ellie. Même si chacun d'eux n'était pas parvenu à se défaire de ses excentricités et que la gaucherie individuelle prédominait, le groupe formait désormais un ensemble plutôt coordonné qui avait peut-être une chance de l'emporter, si les Wags étaient aussi peu doués qu'eux. L'entraînement des Alphabets, complété par l'élément comique apporté par les singeries animales d'Alfie et Ernie, pouvait leur donner l'avantage.

Le morceau toucha à sa fin, et Ellie se mit à applaudir. À sa grande surprise, les membres du groupe posèrent leurs instruments et l'imitèrent. Le Gang Alphabet s'inclina.

Ellie les abandonna à leurs bières bien méritées et rejoignit le groupe sur scène. Elle s'assit sur la chaise vide, à côté de Puddle.

— Où est le saxo remplaçant ? demanda-t-elle.

— Il avait un engagement depuis longtemps, aujourd'hui. Il revient demain soir. Et vendredi, bien sûr, répondit Puddle.

— Vous avez trouvé un remplaçant permanent ?

— Nous n'avons pas cherché, pour tout te dire. Mais on a fait passer le mot – le monde du jazz n'est pas aussi grand que tu pourrais l'imaginer. Si quelqu'un est intéressé, il ne tardera pas à se faire connaître.

— Vous savez quand auront lieu les funérailles ?

—Non, soupira Puddle. La police refuse de libérer le corps tant qu'ils ne savent pas avec certitude ce qui l'a tuée.

—Toujours aucune avancée de ce côté-là, donc ? Tu as eu des nouvelles de Lavender ?

—Que pouic. Et toi ?

Ellie plissa le front, perplexe.

—Non, dit-elle d'une voix hésitante. À moins qu'il ait parlé à Ivor, et qu'il ne m'ait rien dit.

Puddle jeta un regard conspirateur aux alentours.

—Et… (Elle baissa la voix.) De « l'autre côté », ça avance ?

—Je pense que nous sommes dans une impasse. Nous avons vu le commissaire Sunderland hier et lui avons donné plusieurs informations, mais tant qu'il ne les a pas vérifiées, je ne vois pas ce que nous pouvons faire de plus.

Skins venait de les rejoindre.

—Elle a raison. Je commence même à regretter d'avoir accepté de donner un coup de main. Ça paraissait plutôt rigolo quand il nous en a parlé, mais j'ai de plus en plus le sentiment qu'on nous la fait à l'envers. Ce Sunderland est un charmeur. Il donne l'impression d'être un type comme vous, mais au fond, il a du sang d'officier dans les veines. Il sait comment manipuler les gens pour obtenir ce qu'il veut.

—Je devrais avoir les oreilles qui sifflent ? lança Charlie, qui venait d'arriver en toute discrétion sur scène.

Skins se tourna vers lui en souriant.

—Non, on parle de quelqu'un d'autre, ne vous inquiétez pas.

—Il n'a pas l'air facile, votre type.

—Il est plutôt sympa, tempéra Skins. C'est juste qu'il a un côté un peu… marionnettiste, si on veut.

—C'est une excellente qualité, chez un officier. C'est important de savoir tirer le meilleur de ses hommes sans aboyer. Laissons cela aux sous-officiers.

— C'est comme ça que vous faisiez ?

— On peut dire ça, oui, répondit Charlie en riant. On n'attrape pas les mouches avec du vinaigre, comme on dit.

— Une vraie philosophie de vie, intervint Ellie. Où avez-vous attrapé vos mouches, vous ? Votre petit groupe regorge d'anecdotes fascinantes…

— Oh, rien de bien original, vous savez, lança Charlie avec désinvolture. La Flandre, la France…

— Ouais, c'était partout pareil, au final, commenta Skins. On avait de la boue et des munitions jusqu'au cou, peu importe le nom que voulaient bien donner les gens du coin à leurs patelins.

— Exactement. Enfin, ne parlons plus de ça. Je suis venu vous remercier une fois de plus pour votre travail admirable. Vous avez vraiment été géniaux.

— Tout le plaisir est pour nous, répondit Skins. Gagnez ce concours, et nous n'aurons pas l'impression d'avoir fait ça pour rien.

Charlie éclata de rire.

— Je vais vous chercher des bières.

12

Le lendemain matin, Ellie et Skins étaient installés dans le salon de leur maison de Bloomsbury, à partager un thé dans un silence inaccoutumé. La nourrice des enfants avait emmené Catherine et Edward à Regent's Park pour nourrir les canards.

— Et à qui allez-vous les donner à manger, ensuite ? leur avait demandé Skins quand ils lui avaient fait part de leur projet.

Ils l'avaient dévisagé d'un air perplexe, mais après quelques secondes, Skins avait vu, ravi, un sourire illuminer le visage d'Edward quand il avait compris ce qu'il avait voulu dire.

— On va les donner à mon dragon ! Il adore les canards, mon dragon !

Catherine n'avait pas tout à fait compris ce qu'il se passait, mais saisissant que cela n'annonçait rien de bon, elle s'était tournée vers sa mère d'un air soucieux.

— Ne t'inquiète pas, ma chérie, l'avait rassurée Ellie. Les garçons racontent des bêtises. Personne ne donnera les canards à manger à qui que ce soit, et certainement pas au dragon d'Edward. Vous allez leur donner de délicieuses choses.

— Le porridge, ça n'a rien de délicieux, répliqua Edward. C'est dégoûtant.

— Il n'a pas tort, confirma Skins.

— Si tu leur servais un bol de porridge, ils ne seraient sûrement pas très contents, en effet, remarqua Ellie. Mais Mrs Ponton vous a donné un sachet de flocons d'avoine. Ils adorent ça.

— Je croyais qu'ils aimaient le pain, intervint Skins.

— Mrs Pointy a dit qu'elle ne pouvait pas gâcher du pain, répondit Edward. Est-ce qu'on est pauvres ?

— Trop pauvres pour avoir du pain ? demanda Skins.

— Oui. Quand les gens n'ont pas assez d'argent, ils n'ont même parfois pas assez pour du pain. C'est Nanny qui l'a dit. Elle a dit qu'il y avait plein de pauvres partout, maintenant.

— Nanny n'a pas tort, approuva Skins. Mais tu n'as pas à te faire de souci. Mrs Ponton doit avoir d'autres projets pour le pain.

Ils avaient fini par partir, chacun armé d'un petit sac en papier plein de flocons d'avoine, et leurs parents s'étaient retirés au salon.

Ellie prit une gorgée de thé.

— Tu pensais ce que tu as dit, hier ?

— J'ai dit beaucoup de choses, hier. J'en pensais au moins la moitié.

— Au club. Quand on discutait avec Puddle.

— Sur le fait de regretter notre implication ?

— Oui. Ça ne te ressemble pas de baisser les bras. Tu es l'un des individus les plus déterminés que je connaisse, en dehors de Tante Adelia. Tu ne sais pas ce qu'« effarouché » veut dire.

— C'est vrai, mais je ne me suis jamais laissé décourager par mon manque de vocabulaire. Mais pour répondre à ta question, non, j'avais juste besoin d'exprimer ma frustration. Tu dois admettre que la seule chose qui nous pousse à continuer est notre amour pour Blanche. Nous nous sommes lancés dans cette histoire pour aider un type que nous connaissons à peine, sur les conseils de ta copine et de sa meilleure amie, et non parce que nous sommes de quelconques experts. Au début, c'était plutôt marrant, avec ces histoires de déserteur, de diamants purs et de trésor caché. Et puis, quand Blanche s'est fait tuer, c'est tout d'un coup devenu très personnel. Je suis plus déterminé que jamais à aller jusqu'au bout… J'étais juste un peu fatigué.

— C'est ta copine aussi, répondit Ellie.

Il éclata de rire.

— C'est tout ce que tu as retenu ? Ma détermination, trouver l'assassin de Blanche… non ? Il faut qu'on fasse quelque chose, pas le choix. Les flics ne servent à rien. Lavender est fixé sur l'idée que Danny et Puddle sont complices. Complices de… de quoi, exactement ? De vouloir débarrasser l'univers de toutes les autres joueuses de saxophone, afin que Puddle puisse y régner en maîtresse ultime ? Tu sais qu'il pense que Danny a empoisonné Vera, des Finchley Foot-Tappers, aussi ?

— C'est Barty qui pense ça. Et Eustace.

— Ah bon ? Bref, c'est complètement tordu.

— Alors il va nous falloir redoubler d'efforts. À quelle heure Barty arrive-t-il ?

— Pas avant seize heures.

— Et si tu lui envoyais un télégramme en lui proposant de venir déjeuner ? On pourrait discuter avant de partir pour le club ?

Skins gagna le couloir pour appeler le bureau des télégrammes.

***

Pendant ce temps, Dunn était installé au piano de Mrs Cordell, dans son salon. Malgré les protestations répétées de sa logeuse, qui refusait qu'il dépense son argent pour de telles frivolités, il tenait à faire accorder l'instrument au moins deux fois par an. Elle trouvait cette dépense proprement scandaleuse mais était secrètement fière d'avoir le meilleur piano de toute la rue.

Il travaillait sur un nouveau morceau. Il avait commencé sur un air enjoué qu'il aurait voulu proposer au groupe pour les soirées dansantes, mais ses doigts avaient décidé d'eux-mêmes de partir sur une balade. Il secoua la tête et se lança dans sa propre interprétation de Daisy Bell.

Mrs Cordell frappa à la porte et entra, armée d'une tasse et de sa soucoupe.

— Tiens, trésor. J'ai préparé un petit thé. Je me suis dit que ça ne pouvait pas te faire de mal.

— Merci, Mrs C.

— Je te le pose sur la table.

Il continua de jouer, apportant à ce vieil air connu de tous quelques changements d'accords jamais encore envisagés par aucun des artistes de music-hall qui avaient proposé en chanson à cette fameuse Daisy de grimper sur leur bicyclette conçue pour deux.

— Tu es sacrément doué, trésor, commenta Mrs Cordell. Mais je préférerais que tu ne mettes pas du jazz dans toutes nos vieilles chansons. Joue-moi un air que je puisse chanter.

— Qu'est-ce que vous aimeriez ?

Elle posa la main sur son épaule.

— Ça fait dix ans aujourd'hui. Joue-moi *Long, Long Trail.*

— Oh, Mrs C… Je suis désolé, j'avais complètement oublié. Vous êtes sûre ?

— Ils me l'ont chantée le soir précédant leur départ, répondit-elle. Ça m'aide à me souvenir.

Les frères Cordell avaient été tués ensemble le 10 juin 1915, quand un obus ottoman avait frappé leur tranchée au cap Helles. Il avait fallu plusieurs semaines pour que la nouvelle remonte jusqu'à Londres, et Phyllis Cordell avait reçu les deux télégrammes en même temps. Elle avait encore du mal à intégrer la mort de son tendre époux, soutier sur le *Lusitania* quand celui-ci avait été torpillé par un U-boat allemand un mois plus tôt.

Dunn entama le morceau. Il connaissait la tonalité de Mrs Cordell, ayant régulièrement joué pour elle et ses amies, qui aimaient se regrouper autour du piano. Il avait souvent entendu cette chanson plutôt joviale dans les tranchées, pour motiver les troupes. Mais l'heure n'était pas à la jovialité, et ses doigts étaient de toute façon d'humeur mélancolique, aujourd'hui. Mrs Cordell se mit à chanter avec assurance, sa riche voix de contralto contant les nuits de solitude et les trop longues journées passées à guetter leur chanson. Elle alla jusqu'au refrain, où les rossignols chantent sous le clair de lune laiteux, avant que sa voix ne se fêle et que les larmes ne se mettent à couler.

Elle se laissa aller, appuyée contre Dunn. Il voulut s'arrêter pour la consoler, mais elle le pressa de continuer, et il reprit la mélodie en chantant doucement. Il se décala pour la laisser s'asseoir à côté de lui et elle glissa son bras sur ses épaules tandis qu'il terminait la chanson.

— Désolée, trésor, dit-elle alors qu'il la serrait contre lui. Je ne sais pas ce qui m'a pris. Je suis une vieille folle. Je devrais y être habituée, maintenant, mais depuis dix ans, pas un seul jour ne passe sans que je pense à ces trois empotés.

Puis elle souffla bruyamment dans un mouchoir qui était apparu comme par magie de la manche de sa robe de chambre.

— C'est normal, Mrs C. Je ne suis pas sûr que j'aurais aussi bien géré que vous, honnêtement. Je suis déjà bouleversé d'avoir perdu une amie, je ne peux même pas imaginer ce que ça fait de perdre un mari et deux fils en l'espace d'un mois.

— On se débrouille comme on peut, va, dit-elle en reniflant. Allez, joue-nous donc un air un peu plus gai. *Tipperary*, ça te dit ? Et mets le paquet, trésor. J'ai envie de m'amuser.

Dunn se lança donc dans une interprétation énergique de *It's a Long Way to Tipperary* et fut ravi de voir Mrs Cordell adopter en riant une voix comique pour chanter une harmonie au niveau du refrain.

Il crut entendre des coups quelque part tandis qu'ils entamaient le dernier couplet, mais il s'amusait beaucoup trop pour s'arrêter. Alors qu'ils se lançaient dans la version plutôt osée du dernier refrain, on gratta nerveusement à la fenêtre.

Ils se tournèrent pour découvrir un porteur de télégramme tout rouge qui leur faisait signe d'un air furieux d'ouvrir la porte. Ils éclatèrent de rire.

— Je ferais mieux d'aller voir ce qu'il veut, dit Mrs Cordell. Il n'a pas l'air content d'avoir dû attendre.

***

Dunn arriva dans la maison de Bloomsbury des Maloney une heure plus tard, le télégramme serré dans son poing.

— On me convoque par télégramme, maintenant ? lança-t-il avec un grand sourire. Ça me donne l'effet d'être important, j'aime beaucoup. Comme un membre du gouvernement.

— Mets-toi à ton aise, mon chou, lui dit Ellie. Et si tu avais un téléphone, nous ne serions pas obligés d'en arriver là.

Dunn s'assit dans son fauteuil habituel.

— Tu sais que les vrais gens n'ont pas de téléphone, hein ? Mrs C serait la seule personne de la rue à en avoir. La seule personne de tout le quartier, même. Les gens feraient la queue devant chez elle pour avoir une chance de venir l'admirer.

— On parlerait d'elle dans tout le nord de Londres.

— C'est sûr.

— Elle devrait donc en prendre un. À mon avis, toute cette attention ne lui déplairait pas.

— Et comment elle se le paierait ? Et pour appeler qui, au juste ?

— C'est toi qui le lui paierais – ce n'est pas comme si tu avais autre chose à faire de ton argent. Et tu nous appellerais nous.

— Je trouve ça plutôt onéreux, comme moyen de rester en contact avec vous. On va continuer avec les télégrammes, si tu veux bien. J'ai entendu dire qu'ils envisageaient d'installer une de ces nouvelles cabines téléphoniques à côté de chez nous. Je pourrai m'en servir.

Ellie fit mine de s'offusquer.

— Où est Sa Seigneurie ? demanda Dunn.

— Il gère des affaires d'État.

— Avec le luxe de la plomberie intérieure. Je vous envie.

— Tu pourrais vivre dans un endroit un peu plus chouette, si tu le voulais, rétorqua Ellie. Tu n'es pas obligé de rester dans ta petite chambre en plein Wood Green, tu sais. Le groupe marche bien, maintenant – tu peux te permettre de déménager.

— J'aime vivre avec Mrs C. Et qu'est-ce qu'elle deviendrait, sans moi, hein ?

— Elle prendrait un nouveau locataire.

— Mouais, quelqu'un qui cherchera à l'entourlouper et à ne pas payer le loyer. Elle n'a personne pour veiller sur elle.

— Tu es un vrai nounours au cœur tendre, Bartholomew Dunn. Et c'est pour ça que je t'aime.

Dunn ne répondit rien, mais ses joues rosirent légèrement.

Skins apparut au même instant.

— Ah, te voilà, toi ! On t'a proposé du thé ?

— Non, pas encore. Mrs Maloney était trop occupée à me reprocher de ne pas avoir de téléphone chez moi.

— Que veux-tu… Elle aime pouvoir contacter les gens facilement. Alors, dis-moi, tu veux un thé ?

— Pourquoi pas ?

Skins sonna la cloche. Quelques instants plus tard, on entendit des bruits de pas pressés dans le couloir, et Lottie surgit dans la pièce, à bout de souffle.

— Du thé pour trois personnes, Lottie, s'il vous plaît, dit Ellie. Et vraiment, vous n'avez pas besoin de courir.

— Je sais bien, madame, mais j'aime ça, courir. Ma' dit que c'est bon pour le cœur.

Ellie sourit.

— Tant que vous ne pensez pas que vous encourez des problèmes si vous marchez. Faites attention à ne pas tomber, tout de même.

— Je fais attention, madame, ne vous inquiétez pas.

Puis elle sembla hésiter.

— Oui, très chère ?

— Mrs Ponton demande si vous voulez déjeuner plus tôt, vu que vous avez un invité ?

Elle adressa un sourire timide à Dunn, qui le lui rendit.

— Non, ça ira, répondit Ellie. Nous mangerons à quatorze heures, comme d'habitude.

— Très bien, madame, murmura Lottie avec une révérence avant de partir.

— Comment tu te sens ? demanda Ellie.

— Moi ? répliqua Dunn. En pleine forme. Pourquoi ?

— Tu as perdu quelqu'un à qui tu tenais il y a deux semaines à peine. Je me fais du souci pour toi.

— Oh, ne t'inquiète pas, chercha-t-il à la rassurer. Je suis un dur à cuire, tu le sais bien.

— Contente de t'entendre le dire. Mais s'il te plaît, ne cherche pas à… comment dire… surcompenser.

— Qu'est-ce que tu entends par là ?

— « Laisse notre domestique tranquille », voilà ce qu'elle entend par là, intervint Skins.

Dunn éclata de rire.

— Elle doit avoir la moitié de mon âge ! Un peu de respect, quand même.

— Tu sais y faire, avec les domestiques, je te rappelle.

— Ah bon ? Oh, celle du Gloucestershire ? J'étais plus jeune…

— Ne lui donne pas de fausses idées, c'est tout, insista Ellie. L'idée que tu lui plaises a beau être flatteuse, c'est une sacrée travailleuse, et je n'ai pas envie de la perdre à cause d'un chagrin d'amour.

— Elle ne risque rien avec moi, promis, les rassura Dunn.

Ellie l'observa d'un air songeur.

— Ivor et moi parlions de l'enquête, juste avant que tu n'arrives.

— Ou plutôt du manque d'enquête, nuança Skins.

— Pas de nouvelles, donc ?

— Non. Que pique, répondit Ellie.

— C'est « que pouic », chérie, la reprit Skins.

— Ah bon, tu es sûr ? Je pensais que les gens le disaient mal, en fait. J'ai entendu Puddle le dire l'autre jour, et j'ai dû prendre sur moi pour ne pas la corriger. Alors ça ne veut rien dire ?

— « Que pique », non. Barty, tu sais d'où ça vient, « que pouic » ?

— Pourquoi je saurais ça ?

— Tu vis seul. Tu lis des livres.

— Mais pas sur les expressions argotiques.

— Bon, quoi qu'il en soit, reprit Ellie, personne n'a eu de nouvelles au sujet de l'enquête. Ce Lavender ne semble pas faire grand-chose.

— Peut-être qu'il a un joker caché sous la manche, commenta Dunn. Ce n'est pas comme s'il était obligé de nous tenir au courant.

— Sous la langue, le reprit Ellie.

— Hein ? Tu es sûre de toi, ma chérie ?

— Oui, on dit « caché sous la langue ».

— Pas du tout. « Un joker caché sous la manche », insista Dunn. Je ne vois pas ce qu'on ferait avec une carte dans la bouche. Quoi qu'il en soit, il a peut-être résolu l'enquête, à cette heure-ci. Nous ne savons absolument rien de ce qu'il a entrepris.

— Ça, ça peut changer, remarqua Ellie. On pourrait demander à Sunderland.

— Oui, c'est sûr, mais je me sentirais plus à l'aise si nous avions quelque chose à lui offrir en échange, dit Dunn.

— Comme quoi ? demanda Skins. Nous n'avons rien.

— Nous avons tout, intervint Ellie. Nous avons notre homme.

Les deux musiciens se dévisagèrent avant de se tourner vers elle.

— Enfin, quasiment. Il nous reste deux possibilités. C'est toujours mieux que cinq. Ou qu'un type planqué quelque part en Angleterre, sans plus de précision.

— Et les deux possibilités sont… ? s'enquit Dunn.

— Il s'agit de toute évidence soit de Charlie, soit de Danny.

— Dans ce cas, allons parler à Sunderland, et tu pourras nous expliquer pourquoi, déclara Skins. Je vais l'appeler pour prendre rendez-vous.

***

Le commissaire Sunderland leur avait demandé de venir immédiatement à Scotland Yard. Il avait proposé de leur envoyer une voiture, mais ils avaient décidé qu'un taxi serait plus rapide, et à treize heures trente, ils étaient assis dans son bureau, avec une nouvelle théière pleine. Cette fois, elle était accompagnée de biscuits au chocolat.

— Merci, commissaire, dit Ellie en en prenant un. Je croyais vous avoir entendu dire que vous étiez opposé à l'idée de mettre du chocolat sur des biscuits.

— C'était le cas. Et une partie de moi l'est encore – ça me paraît vraiment contre nature d'altérer ainsi un biscuit aussi parfait. Mais je dois admettre qu'ils sont délicieux.

Ellie sourit et en prit un autre.

— Pour tout vous dire, je suis plutôt content que vous m'ayez appelé aujourd'hui, annonça Sunderland après une gorgée de thé. J'ai des nouvelles.

— Blanche ? souffla Dunn.

— D'une certaine manière, oui. J'ai repris l'enquête concernant le meurtre. Lavender a… enfin, ce n'est pas forcément bien vu de laver le linge sale de la police en public, mais il subit des mesures disciplinaires pour… d'autres histoires. Je ne peux pas en dire plus, mais ses affaires ont été redistribuées, et je me suis proposé de reprendre celle-ci, mon équipe ayant déjà un intérêt vis-à-vis du club. J'ai réussi à convaincre sa hiérarchie que le meurtre et mon voleur de bijoux étaient liés.

— Vous le pensez vraiment ? l'interrogea Skins.

— Comme je vous l'ai déjà dit, je ne crois pas aux coïncidences. Je n'ai toujours aucune preuve d'un quelconque lien, mais je ne peux pas me sortir de la tête qu'un crime sérieux, c'est déjà beaucoup, alors deux au même endroit, c'est un peu gros.

— Et comment se passaient ses recherches ? demanda Ellie.

— Mal. Il n'avait toujours pas trouvé la manière dont le poison a été administré. Vous vous souvenez, il était convaincu qu'il se trouvait dans la nourriture ou la boisson qu'on vous avait servies au sein du club ? Probablement la boisson, étant donné qu'il n'y a que le cocktail qui ait été touché que par l'un d'entre vous.

— Le Sidecar, murmura Skins.

— Exact. Sauf que le médecin légiste a dit qu'il n'y avait aucune trace de poison dans l'estomac. Si elle l'avait bu, c'est là qu'il se serait trouvé. Mais rien.

— Alors, comment… ? articula Dunn.

— C'est là toute la question. Comment ? Tant que nous ne savons pas comment le poison a été administré, le légiste ne peut même pas commencer à envisager un qui, quand, ou encore un où.

— Est-ce qu'il y en avait dans sa bouche ? demanda Ellie. Ou sur sa peau ?

— Sur sa peau ? répéta Skins.

— Certains poisons peuvent tuer par simple contact, expliqua-t-elle.

— La vache !

— Le légiste est en train de chercher, justement, répondit Sunderland. Je vous tiendrai informés de ce qu'il trouve, au cas où de nouveaux éléments réveilleraient un quelconque souvenir.

— Et votre déserteur ? reprit Dunn. Du nouveau de ce côté-là ?

— Un peu. Le Bureau de la guerre m'a confirmé les histoires de certains de vos danseurs.

— Ce ne sont donc pas eux, murmura Ellie.

— Il y a de grandes chances que non, en effet, dit Sunderland en ouvrant l'un des nombreux dossiers qui jonchaient son bureau. Voyons cela… Ah, voilà. Votre Cornelius Rawson…

— Alfie, l'interrompit Dunn.

— Alfie, oui. Son dossier confirme qu'il a servi dans l'Essex Regiment, comme il vous l'a dit. Il a été décoré à Gallipoli pour avoir sorti indemnes ses hommes d'une embuscade mortelle. Et il a terminé sa guerre en France.

— Toujours en tant que premier lieutenant, ajouta Skins.

— Malgré le fait d'avoir été décoré pour acte de bravoure, termina Dunn.

— Oui. Il semblerait qu'ils aient songé à le faire monter en grade – jusqu'à celui de capitaine, lorsque les choses se sont complexifiées et qu'ils se sont retrouvés à court d'hommes éligibles à ce poste –, mais des officiers s'y seraient opposés. Une note confidentielle d'un colonel australien qui l'aurait croisé à Gallipoli dit : « Garçon tout à fait sympathique, et plutôt courageux, mais il n'a pas inventé l'eau chaude. Donnez-lui une médaille, mais ne le faites pas trop monter en grade, ou il risquerait d'envoyer ses hommes à l'abattoir. » Un général, en Égypte, a tenu plus ou moins le même discours.

— C'est un homme vraiment charmant, confirma Ellie. Mais ils n'ont pas tort : on ne peut pas dire que c'est une lumière.

— En effet. Donc, étant donné que votre évaluation de ses capacités colle à la leur, j'aurais tendance à croire que vous avez rencontré le véritable Alfie, conclut Sunderland. Je ne pense pas que ce soit notre homme. Qui avons-nous ensuite ? James Albert – Bertie. Celui qui, d'après Skins, a fait partie du Tank Regiment, et on dirait bien que c'est le cas. Les registres parlent d'un général James Albert du Royal Tank Regiment, anciennement affecté à la Royal Field Artillery. Il a servi son pays avec honneur.

— Et vous êtes sûr que c'est le même homme ? l'interrogea Ellie.

— La description colle, jusqu'à l'usage excessif de brillantine. Qui avons-nous d'autre ? Ah, oui, Edwin Cashmore, de Cashmore Engineering. Cette entreprise est bien connue du Bureau de la guerre, et l'un de ses gros bonnets s'est porté garant de la véracité de ses propos.

— Ce qui nous laisse nos deux suspects principaux, commenta Skins. Charlie et Danny.

— Exactement, confirma Sunderland. Et les registres militaires ne nous sont pas d'une grande aide. Il n'y a aucun rapport qui fasse mention d'un certain Dudley Daniels. Rien dans la marine non plus, ni dans le Royal Flying Corps[1].

— Et les services secrets ? demanda Ellie.

— Les quoi, madame ?

---

1. Corps aérien de l'armée britannique pendant la Première Guerre mondiale.

— Oh, pas à moi, je vous en prie. Notre amie commune travaille pour eux. Et ma tante a déjà eu affaire à eux. Vous savez exactement de qui je parle.

Il esquissa un sourire.

— Je crains de ne pouvoir faire le moindre commentaire, mais s'il était possible de se renseigner auprès d'un corps gouvernemental non existant, je ne doute pas que nous le ferions.

— Mais ça pourrait être lui, intervint Skins.

— Exact, dit Sunderland. Tout comme Robert Chandler.

— Charlie, murmura Dunn.

— Oui. Il existe deux rapports différents à ce nom-là. Un était lieutenant dans la Royal Navy, l'autre, capitaine d'infanterie. Le Chandler naval a servi dans l'Atlantique nord, l'autre a passé le plus gros de son temps en France.

— Si notre Chandler est là-dedans, c'est forcément celui de l'infanterie, commenta Ellie. Il m'a dit qu'il avait servi en Flandre et en France. Et n'oubliez pas Eton et Oxford. Ils doivent avoir des registres, eux aussi.

— Ils en ont, mais ils se montrent étonnamment méfiants. Ou peut-être sont-ils toujours comme ça – ce n'est pas le genre d'individus avec qui j'ai l'habitude de traiter. Quoi qu'il en soit, je vais demander à l'infanterie de m'envoyer le dossier en question ; cela pourrait nous mener quelque part.

— Alors c'est l'un de ces deux types ? s'enquit Skins.

— C'est bien là le problème, répondit Sunderland. De toute évidence, nous ne sommes pas certains que Grant et ses diamants se trouvent à l'Aristippus Club. Et nous ne sommes pas non plus certains qu'il prévoie de voler le Trésor du Tueur de Mayfair vendredi. Mais oui, si Grant est là-bas, il y a de grandes chances qu'il se fasse passer pour Chandler ou Daniels. Et si nous parvenons à déjouer le vol du trésor, ce sera toujours ça de pris.

— Si ce trésor est bien réel, nuança Dunn.

— Pour être honnête, ça n'a pas vraiment d'importance. Je compte sur cette légende pour appâter Grant et le faire sortir de sa cachette. Nous pourrions l'avoir autrement, mais il sera beaucoup plus facile à piéger s'il est obnubilé par cette histoire de trésor.

— S'il s'agit bien de Grant, dit Skins.

— Vous comprenez mon dilemme. C'est précisément pour cela que je ne peux pas y vouer toutes mes ressources. C'est pour cette raison que je dois compter sur la générosité de vieilles connaissances pour faire le travail de la police.

— Et, juste pour être clairs : vous partez officiellement du principe que le déserteur est également l'assassin, maintenant ? s'enquit Ellie.

— Oui. S'il a cru que Blanche Adams l'avait démasqué, il a pu paniquer.

— C'était une infirmière, commenta Dunn. Il l'a peut-être reconnue ?

— C'est une possibilité, en effet. Je vais demander au Bureau de la guerre de me faire suivre son rapport à elle aussi afin de voir si nous pouvons trouver des convergences, une fois que nous aurons ceux des deux danseurs manquants.

— Très bien, dit Ellie. Qu'attendez-vous de nous, maintenant ?

Sunderland réfléchit un petit instant.

— Ne changez rien. Continuez d'échanger, ouvrez l'œil… Vous faites de l'excellent travail. Prenez simplement garde à ne pas effrayer notre homme.

— Entendu. On devrait y arriver.

— Vous nous tiendrez au courant du rapport du médecin légiste ? intervint Dunn.

— J'appelle les Maloney dès que j'ai la moindre information.

Ils terminèrent leur thé en discutant de choses et d'autres et parvinrent à être de retour avec moins d'une demi-heure de retard pour le déjeuner.

Littlelon Cotterell
8 juin 1925

Ma chère Ellie,

Je vais devoir être brève, moi aussi (enfin, je vais essayer, mais j'ai tellement de choses à te dire que cela risque d'être compliqué). Il semblerait que Madame ait besoin d'aller à Chipping Bevington pour acheter des choses « essentielles » (une livre de clous, deux mètres de ruban de soie bleue et un pot de crème de soin – ne me demande surtout pas pourquoi). Et bien évidemment, c'est bibi qui doit la conduire.
Concernant l'enquête…
Dinah Caudle s'est jointe à nous pour déjeuner, hier dimanche, et elle en a profité pour apporter une impressionnante collection d'articles de presse (enfin, des transcriptions d'articles – les éditeurs sont naturellement frileux à l'idée de laisser sortir leurs archives de chez eux). Il s'agissait de rapports contemporains du braquage et de la mort du joaillier, Gideon Kemp. Puis de l'arrestation de Sir Dionisius Fitzwarren-Garvie, à l'Aristippus Club. Il y a quelques informations sur le jugement, et deux ou trois articles sur le club.
Parmi les articles à sensation, certains offrent des descriptions à couper le souffle des « sublimes bijoux » subtilisés à Mr Kemp. Il semblerait qu'il ait officié dans le très haut de gamme (c'est-à-dire le plus extravagant, dans toute son inutilité) et qu'il ait été en possession de pièces extraordinaires. Pour te donner un exemple : il y avait un saphir de Ceylan « d'environ 347 carats » (ça existe, vraiment ?!) et « de la taille d'un œuf de faisan » qui formait la pièce centrale d'un « collier incrusté de diamants ». La liste continue, bien sûr, mais il est difficile de savoir s'il s'agit de la vérité, de l'imagination débordante d'un journaliste ou des exagérations du frère

du joaillier, dans l'espoir de faire gonfler l'estimation du remboursement du sinistre auprès des assurances.
Pendant un an ou deux, l'affaire s'est tassée, puis des lettres et d'autres documents spéculatifs se sont mis à faire leur apparition dans toutes sortes de publications londoniennes, au sujet de ce « caveau secret » dont le commissaire Sunderland nous a parlé.
Il semblerait que pas mal d'individus extrêmement réputés aient été convaincus que le caveau existait réellement, au point d'exiger des autorités qu'elles lancent des recherches dignes de ce nom. Devant la passivité des autorités (j'imagine que les gros bonnets du club ont mis le holà avant que ça ne dégénère), plusieurs jeunes hommes ont exprimé leur intention de mener ces recherches eux-mêmes.
Une lettre parue dans le *Times* parlait d'une clé dorée. Une autre, d'« un bâton ou un sceptre » et d'« un rituel quasi religieux », mais honnêtement, tout cela me semble bien tiré par les cheveux.
Revenons-en à notre déjeuner d'hier. Dinah m'a également appris que l'un de ses contacts (amis ? – les journalistes semblent multiplier les « contacts », un peu comme Lady Hardcastle et moi-même, si bien qu'il n'est pas toujours facile de savoir s'il s'agit d'amis ou de simples connaissances), bref, un de ses contacts, a été surpris qu'elle lui réclame des informations sur le Trésor du Tueur de Mayfair, parce que c'était la deuxième fois qu'on lui demandait ce genre de renseignements en moins de douze mois.
Il aurait en effet reçu une lettre d'un certain « Mr John Smith », aux bons soins du bureau de poste de Charing Cross, lui demandant quasiment la même chose que Dinah, avec toutefois un élément supplémentaire. Ce « Mr Smith » voulait savoir s'il existait des rapports de

modification du bâtiment. Bien sûr, Dinah a demandé à son contact ce qu'il en était, mais la réponse est non, rien n'avait été rapporté dans la presse.
Elle a écrit au County Council de Londres afin de savoir s'ils disposaient de registres historiques de demandes de permission de ce genre. Je te tiens au courant dès qu'elle a un retour.
Quant aux prochaines étapes…
Si vos interrogatoires se passent bien sans toutefois mener nulle part, l'un de vous va devoir serrer les dents et entrer par effraction chez les suspects. Les gens ont tendance à être un peu plus négligents, quand ils se sentent en lieu sûr. Le plus méticuleux des criminels laissera traîner des choses chez lui – ou ce qui lui sert de chez lui, en attendant, dans ce cas précis. Des choses qu'il n'a pas envie que les autres voient, parce que… parce que c'est chez lui, précisément. Jamais personne d'autre ne peut y entrer, logiquement. Même ceux qui gagnent leur vie en s'introduisant chez les autres et en vidant leurs maisons s'imaginent à l'abri de toute intrusion.
L'un d'entre vous va donc devoir commencer à fouiller les chambres de vos suspects, au club (tu sais que ce genre de club dispose de chambres, j'imagine). Obtenez les clés si vous le pouvez, crochetez les serrures si vous le devez, mais allez-y, et passez au crible toutes les choses qu'ils imaginent être à l'abri des regards extérieurs. Si seulement je pouvais venir vous donner un coup de main – un peu de cambriolage, en fin de journée, a tendance à m'aiguiser l'appétit.
Alors foncez, fouillez, et tenez-moi au courant.

Ton amie qui t'embrasse,
Flo

13

Ellie accompagna le groupe à l'Aristippus Club ce soir-là. C'était le dernier cours de danse avant le concours du vendredi, et elle considérait comme son devoir de leur montrer son soutien, même si l'idée de voir le Gang Alphabet peiner une fois de plus lui était difficilement supportable.

— Tu crois qu'ils m'en voudront, si je m'éclipse un moment ? demanda-t-elle à Skins tandis qu'ils s'installaient.

— Qui ça, le groupe ? Bien sûr que non. Pourquoi cette question ?

— Non, je voulais parler des Alphabets. J'ai un peu le sentiment de devoir rester ici, pour… je ne sais pas… les soutenir, en quelque sorte. Je suis censée être la cheerleader d'Alfie et Ernie, après tout.

— Ce soir, ils testent le costume. À mon avis, ils seront bien trop obnubilés par ça pour remarquer qui est présent ou non.

— Tu as sûrement raison, répondit-elle avec un haussement d'épaules.

— Pour tout te dire, je ne suis même pas sûr qu'ils nous remarquent, nous, les musiciens. Je prédis le chaos, l'hilarité générale, mais pas beaucoup de danse, au final.

Elle lui sourit.

— Dans ce cas, je m'éclipserai discrètement dès que j'en aurai l'occasion.

— Bonne idée. Qu'est-ce que tu comptes faire ? Les boutiques ?

— Il est sept heures du soir, idiot. Les magasins sont fermés.

— Tu vas au pub, alors ?

— J'aimerais fureter un peu dans le club. J'ai eu des nouvelles de Flo, dernièrement. C'est ce qu'elle m'a conseillé de faire.

— Bah tiens. Cette Flo a une très mauvaise influence sur toi.

Elle déposa un baiser sur sa joue.

— C'est ça qui t'a plu, aussi bien chez elle que chez moi.

— Lâche ce batteur, intervint Dunn. Tu ne sais pas où il a traîné avant.

— Oh, je sais exactement où il a traîné, répondit-elle en le gratifiant d'un clin d'œil.

Dunn cherchait encore une repartie quand la double porte s'ouvrit sur Bernie, qui tirait quelque chose à l'aide d'une corde. Quelque chose de gros.

Comme tout le monde s'y attendait, l'autre bout de la corde était attaché à une laisse taille XXL qui entourait une fausse tête de cheval. Un cheval bai à la crinière noire et à la démarche pour le moins étrange.

La voix étouffée d'Ernie surgit de l'intérieur de la bête.

— On est arrivés ?

— Je ne sais pas, patate, répondit Alfie d'une voix aussi sourde. Ces trous pour les yeux ne servent absolument à rien.

Danny et Charlie apportaient l'arrière du costume.

— Encore quelques pas, annonça Charlie, et vous serez pile au centre de la pièce.

Le cheval avança d'un pas lourd.

— Holà, garçon ! lança Bertie en tapotant l'encolure de l'animal.

— Aïe ! gronda Alfie, à l'intérieur. Fais gaffe, abruti ! C'est ma tête, je te ferais dire. Au cas où tu ne l'aurais pas remarqué, je ne suis pas un vrai cheval.

Ellie se pencha vers Skins.

— Ça sent le désastre à plein nez. Une partie de moi a envie de voir à quoi ça va ressembler, mais une partie encore plus insistante tient à partir d'ici au plus vite. Je serai de retour avant la fin du cours.

— Ça marche, mon amour. Fais attention à toi.

Puis Ellie disparut par la petite porte, à côté de la scène, qui menait à la loge du groupe.

***

Ellie balaya la pièce des yeux et trouva assez rapidement ce qu'elle cherchait. Comme elle s'y était attendue, la veste de Skins était roulée en boule par terre, à côté d'une chaise. Elle la ramassa et l'épousseta au mieux, puis elle la glissa sur l'un des nombreux cintres gentiment fournis par le club – et superbement ignorés par son mari – et l'accrocha au rail qui courait sur toute la pièce. Elle sortit alors dans le couloir en claquant la langue.

Elle s'était dit que les gens avaient tendance à traiter les couloirs un peu de la même manière que les routes, à savoir comme des moyens utiles de passer d'un endroit à un autre, sans toutefois vraiment mériter qu'on s'y attarde. Ce qui était dommage, songea-t-elle, parce que certains couloirs étaient véritablement fascinants. C'était quoi qu'il en soit le cas de ceux de l'Aristippus Club, et peut-être celui de certaines routes.

Les murs étaient décorés non seulement des portraits des anciens membres du comité dont Skins lui avait parlé, mais aussi d'autres curiosités qu'il ne lui avait pas partagées et auxquelles elle n'avait jusqu'ici pas prêté attention.

Une vitrine exposait la charte originale du club, signée en 1793 par des hommes aux titres pour le moins impressionnants – y compris Sir Dionisius Fitzwarren-Garvie –, aux côtés de journaux, de carnets et de lettres de l'époque. Une des lettres avait une note dans la marge, très certainement rédigée par le destinataire, et qui disait : « Décoincez-vous un peu ! »

Un peu plus loin, elle découvrit les dessins originaux de la porcelaine du club, commandée par l'un des membres fondateurs et fabriquée par Wedgwood, de Stoke-on-Trent, ainsi que certains plans de l'architecte de la bâtisse. Juste à côté se tenaient deux épées. La petite carte qui les accompagnait signalait qu'elles avaient appartenu à « G. Norman et J. Hartshorn » et qu'elles avaient été « utilisées lors d'un duel afin de régler une dette s'élevant à dix shillings, les droits de broutage d'un troupeau de vingt moutons ainsi que l'honneur de la sœur de Mr Hartshorn ». La carte ne dévoilait malheureusement pas la manière dont s'était terminé le duel, ni si les moutons avaient pu manger à leur faim ou si l'honneur de Miss Hartshorn avait été rétabli.

Tout au bout du couloir, il y avait une volée de marches, assez larges et recouvertes d'une élégante moquette. Ne voyant personne aux alentours, Ellie décida de les emprunter et de voir ce qui se cachait en haut.

Elle tomba sur un nouveau couloir. Mais celui-ci était traversé de la même moquette que l'escalier, et les murs étaient dénués de souvenirs. En lieu et place des portraits, plusieurs aquarelles dépeignaient Londres. Une série particulièrement jolie montrait comment les rues autour de Mayfair, où se trouvait le club, avaient changé ces cent dernières années.

Différentes portes se dressaient à intervalles réguliers, le long du couloir, ce qui donnait aux lieux une impression d'hôtel plutôt agréable. Il devait s'agir des fameuses chambres dont Flo lui avait parlé. Elle était perdue dans ses pensées, se demandant quelle opulence pouvait bien attendre derrière ces portes, quand elle entendit une toux discrète dans son dos. Elle pivota sur ses talons pour découvrir un Cuthbert, qui lui souriait.

—Puis-je vous être utile, madame ? s'enquit-il.

Elle lui adressa un large sourire.

—Ça se pourrait bien, oui. Je cherche la salle de bains.

—La salle de bains ? répéta-t-il, perplexe. Madame souhaite prendre un bain ?

—Oh, non, non ! Pardon, je me trompe toujours. (Elle trouvait souvent utile de jouer sa carte « Américaine », dans ce genre de situation, où les quiproquos en matière de vocabulaire s'avéraient pratiques.) Les toilettes ?

—Les toilettes, madame ?

—Oui. Vous avez ça ?

—Il y a des toilettes pour femmes en bas, près de l'entrée.

—Oh. Il n'y en a pas en haut ?

—Non, madame. Ici, ce sont les chambres des membres.

—Des chambres, hein ? Il doit y avoir un sacré paquet de combines qui se passent ici.

—Je ne saurais le dire, madame.

—Motus et bouche cousue, pas vrai ? J'aime ça, la discrétion. Donc chacun a sa chambre ?

—Non, madame. Il n'y a pas assez de pièces pour tout le monde. Mais les membres peuvent les réserver selon leurs besoins.

—Pratique, commenta-t-elle avant de dresser la main en direction de l'escalier. Et les toilettes sont par là-bas, donc ? En bas des marches ?

—Tout à fait, madame. En bas des marches.

—Terrible. Trop canon, cet endroit.

Elle ne connaissait personne qui parle ainsi, mais cela semblait toujours convaincre les Anglais de son côté « Amerloque » pur jus, quand elle s'y mettait, si bien que dès que le besoin se présentait, elle n'hésitait pas à encourager leurs préjugés en mettant le paquet.

Elle dénicha les toilettes pour dames à côté de l'entrée principale et y pénétra, au cas où le Cuthbert l'aurait suivie. Elle attendit un laps de temps qui lui paraissait approprié puis ressortit. Elle balaya les alentours des yeux ; la voie était libre. Elle n'était donc pas sous surveillance et pouvait retenter sa chance.

***

Quelque chose, dans le couloir aux portraits, l'attirait malgré elle. Il fallait qu'elle y jette un nouveau coup d'œil. Elle revint donc sur ses pas et examina une fois de plus la rangée de portraits des présidents du club des cent trente-deux dernières années. Ils tenaient tous la fameuse clé en or, mais cela, elle le savait déjà.

Mais alors qu'elle observait le portrait de Lord Eakins de Moreton Pinkney, président de 1884 à 1888, elle vit autre chose. Flo avait parlé d'un « bâton ou un sceptre » dans sa lettre. Justement, posé contre le pied de la chaise de Lord Eakins, il y avait un joli bâton de bois sculpté d'un peu plus de trente centimètres.

Elle passa une nouvelle fois les autres portraits en revue. Le bâton était bien là, parfois caché en partie par un pli de manteau, ou ressortant derrière un autre accessoire ou un meuble, mais chaque portrait contenait le même.

Cela ne prouvait rien, bien sûr. La clé et le bâton faisaient de toute évidence partie de la tenue d'apparat du club, et il semblait tout à fait logique de les inclure dans les rumeurs concernant le trésor caché, mais il était intéressant de confirmer qu'ils existaient bel et bien et ne faisaient pas simplement partie d'un fantasme.

Elle avait tourné la tête pour mieux examiner la collection d'artefacts, sur le mur opposé, quand quelque chose l'attira, du coin de l'œil. Elle se retourna mais fut incapable de trouver ce qui avait capté son attention. Elle fit une nouvelle tentative, plantant les yeux dans le vide et cherchant à se concentrer sur sa vision périphérique quand… Oui, elle avait trouvé. Le long du portrait de Lord Eakins, une minuscule brèche courait dans le papier peint. Elle formait une ligne droite, du sol au plafond. Maintenant qu'elle l'avait sous les yeux, Ellie n'arrivait pas à croire qu'elle ne l'avait pas vue avant. Elle était tellement évidente. À l'image de l'autre fissure, à quelque soixante-dix centimètres de là, sur le même mur. Une porte.

Elle avait trouvé. Là où cent vingt années d'hommes avaient échoué, Ellie Maloney avait réussi. Mais comment l'ouvrir ? Il n'y avait aucune trace de poignée, ni de quoi que ce soit qui puisse contrôler un mécanisme caché. Elle appuya d'un côté de la porte. À sa légère déception, rien ne se passa. Elle essaya alors l'autre côté.

Le loquet sauta, et la porte s'ouvrit d'un petit centimètre. Ellie s'assura une nouvelle fois que la voie était libre puis poussa un tout petit peu plus la porte, juste de quoi se faufiler.

Le premier indice laissant entendre qu'elle s'était emballée pour rien fut l'interrupteur qu'elle trouva tout de suite à l'entrée du petit couloir. Elle appuya dessus, et une ampoule nue illumina le haut d'une volée de marches en pierre.

Tout en bas, elle découvrit une grande cave à vins. Elle était propre et bien fournie – ce n'était donc pas, elle l'avait compris, le fameux caveau secret. Mais ce lieu renfermait de sacrés trésors. Les quelques étiquettes qu'elle reconnut venaient en effet de grandes maisons. Un mur était presque entièrement rempli de champagnes de cuvées variées, un autre, de bouteilles vertes d'absinthe.

Il n'y avait pas grand-chose d'autre à voir, en dehors d'un livre de comptes. Elle y jeta un coup d'œil, fit claquer sa langue et remonta jusqu'au couloir en prenant bien soin d'éteindre derrière elle.

Elle hésita brièvement à aller voir les aquarelles de Danny afin de fournir une histoire convaincante, si jamais quelqu'un lui demandait où elle était allée, mais tout ce qu'elle savait, c'est qu'elles se trouvaient dans une « salle du comité » qui pouvait être n'importe où, dans ce labyrinthe. Elle décida alors à contrecœur qu'il était temps d'affronter la musique. Enfin, presque temps. Si elle traînait un peu dans la loge, elle pourrait attendre leur fameuse pause bière/sandwiches et rentrer inaperçue.

***

Elle programma son arrivée à la perfection. Les Dizzies concluaient leur morceau d'un dernier coup de cuivres et de cymbales au moment où elle ouvrait la porte, et elle entendit Millie dire :

— Bien joué, les gars. Bien joué. Prenez une pause et une bonne bière. Vous méritez autant l'une que l'autre.

Ellie se coula dans la pièce et grimpa sur scène.

— Alors, tu t'es bien amusée ? lui demanda Skins.

— Oui, on peut dire ça. C'est vrai que cet endroit est assez amusant. Et devine quoi… J'ai trouvé une porte dérobée.

— Non ! Où ça ?

— Dans le couloir avec tous les portraits, répondit-elle avec un grand sourire. Mais ne t'emballe pas ; c'est juste une cave à vins. Selon le livre de comptes que j'ai trouvé sur une étagère, il s'agirait de la « Collection spéciale des membres senior ». Ils ont une armada de bouteilles d'absinthe, mais pas de trésor.

— Oh, tu sais ce qu'on dit…

— Si les prochains mots qui sortent de ta bouche sont : « L'absinthe fait fondre le cœur[1] », tu dors tout seul dans la chambre d'amis pendant une semaine entière.

---

1. Référence à la chanson *Absinthe Makes the Heart Grow Fonder*, datant de 1900.

Skins éclata de rire.

— Tu me connais trop bien. Tu as vu autre chose ?

— Juste là où se trouvaient les chambres des membres, à l'étage. Flo m'en avait parlé, mais je n'étais pas sûre qu'elle ait raison. Je ne savais pas que les clubs pour hommes n'étaient au final rien d'autre que des refuges pour riches. Je croyais qu'ils servaient à diriger le pays en toute tranquillité, loin de la surveillance du Parlement et de la presse…

— Oui, ça aussi, mais ils servent principalement à permettre à ces messieurs de vider le contenu des plus grandes caves de Londres et cuver tranquillement dans leur chambre sans que leurs épouses sachent ce qu'ils fabriquent. C'est pratique pour… les liaisons, aussi, ajouta-t-il avec un clin d'œil.

— Ou pour que les maris donnent discrètement une chance à leurs épouses d'avoir leurs propres liaisons pendant qu'ils ne sont « pas là ».

— Ça doit en effet arriver plus souvent qu'on ne le pense. Tout un tas d'époux, dans les Grandes Familles, restent sûrement ensemble pour le bien de la dynastie, sans qu'il y ait la moindre affection mutuelle. L'un comme l'autre doivent se réjouir de ce genre d'opportunité. Tout le monde ne se marie pas par amour.

Elle déposa un baiser dans sa nuque.

— J'ai de la chance de t'avoir, même si tu es un insupportable Monsieur-je-sais-tout.

Dunn venait de les rejoindre.

— Eh, c'est mon rôle, ça ! Je ne passe tout de même pas mes soirées à lire des livres barbants pour me faire piquer ma place de Monsieur-je-sais-tout ! Qu'est-ce qu'il savait ?

— Que les clubs pour hommes disposaient de chambres à coucher, répondit Ellie.

— Oh, tout le monde sait ça, chez nous.

— J'ai trouvé ça intéressant, commenta-t-elle. Comment s'est passée la répétition ?

— Encore un peu mieux.

— Voilà qui est encourageant.

— Ne t'emballe pas, intervint Skins. Ils sont toujours affreusement mauvais, mais c'était clairement la meilleure de leurs affreuses performances.

— Et vous, vous en avez pensé quoi ? demanda Ellie au reste du groupe.

— Moi, j'ai pensé à mon repas pendant toute la répète, dit Mickey.

— J'avais les yeux fermés, enchaîna Eustace.

— J'ai cherché une idée de cadeau pour l'anniversaire de ma femme, poursuivit Elk.

— Moi, je me voyais boire du rhum dans mon bar préféré de St John's, surenchérit Benny.

L'ancien camarade de classe de Puddle esquissa un sourire poli mais se garda de tout commentaire. Ellie ne prit conscience que plus tard qu'elle ignorait comment il s'appelait.

— Vous êtes vraiment horribles, intervint Puddle. Ils ont tous travaillé très dur, et je suis fière de faire partie de cette aventure.

— Tant mieux, dit Ellie.

Puddle paraissait songeuse, comme si elle hésitait à ajouter quelque chose. Au bout d'un moment, elle sembla se décider.

— J'ai eu des nouvelles du frère de Blanche. Il n'est pas en grande forme, comme vous pouvez l'imaginer. Et il pense que ça pourrait l'aider, s'il récupérait ses instruments. Je lui ai promis que je les lui rapporterais.

— C'est normal, dit Ellie. Ils faisaient tellement partie d'elle… Ça pourrait le consoler un peu.

— C'est ce que je me suis dit, oui. Je peux aller les récupérer dans la boutique de votre pote, quand on a terminé, tout à l'heure ?

— Bien sûr, répondit Skins. On ira là-bas ensemble, si tu veux. On pourrait même s'arrêter prendre une pinte au Lamb & Flag ?

— Ou venir boire un dernier verre chez nous, dans un lieu moins insalubre, suggéra Ellie.

— Oh, ce serait chouette ! s'exclama Puddle. J'adore votre maison. Merci.

— Je peux venir ? demanda Dunn.

— Bien évidemment, mon chou. Tu n'as même pas à poser la question. Quelqu'un d'autre ? On pourrait transformer ça en soirée !

Le reste du groupe déclina poliment, avançant le combo habituel d'obligations familiales, d'engagements ultérieurs et de trajets pénibles.

— En place, tout le monde ! brailla Millie de sa voix de sergent-chef. Répétition générale. Pas d'arrêt. Pas de seconde chance. Dans les conditions du concours. Allez, Alfie, enfile ta tête. On y va !

Ellie saisit cette occasion pour se faufiler encore une fois dans la loge. Elle avait apporté un livre.

***

La pluie de la veille avait passé, et le temps était désormais beaucoup plus estival. Profitant de cette agréable soirée, les quatre amis longèrent la Royal Academy, vers l'est de la ville, pour gagner Covent Garden.

— Pourquoi on n'a pas pris de taxi ? grogna Dunn.

— Parce qu'un peu d'exercice ne peut pas te faire de mal, répondit Ellie. Et j'aime bien traverser Leicester Square et St Martin's Lane. J'adore les théâtres.

— Tu y vas souvent ? l'interrogea Puddle.

— Aussi souvent que possible, oui. Sa Seigneurie travaille toujours quand il y a les meilleurs spectacles, mais je sors avec mes copines. Lady Reasons parvient toujours à nous trouver de bonnes places. Elle est mariée à Sir Vivian Reasons, le producteur.

— Moi, ça me va très bien comme ça. Elle peut s'amuser avec ses copines tout en m'épargnant certains des pires excès du West End, commenta Skins.

— J'aimerais beaucoup que tu viennes plus souvent avec nous, tu sais, soupira Ellie.

— Il faut bien que je gagne ma vie, chérie. Et puis, je croyais que c'était mon charisme de musicien qui t'avait attirée ?

— Je n'avais que seize ans. Et je venais de débarquer en Angleterre. Tout me paraissait séduisant, à l'époque, même un batteur sans le sou.

— Tu avais seize ans, quand tu l'as rencontré ? s'étonna Puddle. C'est trop romantique !

— Il ne t'a pas raconté cette histoire ?

— J'ai entendu parler d'une espionne à la retraite, une Lady Quelque-chose, et de Weston-super-Mare. Ah, et d'une tante terrifiante, aussi ! Je n'écoutais que d'une oreille, pour être honnête – j'étais convaincue qu'il inventait.

— Tout est vrai. Enfin, il y a une véritable histoire qui comprend des espionnes à la retraite et ma terrifiante tante de Weston-super-Mare… Je ne sais pas si tout ce qu'il a dit d'autre est vrai.

— Je suis assez fidèle à la version originale, intervint Skins. J'ai peut-être exagéré l'accueil du public face à nos grands moments de ragtime, par contre. Je ne suis pas sûr que les résidents de l'Arundel Hotel aient été si fans de notre musique. Mais tout le reste est vrai. Y compris la sublime Américaine qui est montée sur scène pendant la pause et a volé mon cœur.

— Tu es vraiment gnangnan, quand tu veux, grommela Dunn.

— Arrête, répliqua Puddle. Moi, je trouve ça adorable. Mais ça doit être pénible de ne jamais pouvoir sortir ensemble le soir.

— Oh, on fait avec, dit Ellie. Je sors quand même et je prends du bon temps, mais pas avec lui. Et puis, il passe le plus gros de la journée à errer dans la maison. Au final, on se voit sûrement beaucoup plus que la plupart des couples mariés.

— Errer dans la maison. On dirait que tu parles d'une mauvaise odeur ! s'indigna Skins.

— Je ne voulais pas aborder le sujet, chéri, mais maintenant que tu en parles…

— Rappelle-moi pourquoi on prend les petites rues, à chaque fois ? intervint Dunn en désignant deux hommes bien éméchés en pleine altercation, devant eux.

Apparemment, le conflit tournait autour des performances plutôt modestes d'Arsenal et de Tottenham la saison passée, et de leurs chances de réussite pour la prochaine.

— C'est dans ces petites rues qu'on voit le véritable Londres, répondit Skins.

— J'ai vu le véritable Londres, répliqua Dunn. C'est une décharge publique. J'y ai grandi. Et Arsenal n'a aucune chance.

— Qu'est-ce que tu as dit ?! lança le supporter d'Arsenal d'une voix pleine de rage.

— Tu as très bien entendu. Et baissez d'un ton, vous voulez bien ? Il y a des dames avec nous.

— Désolé, intervint le fan de Tottenham.

Ils dépassèrent les deux hommes, qui avaient finalement décidé de redevenir les meilleurs amis du monde.

Ils traversèrent Leicester Square et gagnèrent Charing Cross Road avant de couper par St Martin's Court du côté du Wyndham's Theatre. Ils émergèrent sur St Martin's Lane, juste en face de New Row.

— Maintenant que nous avons vu le véritable Londres, dit Dunn en leur ouvrant la boutique de son ami, on peut au moins prendre un taxi jusqu'à Bloomsbury ?

— Si ça peut te faire taire, espèce de rabat-joie, je suis prêt à faire venir une Rolls Royce avec chauffeur.

— Un simple taxi m'ira très bien, merci. Où est-ce que tu as mis les affaires de Blanche ?

— Tout au fond, derrière mes vieilles caisses.

Ils récupérèrent les deux étuis et retournèrent à St Martin's Lane pour héler un taxi.

***

Skins leur ouvrit avec sa clé, et Ellie les guida jusqu'au salon.

— Je vous sers quelque chose à boire ? proposa-t-elle en désignant une vitrine plutôt bien fournie.

— Je sais que j'ai dit oui pour un dernier verre, mais pour tout te dire, je tuerais pour une bonne tasse de thé, avoua Puddle.

— Ivor est l'homme de la situation, dans ce cas. Apparemment, je fais ça très mal.

— Elle ne sait pas s'y prendre, commenta Skins avant d'ajouter, à voix basse : Elle est américaine…

— Exactement, mon petit bonhomme, et ne t'avise jamais de l'oublier ! répliqua Ellie.

— C'est ce qui explique aussi son obsession pour le caveau secret et son trésor ? intervint Dunn en lui faisant un clin d'œil. Les Amerloques sont friands de tous ces vieux trucs anglais.

— Je vous prouverai que j'ai raison. Vous verrez. Je sens qu'on touche quelque chose… C'est dans mes gènes d'Amerloque.

— Et quels gènes… commenta Skins. Je lance la bouilloire. Barty ?

— Non merci. Mrs C est la meilleure logeuse du monde, mais je me demande parfois si elle n'essaie pas de me noyer tout doucement dans le thé. Je prendrai un scotch.

— Un thé, ma chérie, j'imagine ? demanda Skins.

— Non, je vais me joindre à Barty. Je ne peux tout de même pas le laisser boire seul.

— Du thé pour deux, alors.

Puis il partit à la cuisine.

Les domestiques des Maloney étaient habitués aux horaires peu conventionnels de leurs employeurs, et avant de partir se coucher, ils s'étaient assurés que tout ce dont ils pourraient avoir besoin pour une petite faim ou une petite soif soit prêt dans la cuisine. Skins remplit la bouilloire et passa un certain temps à piocher différents biscuits dans des bocaux avant d'accomplir méticuleusement le rituel consacré au réchauffement de la théière et au dosage précis du thé. C'est tout du moins ce qu'il aurait raconté à quiconque lui aurait posé la question. En réalité, il renversa une bonne partie de l'eau à peine bouillante à côté de la théière et y jeta quelques cuillerées de thé en espérant ne pas s'être trompé.

De retour au salon, Ellie et Dunn étaient en train de siroter leur scotch pendant que Puddle examinait leur ballerine en porcelaine.

— Elle est à toi, si tu la veux, commenta Skins en posant le plateau à côté de la statuette.

— Oh, c'est très gentil, mais…

— Mais tu préférerais la détruire à coups de marteau ? suggéra Ellie. Ne t'inquiète pas, on pense tous la même chose.

— Un cadeau d'une tante adorée ? dit Puddle avec un sourire.

— Quelque chose comme ça, oui.

— Je dirais plus « une punition d'une tante détestée », grommela Skins. Du lait et du sucre ?

— Oh, ne dis pas ça, le gronda Ellie.

— Je propose toujours du lait et du sucre à nos invités.

— Mais non, idiot. Ne dis pas que Tante Martha est détestée.

— Mais c'est le cas ! Tu la détestes. On la déteste tous, d'ailleurs. Elle est insupportable.

— C'est vrai, mais tu devrais garder ça pour toi.

— Comme tu veux.

— Du lait et deux sucres, s'il te plaît, intervint Puddle avant de désigner le piano. Je peux… ?

— Je t'en prie, répondit Ellie. J'allais proposer à Ivor de lancer le gramophone, mais le piano a un bien meilleur son.

— Qu'est-ce que tu aurais mis ?

— Sur le gramophone ? Je suis complètement obsédée par ce morceau que George Gershwin a sorti l'année dernière.

— *Rhapsody in Blue* ? Comment s'appelle le chef d'orchestre, déjà… ? Paul Quelque-chose.

— Whiteman, intervint Dunn.

— Oui, c'est ça, souffla Puddle avant de s'asseoir derrière le piano et de commencer à jouer. C'est plus joli avec l'orchestre au complet, mais l'arrangement pour piano est chouette, aussi.

— C'est la dernière fois qu'on l'invite, chéri, commenta Ellie. Elle est beaucoup trop douée. C'est moi qui suis censée être la pianiste de la maison !

Puddle lâcha un ricanement.

— Et je peux parler en même temps.

— Fais-la sortir d'ici, Ivor.

— Laisse-la au moins finir son thé.

Puddle continua à jouer quelques minutes pour ses amis, qui l'écoutèrent en silence. Puis soudain, en plein milieu d'une mesure, elle s'arrêta.

— Pourquoi du poison ? souffla-t-elle.

— Hein ? Pourquoi quoi ? hoqueta Skins.

— Blanche. Pourquoi l'avoir tuée avec du poison ?

— Pourquoi tuer qui que ce soit avec quoi que ce soit ? nuança Dunn. J'ai vu des hommes se faire tuer. Il n'y a jamais aucune raison valable.

— C'est sûr, répondit Puddle. Mais imagine que tu en arrives au point de vouloir descendre quelqu'un. Que tout mis bout à bout, tu en viennes à la conclusion que ce serait un acte parfaitement justifié. L'amie, la sœur de quelqu'un – un autre être vivant, respirant, souriant, riant, doué et magnifique – doit mourir. Pourquoi du poison ?

— C'est plus facile de s'en sortir ni vu ni connu ? suggéra Skins. Tu peux lui filer le poison et être déjà très loin quand c'est la fin. Certains poisons mettent du temps à agir. Parfois des heures. Des jours, même.

Puddle était plongée dans ses réflexions.

— Donc elle a très bien pu être empoisonnée par quelqu'un dans le café où elle a déjeuné ? Ou sa logeuse a pu le lui mettre dans son thé, au petit-déjeuner ? Ou quelqu'un a pu le lui donner le week-end précédent, même ?

— En effet, admit Skins. C'est sûrement pour ça que l'enquête n'avance pas. La police ignore de quel poison il s'agit. Ils ne savent même pas par où commencer.

— Oh, ça, ils savent. Ils ont commencé par nous rendre complices de meurtre, Danny et moi, tu te rappelles ?

— Ça, c'était Lavender, intervint Dunn. Ce type est un idiot. Mais ce n'est plus lui qui gère l'enquête.

— C'est qui, alors ? lança Puddle avant de soupirer. Oh, on s'en fiche, au final. Qu'est-ce que je vais dire au frère de Blanche, moi ?

— Pourquoi tu dois lui dire quoi que ce soit ? l'interrogea Ellie.

— Il va forcément me poser des questions. J'étais là, avec elle, quand elle… enfin, vous voyez. Il va vouloir savoir ce qu'il s'est passé. On veut tous savoir ce qu'il s'est passé. Et je n'ai rien à lui offrir, en dehors d'un sax et d'une clarinette.

— Eh bien fais cela, dit Ellie. Rends-lui les instruments et dis-lui à quel point nous aimions sa sœur. Parle-lui de ce qu'elle faisait avec le groupe.

— Oui, tu as raison. Je réfléchis trop… Mais c'est déjà tellement horrible pour nous, de ne rien savoir. Je ne préfère même pas imaginer l'état dans lequel doit être son frère.

— On trouvera ce qu'il s'est passé. Ou le commissaire Sunderland, tout du moins.

— C'est qui, lui, déjà ? souffla Puddle.

— Celui qui a demandé aux garçons de chercher le déserteur, et c'est lui qui a repris l'enquête du meurtre, aussi.

— Une fois qu'ils auront trouvé de quel poison il s'agit, on pourra peut-être les aider à combler quelques blancs, dit Skins. Qui était où, qui a vu quoi, ce genre de chose.

— Ça aidera certainement Bill, commenta Puddle.

— Bill ? la questionna Ellie.

— Le frère de Blanche. Désolée, je pensais que je vous l'avais dit. William Henry Adams.

— D'accord. Oui, comme tu l'as dit, c'est horrible d'être dans le flou. Il est marié ?

— Oui, et il a trois enfants.

— Donc il n'a pas à gérer ça tout seul, commenta Ellie. Mais toi non plus, tu n'as pas à faire ça seule. Tu veux que je t'accompagne ?

— Tu ferais ça ? Je ne veux pas que ça t'embête, mais je ne serais pas contre un peu de compagnie, c'est certain.

— Ça ne m'embête pas du tout. Quand est-ce que tu y vas ?

— Je lui ai proposé de venir demain sur l'heure du déjeuner. Il est comptable, et il a son propre cabinet. Il m'a dit qu'il passerait chez lui pendant sa pause.

— Il vit dans le quartier de Wimbledon, c'est ça ?

— Oui.

— Dans ce cas, laisse les instruments ici, et je te récupère en taxi vers… midi, ça te va ?

— C'est top, répondit Puddle avec un immense sourire. Merci.

14

Le lendemain, le taxi d'Ellie s'arrêta devant la chambre de Puddle, située à Balham, à midi pile. Elle demanda au chauffeur de laisser tourner le compteur, sortit du véhicule et frappa à la porte de la maison mitoyenne dotée des fameux bow-windows typiquement anglais.

Quelques minutes passèrent avant qu'une élégante dame d'une cinquantaine d'années ne vienne lui ouvrir. Ellie ignorait si la dame en question n'aimait pas les visites inopinées ou s'il s'agissait de son expression naturelle ; toujours est-il qu'elle ne se laissa pas impressionner par son regard noir et lui adressa son grand sourire habituel.

— Oui ? aboya l'autre. Je peux vous aider ?

— Bonjour ! répondit chaleureusement Ellie. Je suis juste…

— On n'a besoin de rien, la coupa la femme.

— Je vous comprends. On peut tomber sur de ces choses, parfois. Mais…

— Et votre religion ne nous intéresse pas davantage.

— *Idem.* La religion, c'est très personnel. Mais ce n'est vraiment pas…

— Et nous ne voterons pas pour vous.

— Je peux vous assurer que je ne voterais moi-même pas pour moi. Miss Puddephatt est-elle ici ?

— Oh, elle. Vous êtes l'une de ses amies… musiciennes ? cracha la femme. Je lui ai déjà dit que je ne voulais pas vous voir traîner ici. Ça fait mauvais effet.

— Eh bien, je joue du piano, mais je n'en vis pas. Elle m'attend, à vrai dire. Nous déjeunons ensemble, ce midi.

— Ah oui ? Attendez ici.

Puis elle lui claqua la porte au nez.

Ellie se tourna vers le chauffeur de taxi pour lui faire signe qu'elle n'en avait plus pour longtemps. Le nez plongé dans son journal, il ne fit pas attention à elle.

La porte se rouvrit, cette fois pour révéler Puddle. Elle enfilait son manteau et avait encore son chapeau à la main.

— Oh là là, désolée, haleta-t-elle en enfonçant son chapeau cloche sur son crâne avant de le fixer à l'aide d'une épingle dangereusement longue. On ne peut pas dire que ce soit une femme particulièrement chaleureuse.

Ellie lui ouvrit la portière, et elles grimpèrent à l'arrière du taxi. Elle donna au chauffeur une adresse à Wimbledon et se tourna à nouveau vers Puddle.

— Pourquoi tu restes chez elle, si elle est imbuvable ?

— Elle est méchante, et son mari a des tendances lubriques, parfois, mais leur maison est top. Et le loyer est plutôt raisonnable. Je pourrais être beaucoup moins malheureuse et beaucoup moins reluquée si je vivais ailleurs, mais ma chambre est à tomber. Et j'ai mes toilettes perso.

— C'est vrai que la maison a l'air assez chic. Il fait quoi, comme travail ?

— Un job d'assistant à la City, je crois.

— Ils ne me donnent pas l'air d'avoir besoin de locataires…

— Je me suis posé la question, moi aussi, mais avoir la réponse nécessiterait de leur parler. Et leur parler engendrerait une espèce de… d'« intimité », entre nous. Enfin, tu vois ce que je veux dire. Je devrais au final les connaître beaucoup plus que ce dont j'ai envie, rien que pour satisfaire ma curiosité.

Ellie éclata de rire.

— En tout cas, j'espère ne pas t'avoir causé d'ennuis.

— J'aurais eu droit à un énième dernier avertissement si tu avais été musicienne, mais elle a déduit de ta tenue que tu étais trop bien habillée pour être l'une d'entre nous. Elle a donc accepté de fermer les yeux sur cette visite inopinée. Exceptionnellement, bien sûr.

— Un énième dernier avertissement ?

— Oh, j'en ai un par semaine. Elle ne me mettra jamais à la porte – je suis soignée, je paie mon loyer en temps et en heure, et je n'ai pas encore étranglé son mari malgré le fait qu'il me reluque à longueur de temps. Je suis une locataire modèle.

— Ça semble être l'arrangement idéal, c'est sûr. En dehors des menaces et des regards lubriques…

— C'est dingue ce qu'on est prêt à accepter contre une piaule correcte, hein ?

Le taxi remonta le quartier de Wandsworth avant de repiquer vers le sud, en contournant Wimbledon Common, pour foncer dans l'une des nombreuses ruelles qui constellaient le sud de la capitale. Il s'arrêta devant une impressionnante villa victorienne. Ellie remercia le chauffeur et paya la course en prenant soin d'ajouter un généreux pourboire.

— Merci beaucoup, ma p'tite dame, dit-il avec un sourire rayonnant. Vous voulez que je vous attende ?

— Oh, il ne vaut mieux pas. J'ignore combien de temps nous allons rester.

— Ça ne me pose pas de soucis. Vous risquez d'avoir du mal à trouver un taxi pour le retour, dans ce coin. Et puis, pour être tout à fait honnête, je ne suis plus vraiment dans ma zone. Je ne dois maîtriser qu'un périmètre de huit kilomètres autour de Charing Cross. Autant vous dire qu'ici, je suis un peu paumé, et je n'ai pas vraiment envie de prendre une autre course. Qui sait où ils voudront aller ? Je ne sais même pas si j'ai le droit d'être ici. Je n'ai pas d'autre possibilité que remonter vers la Tamise, alors autant vous ramener – ça ne me fera pas de trajet à vide, comme ça. Vous me rendriez service, pour tout vous dire.

— Dans ce cas, si vous êtes sûr… Votre attente sera récompensée.

— Alors on fait comme ça. C'est ma pause déjeuner ; je vais en profiter pour manger mes sandwiches. Ma femme fait les meilleurs sandwiches au beurre de sardine.

— Vous avez du thé ?

— J'ai ma flasque juste ici, dit-il en tapotant un cabas à côté de lui.

— Merci beaucoup… ?

— Tommy, madame. Tommy Butler. Même si tout le monde m'appelle Tubs[1], ajouta-t-il en tapotant cette fois son gros ventre d'une main fière.

— Eh bien, merci beaucoup, Tommy. Je vous ferai savoir si nous risquons de prendre beaucoup trop de temps, auquel cas nous nous débrouillerons. Il y a toujours le District Railway.

— Je ne bouge pas, madame. Vous avez besoin d'un coup de main pour porter tout ça ? ajouta-t-il en désignant les instruments.

— Non, ça ira. Merci.

— Pas de soucis. À tout à l'heure.

Elles l'abandonnèrent à ses sandwiches au beurre de sardine et longèrent l'allée qui menait à la porte rutilante de la maison. Puddle frappa, et quelques instants plus tard, la porte s'ouvrit sur une femme d'une cinquantaine d'années

1. L'adjectif *tub* désigne quelqu'un d'assez rond.

à la tenue plutôt conservatrice. Puddle l'avait déjà rencontrée ; il s'agissait de la gouvernante des Adams.

— Bonjour, la salua-t-elle. Je suis Isabella Puddephatt, et voici mon amie, Mrs Maloney. Mr et Mrs Adams nous attendent.

— En effet. Entrez, je vous en prie.

La gouvernante prit leurs manteaux et les escorta jusqu'au salon.

***

Un homme assez grand vêtu d'une veste noire et d'un pantalon gris se leva aussitôt. Ellie avait suffisamment côtoyé Blanche pour voir un air de famille. Cela ne faisait aucun doute : elle était face à son frère.

— Puddle, dit-il en ouvrant les bras. Merci d'être venue.

Puddle lui rendit une étreinte gênée.

— Bonjour, Bill. Je te présente Ellie Maloney.

— La femme de Skins ? J'ai tellement entendu parler de vous. Blanche n'arrêtait pas ! Je suis ravi de pouvoir enfin vous rencontrer.

Ellie lui tendit la main, mais il décida de la prendre dans ses bras, elle aussi.

— Je vous en prie, asseyez-vous. Grace a emmené les enfants au Common[1] pour nous permettre d'être tranquilles. Je ne savais pas s'il fallait préparer à manger. Pour tout vous dire, j'ai beaucoup de mal à avaler quoi que ce soit, en ce moment. J'ai demandé à Mrs Green – notre gouvernante, Hilda Green – de nous faire du thé. J'espère que ça vous ira. Je peux lui dire de préparer des sandwiches, si vous préférez. Ou autre chose ? Je…

— Bill, le coupa gentiment Puddle. Ça ira comme ça, ne t'inquiète pas. Du thé, c'est parfait.

1. Le Wimbledon Common est un grand espace vert.

— Entendu.

Il se mit alors à arpenter nerveusement la pièce.

— Est-ce que… Vous avez, euh… Vous avez apporté les… qu'est-ce que c'est, déjà ?

— Le sax et la clarinette ? Oui.

Elle prit les deux étuis des mains d'Ellie et les lui tendit. Il les saisit d'un geste presque révérencieux mais ne les ouvrit pas. Il posa délicatement le plus petit des deux sur un guéridon et tendit l'autre à Puddle.

— Tu veux bien, dis ? Je comprendrais si tu ne voulais pas, mais ça me ferait vraiment plaisir que tu joues un peu pour moi.

Puddle récupéra l'étui et l'ouvrit. Elle s'apprêtait à prendre l'instrument quand Mrs Green arriva avec le thé. La gouvernante s'affaira dans la pièce quelques instants, déposant les tasses dans leurs soucoupes et soulevant le couvre-théière pour vérifier la température.

— Je vous conseille de laisser infuser encore une minute ou deux, déclara-t-elle. Vous avez besoin d'autre chose, monsieur ?

— Non, Mrs Green, merci à vous, répondit Bill. C'est très gentil.

Puddle attendit que la gouvernante quitte la pièce pour assembler le saxophone. Elle ajusta l'anche, concentrée sur l'embouchure, puis souffla dans l'instrument pour le tester avant de réfléchir un instant.

— Dis-moi, Ellie, tu voudrais bien m'accompagner au piano ?

— Bien sûr. Mr Adams ? Vous êtes d'accord ?

— Appelez-moi Bill, je vous en prie. Et bien sûr. C'est le piano de ma femme, mais elle n'y touche plus beaucoup. Nous le gardons pour les enfants ; les plus grands prennent des cours. C'est important, vous ne trouvez pas ? Savoir jouer d'un instrument, c'est un vrai plus, en société. J'aurais aimé m'y tenir, mais Blanche a toujours été la musicienne de la famille. Au lieu de travailler mon instrument, je préférais grimper aux arbres ou jouer au rugby. C'est drôle, ce qu'on peut regretter, parfois, hein ? J'avais tout ce temps et toutes ces opportunités devant moi, mais je voyais cela comme un frein à mon amusement. Et cela m'aurait également imposé de passer du temps à la maison avec mon idiote de sœur. À l'époque, je n'aurais rien pu imaginer d'aussi terrible. Aujourd'hui, je donnerais n'importe quoi pour passer du temps à la maison avec mon idiote de sœur.

Un silence pesant tomba sur la pièce.

Puddle toucha le bras d'Ellie et désigna le piano d'un coup de menton.

— Tu sais jouer *I'll Still Be Dreaming With You* ?

— Le morceau de Barty ? Il est magnifique. Je l'ai entendu à l'Augmented Ninth, un soir, et je lui ai demandé de me l'apprendre.

Ellie s'assit alors derrière le piano. Il lui fallut quelques instants pour se rappeler l'introduction, mais ses doigts connaissaient le morceau par cœur. Elle se mit à jouer, et Puddle se joignit à elle au premier couplet. À sa grande surprise, Ellie se rendit compte qu'elle connaissait si bien le groupe qu'elle était capable de deviner que Puddle ne jouait pas son instrument. C'était toujours son style, bien sûr – Puddle avait toujours été un peu plus précise que Blanche –, mais le ton était différent. Le jeu était celui de Puddle, mais le ton, indéniablement celui de Blanche. C'était comme si une part d'elle se trouvait avec eux. Ils le ressentaient tous.

À la fin du morceau, Puddle rangea l'instrument dans son étui sans un mot et le referma avant de le poser contre le fauteuil de Bill.

— Merci, murmura-t-il en essuyant ses larmes. Je ne m'attendais pas à être aussi ému. Je vous prie de me pardonner.

Puddle posa sa main sur la sienne, toujours sans rien dire. Ellie servit le thé.

— Des nouvelles de la police ? demanda alors subitement Bill.

— Non, répondit Ellie. Personne n'en a. Pas même notre ami qui y travaille.

— Vous avez un ami dans la police ?

— C'est plus une connaissance assez récente, pour être honnête, mais une connaissance amicale. Il garde un œil sur tout cela pour nous.

— Ils ne nous ont même pas encore laissés l'enterrer, soupira-t-il.

— Oui, je sais, murmura Puddle. Ça ne devrait plus être long, maintenant.

— La police vous a probablement déjà posé la question, dit Ellie, mais est-ce que Blanche avait des ennemis que nous ignorions ? Nous ne la connaissions qu'en tant qu'amie et membre du groupe. Au final, en dehors du travail, nous ne savons que peu de choses les uns des autres.

— Non, répondit Bill. En tout cas, pas que je sache. C'était quelqu'un de gentil. Vous savez sûrement qu'elle était infirmière, durant la guerre ? Nos parents lui en ont voulu de se mettre ainsi en danger, mais elle voulait absolument se rendre utile. Elle était comme ça, Blanche ; pas du genre à avoir des ennemis et à se faire empoisonner dans un club pour hommes, c'est certain.

— Nous l'avons vue mettre ce talent en pratique, un jour au club. Elle a recousu le bras de la professeur de danse. Ça a été une véritable révélation, pour moi, commenta Puddle. Elle était si calme, si… si douée ! Je n'avais jamais vraiment réfléchi à la réalité de ce métier. Je ne sais pas, je voyais sûrement plus le côté rassurant ; les mots doux et les tasses de thé, les uniformes impeccables et les visages souriants. Mais elle a nettoyé la plaie, l'a recousue et l'a protégée, tout cela en discutant de son service en France, comme si elle avait été en train de prendre le thé.

Bill rit pour la première fois depuis leur arrivée.

— Du Blanche tout craché. Vous êtes sûres de ne pas avoir faim ? Ça ne poserait vraiment aucun problème. Grace et les enfants ne devraient plus tarder, et ils mourront sûrement de faim, après s'être dépensés.

— Nous ferions mieux d'y aller, répondit Puddle. Je suis contente d'avoir pu te rapporter ces souvenirs, et j'espère vraiment que nous pourrons rester en contact, mais…

— Vous avez des choses à faire, je comprends, sourit-il. Pour tout vous dire, je devrais moi aussi retourner au bureau. C'est vraiment gentil à vous d'avoir fait toute cette route. Enfin, Balham n'est peut-être pas si loin, mais vous, Mrs Maloney, vous avez dû faire un sacré bout de chemin. Blanche m'a dit que vous viviez à Bloomsbury, il me semble ?

— En effet, tout près du British Museum.

— J'adorerais me rapprocher du centre, mais mon bureau est ici, et c'est tellement plus pratique… Vous avez une voiture ?

— Ça figure tout en haut de la liste de souhaits de mon mari, mais non, pas encore. Un taxi nous attend.

— Oh ! Dans ce cas, je ne vous retiens pas. Cela va vous coûter une fortune, s'il vous attend depuis tout à l'heure. Vous auriez dû me le dire !

— Ne vous inquiétez pas, le rassura Ellie. Nous sommes convenus d'un arrangement mutuel. Mais j'aimerais laisser ce pauvre monsieur regagner ses pénates – c'est bien comme ça que vous dites, hein ?

— Tout à fait. Merci mille fois de m'avoir apporté les affaires de Blanche. Et oui, restons en contact. Je sais à quel point elle vous aimait, et ça me ferait très plaisir de suivre vos exploits.

Selon la coutume anglaise, leurs adieux prirent cinq minutes supplémentaires, mais Ellie et Puddle finirent par rejoindre le taxi de Tommy, qui rebouchait sa flasque au moment où elles arrivaient.

— Timing parfait, mesdames ! Alors, on va où ? Balham puis Bloomsbury ?

Ellie se tourna vers Puddle.

— Tu as quelque chose à faire ?

— Non, à part retrouver mes charmants logeurs. Pourquoi ?

— Tu rentres avec moi ? Tu pourrais passer l'après-midi à la maison puis rester dîner ? Barty vient manger tous les jeudis soir chez nous. Ça pourrait être sympa.

— Ça me paraît en effet beaucoup plus séduisant. Il ne faut pas que ça vous dérange, par contre.

— Tu plaisantes ? Tu t'entends bien avec les garçons, et puis, ça ne me fera pas de mal d'avoir une autre femme avec moi.

— Alors avec plaisir. Merci beaucoup ! Oh.

— Oh ?

— Je suis suffisamment bien habillée pour un dîner à Bloomsbury ? Je n'ai pas envie d'être ridicule.

— Arrête tes bêtises. On oublie Balham, Tommy. Direction Bloomsbury.

— Très bien, ma p'tite dame. Attachez vos ceintures, parés au décollage !

— Trop canon, commenta Ellie.

Cela ne faisait pas de mal de laisser ressortir son côté « Amerloque » de temps en temps – les gens semblaient au contraire adorer.

***

Puddle jouait par terre avec Edward et Catherine quand Dunn arriva. Vincent von Ours organisait un goûter auquel la poupée de Catherine – inexplicablement baptisée Dodo Cornichonnette – avait été conviée, aux côtés de Charlie le Lion et Capitaine Chapeau Pointu de la Cavalerie de la Maisonnée. Puddle s'amusait comme une folle avec le service à thé miniature, mais les deux enfants, déjà lassés de la fête, étaient occupés à livrer des marchandises avec le petit camion d'Edward.

— On dirait que tu as vu un peu gros, en matière de gâteaux imaginaires, Pudds, lança Dunn en s'asseyant. C'est la quatrième livraison en trois minutes !

— J'ai essayé d'annuler ma commande, mais la fille que j'ai eue au téléphone n'arrêtait pas de dire : « Plus de gâteaux ! Plus de gâteaux ! » Je crois que c'est fichu pour moi.

— Plus de gâteaux ! s'écria Catherine en gloussant, puis elle fit foncer son camion dans la jambe de Puddle.

— Allez, les petits monstres, c'est l'heure du bain ! déclara Ellie.

— Est-ce qu'Isabella peut nous lire une histoire ? réclama Edward.

— Isabella ? Qui est donc cette fameuse Isabella ? demanda Dunn.

— Elle ! lancèrent les enfants à l'unisson en pointant un doigt vers Puddle.

— C'est vrai ? Je ne savais pas ! Mais dites donc, ce n'est pas moi qui vous lis une histoire, le jeudi soir, normalement ?

— Mince, on est dans le pétrin, répliqua Edward, qui avait l'air sincèrement embarrassé.

Dunn éclata de rire.

— Un sacré pétrin, je te confirme. Mais ça ne me dérange pas que ce soit Isabella Puddle qui s'en charge, cette fois. Après tout, elle ne vient pas aussi souvent que moi. Qu'est-ce que tu en dis, Pudds ? Tu veux leur lire une histoire ?

— Avec plaisir ! Mais c'est vous qui choisissez. Je veux être sûre de vous raconter quelque chose qui vous plaise.

— D'accord, répondit Edward. Oncle Barty nous parle souvent du Roi des Nounours. On adore ces histoires, tous les deux !

Puddle implora du regard Dunn, qui éclata d'un nouveau rire.

— Elle ne les connaît sûrement pas, mais ne vous inquiétez pas, je vais la briefer le temps que vous preniez votre bain. Elle arrive.

— Tu n'es pas obligée de dire oui, tu sais, la rassura Ellie.

— Oh, mais j'en ai vraiment envie. Rien ne pourrait me faire plus plaisir !

— Vous avez de la chance, vous deux, leur sourit Ellie. Allez, ouste, avant que Nanny ne lance une équipe de recherche.

Les enfants détalèrent pour grimper les marches quatre à quatre. Puddle commença à ranger les jouets en piles bien ordonnées.

— Oh, ne t'embête pas, va, lui dit Ellie. Tu peux tout bazarder n'importe comment – ils sauront trouver ce qu'ils cherchent, ne t'en fais pas.

Elles entreprirent alors de mettre les jouets dans la malle en bois qui trônait à côté du piano.

Skins arriva avec une bouteille de gin.

— Ah ! Je me demandais où tu étais passé ! s'exclama Puddle. Je commençais à croire que tu évitais la corvée de rangement…

— J'évite toujours la corvée de rangement. Mais on était également à court de gin, alors je suis allé chercher une bouteille neuve dans le mystérieux office de Mrs P. Qu'est-ce que je te sers ?

— Tu as des citrons ? l'interrogea Puddle.

— Toujours.

— Un Tom Collins, alors, s'il te plaît.

— Excellent choix. Ma chérie ?

— La même chose, si tu en fais un.

— Deux Tom Collins pour la une ! Mr Dunn ?

— Il te reste de l'absinthe ?

— Des tonnes. Tu es le seul à en boire.

— Un Sazerac, alors, s'il te plaît.

— Ils se tiennent bien parce que tu es là, tu sais, commenta Skins en gratifiant Puddle d'un clin d'œil. D'habitude, Dunn se contente d'un whisky coca, et Ellie boit du gin à même la bouteille. C'est pour ça qu'on doit constamment en racheter.

Skins était un barman assidu et connaisseur, mais extrêmement lent. Durant le laborieux processus de préparation des cocktails, Dunn eut tout le temps de raconter à Puddle l'histoire du méchant Roi des Nounours, et lorsque les boissons furent enfin prêtes, Puddle dut s'absenter pour aller raconter l'épisode suivant aux enfants.

***

Quand Puddle et Ellie réapparurent au salon, Lottie avait monté le dîner, et ils purent se mettre à table tout de suite.

— Alors, comment ça s'est passé, avec le frère de Blanche ? demanda Dunn tout en se servant des pommes de terre. Il est comment ?

— C'est la version masculine de Blanche, répondit Ellie.

— En plus triste, ajouta Puddle.

— Il était content de retrouver ses instruments ? les interrogea Skins.

— Oui, très. Puddle a joué pour lui. C'était très touchant.

— Qu'est-ce que tu as joué ? s'enquit Dunn.

— Une de tes compositions. *I'll Still Be Dreaming With You.* Ellie m'a accompagnée au piano. C'était très beau.

— Elle a toujours aimé ce morceau, commenta Dunn. Je suis content que ça se soit bien passé.

— Oui, confirma Ellie. Mais nous ne sommes pas restées longtemps. Pour être honnête, c'était assez gênant, comme expérience, mais je suis contente que nous ayons pu lui rapporter un souvenir de sa sœur. Ces instruments faisaient partie d'elle.

— Tout à fait, approuva Puddle.

Puis elle planta sa fourchette dans sa côtelette d'agneau avant de se figer en plein geste.

— Quelque chose ne va pas, ma belle ? Tu n'aimes pas ? s'inquiéta Ellie.

— Oh, non, c'est délicieux ! Je repensais juste à cet après-midi. Dites-moi, les garçons, vous n'auriez pas touché au saxophone de Blanche, pendant qu'il était dans la boutique de votre copain, par hasard ?

— Touché ? Comment ça ? demanda Skins.

— Je ne sais pas. Vous avez peut-être ouvert l'étui, assemblé l'instrument ?

— Non, rien de tout ça, répondit Dunn. Pourquoi ?

— Oh, ce n'est sûrement rien, mais... la ligature était montée à l'envers.

— Les garçons savent probablement de quoi tu parles, mais pour ma part, si tu peux éclairer ma lanterne... commenta Ellie. C'est quoi, une ligature ?

— Oh, excuse-moi. Eh bien... tu vois l'embouchure ? Le petit bec pointu et noir ?

— Oui, jusqu'ici, je te suis.

— Il y a une anche plate sur le dessous – c'est ça qui produit les sons.

— Quand j'étais petite, je pensais qu'il fallait fredonner dedans, comme un kazoo, dit Ellie.

— Si seulement c'était aussi simple. Donc, l'anche est maintenue en place par un anneau – la fameuse ligature.

Personnellement, j'aime les métalliques, mais Blanche adorait sa ligature en vieux cuir, qu'elle avait trouvée dans un magasin de musique, à Paris. Bref, cette ligature s'enroule autour de l'embouchure et se serre à l'aide d'une petite vis afin de maintenir l'anche en place. La mienne ne peut tourner que dans un sens, et les vis sont toujours du côté droit. Celle de Blanche pouvait tourner dans les deux sens, mais par habitude, tout le monde les met de la même manière, la vis à droite.

— Je te suis toujours. Et donc, il y avait un souci sur celle de Blanche ?

— Oui. La vis était à gauche. Du mauvais côté, donc.

— Peut-être qu'elle ressentait déjà les effets du poison ? suggéra Skins. Elle aurait été désorientée et l'aurait mise dans le mauvais sens sans vraiment y réfléchir ?

— Peut-être, murmura Puddle. Mais ce n'est pas le genre de choses auxquelles on réfléchit. Par exemple, toi, quand tu prends une paire de baguettes, tu ne réfléchis pas chaque fois à la manière dont il faut les tenir ? Tu les attrapes, et elles se mettent en place sans que tu y accordes la moindre attention, on est d'accord ? C'est la même chose avec l'anche du saxophone. On la met sans réfléchir.

— En tout cas, c'est sûr qu'on n'y a pas touché, dit Skins. Il était donc comme ça en entrant dans la boutique. Ce qui signifie qu'il était comme ça quand il a quitté le club.

— Quelqu'un y a touché, là-bas ? demanda Ellie.

— Elle est tombée dessus, commenta Dunn. Quand les ambulanciers l'ont emmenée, l'instrument est resté sur la scène un long moment, le temps que les flics nous interrogent et tout le bazar. N'importe qui aurait pu y toucher. Pourquoi ?

— Je ne sais pas encore, mais c'est quand même étrange, vous ne trouvez pas ? souffla Ellie. Dans un roman d'espionnage, ce serait définitivement un indice.

— Quelqu'un aurait voulu qu'on regarde vers la gauche ? demanda Skins. Quelqu'un qui savait qui était le coupable mais qui ne pouvait pas le dire, alors il aurait fait en sorte que la vis sur l'instrument désigne le tueur ?

— Arrête de faire l'idiot, Ivor. Ce n'est pas digne de toi.

— Je te ferais dire que c'est ma caractéristique la plus frappante. Tu ne peux pas me retirer ça. Qu'est-ce qu'il me reste, si je ne peux pas faire l'idiot ?

Ellie lui jeta un regard blasé.

— Tout le monde était encore là ?

— Tous les Alphabets, tu veux dire ? demanda Dunn. Oui.

— Et Millie ?

— Je ne m'en souviens pas. Skins ?

— Je crois, oui. En toute honnêteté, je n'ai pas vraiment fait attention. Il y avait beaucoup d'agitation, mais il me semble l'avoir vue plus ou moins tout le temps.

— Plus ou moins ? répéta Ellie.

— Tu sais… les gens allaient et venaient. Un besoin pressant, une envie de se retrouver seul, que sais-je encore… Je ne tenais pas de comptes, mais je suis certain de l'avoir vue dans la pièce deux ou trois fois, quand il m'arrivait de lever les yeux.

— Tu penses à quoi ? souffla Puddle.

— Je ne sais pas encore, répondit Ellie. J'essaie juste de voir les choses sous un angle différent. On s'est seulement focalisés sur les garçons, jusqu'ici. Nous n'avons jamais vraiment parlé de Millie.

— Pourquoi en aurions-nous parlé ? intervint Dunn. On cherche un déserteur, à la base. Elle a tout de suite été écartée – ce serait quand même un sacré truc, si cet Arthur Grant était en fait Millie Mitchell la prof de danse, tu ne crois pas ?

— Que sait-on sur elle ? insista Ellie. Qu'avez-vous appris, après l'avoir reluquée trois semaines de suite ?

— Je ne l'ai pas… commencèrent Skins et Dunn d'une seule voix.

— Moi, si ! s'exclama Puddle. Cette nana est hyper belle. Certaines personnes, quand elles entrent dans une pièce… elles… elles brillent, vous voyez ce que je veux dire ? Elles irradient. Millie capte directement toute l'attention.

— En dehors de ses atouts physiques indéniables, dans ce cas, qu'avez-vous appris sur cette femme ? reprit Ellie.

— C'est clairement une danseuse pro, répondit Skins. Vu comment elle bouge, elle doit danser depuis son plus jeune âge.

— À l'exception de sa jambe molle, intervint Dunn.

— Qu'est-ce qui est mou ? rebondit Skins, tout sourire.

— Tu comptes la faire à chaque fois ? soupira Puddle. Ce n'est pas plus drôle, tu sais.

— C'était Barty, la dernière fois, se défendit Skins. Mais laisse-nous une chance. Tu verras, à la cinquième, tu te feras pipi dessus.

— J'ai remarqué qu'elle boitait, en effet, reprit Ellie. Une blessure de danse ?

— On lui a posé la question, répondit Puddle. Elle a dit qu'elle s'était foulé la cheville et qu'elle n'avait jamais complètement guéri. Elle s'est déchiré le LRAC ou je ne sais quoi.

— Le Lance-Roquettes Anti-Chars ? s'étonna Dunn.

— Alors non, ce n'est pas ça. Mais c'était une abréviation, je m'en souviens. Et ça commençait par un L.

— Oui, elle a raison, confirma Skins. LT-quelque chose.

— LTFA ? suggéra Ellie. Le ligament talo-fibulaire antérieur est situé à ce niveau, en effet. Il est possible de se le déchirer en se foulant la cheville.

— Elle était infirmière, lança Skins avec un clin d'œil.

— Ah bon, elle aussi ? s'étonna Ellie.

— Mais non, banane ! Toi, pas elle.

— Oh, oui, oui. Et c'est précisément pour ça que je sais ce qu'est un LTFA déchiré. J'ai été infirmière…

15

— J'ai bien compris qu'il était occupé, sergent, déclara Ellie, dont la patience commençait à se tarir. Et je sais ce qui l'occupe. C'est précisément la raison pour laquelle nous avons besoin de lui parler maintenant. Ce serait un si gros effort de l'appeler et de lui signaler notre présence ? Que cela vous coûterait-il, hein ? S'il vous dit de nous dire… d'aller nous faire voir – ce qu'il ne fera pas, il est bien trop gentleman pour cela –, quel est le pire qui puisse vous arriver, au juste ? Prendre une remontrance parce que vous l'avez dérangé ? Vous avez vraiment peur de vous faire remonter les bretelles ? Ce n'est clairement pas comme ça que nous avons gagné la guerre…

— Nous n'avons pas gagné la guerre, madame. Il a fallu plus de deux ans et demi pour que votre peuple daigne venir nous aider, je vous rappelle.

— Et pourtant, vous avez combattu sans nous durant tout ce temps. Si les Boches avaient su qu'il suffisait de monter un peu le ton pour vous faire plier, nous n'aurions même pas eu à intervenir. Et vous parleriez allemand, à l'heure actuelle.

— Écoutez bien, ma petite dame…

— Contentez-vous de l'appeler, sergent, le coupa Puddle. Vous savez qu'elle a raison, et nous savons tous qu'elle ne cédera pas.

Skins et Dunn se contentèrent de lui sourire.

Le sergent affecté à l'accueil les fusilla du regard, mais il se résigna à décrocher son téléphone.

— Tu veux bien me passer le commissaire Sunderland, ma belle ? dit-il sans cesser de mitrailler les quatre amis. Je sais ce qu'il a dit, mais tu peux me le passer quand même ? (Il couvrit le combiné avec sa main.) Je vous l'avais dit. (Il retira sa main.) Monsieur, Fenimore à l'appareil. À l'accueil… Oui, je sais, monsieur. Veuillez me pardonner, monsieur. Mais il y a quatre individus qui insistent pour interrompre votre travail, déclara-t-il en les regardant de haut, puis il posa les yeux sur sa feuille. Mr et Mrs Maloney, Mr Dunn, et Miss Pontefract… Oui, peut-être Puddephatt, en effet, dit-il avec un rire nerveux. J'ai parfois du mal à me relire… Oui, monsieur. Tout de suite, monsieur.

Il reposa le combiné sur son socle.

— Cooper ! brailla-t-il alors.

L'agent Cooper arriva au petit trot.

— Emmène ces gens au bureau du commissaire Sunderland. Troisième étage.

Puis, sans jeter un regard aux quatre amis, il retourna à son travail et laissa Cooper les escorter vers l'escalier.

***

La voix de Sunderland leur parvint de la porte ouverte de son bureau.

— … et ajoutez un peu de ces nouveaux McVitie's, s'il vous plaît. Ceux au chocolat.

Un jeune agent sortit au pas de course du bureau.

— Et mettez-les sur une assiette, cette fois ! aboya Sunderland.

L'agent adressa un sourire gêné aux quatre amis tout en s'éloignant dans le couloir.

Cooper frappa à la porte restée ouverte.

— Vos visiteurs, monsieur.

Il s'écarta pour les laisser entrer, et Sunderland se leva pour les accueillir.

— Bienvenue à vous, dit-il d'une voix chaleureuse. Content de vous voir. Vous ne pouviez pas mieux tomber, à vrai dire. Asseyez-vous, je vous en prie. Le thé arrive. Et les biscuits aussi.

— Nous avons entendu, oui, commenta Skins.

— Sur une assiette, ajouta Dunn.

— La dernière fois, il les avait empilés sur le plateau, comme ça. Non mais, franchement. Est-ce trop demander, une simple assiette ?

— Il y a un certain standing à maintenir, c'est sûr. C'est la porte ouverte à tout, ensuite, s'amusa Dunn.

— Vous vous moquez, hein ? Vous avez bien raison. Mais tout ce que je voulais, c'était une assiette. Enfin, ça me fait bien plaisir de vous revoir. Ou de vous voir pour la première fois, pour certains. Je ne crois pas que nous nous soyons déjà rencontrés... Miss Puddephatt, j'imagine ? Oliver Sunderland.

Il lui tendit la main, que Puddle serra chaleureusement.

— On m'appelle Puddle.

— Ah oui, vraiment ? Et ça ne vous gêne pas ?

— Non, j'aime bien, répondit-elle en riant.

— Merveilleux. J'ai des nouvelles au sujet de votre amie. Mais vous devez déjà être au courant, ou vous ne seriez pas là.

— Non, dit Ellie. Nous n'avons eu aucune information de notre côté. Si nous sommes venus, c'est que nous avons nous-mêmes découvert quelque chose.

— Ah, très bien. Dans ce cas, je vais commencer, et ensuite, vous pourrez me dire ce que vous avez appris. J'ai bien peur que mes nouvelles ne soient pas réjouissantes, mais au moins ont-elles le mérite de nous faire avancer. Le médecin légiste a examiné une seconde fois Miss Adams, devant mon insistance, et il a découvert des traces d'une substance inconnue dans sa bouche, principalement sur sa langue. Il ne les avait pas vues la première fois, mais quand nous avons parlé du fait que son estomac était dénué de toute trace de poison, je lui ai demandé de regarder à nouveau. Il ne sait pas vraiment de quoi il s'agit, mais d'après lui, ça pourrait être une espèce de toxine, absorbée par les… (il consulta le dossier, sur son bureau)… les membranes muqueuses de la bouche. Il a dressé la liste de plusieurs agents potentiels. Apparemment, un tel poison pourrait mettre quelques secondes à une heure pour faire effet, mais quand la mort survient, c'est assez brutal. (Il écarta le dossier.) Je suis sincèrement navré, mais la piste de l'empoisonnement est donc confirmée, et ça s'est passé à l'Aristippus Club.

Puddle était livide, mais ses amis durent attendre que le jeune agent en finisse avec le plateau qu'il venait d'apporter avant de pouvoir lui demander ce qui n'allait pas.

— Tout va bien, ma belle ? s'inquiéta Ellie quand le jeune policier eut enfin quitté la pièce. Tu es toute pâle.

— C'était le saxo, hoqueta Puddle. Et il aurait pu me tuer, moi aussi.

— Le saxophone ? l'interrogea Sunderland. Le saxophone de Miss Adams ? Comment aurait-il pu vous tuer ?

— J'ai joué avec hier. Pour son frère. Il est encore dévasté.

— Alors ce n'est pas ça, répliqua Ellie. Tu vas très bien.

— Le tueur a échangé l'anche, insista Puddle. C'est évident ! Vous vous rappelez, quand je vous ai dit que la ligature était montée à l'envers ? Quelqu'un l'a échangée après son décès. Le tueur.

— Moins vite, moins vite, l'interrompit Sunderland. Il va même falloir revenir un peu en arrière, si vous voulez bien. Vous dites que le poison se trouvait sur l'embouchure du saxophone ? Qu'est-ce qui vous fait dire ça ?

Puddle lui parla brièvement de leur visite à Wimbledon, la veille. Elle expliqua la manière dont l'anche se fixait à l'embouchure ainsi que sa perplexité passagère, lorsqu'elle avait vu la ligature assemblée du mauvais côté.

— L'anche touche la langue, quand nous jouons, poursuivit-elle, et vous avez dit que le poison se trouvait sur sa langue. Et si le tueur avait empoisonné l'anche, puis l'avait récupérée pour la remplacer par une anche intacte après sa mort, pour s'assurer que personne ne sache comment il s'y était pris ?

— Ce serait en effet ingénieux, commenta Sunderland. Mais non sans risque. Il devait également se douter que toucher à l'instrument une deuxième fois doublerait ses chances de se faire attraper.

— Peut-être cette deuxième fois n'était-elle pas prévue ? répliqua Puddle. S'il avait remplacé l'anche d'origine par celle empoisonnée, tout en gardant la première dans la poche, il a peut-être profité du fait que tout le monde soit occupé à répondre aux questions de la police pour remettre les choses à la normale ?

— C'est un début, dit Sunderland tout en écrivant dans son dossier. J'ai d'autres nouvelles, ajouta-t-il lorsqu'il eut terminé. Nous avons enfin mis la main sur le rapport militaire de votre Mr Daniels.

— C'est notre homme ? demanda Dunn. C'est pour ça qu'il était si secret ?

— Non. Non, sa réticence s'explique par le fait qu'il a été objecteur de conscience.

— Sans blague ? s'exclama Skins. Danny ? Je n'aurais jamais cru. Je croyais que ces types étaient tous des fanatiques religieux. « Tu ne tueras point » et tout le toutim.

— Beaucoup l'étaient, c'est vrai. Ses motivations ne sont pas données dans le rapport, mais on y trouve une histoire édifiante. Il était ambulancier pour le Royal Army Medical Corps, et il a reçu la Médaille militaire pour avoir récupéré les blessés dans le *no man's land* en pleine offensive majeure. Il a sauvé huit vies.

— La vache, souffla Skins. Et vous êtes sûr que c'est lui ?

— Il est connu des autorités, confirma Sunderland. Elles ont gardé un œil sur lui, après la guerre. Maintenant que j'y pense, je me demande si ses objections n'étaient pas politiques. Quoi qu'il en soit, c'est bien lui.

— Beaucoup d'objecteurs de conscience ont rejoint le corps médical, expliqua Ellie. J'en ai rencontré quelques-uns.

— En effet, approuva Sunderland. Pas autant que les rumeurs le laissent entendre, mais il y en a eu. Et Dudley Daniels était un objecteur de conscience particulièrement courageux.

— Ce qui nous laisse Charlie, commenta Dunn.

— On dirait bien, oui. Aucun des Robert Chandler que nous avons trouvés jusqu'ici ne correspond au « Charlie » du Gang Alphabet. J'envisage sérieusement de le faire convoquer pour un petit tête-à-tête.

— Avant cela, pourriez-vous vérifier une dernière chose pour moi ? l'interrogea Ellie.

Sunderland la dévisagea d'un air perplexe.

— Vous avez autre chose ?

— Rien d'autre qu'une intuition. Pourriez-vous chercher s'il y avait une infirmière qui répondait au nom de Millie Mitchell chez les Fannies ou dans le Détachement d'aide volontaire ?

— Je peux me renseigner. C'est la professeur de danse, n'est-ce pas ?

— Oui.

— Et d'après vous, elle aurait pu être infirmière ?

— Quelque chose qu'elle a dit à Puddle ne veut pas me sortir de la tête. Figurez-vous qu'elle boite, et elle a expliqué qu'elle s'était déchiré le LTFA. C'est précisément ce qu'elle a dit. Pas « un ligament de la cheville », ou encore le nom en entier. Juste l'abréviation, comme l'aurait fait un médecin.

— Tu penses qu'ils sont de mèche ? demanda Skins.

— Aucune idée. Mais c'est curieux, vous ne trouvez pas ? Un militaire dont les rapports sont difficiles à dénicher, et une professeur de danse qui utilise du jargon médical.

— Je vais passer quelques coups de fil et voir ce que je peux trouver, déclara Sunderland. De nouvelles annonces avant que je réclame d'autres biscuits ?

— Non, répondit Ellie. Je crois que c'est tout, pour l'instant.

— Parfait. Bon, attention à vos oreilles, je vais crier très fort. Ne vous inquiétez pas, surtout. (Il s'arrêta une seconde avant de brailler :) Curtis ! Encore des biscuits, s'il vous plaît !

***

Ils quittèrent Scotland Yard, et chacun rentra chez soi. Nous étions vendredi – le vendredi du concours de danse, rien de moins –, et Puddle et Dunn avaient besoin de retourner chez eux pour se reposer un peu et se changer avant le grand soir. C'était une soirée particulière pour le club, si bien que les membres du groupe avaient décidé de se parer de leurs plus beaux atours.

Ellie et Skins rentrèrent à Bloomsbury sans projet particulier en tête. L'option sieste proposée par Dunn ne déplaisait pas à Skins, mais il était ouvert aux suggestions. Ellie n'avait pas de suggestions ; elle voulait appeler son amie Flo pour lui demander conseil.

Lorsqu'ils furent prêts pour partir au club, Skins avait eu droit à sa sieste et à son bain, et Ellie avait parlé à Flo. Ils étaient donc tous deux pleinement satisfaits.

— Qu'est-ce que tu en penses ? l'interrogea Skins en laçant ses jolies chaussures. On prend un taxi ou on marche ?

— Ce serait agréable de marcher sous un temps pareil, mais peut-être pas avec ces chaussures.

Elle aussi avait décidé de s'apprêter pour cette soirée : elle portait une robe de cocktail extravagamment brodée de soie d'or, et accompagnée de chaussures de la même couleur, décorées de velours.

— Tu as sûrement raison. Celles-ci ne seront pas mieux, dit-il en désignant ses richelieus bicolores. Elles sont classes, mais je ne m'y suis pas encore assez fait pour piétiner jusqu'à Mayfair. Je vais essayer de nous trouver un taxi.

— Demande à Lottie de s'en occuper, répondit Ellie tout en ajustant sa coiffure. C'est pour ça que nous avons des domestiques.

— La pauvre petite n'a peut-être pas très envie d'aller siffler un taxi en pleine rue. Je m'en charge.

Puis il laissa Ellie finir de se préparer.

Il revint cinq minutes plus tard.

— J'en ai un. Tu es prête ?

— Puisqu'il le faut…

— À t'écouter, on part à l'échafaud. C'est le concours de danse, chérie. On va bien se marrer, tu vas voir.

Ellie le suivit jusqu'au taxi sans faire de commentaire. Ils s'installèrent sur la banquette arrière.

— Qu'est-ce que tu mijotes, toi ? l'interrogea-t-il.

— Rien du tout. Pourquoi ?

— Tu me caches quelque chose. Je te connais.

— Contente-toi de tenir ton groupe en rythme. Je me gère.

— Tu ne me rassures pas du tout, tu sais.

— Ivor ?

— Oui, mon amour ?

— Boucle-la, tu veux ?

— D'accord, mon ange.

Une fois sur place, Ellie laissa Skins rejoindre le groupe dans la loge et partit discuter avec Cuthbert le portier.

— Bonsoir, madame. Prête pour le concours de danse ? C'est la frénésie, ici.

— Fin prête, oui. Mon petit groupe ne vous décevra pas.

— Heureux de l'apprendre. Puis-je vous être utile à quoi que ce soit ?

Elle se pencha par-dessus le comptoir d'un air conspirateur.

— Pour tout vous dire, je crois bien que oui, chuchota-t-elle.

— Je vous écoute.

— Ce club compte énormément pour vous, n'est-ce pas ? Vous vous sentiriez insulté, j'imagine, si l'un des membres se révélait être… un imposteur ? Si quelqu'un s'apprêtait à porter atteinte à sa réputation ?

— Je ne peux rien envisager de pire, madame, répondit Cuthbert.

— Je nourris de gros doutes quant à l'un de vos membres. (Elle dressa une main pour couper court à ses questions.) Je ne peux encore rien dire, mais il y a des chances que j'évite le pire si je pouvais jeter un coup d'œil au registre des réservations de chambres. J'imagine que vous disposez de quelque chose comme ça ? Une trace écrite de qui utilise quelle chambre ?

— Tout à fait, madame, mais il est strictement confidentiel. Je ne peux pas…

— J'ai bien conscience que c'est un sacré dilemme pour vous. Protéger la vie privée des membres, ou protéger la réputation et les secrets du club ? En toute honnêteté, je ne sais pas ce que je choisirais, à votre place.

Cuthbert prit un instant pour y réfléchir.

— Suivez-moi.

Il souleva le rabat du comptoir et la guida dans un tout petit bureau. Puis il récupéra un grand livre relié de cuir sur une étagère et le déposa sur le bureau surchargé.

— Oh, pardonnez-moi, madame, mais je viens de me souvenir que j'avais quelque chose à faire. Ce registre est confidentiel. Je compte sur vous pour ne pas regarder.

Une fois Cuthbert parti, Ellie ouvrit le registre et le passa en revue jusqu'à trouver l'entrée qu'elle cherchait. Elle récupéra ensuite une clé sur l'un des nombreux crochets fixés au mur du bureau, ferma le registre et rejoignit le portier.

— Je ne vais pas vous déranger davantage, dit-elle en posant une main sur son bras. Je retourne auprès du groupe.

— Bonne chance pour ce soir, madame, répondit-il.

Elle lui sourit et partit en direction de l'escalier.

***

Ellie trouva la chambre qu'elle cherchait, et après s'être assurée d'être seule dans le couloir, elle frappa un petit coup à la porte. Elle n'avait aucune raison d'être ici, à part pour espionner, et n'ayant aucune excuse valable si l'occupant de la chambre en question venait à se trouver à l'intérieur, elle alla se cacher dans une alcôve, un peu plus loin dans le couloir.

Elle dressa l'oreille une petite minute, mais personne ne vint ouvrir. Elle longea encore le couloir moquetté et sortit la clé.

Elle entra dans la chambre élégamment équipée et la balaya des yeux. Elle était soignée et bien rangée, et sans les deux valises de cuir posées au pied du lit, on aurait pu la croire inoccupée. Il y avait également une sacoche en cuir et une boîte à maquillage sur le bureau, près de la fenêtre, et quelques papiers méticuleusement empilés sur le sous-main.

Ellie parcourut rapidement les documents. Elle trouva deux passeports et deux billets Londres-Paris, avec correspondance par le ferry, pour le lendemain matin. En poussant ses recherches, elle dénicha deux autres billets pour le Simplon-Orient-Express, de Paris à Istanbul, pour le lundi suivant. Ils prenaient donc la fuite.

Le commissaire Sunderland devait absolument être informé de l'existence de ces billets, mais elle ne pouvait pas partir tout de suite. Il y avait autre chose qu'elle espérait trouver.

Elle commença par la sacoche. Des documents personnels. Un journal intime. Un roman écrit par un auteur dont elle n'avait jamais entendu parler. Un pistolet semi-automatique. Une bourse en cuir de la taille de sa main. Une petite boîte élégante recouverte de velours rouge.

Ellie avait grandi au milieu des armes à feu, et elle se savait apte à les manipuler. Elle sortit le revolver et l'inspecta minutieusement, allant jusqu'à ouvrir le chargeur, qui était plein. Elle reposa alors l'arme dans la sacoche.

Mais le véritable jackpot, c'était la bourse en cuir. Elle la sortit et tira sur le cordon. Comme elle s'y était attendue, la bourse était remplie de pierres brillantes et jaunes de tailles diverses, certaines aussi grosses que des framboises. Ellie s'était attendue à découvrir des diamants purs, mais elle n'avait pas imaginé qu'ils ressembleraient à cela. On aurait plus dit du métal brillant que la version plus terne des gemmes scintillantes qu'elle avait imaginée. Elle était fascinée. Elle plongea la main dedans et en fit rouler quelques-uns entre ses doigts. Elle tenait dans sa paume des pierres qui, en dépit des apparences, valaient des milliers de livres.

Elle reposa les diamants dans la bourse en cuir et remit celle-ci à sa place exacte, dans la sacoche.

Elle observa une nouvelle fois la pièce.

Elle savait de qui il s'agissait. Elle savait où ils allaient. Elle savait ce qu'ils emporteraient. Et elle pensait savoir ce qu'ils avaient fait. Mais elle ne pouvait rien prouver. Pas encore, tout du moins.

Elle devait trouver autre chose. Quelque chose de petit. Et de caché. Ils l'avaient peut-être déjà jeté, le plus loin possible du club, mais elle en doutait. Pour l'instant, ils n'avaient aucune raison de penser que quelqu'un les soupçonnait. Personne ne savait quoi chercher. Ils ne risquaient rien. Ils n'avaient qu'à partir et se débarrasser de la preuve à des centaines de kilomètres de la scène du crime, et jamais personne ne saurait quoi que ce soit.

Ellie entama une fouille méticuleuse de la pièce. Elle commença par la boîte à maquillage. Celle-ci contenait les poudres et les brosses habituelles, plusieurs rouges à lèvres oscillant subtilement entre diverses teintes de rouge foncé, du mascara, et toutes sortes d'autres accessoires plus luxueux les uns que les autres.

Mais elle ne garderait jamais une chose pareille dans son maquillage. Ce serait bien trop dangereux de le conserver près de substances qu'elle appliquait directement sur son visage et ses yeux.

Ellie passa aux valises posées au pied du lit. La première appartenait à Charlie. Évidemment. Avec deux valises quasiment identiques, il avait fallu qu'elle choisisse d'explorer en premier celle qui l'intéressait le moins… Elle en sortit délicatement le contenu et étala tout par terre. Des habits, des sous-vêtements, une trousse de toilette, une boîte en cuir qui renfermait des brosses à chaussures et du cirage. Une grosse somme en liquide. Rien de surprenant pour un « sac de fuyard », comme les appelait Tante Adelia. Ellie replaça tout exactement comme elle l'avait trouvé.

L'autre valise promettait d'être aussi décevante. Des vêtements, là aussi, des choses du quotidien. Ellie commençait à croire qu'elle s'était trompée dans son raisonnement, que la preuve avait déjà été emportée par les éboueurs. Mais elle tomba alors sur une petite boîte à cigarettes en fer-blanc. Elle n'avait jamais vu Millie fumer.

Elle utilisa l'un des foulards de soie qu'elle avait délicatement posés par terre pour récupérer la boîte. Elle ouvrit alors le couvercle et jeta un coup d'œil à l'intérieur. Là, enveloppées de papier de soie, l'attendaient les deux choses qu'elle avait espéré trouver. Elle referma la boîte et replaça tout dans la valise.

Elle balaya une dernière fois la pièce des yeux pour s'assurer qu'elle n'avait laissé aucune trace de son passage, puis elle ouvrit discrètement la porte et vérifia que la voie était libre.

Verrouillant derrière elle, Ellie repartit alors en direction de l'accueil d'un pas urgent.

***

Une fois en bas, Ellie remercia Cuthbert pour son aide précieuse et regagna discrètement la loge. Le groupe avait déjà rejoint la salle de bal. Elle avait espéré pouvoir parler à Skins et Dunn avant la soirée dansante pour leur expliquer ce qu'elle avait trouvé, mais c'était trop tard. Ils devraient donc se contenter d'assister à la suite sans être préparés. Mais c'étaient des musiciens de jazz, après tout – ils avaient l'habitude d'improviser. Tout se passerait bien.

Elle gagna la salle de bal.

Un membre plus âgé du club se tenait sur scène et semblait distribuer ce qui ressemblait à des partitions au groupe. Les musiciens opinèrent du chef, puis l'homme serra la main de Mickey en souriant avant de rejoindre la piste de danse.

Les Dizzy Heights entamèrent l'arrangement que Puddle avait fait de *Where Did You Get That Hat ?*, devenu l'un des morceaux favoris des membres du club, qui avaient même inventé une chorégraphie pour l'accompagner. L'effervescence en prévision du concours était telle que même les membres les plus vieux jeu avaient gagné la salle de bal, et la familiarité du morceau – même dans sa version jazzy – avait inspiré nombre d'entre eux à tenter de se joindre aux danseurs.

Ellie essaya d'attirer l'attention de Skins, mais pensant qu'elle ne faisait que le saluer, il lui fit signe de la main en souriant. Elle leva les yeux au ciel, secoua la tête puis partit en quête de Charlie et Millie. Elle voulait s'assurer de savoir où ils étaient, au cas où ils auraient prévu de se faire la malle avant que le commissaire Sunderland et ses hommes ne les attrapent.

Elle les repéra en train de danser ensemble, au milieu des autres membres du Gang Alphabet, échangeant des éclats de rire avec eux. Les deux complices semblaient ne pas avoir le moindre souci au monde, et Ellie était convaincue qu'ils n'attireraient pas l'attention sur eux en fichant le camp avant la fin du concours de danse. Elle se détendit alors et gagna une table, près de la scène. Elle fit signe à un Cuthbert de venir la voir et se commanda un Tom Collins – elle avait plutôt apprécié celui que Skins lui avait préparé la veille.

La salle se remplit assez vite pour se fractionner en deux groupes mutuellement chaleureux, bien que clairement distincts. Tout au fond se tenaient les membres du Tipsy Harry's et leurs partenaires pour la soirée, les Alphabets toujours au cœur de l'attention. La plupart d'entre eux, en tout cas. Alfie et Ernie n'étaient nulle part en vue, mais Ellie savait qu'ils étaient en train d'enfiler leur costume de cheval, dans une pièce ou une autre.

Plus près de la scène se trouvaient les étrangers, les membres du Wags Club et leurs invités, de toute évidence. Ils portaient des tenues plus colorées que celles de leurs adversaires et avaient une tendance un peu plus poussée à l'exubérance. On tenait là les plus gros fêtards de Londres, à n'en pas douter. Mais ils étaient dans l'ensemble plutôt agréables, et Ellie s'amusait de les voir rire avec les cinq garçons qui composaient vraisemblablement leur groupe de danseurs. Ces derniers portaient les mêmes vestes courtes violettes avec le nœud papillon assorti, ainsi que des richelieus à l'embout blanc et violet. Ils avaient une sacrée classe, et Ellie ressentit une soudaine vague de peur à l'idée que les Alphabets se ridiculisent d'emblée. Mais alors, ils se mirent à bouger. Ils étaient aussi peu coordonnés et aussi peu doués que ses nouveaux camarades ; Ellie s'autorisa à se détendre en prenant une gorgée de son cocktail.

L'heure du concours arriva enfin.

Trois coups résonnèrent à la porte de la salle de bal, comme frappés par quelque chose de gros et de lourd. C'était le signal pour que les Dizzies jouent l'air tout en pompe qu'on leur avait distribué quand Ellie était arrivée.

Le silence tomba sur l'assemblée, et le groupe entama une lente marche cérémonielle pour accompagner l'entrée des responsables du club.

Vêtus d'épaisses capes brodées, les trois hommes traversèrent la salle d'un pas lent, la foule s'écartant sur leur passage.

Ils gagnèrent la scène, et le groupe se tut.

— Avec la Clé des Clés, entonna le premier en brandissant une grosse clé dorée.

— Et l'Arbre des Arbres, poursuivit le second en brandissant un bâton de bois sculpté.

— Et le Genou des Genoux, clama le dernier en soulevant sa cape pour révéler que l'une de ses jambes était nue.

La foule se mit à pousser des cris.

Le premier membre leva la main pour réclamer le silence.

— Nous déclarons ce concours de danse… ouvert.

La foule applaudit de plus belle.

Le deuxième membre agita le bâton, tandis que le troisième – qui avait recouvert son genou – déroulait un parchemin qu'il se mit à lire.

Tandis qu'il exposait les règles et le déroulement dudit concours, Ellie nota du mouvement au niveau de la porte principale. Charlie et Millie venaient d'entrer dans la salle de bal – ils avaient dû s'éclipser quand elle avait porté son attention sur les danseurs. Ils avançaient vers la scène d'un pas lent mais déterminé.

Lorsque l'homme eut terminé son parchemin, Charlie et Millie se trouvaient juste devant la scène, et quand les trois responsables du club quittèrent la salle, ils partirent avec eux.

Ellie ne pouvait pas les rattraper, et elle ignorait ce qu'elle aurait pu faire si elle y était parvenue. Elle tenta une fois de plus d'attirer l'attention de Skins, mais il était trop occupé à écouter les blagues de l'animateur et d'y ajouter des petits coups de cymbales bien placés. Il était dans son élément, et de toute évidence, rien ne pouvait le distraire, pas même sa femme.

Ellie devait se décider rapidement. Elle se leva alors et les suivit.

***

Le temps qu'Ellie traverse la foule et quitte la salle, Charlie et Millie grimpaient déjà l'escalier.

Pourquoi montaient-ils ? Ellie s'était imaginé qu'ils suivraient le petit groupe et chercheraient à subtiliser leurs accessoires avant que tout ne soit remis sous clé. Mais de toute évidence, ils retournaient dans la chambre de Charlie récupérer leurs affaires.

Que pouvait-elle faire ? Si elle les sommait de s'arrêter avant qu'ils ne fassent quoi que ce soit, ils se contenteraient de lui rire au nez et lui diraient de ficher le camp. Et si elle les défiait une fois la clé et le bâton dérobés… Ils étaient deux, et elle était seule. Qui sait ce qu'ils étaient prêts à lui faire ?

Elle n'avait pas vraiment le choix, au final. Elle fonça en direction de l'accueil, échangea d'un ton urgent avec Cuthbert puis suivit Charlie et Millie.

Lorsqu'elle gagna le palier et posa les yeux sur la porte de chambre fermée, elle fut forcée de se demander une fois de plus ce qu'elle avait espéré réussir en les suivant. S'imaginait-elle pouvoir les arrêter ? Certainement pas toute seule.

Submergée par une profonde vague de ridicule, elle pivota sur ses talons et reprit la direction de l'escalier. Elle avait descendu deux marches quand elle entendit une porte de chambre s'ouvrir puis se refermer. Ils avaient quitté la pièce. Son instinct lui dit de descendre au pas de course, mais… et s'ils étaient partis dans l'autre direction ? Elle se dressa sur la pointe des pieds pour mieux voir au-delà du mur, en haut de l'escalier. Le couloir était vide.

Il y avait un autre moyen de descendre. Évidemment. Et ils le savaient. Ils savaient que les Cuthbert surveillaient l'entrée principale, alors ils utilisaient l'escalier de derrière. La porte de derrière. Elle s'élança dans le couloir, puis s'immobilisa subitement. Que fabriquait-elle, au juste ? Que s'imaginait-elle pouvoir faire, si elle les rattrapait ?

Allait-elle les arrêter ? Les persuader de se rendre ? Se battre avec eux ?

Elle reprit son chemin. Elle déciderait de la suite le moment venu.

Au bout du couloir, elle prit un virage et vit le talon de la chaussure de Millie disparaître par une autre porte. Ce devait être le fameux escalier. Elle les suivit.

Il s'agissait en effet d'une espèce d'escalier de service, peint sans fioriture et dénué de moquette. Elle entendait les pas de Charlie et Millie cogner les marches en bois. Elle retira alors ses chaussures et poursuivit son chemin sur la pointe de ses collants.

Une autre porte s'ouvrit en bas de l'escalier, et les bruits de pas cessèrent. Elle ne voulait pas les perdre maintenant, pas après tout cela, mais elle n'avait pas plus envie de tomber nez à nez avec eux. Elle leur accorda quelques secondes d'avance puis descendit les dernières marches au petit trot. Lentement et prudemment, elle ouvrit la porte du bas et jeta un coup d'œil derrière.

Elle se trouvait tout au fond du couloir aux portraits et avait pris un peu plus longtemps que ce qu'elle s'était imaginé. Millie sortait déjà de la pièce voisine et suivait Charlie en direction de la porte secrète qui menait à la cave à vins des membres senior du club.

Ellie se demanda une fois de plus si elle devait les suivre – il faudrait des semaines pour que quelqu'un découvre son corps, dans une cave à vins secrète –, mais il fallait à tout prix qu'elle sache ce qu'ils trafiquaient. Une fois la porte refermée derrière eux, elle y accourut et l'entrouvrit délicatement tout en tendant l'oreille.

— Donc, la clé va… là, déclara la voix lointaine de Charlie. Le bâton va… là… et…

— Et rien, soupira Millie.

— Mais c'est censé… Enfin, le journal disait que…

— Je t'ai dit qu'on perdait notre temps, gronda Millie. Toute cette préparation pour rien. Je ne sais même pas pourquoi j'ai été tentée de te croire. Un trésor caché, mes fesses ! Ce type t'a vu venir à des kilomètres, il t'a vendu un faux journal, et toi, tu l'as cru, comme un benêt ! On aurait pu être à Nice durant tout ce temps, à siroter des cocktails, mais non, M. Arthur Grant veut à tout prix faire un dernier gros coup, parce qu'il sait soi-disant où se trouve le Trésor du Tueur de Mayfair !

— Il nous reste du temps. On peut encore trouver comment y arriver.

— Non, nous n'avons plus de temps. Notre absence va forcément finir par se voir, et même ces abrutis sauront faire le rapprochement avec le meurtre de cette musicienne. Il faut qu'on parte. Tout de suite. Prenons tes diamants et partons à Istanbul comme prévu. Nous pouvons disparaître ; ils ne nous trouveront jamais. Nous n'avons pas besoin de ton trésor fantôme.

— Non, attends…

— Moi, j'y vais. Donne-moi ce sac.

Charlie poussa un grognement de frustration, et Ellie entendit des bruits de pas sur les marches de pierre. Elle courut au bout du couloir et se cacha à nouveau derrière la porte de l'escalier de service.

Elle leur laissa le temps de longer une nouvelle fois le couloir aux portraits, puis sortit la tête de derrière la porte.

Elle fut alors confrontée au spectacle le plus absurde qu'elle ait jamais vu. Et pourtant, elle était mariée à un clown musicien, et mère de deux petits diables – autant dire que la compétition était rude. Quand elle émergea à nouveau dans le couloir aux portraits de l'Aristippus Club de Mayfair, elle découvrit Charlie et Millie aux prises avec un cheval.

— Dégage de là, Alfie ! Tu ne vois pas que tu gênes ? grognait Charlie.

Une voix étouffée sortit alors du cou du cheval.

— Charlie ? Charlie, c'est toi ? Oh, Dieu merci ! On partait pour la salle de bal, mais on s'est perdus. On ne savait plus du tout où on était ! Je ne vois rien, là-dedans. Et les attaches sont fermées, alors Ernie ne peut pas sortir pour m'aider.

— Je me fous complètement de ce que vous fabriquez, toi et cet abruti d'Ernie. Dégagez de là, je vous dis !

— Mais… et le concours ? répliqua Ernie d'une voix plaintive.

Charlie tenta une fois de plus de s'imposer dans le passage, mais il ne fit que se retrouver davantage empêtré dans les pattes des deux hommes-cheval.

— Laisse tomber, intervint Millie. On n'a qu'à passer par l'autre côté.

— Essayez un peu pour voir, lâcha Ellie avec un calme menaçant qu'elle ne ressentait pas vraiment. Il faudra me passer sur le corps avant. La fête est finie, comme vous dites ici. Je sais ce que vous avez fait.

— Vous ? grogna Millie. Et vous vous imaginez faire quoi, au juste ?

Charlie avait passé la sacoche sur son épaule. Vu qu'il luttait toujours avec Alfie et Ernie, Millie ouvrit le rabat et plongea la main dedans. Un instant plus tard, elle sortait l'arme qu'Ellie avait découverte un peu plus tôt.

— On s'est coltiné cette bande d'abrutis assez longtemps comme ça. Hors de question de rester une seconde de plus. Et ce n'est certainement pas vous qui allez nous arrêter.

— J'ai appelé les flics. Ils arrivent, répliqua Ellie.

— C'est faux, répondit Millie.

— Cela fait des semaines qu'ils vous traquent. Probablement même des mois. Je me suis contentée de leur confirmer certains éléments.

— Qu'ils nous traquent ? Laissez-moi rire ! Comment pourraient-ils nous traquer ? Personne ne savait ce que nous faisions.

— Vous vous apprêtiez à ouvrir le caveau secret avec « la Clé des Clés » après l'ouverture de cérémonie et à filer avec le Trésor du Tueur de Mayfair.

Millie eut la mâchoire qui se décrocha.

— Vous saviez… Comment est-ce qu'elle a pu… Bob… Charlie ? Tu as vendu la mèche ?

Charlie essayait toujours de se dépêtrer des pattes du cheval.

— Je suis un peu occupé, là, chérie. Tu veux bien gérer toute seule ? Tu seras mignonne.

— La seule chose que nous n'avons pas réussi à trouver, reprit Ellie, c'est où se trouve l'entrée.

Millie laissa échapper un ricanement.

— Et vous vous imaginez que je vais vous le dire pendant que vous me menacez avec… Oh, non, pardon ! C'est moi qui suis armée. Dans ce cas, j'ai bien peur que la localisation de cette porte demeure secrète. Si nous ne pouvons pas faire main basse sur ce trésor, personne ne l'aura, autant vous prévenir. Maintenant, à genoux, les mains sur la tête, et tournez-vous vers le mur.

Ellie ne bougea pas.

— N'allez pas croire que je ne suis pas capable de vous tirer dessus, sale petite Amerloque, aboya Millie puis, de la pulpe du pouce, elle tira sur le minuscule marteau, et l'arme émit un claquement menaçant.

— Oh, je n'en doute pas, répondit Ellie. Sacré flingue, le Colt M1911. Vous saviez que c'est John Browning qui l'a conçu ? Calibre 45, avec un excellent pouvoir d'arrêt.

Elle avança d'un pas vers Millie.

Il y eut un nouveau déclic métallique.

— Mais seulement si l'arme est chargée, précisa Ellie en brandissant une poignée de cartouches scintillantes de laiton et de plomb. Espèce d'idiote, ajouta-t-elle en les laissant tomber au sol.

Millie lâcha un hurlement de rage et fonça tout droit vers Ellie, l'arme vide dressée vers sa tête.

Ellie se faufila sous son bras levé et percuta la mâchoire de Millie avec sa paume ouverte. Millie s'écroula comme un sac de patates – ainsi que l'aurait si bien dit Skins, s'il avait été présent.

Pendant ce temps, Charlie était parvenu à se dépêtrer du costume de cheval et s'était tourné vers Millie pour la suivre. Il vit le corps immobile de sa partenaire au sol, puis la lueur féroce dans le regard d'Ellie, et décida de ne pas se risquer à l'affronter. Non, mieux valait essayer de passer en force et de se faire la malle.

Tandis qu'il fonçait vers elle, Ellie s'accroupit. Le couloir était assez large pour qu'il passe sans le moindre souci, mais Ellie n'était pas d'avis à le laisser s'en aller. Quand il fut quasiment à son niveau, elle se jeta sur lui, lui agrippa la taille et s'écroula à terre avec son adversaire, chacun lâchant un grognement de douleur.

Dans sa chute, Charlie se cogna la tête au mur, et une fois au sol, il était déjà KO.

— Eh, tout le monde va bien ? lança la voix étouffée d'Ernie. Vous pourriez nous filer un coup de main ? On a un concours de danse qui nous attend, nous !

16

Les hommes du commissaire Sunderland étaient arrivés quelques minutes seulement après l'appel de Cuthbert, et ils avaient évacué la salle de bal vite et bien après l'arrestation de Charlie et Millie. L'identité de toutes les personnes présentes avait été notée, ainsi que de brèves déclarations, et la majorité des fêtards avaient eu l'autorisation de rentrer chez eux. Ou plus vraisemblablement de trouver un night-club où ils pourraient avaler quelques cocktails tout en parlant de la soirée extraordinaire qu'ils venaient de vivre au Tipsy Harry's.

Les seuls qui étaient toujours là quand Ellie eut terminé de faire son rapport à Sunderland étaient les Dizzy Heights et les membres restants du Gang Alphabet. Alfie et Ernie avaient été libérés de leur costume mais avaient refusé de se changer, préférant rester assis en débardeur, les pattes de cheval leur faisant office de pantalon. Ils ne voulaient rien rater.

Les deux groupes se trouvaient de part et d'autre de la salle de bal, les Dizzies sur scène et les quatre Alphabets restants assis autour d'une table, à l'autre bout de la pièce. Sunderland laissa Ellie avec ses amis et partit en direction du centre de la salle, prenant quelques notes supplémentaires dans son fidèle calepin.

Les rangs du Gang Alphabet se resserrèrent quelques instants, puis Danny se recula sur sa chaise.

— Je pense que vous nous devez une explication, lança-t-il. Qu'est-ce qui se passe, au juste ?

— Je pense en effet qu'on vous doit une explication, monsieur, répondit Sunderland. Puis-je vous convaincre de vous approcher de la scène, afin que je n'aie pas à crier ?

Les quatre hommes se levèrent. Alfie attrapa la bouteille de champagne ouverte, ce qui poussa les autres à aller récupérer leurs verres. Bertie en profita pour prendre deux autres bouteilles pas encore ouvertes sur les tables qu'il longea, et Danny et Ernie firent l'effort de rassembler assez de verres pour les membres du groupe. Puis ils s'installèrent à une table près de la scène, dont Mickey et Elk descendirent afin de prendre de quoi boire pour leurs collègues.

— Alors comme ça, Charlie était un escroc ? demanda Alfie.

— Oui, monsieur. Un vrai de vrai, confirma Sunderland.

— Et c'est lui qui a zigouillé cette pauvre fille ?

— Non, ça, c'est Millie, intervint Ellie.

— Bon Dieu ! s'exclama Alfie. Millie, la prof de danse ?

— En effet, monsieur, répondit Sunderland.

— Mais c'était un ange ! hoqueta Alfie, sidéré par cette nouvelle.

— Laisse-le expliquer, Alfie, l'interrompit Danny. Tu poseras tes questions après.

— Merci, monsieur, dit Sunderland. Plusieurs membres du groupe connaissent déjà le plus gros de l'histoire. Je vais toutefois reprendre du début pour tout le monde, car je pars toujours du principe que l'honnêteté est la meilleure des règles. Il y a environ un mois, j'ai contacté deux messieurs que j'avais déjà rencontrés dans un petit village du Gloucestershire en 1908. Il s'agissait de vos Mr Maloney et Mr Dunn. La… section rythmique du groupe. C'est bien ça ? Section rythmique ?

Il y eut des acquiescements et des murmures d'approbation chez les Dizzies.

—Quand je les ai rencontrés pour la première fois, je n'étais qu'un humble inspecteur pour la police judiciaire de Bristol, mais aujourd'hui, j'officie en tant que commissaire pour la Metropolitan Police, rattaché au Bureau de la guerre. Et ma mission actuelle consiste à retrouver des déserteurs.

Il y eut de nouveaux murmures, cette fois de la part du Gang Alphabet, et ils n'étaient pas vraiment approbateurs.

Sunderland dressa une main, et les marmonnements cessèrent.

—Nous avions un déserteur particulier en ligne de mire, un homme qui répondait au nom d'Arthur Grant. C'était un ouvrier agricole du Norfolk qui avait été appelé en 1916 puis qui avait disparu un an plus tard avec quelque chose qui n'était pas censé disparaître avec lui. Il avait déserté son poste, abandonné ses camarades, et avait par-dessus le marché filé avec des diamants bruts d'une valeur s'élevant à vingt-cinq mille livres.

Il y eut des sifflements admiratifs, cette fois.

—Je ne vous le fais pas dire, reprit Sunderland. Un Belge très riche était soudain devenu un Belge très pauvre, et Arthur Grant était en cavale. Personne ne savait ce qui lui était arrivé. Jusqu'à aujourd'hui. Grâce à messieurs Maloney et Dunn, et en particulier grâce à Mrs Maloney et Miss Puddephatt, nous avons pu combler les blancs qu'il restait dans cette histoire.

Il y eut d'autres murmures d'appréciation, et une tape dans le dos pour Puddle.

—Nous savons aujourd'hui que Grant ne s'est pas échappé seul. Il a pris la fuite avec une jeune infirmière du nom d'Annie Madigan. Aux dires de tous, cette femme était une vraie garce, et je ne serais pas surpris d'apprendre qu'elle était le cerveau derrière tout cela. D'après son rapport, Grant était un opportuniste doublé d'un fainéant, et je me suis toujours demandé comment il avait fait pour, en quelques mois seulement, passer du type qui se débrouillait toujours pour s'éviter la corvée de sentinelle à celui qui fomente un vol de diamants. Aujourd'hui, je pense avoir ma réponse : c'était Madigan. Quoi qu'il en soit, ils ont disparu tous les deux. Ils ne pouvaient pas rentrer chez eux sans papiers, et même traverser la France représentait un risque, mais il semblerait que la chance ait été de leur côté. Le hasard les a menés, fatigués et affamés, devant un poste de secours avancé – ce n'est qu'une supposition, bien sûr, mais il y a de grandes chances que cela se soit passé ainsi. J'imagine que le plan avait été que Madigan fasse entrer son « patient », obtienne de quoi manger pour eux deux ainsi qu'un lit pour la nuit, avant de disparaître à nouveau au petit matin. Par malheur – et pour le plus grand bonheur de Grant et Madigan –, un avion allemand s'était écrasé sur le poste de secours. Il avait été abattu ; des témoins ont dit avoir vu le pilote essayer de dévier la trajectoire de l'appareil, en vain. Il n'y eut aucun survivant.

— Mon Dieu, souffla Alfie.

— Il semblerait que Madigan n'ait pas été aussi choquée que vous, Mr Rawson, commenta Sunderland. Elle n'y a vu qu'une incroyable opportunité. Ils ont dû fouiller les débris du poste de secours jusqu'à trouver ce qu'elle cherchait – des papiers d'identité et les rapports de deux candidats crédibles –, et sont tombés sur le capitaine Robert Chandler et l'infirmière Millie Mitchell. Une fois armés de ce qu'ils voulaient, ils sont partis en laissant le chaos derrière eux. Je ne sais pas vraiment comment ils ont réussi à survivre aux derniers mois de la guerre et à rentrer chez eux, mais ils l'ont fait. Nous avons eu du mal à retrouver les informations concernant le véritable Robert Chandler car ses rapports étaient incomplets, au Bureau de la guerre. Quand l'histoire de ce poste de secours détruit nous est revenue, j'ai compris que c'était là que sa piste se terminait. Cela rendait alors possible le fait que Grant se soit transformé en Chandler pour mieux disparaître. Avec une petite fortune diamantaire derrière eux, ils ont pu se bâtir une vie luxueuse à Londres, avec de faux papiers, sans que personne sache jamais que les véritables Chandler et Mitchell étaient morts en France. Madigan avait été danseuse de revue avant la guerre, et il semblerait qu'elle ait repris ce métier avant qu'une blessure ne mette un terme définitif à ses ambitions. Puis le hasard vous a mis sur leur route, messieurs. Nous ne savions pas du tout où ils pouvaient se trouver jusqu'à ce que l'un de nos informateurs nous donne une piste.

Sunderland n'avait aucune intention de révéler que l'informateur en question était Cuthbert le portier – un homme fiable dans un *gentlemen's club* était une ressource bien trop précieuse pour la perdre en révélant son identité.

— Nous avons appris qu'un lien avait été fait entre Grant et un groupe de nouvelles recrues de l'Aristippus Club. Et également que quelqu'un avait l'intention de voler le légendaire Trésor du Tueur de Mayfair. Il y avait de fortes chances pour qu'il s'agisse de notre homme.

— Le Tueur de Mayfair… marmonna Bertie. Vous êtes toujours sur cette histoire ? Si vous voulez mon avis, c'est une jolie légende, tout ça. Ce trésor n'existe pas.

— Charlie – ou peut-être devrais-je dire Grant, désormais – ne partageait pas votre opinion, intervint Ellie. Il était convaincu que ce trésor existait. Je les ai vus, lui et Millie – Annie –, en bas, dans la cave à vins des membres senior du club, avec la « Clé des Clés » et l'« Arbre des Arbres », persuadés qu'ils pouvaient ouvrir le caveau secret qui renfermerait ce fameux trésor caché. Ça n'a pas fonctionné. J'ai entendu Millie parler d'un journal. Si j'ai bien compris, Charlie aurait acheté un journal à un type, dans un pub, persuadé qu'il contenait la clé menant au trésor. Il s'est fait arnaquer.

— C'est aussi ce que je pense, reprit Sunderland. Donc, grâce à Mrs Maloney, nous avons pu arrêter Grant et Madigan avant qu'ils ne prennent la fuite pour le continent. Dommage que ce journal ait été un faux – j'aurais bien aimé savoir si le trésor était réel. Quoi qu'il en soit, vous connaissez la suite.

— Bah non, justement ! s'écria Danny. Et Miss Adams ? Et comment vous avez trouvé tout ça ? Et les Dizzy Heights ? Comment vous ont-ils aidé ?

— Il faut rendre à César ce qui est à César, répondit Sunderland. Je crois que c'est à Mrs Maloney de vous expliquer cela.

— Oh, souffla Ellie. Eh bien... Je n'ai fait que donner une piste au commissaire, en vérité. C'est la blessure de Millie qui m'a mis la puce à l'oreille. Elle a parlé de son ligament déchiré en usant de jargon médical. J'y ai fait attention parce que j'étais une Fanny – Ivor, la ferme –, mais personne d'autre ne s'était arrêté dessus.

— Ça ne veut pas dire grand-chose, quand même, commenta Bertie.

— Vous avez tout à fait raison, concéda Ellie. Mais un peu plus tard, je me suis rappelé quelque chose à propos de son bras. Elle se l'était entaillé un soir de danse, et Blanche l'avait recousue. Deux jours plus tard, elle m'a dit qu'elle avait retiré les fils elle-même. Sur le coup, ça ne m'a pas frappée, parce que j'étais capable de la même chose. Mais j'avais été infirmière. Ce qui laissait entendre qu'elle avait pu l'être aussi. Et d'après moi, c'est ce qui a causé la mort de cette pauvre Blanche. Lorsque Blanche l'a recousue dans la loge, elle a raconté une anecdote particulière concernant la guerre. Elle a dit qu'après quelques jours de permission, elle retournait à son poste de secours quand elle avait appris qu'il avait été détruit par un avion qui avait été touché. Millie a dû paniquer en entendant cette histoire. Imaginez un peu… Tomber sur quelqu'un, après tout ce temps, qui avait tenté de rejoindre le poste de secours où ils étaient passés. Et si elle connaissait des gens, là-bas ? Et si elle se rappelait soudain pourquoi ce nom, Millie Mitchell, lui disait quelque chose ?

— Oh, murmura Puddle. Mais oui. Ce fameux soir où on a rencontré Millie, au premier cours de danse… Blanche a réagi comme si elle connaissait ce nom, sans toutefois pouvoir le replacer.

— Et Annie ne pouvait pas prendre un tel risque. Blanche aurait fini par s'en souvenir, poursuivit Ellie. Dès l'instant où elle a commencé à parler de cette histoire de poste de secours détruit, la sociabilité de Blanche a scellé son destin. Millie a décidé qu'il fallait se débarrasser d'elle – comment être sûre de ce qu'elle savait ?

— Et comment s'y est-elle prise ? demanda Ernie. Comment l'a-t-elle empoisonnée ?

— Par le biais de l'anche de son saxophone, répondit Puddle. Avant le deuxième cours, elle a dû avoir le temps de mettre du poison dessus. Les instruments étaient laissés sans surveillance, le temps qu'on s'organise. Ensuite, elle l'a remplacée par une nouvelle, sauf qu'elle l'a repositionnée à l'envers. Je l'ai remarqué quand j'ai joué sur son saxophone.

— Encore une supposition ? lança Ernie.

— Non, intervint Sunderland. Nous avons trouvé une bouteille de poison et une anche de saxophone décolorée dans une boîte à cigarettes, dans sa valise.

— Un poison à effet rapide ? demanda Ernie.

— Plus ou moins, oui, confirma Sunderland.

— Dans ce cas, si elle a changé l'anche avant le cours, pourquoi Miss Adams n'est morte qu'après la pause ?

— Oh, souffla Sunderland. C'est une excellente question.

Il y eut des murmures déçus.

Puddle lâcha alors un petit couinement en comprenant quelle était la réponse.

— C'étaient les morceaux qu'on jouait !

— Les morceaux l'ont protégée du poison ? demanda Ernie.

— D'une certaine manière, oui, répondit Puddle. Pendant la première partie, elle n'avait joué que de la clarinette. Elle n'a pris son saxophone qu'après la pause.

— Alors là… souffla Alfie, perplexe. Donc ce bon vieux Charlie n'était pas du tout Charlie. Et Millie n'était pas Millie. Et la clarinette n'était pas un saxophone. Ça démontre quoi, tout ça, au juste ?

— Nous verrons bientôt cela, dit Sunderland. Nous les gardons au trou pour la nuit. Je vais les laisser mariner un peu, et je les interrogerai demain. Si leurs histoires divergent, je vous tiendrai au courant. Je mangerai d'abord mon chapeau, mais je vous tiendrai au courant.

Il fallut un moment à chacun pour intégrer toutes ces informations, mais les Alphabets et les Dizzies finirent par quitter le club, chacun de son côté.

***

Le calme tomba sur la maison des Maloney le temps du week-end. Les Dizzy Heights avaient joué pour une fête privée le samedi soir, mais Skins en avait vu d'autres, et la vie continuait autour de lui tandis qu'il passait le plus gros de son dimanche matin à somnoler.

La maisonnée retrouva son rythme effréné dès le lundi matin, et la famille entière s'affairait autour de la table du déjeuner quand on sonna. Mrs Dalrymple frappa à la porte de la salle à manger pour annoncer un visiteur alors que Skins et Edward étaient en train d'apporter les touches finales à leur sculpture de cheval en purée de pommes de terre.

— Un certain Mr Daniels est là, déclara-t-elle. Je le fais entrer ?

— Danny ? Certainement ! répondit Skins.

— Tu n'as qu'à le recevoir au salon, chéri, dit Ellie. Demande au passage à Nanny de venir s'occuper de ces deux petits diables. Je l'attends là. Va donc accueillir notre invité.

Skins pinça le nez d'Edward et de Catherine en émettant un bruit de klaxon puis il rejoignit le salon.

— Bonjour, Danny ! Tout va bien ? s'exclama-t-il en lui tendant la main. Ça me fait plaisir de vous voir. Installez-vous, je vous en prie.

— Bonjour, répondit Danny en lui serrant la main. Je n'ai pas interrompu votre déjeuner, rassurez-moi ?

— Pas du tout, pas du tout. Thé ? Café ?

— Du café, avec grand plaisir.

Skins sonna la cloche. Avant même qu'il n'ait le temps de s'asseoir, Lottie apparaissait en courant.

— Oui, monsieur ?

— Vous pouvez préparer du café pour trois personnes, Lots ? Et voyez avec Nanny si les enfants ont besoin de quelque chose d'autre.

— Bien sûr, monsieur.

Elle partit aussi vite qu'elle était arrivée.

— Sacrée bicoque, commenta Danny. Je ne sais pas pourquoi, mais je ne vous aurais jamais imaginé vivre dans un endroit pareil.

— Si je n'avais pas épousé Ellie, vous auriez tapé dans le mille, répondit Skins. Fortune familiale.

— Ah, je vois. En tout cas, c'est charmant.

Ellie les rejoignit pour accueillir chaleureusement Danny.

— Asseyez-vous, je vous en prie, lui dit-elle. Qu'est-ce qui est charmant ?

— Votre maison. Et le coin est super, aussi.

— Merci. Nous sommes très heureux, ici.

Danny esquissa un sourire.

— Je disais à Skins que j'espérais ne pas gêner. Je voulais simplement vous remercier.

— Bonté divine. Mais pourquoi donc ?

— Pour avoir gardé mon rapport militaire pour vous. J'ai parlé au commissaire Sunderland ce week-end, et il m'a dit qu'il avait fouillé notre passé en se basant sur les conversations que vous aviez eues avec nous tous. Vous savez tout de moi, désormais, et il n'y a aucune raison de tenir ça secret – pourtant, c'est ce que vous avez fait. Ça me touche beaucoup, vous savez. Merci.

— Votre histoire ne regarde personne, répondit Skins. Vous aviez vos raisons de faire ce que vous avez fait, et vous avez vos raisons de ne pas l'ébruiter aujourd'hui. Vous êtes le seul concerné.

— C'est drôle, tout de même. Au début, j'ai eu peur d'être qualifié de lâche, et ensuite, j'ai eu peur d'être qualifié de héros. Je crois bien que je n'aime tout simplement pas être au centre de l'attention.

— Il n'y a rien de lâche à se battre pour ce en quoi on croit, intervint Ellie. Les lâches, ce sont des hommes comme Grant, qui ont fui leur devoir. Il faut une sacrée force pour refuser de se battre tout en sachant que le pays entier va vous en vouloir. Un lâche aurait simulé une blessure ou se serait caché dans les bois jusqu'à ce que tout ça soit fini.

— Quoi qu'il en soit, merci. Je préfère que mes camarades ne sachent rien de tout cela, et je vous suis très reconnaissant, à tous, de n'avoir rien dit.

—Nous continuerons de garder ça pour nous, lui assura Skins. Et vous pouvez faire confiance à Barty et Puddle, aussi. Vu qu'il n'est pas directement concerné, Barty oubliera cette histoire d'ici la fin de la semaine. Quant à Puddle… Disons que c'est Puddle. Vous n'avez aucun souci à vous faire.

Danny sourit à nouveau.

—Bien, ça, c'est fait. Passons à la deuxième chose qui m'amène ici. J'ai parlé de mes camarades…

—Le Gang Alphabet, confirma Ellie.

—Tout à fait. Le Gang Alphabet. Il va nous falloir recruter un nouveau C, ou bien changer de nom. Ce système que nous a pondu Alfie était assez alambiqué comme ça, mais avec un C en moins, ça a encore moins de sens.

Skins y réfléchit un instant.

—Les Garçons Qui Aibent le Frobage ?

Danny et Ellie le dévisagèrent d'un air perplexe.

—Eh bien, vous avez perdu votre C, n'est-ce pas ? Il reste donc A, B, D et E. Vous pouvez vous appeler BADE, BEAD ou EDAB. Comme le fromage, mais prononcé avec le nez bouché. Edab.

Ellie leva les yeux au ciel.

—Abed ? Le Gang religieux – et enrhumé ?

Danny éclata de rire.

—On va prendre le temps de la réflexion, avec les copains. Mais quel que soit le nom que nous nous choisirons, nous avons travaillé sacrément dur pendant ces satanés cours, et on m'a missionné pour demander aux Dizzy Heights d'accompagner à nouveau notre petite bande pour le concours.

—Le vendredi soir est toujours noté dans notre agenda, répondit Skins. Nous serons ravis de jouer au Tipsy Harry's, jusqu'à ce que vous vous lassiez de nous.

— C'est bien ce que je pensais, mais il me semblait plus sage d'avoir votre consentement spécifique pour le concours. Vous avez convenu d'une programmation avec le club, j'imagine ?

— Ne vous inquiétez pas pour nous. Nous serons là, le rassura Skins.

Lottie arriva avec le café.

— Et comment vont les autres ? demanda Ellie une fois tout le monde servi.

— Pas terrible, pour être honnête. Je ne suis pas sûr qu'ils aient vraiment bien intégré cette histoire de meurtre, sur le coup. S'ils ne sont pas directement concernés, ils ont tendance à ne pas faire attention. Mais en apprenant que les coupables étaient l'un de leurs proches et sa copine, ça a changé la donne. Je n'arrête pas d'entendre : « Pourquoi n'a-t-on pas vu qu'il trempait là-dedans ? » Bien sûr, ce genre de remarque est régulièrement accompagnée d'un « J'ai toujours trouvé qu'il avait quelque chose de louche », sans parler des « Une nana aussi jolie, ça cachait forcément quelque chose ». Ils se sentent trahis, j'imagine. Personne n'aime découvrir qu'un proche n'est pas celui qu'on pensait, ajouta-t-il avant de plonger dans le silence.

— Vous devriez arrêter de vous tracasser, Danny, le rassura Ellie. Ils ne sauront jamais, pour vous. Et s'ils venaient à découvrir la vérité, je mettrais ma main à couper qu'ils ne trouveraient rien à y redire.

— Après tout, intervint Skins, Ernie a passé toute cette période à fabriquer des bidules en métal pour je ne sais quels machins militaires. Vous avez sauvé des vies, Danny. Huit familles ont encore leurs fils, leurs frères, leurs maris, leurs pères, grâce à vous. Je connais vos camarades – ils seraient fiers de vous, s'ils apprenaient la vérité.

— Peut-être, répondit Danny.

Skins se pencha en avant.

— Tant qu'on parle du club... j'imagine que personne... enfin, est-ce que quelqu'un a dit quelque chose à propos du... ?

— Du Trésor du Tueur de Mayfair ? On ne parle que de ça. Le problème, c'est que personne ne sait rien. Les membres senior jurent ne pas être au courant, et les employés n'ont aucune idée. Même chose pour le reste des membres. Il semblerait que le seul qui ait eu ne serait-ce qu'une vague idée ait été Charlie, et tout le monde sait qu'il faisait fausse route. Mis à part le fait qu'il y ait un lien vraisemblable avec la « Clé des Clés » et l'« Arbre des Arbres », nous sommes tous aussi perdus qu'avant.

— C'est sûrement mieux ainsi, commenta Skins. Il existe probablement une règle stipulant que chacun des membres doit recevoir une part égale des richesses du club, et il n'est jamais bon de devenir soudain fabuleusement riche.

Danny éclata de rire.

— Vous êtes bien sage, pour un batteur. Pour être honnête, je trouve cela beaucoup plus intéressant de ne pas savoir. C'est chouette, les mystères. Il y en a toutefois un qui devrait être bientôt résolu : où danse-t-on le mieux, au Tipsy Harry's ou au Wags ? Vous pensez qu'on a nos chances ?

Ellie et Skins échangèrent un regard.

— Eh bien... marmonna Skins. Vous avez en tout cas le meilleur cheval.

***

Ellie décida d'accompagner le groupe à l'Augmented Ninth, ce soir-là. Elle adorait les voir jouer, et même après toutes ces années, voir Skins derrière ses fûts lui procurait des frissons. Elle se rappelait la première fois qu'elle l'avait croisé, dans cet hôtel de Weston, comme si ça s'était passé quinze minutes et non quinze ans plus tôt.

Elle allait souvent à l'Augmented Ninth, mais c'était généralement en compagnie d'une ou deux de ses amies qui ne faisaient pas dans la discrétion. Ce soir, elle voulait être avec ses autres amis, les musiciens avec qui elle avait partagé ces dernières semaines. Plus spécifiquement Puddle. Elle connaissait cette fille pétillante depuis quelque temps déjà, mais les événements récents les avaient rapprochées. Et Ellie voulait s'assurer qu'elle allait bien.

Skins et Dunn étaient partis récupérer leurs instruments dans la boutique de New Row, laissant Ellie et Nanny mettre les petits monstres au lit avec une histoire et, à la grande surprise d'Ellie, quelques chansons. Elle découvrit en effet que Nanny Nora était non seulement dotée d'une très belle voix, mais aussi d'un ukulélé dont elle jouait superbement. Ellie l'accompagna sur les harmonies, et les enfants se joignirent à elles pour les refrains. Ce fut un merveilleux moment.

Une fois tout le monde couché, Ellie enfila une robe de soirée et se servit un gin, qu'elle but tout en lisant un magazine et en écoutant des disques sur le gramophone. Quand l'heure fut venue de partir, elle envoya Lottie chercher un taxi. À vingt et une heures, elle était assise à sa table habituelle, près de la scène de l'Augmented Ninth.

Le groupe était chaud comme la braise, comme le dirait ensuite Skins dans la minuscule loge, une fois le show terminé.

— Je nous ai trouvés moyens, moi, commenta Puddle.

— Oh que non, gronda Benny tout en désassemblant son trombone. Crois-moi, je sais ce que c'est que d'être chaud bouillant.

— Moi, je vous ai trouvés très bons, intervint Ellie. Vous tenez le coup, tous ?

— Ça peut aller, répondit Mickey. Pour tout te dire, je me sens plutôt soulagé. Je suis bien content que cette histoire soit terminée.

Elk était en train de remplacer une corde de son banjo.

— Carrément. Cette vieille Blanche me manque plus que de raison mais… c'était dur d'accepter sa mort, sans savoir pourquoi. J'ai le sentiment qu'on peut enfin lui dire au revoir comme il se doit, maintenant.

— En parlant de ça, intervint Puddle. J'ai eu des nouvelles de Bill cet après-midi. L'enterrement a lieu vendredi, à onze heures, au Richmond Cemetery. Nous sommes tous les bienvenus. Il est sa seule famille, alors ce serait bien qu'on soit tous là.

Eustace leva les yeux des valves de sa trompette, sur lesquelles il était en train d'appliquer une quantité infime d'huile.

— C'est la moindre des choses. Vous pensez que ce serait bien vu, de jouer un de ses morceaux au Tipsy Harry's ensuite ?

— Carrément, répondit Dunn. Quelque chose qui a la patate, comme *The Mayfair Stomp* ? Il fait toujours fureur, celui-ci. Je pense qu'elle aimerait qu'on se souvienne d'elle comme de quelqu'un qui savait faire danser les gens.

— Oui, je pense aussi, confirma Elk. Et puis, on sera à Mayfair, en plus.

— Exact, approuva Dunn.

— Ils veulent toujours faire ce concours de danse, hein ? lança alors Benny.

— Oui, répondit Skins. Ils se sont dit que ce serait bien de continuer, après tout le mal qu'ils se sont donné.

— Je comprends, dit Benny. Donc on est repartis pour enfiler nos plus beaux costumes ?

— Exact, confirma Skins. Aussi bien pour faire nos adieux à Blanche que pour être au top pour le concours de danse.

— Il va leur manquer un danseur, remarqua Mickey.

— Tu te proposes ? lança Skins.

— Tu m'as vu danser, non ? Qu'est-ce que tu en penses ?

Skins éclata de rire.

— C'est drôle comme on peut être chaud comme la braise…

— Ou moyen, le coupa Puddle.

— Tu ne veux pas lâcher le morceau, hein ? Nous sommes d'excellents musiciens, mais sur la piste de danse, c'est une autre histoire.

— Parle pour toi, répliqua-t-elle. Je sais très bien bouger, moi.

— Le vrai hic, dans l'histoire, intervint Ellie, c'est qu'ils n'auront pas de coach. Millie-Annie était peut-être une sale sorcière meurtrière, mais elle savait comment s'y prendre pour les faire danser.

— Tu pourrais t'en charger, suggéra Dunn.

— Certainement pas.

— Non, il a raison, insista Skins. Ils connaissent les pas. Tout ce dont ils ont besoin, c'est de quelqu'un qui les pousse un peu. Motive-les avec un discours à la Henry V[1], et laisse-les faire le reste.

— Oui, je peux y arriver, en effet.

— Bien sûr que tu peux y arriver. Donne-leur du « Que se raidissent les muscles, que s'insurge le sang ! ». Ils vont adorer.

— Tant que les autres tolèrent l'idée que le manager du groupe encourage leurs rivaux, intervint Dunn… Tu es censée être impartiale.

— Mais ce n'est pas comme si tu étais vraiment notre manager, ma belle, n'est-ce pas ? commenta Puddle. Nous n'en avons toujours pas, d'ailleurs.

Ellie sourit.

— Certes, mais ça, ils ne le savent pas.

---

1. Référence à la pièce *Henry V*, de William Shakespeare.

— Je crois avoir la solution aux deux problèmes. Ma sœur…

— Tu es sérieuse, Puddle ? grommela Mickey. Tu veux bien nous lâcher, avec ta sœur ?

— Écoutez-moi, au moins ! Katy a un sens inné de l'organisation. Nous nous reposons toujours sur elle pour les fêtes de famille. Elle a fait quelque chose de fabuleux pour les noces d'argent de nos parents, je vous jure. Et elle gère la compta de l'entreprise de son mari. C'est la candidate idéale.

— D'accord, mais que sait-elle de l'univers du spectacle ? demanda Eustace. C'est un monde de requins sanguinaires, tu sais. Ce n'est pas un lieu pour une femme.

— Des requins déchiqueteurs de femmes ? rebondit Dunn. C'est vrai que dit comme ça, ça a l'air terrifiant.

Eustace se contenta de lui jeter un regard noir.

— Qu'est-ce qu'on y connaît, nous ? riposta Puddle. On patauge de plus en plus, sans manager. Je vous dis qu'elle est douée. Elle saura faire sa place en un rien de temps. Les propriétaires de tous les clubs londoniens lui mangeront dans la main.

— Moi, je n'y vois pas d'objection, dit Benny. On aurait bien besoin de quelqu'un qui gère le côté pratique de tout ça.

— Moi aussi, je suis partant, confirma Skins. Qui est pour ?

Mickey, Benny, Elk, Skins, Dunn et Puddle levèrent la main.

— Contre ? demanda Skins, même s'il savait qu'il n'y avait qu'une opposition.

Eustace leva la main.

— Le « oui » l'emporte. Désolé, mon pote.

— Ça finira dans les larmes, croyez-moi, grogna Eustace.

— J'ai une autre proposition, tant qu'on est en mode vote, suggéra Puddle.

— Tu as le vent en poupe, après tout, commenta Dunn.

— C'est ce que je me suis dit, oui. Certains arrangements ne sont pas évidents à jouer sans Blanche, et Mark ne va plus pouvoir nous aider – il vient d'obtenir une place dans l'orchestre de Manchester.

— Qui c'est, Mark ? lança Elk.

— Le pote d'école de Puddle, répondit Skins. Il a remplacé Blanche au saxo. Il faut suivre, mon gars.

— Merde, je l'appelais Percy, moi.

— Je ne pense pas qu'il l'ait mal pris, le rassura Puddle. Et de toute façon, ça n'a plus d'importance, vu qu'il part pour le Nord. Alors du coup, je voulais savoir… qu'est-ce que vous pensez de Vera ?

— Des Finchley Foot-Tappers ? demanda Mickey.

— Oui. Elle en a marre de jouer avec eux – ils ne la traitent pas bien du tout – et elle cherche une autre place. Je lui ai dit que je vous poserais la question.

— Quelqu'un l'a déjà entendue jouer ? interrogea Mickey.

— On l'a vue dans ce club d'Islington. Tu te souviens, Barty ? dit Skins. Elle est plutôt bonne.

— Elle est géniale, confirma Dunn. Ce n'est pas Blanche, mais Pudds pourra lui montrer les ficelles.

— Et à nouveau deux femmes émancipées dans le groupe… grommela Eustace.

— Je l'ai déjà rencontrée ? intervint Elk.

— Tu le saurais, si c'était le cas, répliqua Dunn. Une blonde aux cheveux courts qui a le rire d'une otarie.

— Oh, elle. Elle est drôle, cette fille. Je vote pour.

— Qui d'autre ? demanda Skins.

Le vote se passa de la même manière, Eustace étant le seul à s'opposer à cette proposition.

— Motion adoptée, annonça Skins. Tu peux lui passer le mot, Pudds. La place est à elle, si elle la veut.

— Merci, dit Puddle.

— Ça veut donc dire que je suis libre de coacher le Gang Alphabet ? demanda Ellie.

— On dirait bien, confirma Skins. Je ne pense pas que qui que ce soit s'oppose au fait que tu ne sois plus notre manager.

— Eustace, tu n'as pas une objection de derrière les fagots ? le taquina Dunn.

— Où est l'intérêt de se faire passer pour une démocratie si nous ne pouvons pas exprimer nos opinions ? répliqua l'intéressé. Je n'ai fait que dire ce que je pensais.

Dunn esquissa un sourire, préférant ne pas le contrarier davantage.

— Bon, on peut dire qu'on a bien travaillé, commenta Benny. Et on a le reste de la semaine de libre. Si ça branche quelqu'un de venir boire un verre avec moi, je serai au Flapper Sam's mercredi soir. Sinon, on se voit vendredi à l'enterrement.

Puis il récupéra son étui à trombone et quitta la loge.

— On ferait mieux d'y aller, nous aussi, dit Skins. Je dois ramener la charrette à Covent Garden avant de me transformer en citrouille. Ou elle, je ne sais plus. Enfin, il y a une histoire de citrouille, quoi. Et de batterie.

Le reste du groupe confirma qu'il était temps de rentrer, et tout le monde s'éparpilla dans le Londres des petites heures du matin. Ellie parvint à trouver un taxi, et Skins et Dunn poussèrent péniblement la charrette chargée d'instruments jusqu'à New Row.

Bloomsbury
17 juin 1925

Ma très chère Flo,

Ce fut une histoire sacrément vivifiante, comme le dirait sûrement Emily.

Tu as dû lire dans les journaux qu'Arthur Grant et Annie Madigan ont été arrêtés vendredi dernier, en grande partie grâce à ton humble servante. Et aux garçons. Et au reste du groupe. Et au commissaire Sunderland. Et, bien sûr, à toi, ma chère amie. Merci pour toute l'aide que tu nous as apportée.

Les articles de journaux sont assez complets, et étonnamment précis, même si j'ai remarqué qu'on ne mentionnait nulle part où les accessoires d'apparat (la « Clé des Clés » et l'« Arbre des Arbres ») ont été retrouvés après l'arrestation des coupables. Je suis parvenue à me faufiler dans la fameuse cave à vins citée à tour de bras dans les journaux, avant que tout ne soit vidé, et ai trouvé la clé insérée dans une niche creusée dans le mur, et le bâton dans une cavité, par terre, à quelques pas seulement. Ce n'était peut-être qu'une coïncidence – peut-être que ces trous étaient réservés à tout autre chose, et celui qui a rédigé ce fameux journal y aurait vu les leurres parfaits pour piéger un homme crédule et cupide –, ou alors… Tu sais, Flo, je n'arrive pas à m'enlever de la tête que cette histoire de trésor ne s'arrête pas là.

Cette « Clé des Clés », cet « Arbre des Arbres », ce… Oh, Flo, je viens d'avoir une idée ! Le « Genou des Genoux ». Une partie de la cérémonie n'était qu'une plaisanterie sur l'un des genoux des membres. Mais si… Non, impossible. Ne dis pas n'importe quoi, Ellie.

Ces dernières semaines ont été électrisantes. Je ne te remercierai jamais assez d'avoir suggéré à Sunderland de contacter les garçons et de nous avoir permis d'être impliqués dans cette enquête.
Avec toute cette excitation, j'ai complètement oublié de te dire que nous avions emmené Catherine et Edward à l'Empire Exhibition, début mai, pour voir le spectacle. On peut dire qu'ils avaient mis le paquet : défilés de chevaux, la brigade des pompiers au grand complet, et la partie préférée d'Edward, bien sûr – ce que les affiches appelaient « Les exploits époustouflants de la Royal Air Force ». Il y avait des avions qui volaient partout au-dessus du stade et qui tiraient à blanc sur la foule. C'était incroyable, et Edward était complètement subjugué. Je me demandais, justement... Emily et toi avez-vous encore des amis dans le monde de l'aéronautique ? Vous pourriez peut-être lui montrer un véritable avion de près ? Il brûle de pouvoir voler un jour, et il peut toujours rêver, si tu veux mon avis, mais je ne vois pas d'inconvénient à ce qu'il touche un avion... ou peut-être même qu'il s'asseye à l'intérieur ?
Nous pourrons en discuter lors de ta prochaine venue.
Merci encore de nous avoir ouvert la porte de votre univers si grisant, les filles.
Je vous embrasse toutes les deux.

Votre amie,
Ellie

17

L'enterrement de Blanche fut aussi bouleversant qu'exaltant. La tristesse de dire adieu à une sœur et une amie dont la vie avait été tragiquement fauchée par la cupidité d'un autre avait été, d'une certaine manière, contrebalancée par les anecdotes de joie et de rires qui l'avaient suivie où qu'elle passe.

Blanche avait beaucoup plus d'amis que ce que son frère s'était imaginé. La tombe était entourée de tellement de musiciens, de gérants de club, et même d'un ou deux fans de jazz qui avaient suivi sa carrière que Bill avait craint que tout le monde ne rentre pas dans la salle qu'il avait louée dans un hôtel proche pour la réception. Au final, les lieux avaient été certes bondés mais confortables.

Bill fit un discours poignant sur l'enfance de Blanche, et les nombreux pétrins dans lesquels ils s'étaient fourrés ensemble. Puddle partagea quelques anecdotes sur sa vie de musicienne. Et Skins régala l'assemblée avec quelques-uns des exploits les plus osés de Blanche. Ellie grimaça même au manque total d'à-propos de l'une de ces histoires, mais elle avait de toute évidence mal jugé les amis de Blanche. En lieu et place des claquements de langue réprobateurs qu'elle avait tant craints, il n'y eut que chaleur et rires. La partie sur le serveur français et son assiette d'huîtres valut même à Skins une salve d'applaudissements.

En dépit de la compétition qui faisait rage parmi les groupes locaux, à cause du nombre limité de scènes, il n'y avait pas vraiment de rivalité entre eux, et ils étaient tous ravis de célébrer la vie de l'une d'entre eux. À la grande surprise d'Ellie, il n'y eut même aucune friction entre les Dizzy Heights et les Finchley Foot-Tappers quand Vera annonça son départ.

— Pour être honnête, je pense qu'ils sont contents de se débarrasser de moi, répondit Vera quand Ellie lui partagea son étonnement. Ils n'ont jamais été à l'aise à l'idée d'avoir une femme dans le groupe.

— Tu peux déchiffrer une partition facilement ? lui demanda Dunn. Si oui, ça te dit de venir avec nous ce soir ? On joue au Tipsy Harry's. C'est le soir du concours de danse.

— Carrément, répondit-elle, tout sourire. J'adore cet endroit – on a joué pour le Gang Alphabet un court moment, je te rappelle. Dommage pour ce type, d'ailleurs. Charlie, c'est ça ? Il était craquant.

— Le coup d'envoi est pour vingt et une heures, dit Skins. On se retrouve à vingt heures, mais Barty et moi serons sur place autour de dix-neuf heures, le temps de tout mettre en place.

— C'est parfait, répondit Vera. On se retrouve ce soir, alors.

***

— Achète. Une. Putain. De. Voiture, grommela Dunn tandis qu'ils faisaient grimper la charrette sur un trottoir de Soho, plus tard dans la journée.

— Ça reviendrait moins cher de convaincre le gérant du Tipsy Harry's d'acheter une batterie, commenta Skins.

— Peu importe la façon dont tu t'y prends, je suis sûr qu'il y a un moyen plus simple de se trimballer ce bazar dans tout Londres.

— Tu sais que tu peux être franchement pénible, parfois ?

— Qu'est-ce que tu veux que je dise ? Tu fais ressortir le pire de moi.

Ils arrivèrent au Tipsy Harry's et entreprirent de préparer la scène. Le comité du divertissement avait desserré tous ses freins pour ce second essai de concours, et la salle de bal était décorée de bannières, de fanions et de banderoles. Durant la semaine qui avait suivi la première tentative avortée, le comité avait décidé que ce concours deviendrait un événement annuel, et les bannières proclamaient : « Concours de danse de l'Aristippus Club 1925 ».

La salle était envahie de Cuthbert qui arrangeaient des tables et organisaient le bar temporaire installé tout au fond. Le club semblait déterminé à effacer le scandale de la semaine précédente de tous les esprits en faisant de ce concours l'événement de l'année.

Une fois tout en place, y compris les nouvelles bannières brodées accrochées à leurs pupitres, Skins et Dunn se retirèrent dans la loge pour attendre leurs amis.

Vera fut la première à arriver.

— Salut les garçons ! Désolée, je suis là tôt, mais j'avais trop peur d'être en retard.

— Jamais personne ne te reprochera d'être en avance, la rassura Skins. Prends-toi un thé si tu veux – il est tout chaud.

— Il y a plus fort, si tu préfères, ajouta Dunn.

— Je vais me prendre un thé dans une petite minute. Je ne suis pas contre un remontant, mais je ne bois en général pas d'alcool avant de jouer. Vous avez entendu parler de cette nouvelle loi ? Je n'ai pas envie de me prendre une amende pour manipulation d'instrument à vent en état d'ivresse…

— Je ne crois pas qu'elle soit encore en vigueur, répondit Dunn. Et je pense qu'elle concernera davantage les batteurs. Même si le nôtre ne monte jamais sur scène sans possession de ses moyens.

— Je dis toujours : « Si je ne suis pas apte à conduire une voiture, je ne suis pas apte à jouer de la batterie », confirma Skins.

— Tu ne conduis pas de voiture.

— Ce qui va dans mon sens : tu m'as entendu jouer. Je m'occupe de ton thé, Vera. Mets-toi à l'aise.

— Merci. Jamais personne, chez les Foot-Tappers, ne m'a proposé de thé – ils attendaient plutôt que ce soit moi qui le leur prépare.

Puddle venait d'apparaître dans la loge.

— C'est ton premier jour, ma belle. Ils ne cherchent qu'à t'impressionner. Attends une semaine ou deux, et ils te demanderont de recoudre leurs chaussettes.

— Ça va, Pudds ? Tu en veux un ? lui proposa Skins.

— Évidemment, mon chou. Je ne refuse jamais une tasse de thé avant un concert.

Ils s'installèrent autour d'une des tables qu'on leur avait laissées.

— Tu veux qu'on jette un coup d'œil aux arrangements pour ce soir ? demanda Puddle.

— Oh, ça devrait aller, répondit Vera. Ça a l'air assez simple, et je vous ai vus jouer deux ou trois fois ; je devrais suivre. Enfin, ce n'est pas simple, mais logique – voilà ce que je voulais dire. Pas étonnant que vous ayez une telle réputation. Vous avez de sacrées pépites, vous savez.

— C'est principalement le travail de Puddle, expliqua Skins. Puddle et Benny, notre tromboniste.

— C'est ce joli Caribéen ? Je crois bien que c'est le seul de votre bande que je n'ai pas encore croisé dans le circuit londonien.

— Oui, c'est lui, répondit Dunn. Il va te plaire. Tout le monde aime Benny.

Un par un, les autres membres du groupe arrivèrent. Les instruments furent accordés et chauffés. Skins effectua ses propres exercices d'échauffement en tapant des rythmes complexes sur toutes les surfaces disponibles de la loge avec ses baguettes. Les vocalises de Mickey furent complétées par une tasse d'eau chaude avec un peu de miel.

— Ça te fait vraiment du bien ? le questionna Elk, non pas pour la première fois.

— Aucune idée, répondit Mickey. Mais dans ma tête, ça marche. C'est toujours ça de pris, non ?

À vingt heures trente, tout le monde était prêt, alors ils décidèrent de commencer à jouer pendant que les invités s'installaient.

***

L'heure approchant, les Dizzy Heights terminèrent leur ouverture avec grâce, et l'un des responsables du club de la semaine précédente monta sur scène, bien que sans sa tenue d'apparat, ce coup-ci. Le silence tomba sur la pièce, et il fit plus ou moins le même discours que la dernière fois.

Il y aurait trois danses, et les deux clubs danseraient en même temps. Il y avait eu débat quant au fait d'autoriser des partenaires afin qu'ils puissent danser quelque chose comme une valse traditionnelle, ou le tout nouveau fox-trot, mais ils avaient finalement décidé d'éviter à ces dames la gêne de devoir danser avec des zéros, et à ces mêmes zéros d'avoir quelqu'un derrière qui se cacher. Ils danseraient donc seuls.

Les gagnants seraient désignés par un jury de professeurs de danse du coin qui avaient été appâtés par la promesse d'alcool gratuit et la possibilité de recruter de nouveaux élèves parmi les fêtards.

Il devait à la base y avoir cinq membres dans chaque équipe, mais à cause de « circonstances particulières », le Gang Alphabet du Tipsy Harry's ne pouvait en proposer que quatre, et les Wags avaient gracieusement offert de laisser sur la touche leur maillon le plus faible.

Le prix serait une caisse de champagne pour l'équipe gagnante et une plaque gravée pour son club.

Une fois que le public se fut reculé tout autour de la piste et que les danseurs eurent paradé devant eux, le maître de cérémonie présenta les Dizzy Heights. Tout semblait être en place.

Comme promis, Ellie était sur la piste de danse, officiant en tant que coach des Alphabets. Une fois assurée que ses poulains étaient prêts, elle donna le signal à Skins, qui tapa le décompte pour le premier morceau.

La danse, comme tout le monde s'y attendait, se résuma à un ballet chaotique de bras et de jambes volant en tous sens, sans une quelconque démonstration de talent, mais avec l'addition d'un costume de cheval. Alfie et Ernie y avaient ajouté un casque de policier pour honorer son rôle dans la capture d'un célèbre voleur de bijoux et de sa meurtrière de fiancée, et la foule adora.

Les jurés furent moins impressionnés, et ils accordèrent aux Alphabets dix-huit points sur quarante, tandis que les Wigglers parvinrent à s'arracher un vingt-trois un tant soit peu plus respectable.

La deuxième danse consistait en un charleston tout simple – le point fort des Alphabets. Ils avaient préparé une chorégraphie assez poussée qui impliquait de faire croiser les genoux du cheval. Pour y arriver, Alfie et Ernie se penchaient légèrement, et Berty et Danny venaient poser les mains sur les « genoux » de la bête pour donner l'impression que ceux-ci se croisaient. Les gens adoraient ce pas, d'autant plus lorsqu'il était effectué avec un costume de cheval.

La foule était en délire, ce qui leur permit de faire grimper leur score à un impressionnant vingt-sept points. Les Wigglers maintenant leur niveau médiocre et gagnant donc vingt-deux points, les équipes attaquèrent la quatrième et dernière danse au coude-à-coude, avec quarante-cinq points chacune.

Tout était encore possible, quand Skins tapa le décompte du dernier morceau. Les Wags attaquèrent fort avec un pas net et précis effectué à l'unisson, puis ils exécutèrent leurs tours avec une précision surprenante. Les jeux semblaient faits, mais les Alphabets avaient encore un tour dans leur manche. En effet, Alfie et Ernie avaient travaillé en secret un numéro de claquettes, à l'insu de tout le monde, même du groupe. Tandis que le morceau arrivait au pont de huit mesures, Bertie et Danny s'écartèrent pour faire de la place au cheval, qui se lança.

Ce fut un véritable succès. Personne ne remarqua qu'Ernie était en retard, ou encore qu'Alfie ne cessait de se tromper dans les pas. C'était un cheval qui faisait des claquettes. La foule était en liesse, les jurés, debout, et les résultats, quand ils tombèrent, reflétèrent l'enthousiasme général. Les Wigglers récoltèrent trente-six points, avec une mention spéciale pour leur synchronicité. Mais pour la force du spectacle, ainsi que la démonstration d'un talent que l'autre équipe ne possédait pas, ils accordèrent aux Alphabets trente-sept points et les déclarèrent grands gagnants de la soirée, à un point près.

Ils eurent droit à une salve d'applaudissements. Les hommes sifflaient, les femmes criaient, les bouchons de champagne sautaient, et le groupe joua *For He's a Jolly Good Fellow*[1].

C'était la touche finale parfaite pour célébrer cette victoire, et la fête continua jusqu'au petit matin.

***

Cuthbert, Cuthbert et Cuthbert étaient en train de balayer les banderoles et de laver les flaques de champagne tandis que le groupe rangeait ses instruments. Ils avaient été rejoints sur scène par Ellie, qui aidait Skins à démonter sa batterie, et par une inconnue qui parlait avec Puddle. Il y avait clairement un air de famille entre les deux femmes, même si la nouvelle venue avait les cheveux plus longs et portait une robe plus chic.

— Tout le monde ? lança Puddle. Je vous présente ma sœur, Katy. J'ai le plaisir de vous annoncer qu'elle a accepté le job, et qu'elle est donc officiellement le nouveau manager des Dizzy Heights !

Le groupe applaudit et l'accueillit chaleureusement. Eustace n'était pas aussi enthousiaste que les autres, mais même lui était secrètement soulagé qu'ils aient enfin quelqu'un pour s'assurer que le groupe ait des bières et des serviettes en loge.

— Merci à tous, dit Katy. J'ai conscience que vous faites un pari énorme en me prenant comme manager, mais je ne vous décevrai pas. Et pour vous montrer mon engagement, je vous ai déjà trouvé une nouvelle date.

Les Dizzies accueillirent cette nouvelle avec un certain étonnement.

— Le week-end prochain, poursuivit-elle avec un grand sourire, vous jouez au Midsummer Ball de Bilverton House,

1. Chanson populaire pour féliciter quelqu'un (anniversaire, victoire, etc).

dans l'Oxfordshire. J'ai loué un char à bancs pour récupérer tout le monde ainsi que les instruments vendredi matin.

Par-dessus les murmures d'étonnement, les « Oui, mais… ? » et les « Punaise, c'est du rapide… », une voix posa la question la plus importante.

— Combien est-ce qu'on va toucher ? demanda Skins.

— Pas grand-chose, j'en ai bien peur, répondit Katy. Je n'ai pas pu négocier plus de cent guinées.

Cette annonce fut suivie d'un concert de hoquets stupéfaits.

— Ma petite, je te confirme que tu es officiellement engagée, commenta Eustace. Bienvenue chez les Dizzy Heights.

Note de l'auteur

L'Aristippus Club (le Tipsy Harry's) est totalement fictif, tout comme le Wags Club et l'Augmented Ninth. Le vol de bijoux datant du XIXe siècle l'est aussi.

En revanche, le Lamb & Flag, au coin de New Row, sur Rose Street, est bien réel, et il existe encore. Le Coach and Horses, sur Avery Row, dans Mayfair, est aujourd'hui connu sous le nom d'Iron Duke.

Il y avait bien une usine de confiserie Barratt à Wood Green, et ma mère a grandi tout près, sur Coburg Road – dans la maison occupée dans cette histoire par Barty Dunn et sa logeuse Phyllis Cordell. La maison n'existe plus aujourd'hui, mais j'ai quelques vagues souvenirs d'avoir été baladé dans cette rue jonchée de maisons victoriennes, enfant, pour voir où ma mère avait un jour vécu.

J'ai également de vagues souvenirs d'un débit de boissons sur New Row, dans Covent Garden, que mes parents avaient géré au début des années 1960, avant ma naissance. La boutique existe encore – bien que ce ne soit plus un débit de boissons – et la rue n'a pas beaucoup changé.

C'est pour ces raisons sentimentales que ces deux lieux (Wood Green et New Row) figurent dans le livre. Je n'ai aucun lien avec Mayfair, même si j'ai longé ses rues de nombreuses fois pour éviter Oxford Street. À ce jour, je n'ai jamais vu, et encore moins entendu, de rossignol sur Berkeley Square, mais c'est sûrement parce qu'aujourd'hui, les rossignols se font incroyablement rares dans le centre de Londres, et il n'y a pas vraiment de lieu fait pour eux dans Berkeley Square, même s'ils osent s'aventurer en ville. Personne dans cette histoire n'aurait toutefois pensé à mentionner cet oiseau improbable, étant donné que la chanson *A Nightingale Sang in Berkeley Square*[1] a été écrite en 1939.

Le quartier général de la Metropolitan Police se situait originellement à Whitehall Place, avec une deuxième entrée donnant sur Great Scotland Yard. Celle-ci est ensuite devenue l'entrée publique, et le quartier général a simplement été rebaptisé Scotland Yard. À l'époque de notre histoire, New Scotland Yard avait déménagé dans les Norman Shaw Buildings, sur Victoria Embankment, un peu plus haut que les chambres du Parlement. En 1967, ils ont investi une tour sur Broadway, et en 2013 sont retournés sur Victoria Embankment, dans le Curtis Green Building, juste à côté des Norman Shaw Buildings.

Le commissaire Sunderland a rencontré Skins et Dunn pour la première fois dans la première enquête de Lady Hardcastle, *Petits meurtres en campagne*, qui se déroule en 1908, lorsqu'il était encore inspecteur pour la police judiciaire de Bristol et eux, la section rythmique dans le Ragtime Revue de Roland Richman.

La taille moyenne d'un ouvrier britannique en 1914 était d'un mètre cinquante-huit, tandis que les aristocrates mesuraient autour d'un mètre soixante-dix. L'armée britannique exigeait une taille minimum d'un mètre soixante, ce qui pourrait expliquer pourquoi la taille moyenne des soldats britanniques durant la Première Guerre mondiale

1. « Un rossignol a chanté sur Berkeley Square. »

s'élevait à un mètre soixante-treize. Cette contrainte de taille a d'ailleurs exclu de nombreux volontaires en parfaite condition physique en 1914, d'où la création assez rapide des « Bataillons Bantam » pour les intégrer. Du haut de son mètre cinquante, Henry Thridgould était le caporal le plus petit de l'armée britannique.

Les Lyons Corner Houses étaient trois restaurants populaires du centre de Londres de 1909 à 1977, proposant une expérience culinaire légèrement moins décontractée que les brasseries du même groupe. Ils étaient aussi, selon ma mère, réputés pour leur service rapide et leur excès de zèle. Chaque fois qu'un serveur récupérait son assiette après un temps qu'elle considérait comme trop court, elle déclarait : « On se croirait dans un Lyons Corner House, ici ! »

À ce jour, les groupes laissent en général les batteurs porter leur propre équipement, et ils ne manquent pas de se plaindre du temps qu'il leur faut pour s'installer. Ne voyez surtout aucune amertume dans mes propos…

Les alpagas apparaissent à l'Aristippus Club suite à un défi lancé au bar, pendant le Theakston Old Peculier Crime Writing Festival de 2019. La conversation ayant viré sur les alpagas (je vous épargnerai le chemin tortueux emprunté pour en arriver là), quelqu'un a suggéré que nous tentions tous de mentionner ces adorables bêtes au moins dans le premier jet de nos prochains livres. Nos éditeurs le remarqueraient-ils ? (Le mien assurément, étant donné qu'il était à côté de nous pendant que nous gloussions comme des gosses à cette idée.) Sachant exactement comment les intégrer, j'ai tout de suite accepté. Si vous voyez des alpagas dans un thriller publié entre mi-2020 et mi-2021, vous saurez que je n'ai pas été le seul à relever le pari.

Lady Hardcastle se vante de savoir quelles années ont donné le meilleur champagne. Évidemment, nous pourrions argumenter qu'il n'existe pas de mauvais champagne, mais elle n'a pas tout à fait tort en déclarant que 1921 et 1915 sont des années « grand cru ». Il en va de même pour les années 1914, 1919 et 1920, mais elle ne peut tout de même pas tout savoir…

Les leitmotivs du groupe – « N'attendez pas trop de nous », « Préparez-vous à être déçus » et « De la musique pour des gens trop bourrés pour se rendre compte qu'on est mauvais » – ont tous été trouvés par mon ami bassiste Jim Randell, pour le groupe dans lequel nous jouons tous les deux : les Macaroni Penguins. Nous ne sommes pas aussi mauvais que nous aimons le faire croire, mais je dois avouer que cela aide un peu si le public s'est enfilé un verre ou deux avant le début du concert.

« La Moustache Bleue de Je-ne-sais-plus-trop-où » dont Skins et Dunn se souviennent vaguement était le tueur en série français Henri Désiré Landru, le « Barbe-Bleue de Gambais », qui a assassiné au moins onze personnes (peut-être plus) entre 1915 et 1919. Il fut exécuté en 1922. Bien sûr, ils ne pouvaient pas le qualifier de tueur en série – le terme *serial killer* apparaissant pour la première fois à l'écrit, selon l'*Oxford English Dictionary*, en 1967.

Il est excessivement difficile de comprendre la valeur changeante de l'argent au fil du temps. De nombreux sites internet permettent de faire la conversion, usant de différentes stratégies basées sur l'inflation, le pouvoir d'achat, les salaires moyens, etc. À force de m'enliser dans ces recherches, j'ai décidé de ne m'appuyer que sur un de ces sites. La source que j'ai utilisée donne pour équivalent de 25 000 livres en 1918 1,4 million en 2019 (l'année de rédaction de cet ouvrage).

Le calcul de Barty Dunn de sa propre valeur en or est basé sur la valeur de l'or en lingots, qui se trouve facilement, et les valeurs plus ou moins fixes de la livre sterling et du dollar américain en 1925. La valeur diamantaire relève davantage de l'approximation. Les prix des pierres précieuses disposent de beaucoup moins de rapports officiels, mais je suis parvenu à trouver une référence dans les archives des valeurs historiques des US Geological Survey. Ils ont réduit leurs valeurs à celle du dollar américain en 1998, ce qui m'a permis de faire une approximation grossière, mais je pense tout de même que le résultat obtenu est plus ou moins raisonnable.

En me basant sur le même calcul, j'ai évalué que la quantité de diamants volés par Grant en 1917 aurait fait, comme le suggère Puddle, le poids d'un écureuil.

Le « Third Disgusting Fusiliers » fait référence à un régiment mentionné par la série radio de la BBC des années 1950 *The Goon Show*. J'ai découvert les Goons enfant, dans les années 1970, grâce aux vinyles sortis par EMI, puis la BBC. L'humour absurde de Spike Milligan m'a toujours fait pleurer de rire, et j'essaie de glisser une référence au Goon Show dès que j'en ai l'occasion.

Les « phobies » du chapitre sept viennent d'un échange d'e-mails datant du milieu des années 1990, avec mon ami Henry Phillips, alors que nous travaillions sur tout un tas de projets comiques qui n'ont jamais vraiment décollé. J'ignore comment ça avait commencé, mais j'avais toujours la liste dans mon disque dur. Comme quoi, tout peut toujours servir.

Si vous souhaitez en savoir plus sur le travail des infirmières durant la Première Guerre mondiale, je vous recommande *A Nurse at the Front : The First World War Diaries of Sister Edith Appleton*, écrit par Edith Elizabeth Appleton (Simon & Schuster), et *Women in the War Zone : Hospital Service in the First World War*, écrit par Anne Powell (The History Press)[1].

1. Livres non traduits en français.

En mars 1916, tous les Britanniques célibataires et en bonne santé, de dix-huit à quarante et un ans, étaient automatiquement enrôlés dans l'armée. En mai, la règle fut étendue aux hommes mariés. Des exemptions étaient accordées aux « occupations programmées » – les hommes d'Église, les professeurs, et certains ouvriers qui produisaient des éléments essentiels à l'effort de guerre –, mais tous les autres devaient servir. Les tribunaux décidaient d'autres exemptions au cas par cas, et ces hommes recevaient des papiers ainsi qu'un badge en laiton prouvant leur statut. Ces exemptions étaient rares, et il aurait fallu avoir le bras sacrément long pour s'assurer qu'Oliver Sunderland et Edwin Cashmore restent sur le front domestique durant tout ce temps.

La citation de Charlie « Aucun plan d'opération ne suffit à l'emporter avec quelque certitude au premier contact avec le gros des forces ennemies » est généralement attribuée au maréchal Helmuth Karl Bernhard Graf von Moltke. Pas étonnant qu'aucun des protagonistes n'ait pu se souvenir de son nom.

Dans Soho, ils croisent deux hommes en train de se disputer au sujet de la Football League. Arsenal avait fini la saison 1924-1925 en avant-avant-dernière place, évitant de justesse la relégation. Mais contrairement à la prédiction du partisan de Barty Dunn, ils terminèrent la saison 1925-1926 à la seconde place. Sa propre équipe, Tottenham Hotspur, continua d'évoluer en milieu de classement.

L'idée que des objecteurs de conscience aient officié en tant qu'ambulanciers durant la Première Guerre mondiale est assez populaire (elle fut même incluse dans un épisode de la série britannique *Dad's Army*), mais c'était en vérité plutôt rare. J'aimais toutefois beaucoup l'idée que Danny soit un héros de l'ombre, raison pour laquelle je l'ai laissé rejoindre le Royal Army Medical Corps.

Vera parle d'une « nouvelle loi », en disant qu'elle n'a pas envie de « prendre une amende pour manipulation d'instrument à vent en état d'ivresse ». Il s'agit du Criminal Justice Act de 1925, qui condamnait l'état d'ivresse au volant d'un véhicule motorisé sur la route ou sur n'importe quel autre lieu public. Il s'agit de la première loi britannique interdisant spécifiquement la conduite en état d'ivresse. Elle ne fut promulguée qu'en décembre 1925, mais de toute évidence, les rumeurs à son sujet circulaient depuis longtemps, et une personne aussi calée que Vera n'avait pas pu passer à côté.

En utilisant le même système de calcul que pour la valeur des diamants bruts, leur cachet de 100 guinées (105 livres) pour le Midsummer Ball reviendrait plus ou moins à 6 300 livres en 2019[1].

---

1. Environ 7 500 euros en 2022.

Au sujet de l'auteur

T. E. Kinsey a grandi à Londres et a étudié l'histoire à l'université de Bristol. Il a travaillé de nombreuses années en tant que pigiste pour un magazine avant de tomber dans le monde glamour de l'Internet, où il a publié du contenu pour un site de divertissement très connu pendant quelques années encore. Après avoir aidé sa femme à élever leurs trois enfants, s'être initié à la plongée ainsi qu'à la batterie et la mandoline (bien que séparément, aussi décevant cela soit-il), il décida que le temps était venu de se remettre à l'écriture. *Petits crimes et gros diamants* est le premier roman d'une série d'enquêtes avec à l'affiche Skins et Dunn ainsi que leur groupe, les Dizzy Heights. Tim est également responsable des célèbres enquêtes de Lady Hardcastle.

Vous le trouverez sur tekinsey.uk ainsi que sur Twitter – @tekinsey – et Facebook www.facebook.com/tekinsey.

PETITS MEURTRES EN CAMPAGNE
LES ENQUÊTES DE LADY HARDCASTLE
T.E. KINSEY
City

MEURTRES DANS UN VILLAGE ANGLAIS
LES ENQUÊTES DE LADY HARDCASTLE
T.E. KINSEY
City

LA MORT AU TOURNANT
LES ENQUÊTES DE LADY HARDCASTLE
T.E. KINSEY
City

MEURTRES SUR GRAND ÉCRAN
LES ENQUÊTES DE LADY HARDCASTLE
T.E. KINSEY
City

UNE AFFAIRE BRÛLANTE
LES ENQUÊTES DE LADY HARDCASTLE
DROIT DE VOTE POUR LES FEMMES
T.E. KINSEY
City

MEURTRES EN BORD DE MER
LES ENQUÊTES DE LADY HARDCASTLE
T.E. KINSEY
City

T.E. KINSEY

PETITS MEURTRES EN CAMPAGNE

MEURTRES DANS UN VILLAGE ANGLAIS

LA MORT AU TOURNANT

MEURTRES SUR GRAND ÉCRAN

UNE AFFAIRE BRÛLANTE

MEURTRES EN BORD DE MER

Mystères et petits meurtres
à la sauce britannique.

Achevé d'imprimer en octobre 2022
sur les presses de la Nouvelle Imprimerie Laballery
58500 Clamecy
Numéro d'impression : 209668

Imprimé en France

La Nouvelle Imprimerie Laballery est titulaire de la marque Imprim'Vert®